文学原理（第二版）

WENXUE YUANLI

董学文 张永刚 著

北京大学出版社
PEKING UNIVERSITY PRESS

图书在版编目（CIP）数据

文学原理/董学文，张永刚著．—2 版．—北京：北京大学出版社，2014.1
（博雅大学堂·文学）
ISBN 978-7-301-23769-4

Ⅰ.①文… Ⅱ.①董…②张… Ⅲ.①文学理论—高等学校——教材 Ⅳ.①I0

中国版本图书馆 CIP 数据核字（2014）第 011978 号

书　　名	文学原理（第二版）
	WENXUE YUANLI（DI-ER BAN）
著作责任者	董学文　张永刚　著
责 任 编 辑	张雅秋
标 准 书 号	ISBN 978-7-301-23769-4
出 版 发 行	北京大学出版社
地　　址	北京市海淀区成府路 205 号　100871
网　　址	http://www.pup.cn　新浪微博：@北京大学出版社
电子信箱	pkuwsz@126.com
电　　话	邮购部 010-62752015　发行部 010-62750672
	编辑部 010-62757065
印 刷 者	大厂回族自治县彩虹印刷有限公司
经 销 者	新华书店
	965 毫米×1300 毫米　16 开本　15.75 印张　267 千字
	2001 年 1 月第 1 版
	2014 年 1 月第 2 版　2023 年 3 月第 5 次印刷
定　　价	59.00 元

未经许可，不得以任何方式复制或抄袭本书之部分或全部内容。
版权所有，侵权必究
举报电话：010-62752024　电子信箱：fd@pup.pku.edu.cn
图书如有印装质量问题，请与出版部联系，电话：010-62756370

目 录

导　言 ·· (1)
　一　本书的思路、体例与特点 ·· (1)
　二　文学原理的研究方法与态度 ·· (4)
第一章　文学的本体与形态 ·· (9)
　一　文学作为观念 ··· (10)
　　　意识和思维 ··· (10)
　　　审美和精神 ··· (17)
　二　文学作为现象 ··· (23)
　　　物质形态 ·· (23)
　　　"言""象""意" ·· (27)
　三　文学的定位 ·· (38)
　　　文学属性 ·· (38)
　　　概念的演变 ··· (44)
　　　文学概念 ·· (48)
第二章　文学的客体与对象 ·· (49)
　一　生活客体 ··· (50)
　　　源泉 ·· (52)
　　　真实 ·· (58)
　　　制约与超越 ··· (66)
　二　对象构成 ··· (71)
　　　题材 ·· (72)
　　　主题与母题 ··· (76)
第三章　文学的主体与创造 ·· (90)
　一　作家主体 ··· (90)
　　　创造能力 ·· (91)
　　　创作意识 ·· (95)

|　　　　　创作过程 ……………………………………… (100)
|　　二　读者主体 ………………………………………… (113)
|　　　　　接受形态 ……………………………………… (113)
|　　　　　二度创造 ……………………………………… (118)

第四章　**文学的文本与解读** ………………………………… (124)
|　　一　文本构成 ………………………………………… (125)
|　　　　　语言和修辞 …………………………………… (126)
|　　　　　形象和意境 …………………………………… (137)
|　　　　　体裁和类型 …………………………………… (147)
|　　二　文本特点 ………………………………………… (158)
|　　　　　个性与风格 …………………………………… (158)
|　　　　　通俗与高雅 …………………………………… (164)
|　　　　　再现与表现 …………………………………… (168)
|　　三　文本解读 ………………………………………… (173)
|　　　　　符号辨识 ……………………………………… (173)
|　　　　　文体把握 ……………………………………… (179)
|　　　　　阐释与批评 …………………………………… (184)

第五章　**文学的价值与功能** ………………………………… (191)
|　　一　价值生成 ………………………………………… (191)
|　　　　　生成与实现 …………………………………… (192)
|　　　　　结构与功能 …………………………………… (198)
|　　　　　自律与他律 …………………………………… (203)
|　　二　人间情怀 ………………………………………… (205)
|　　　　　游戏与宣泄 …………………………………… (206)
|　　　　　政治色彩 ……………………………………… (209)
|　　　　　道德内质 ……………………………………… (213)
|　　三　精神向度 ………………………………………… (215)
|　　　　　终极关怀 ……………………………………… (216)
|　　　　　心灵家园 ……………………………………… (219)
|　　　　　信仰与宗教 …………………………………… (222)

第六章　**文学的理论与方法** ………………………………… (226)
|　　一　文学与文学理论 ………………………………… (226)
|　　　　　两者的区别 …………………………………… (226)

文学与语言 ………………………………………… (230)
　二　理论的构成与机制 ……………………………………… (233)
　　　对象与构成 ………………………………………… (233)
　　　性质与形态 ………………………………………… (236)
　　　文学理论现状 ……………………………………… (241)

第二版附记 ……………………………………………… (247)

导　言

　　文学原理是大学中文系的主干基础课，在培养学生的综合素质和专业能力方面发挥着巨大作用。没有哪一门现代意义上的文学研究分支和相关学科能离开文学原理这个基础，它对文学史、文学批评、文学创作以及各式各类的文学研究都有直接的重要影响。

　　文学原理作为一门具有现代形态理论学科出现的历史并不悠久。在中国，倘从20世纪20年代中期算起，大概只有近九十年的时间。这期间，在中外文学理论的碰撞和融会中，文学基本理论形态发生着显著的变化，取得了骄人的成绩。同时，围绕着文学基本概念、范畴和原理的理解，也一直存在着激烈的争论。可以说，文学原理在应用和探讨方面的每一个新进展，都是在时代条件促动下，于不断的学术争鸣中取得的。随着21世纪的到来，一批新兴交叉学科应运而生，文学原理的实用性更加明显。这是能够预期的。

　　应该承认，对文学原理某些从思辨性讨论转向实证性研究的趋势并没有表明文学基本理论的探索已经终结。相反，实践表明文学原理基本概念、深刻内涵、应用前景及其新形态的展示，还远未被发掘出来，一个很大的必然王国还摆在我们面前。尽管近些年国内出版了不少文学原理、文学概论类教材，但只要学科发展不停顿，教材就应不断更新。学科的发展和教材的建设还远没有达到尽头。这就是我们在现有基础上吸收以往成果、重编一部教材的根本原因。

一　本书的思路、体例与特点

　　为适应教学需要和学科发展，本书在撰写思路和体例设计上做了很大调整，以期更好地服务于教师和学生在扎实掌握基本知识的前提下，顺利进入与文学原理有关各项前沿领域的研究工作，从而实际增强分析和解决文学问题的能力。

一部好的教材同一位好的教师一样，其主要功能不应只满足于传播知识，而应着重考虑培养学生如何思考问题、提出问题和创造性地解决问题的能力。文学理论本质上是一种方法上的工具。为此，这部《文学原理》的编写，自觉地加大了方法论的成分。"让文学原理真正成为文学原理"，这便是本书的目标和愿望。要想实现这一点，当然须注重文学原理之间的有机性、关联性和逻辑承递性，使它们成为互不重复、有衔接顺序的融贯整体。要想实现这一点，并保持理论的严整性，有些文论史上的东西，中外文学理论的某些成分、创作思潮和批评状况等，只要不适宜加入原理阐述的系统，当然就把它们剔除了。

　　既然是文学原理，那么就要厘清文学原理自身相对的自足性、独立性和有机性。这是它作为一门学科的最大立足点。枝枝蔓蔓的东西太多，术语与概念过分庞杂，容易掩盖和削弱原理作为科学体系的理论功能。经过反复推敲，本书把文学原理系统定位在"五个W"上，即"文学是什么""文学写什么""文学怎么写""文学写成什么样""文学有什么用"。这就是本书第一章至第五章的内在逻辑和基本内容。第六章是一个总结，讲文学与文学理论的区别，文学理论的构成与机制，以期进一步提高对文学原理认识的自觉性。

　　这样一来，本书看上去似乎简单了，但实际上是纯粹了、完整了、严密了。这种处理，没有了一些杂七杂八的东西，却更规范更有用了。文学原理倘不把根本的东西留住，而是过多地铺张一些派生的内容，它就会像滚雪球似的愈来愈大。"做大易，做纯粹难。"回到最基本的范畴，抓住最基本的问题，靠理论本身的逻辑产生一种魅力和吸引力，这样的文学原理才能成活，才能涵容其他学说并产生新的理论生长点，才能更靠近文学创作，也才能更具有启发性和可读性。此外，依靠逻辑和思辨过程，一环扣一环，有些问题点到为止，让讲授者和学习者能找到故意留下空缺的地方，以便继续发挥下去，这也是本书的一个追求。

　　例如，"文学的主体与创作"这一章，是想说明一个极其繁复、隐秘、多样的创作与接受问题。但怎么表达能讲清楚呢？难道各种极具个性的创作状态与接受过程都要介绍吗？显然是不必要如此过细的。创作无定法，接受无常规。因此，只能根据原理提出一定的思路，从根本上加以处理，而具体创作方法和接受方式尽量少讲，有些问题则放到"文本构成与解读"中去展开。如此一来，创作与接受的主体含量可能还会变得更大些。以为多讲细讲创作方法与创作原则问题就可以指导文学创作，完全是个误解。作为文学史的研究方式，倒是可以梳理各种创作倾向，文学原理是无须在此多费笔墨的。

本书由于给原理"消肿""减肥""缩水"，势必很多地方留下了"空场"。本来，对这些地方进行细致阐发是可以的，但还是留了下来，一则考虑恢复原理的原貌，一则考虑给教师留下发挥和讲解的余地，给学生腾出激发思维活性的空间。譬如文学批评问题，本书就大大地压缩了。因为它不是原理的重要组成部分，把它放在"文本解读"一节的"阐释与批评"中处理，而不像有些教材那样从正面加以说明，完全可以。其实，原理类的书只要能从方法论上认识它就足够了，若逐个介绍文学批评方法，实际上倒是一种限制，因为文学批评方法的灵魂在于更新，在于创造，在于实事求是。所以，留有余地是没坏处的。

读者可能会发现，为了实现文学原理的纯洁性，本教材没有多举文学的例子，甚或可以说已经把举例论证的方式减弱到最低限度。在我们看来，原理就是原理，原理应主要是道理和规律的阐释，其本身并不需要多少例子来支撑。原理一旦成立，就带有应用的普遍性，就可以解释许多文学实例。如果靠例子来做主要的说明手段，那是很难有强的说服力的。事实上，严密的逻辑论证才会带来大的理论张力，才会带来解释各种现象的思想动能，才会给人以大的理论自由度。理论的生动性本质上是一种逻辑的生动性和精神的彻底性，因此，依赖"举例子"说明道理往往是成效甚微甚至是无济于事的。诚然，课堂上、讨论中，为了教学和研习效果，讲授者和学生都可以引证和补充大量恰切的例子，但那是授课和探讨的技巧问题与风格问题，已经不属于原理阐释的必要范围。多年的理论实践证明，在文学原理方面，没有比胡乱抽取一些个别事实和随意挑选与组织某些实例来证明某一观点更站不住脚的了。罗列一些别人的见解，然后再配合着罗列一些中外古今的文学例子，表面看达到了某种说明的目的，但这种不甚费力的办法的理论价值和方法论功能着实是有限的。弄得不好，很容易为教条主义和主观主义留下藏身之地，把本来是动态的东西描绘成静态的东西，把本来是相对的东西解释成绝对的东西，把本来是局部的东西证明成全体的东西。因此，本书力图摆脱常见的"观点加例证"的阐述模式。

为了体现理论的个性和主体性，也为了使原理成为理论自身的东西，本书采取了不通过他人的话来建立什么观点的论述办法，而是尽量用自己的理论语言来表达。本书即使引用某个思想家的话，也是觉得它对说明某个问题有较大的代表性，并把它有机地纳入自己的原理体系中来，争取不重复、不累赘,避免原文的大段引用和转录。经典作家和杰出理论家的许多话是精彩的,不可替代的,但关键是如何巧妙自然地把它们转化或嵌入到文学基本原理的论证里边。别人的意见也应重视,关键是不可人云亦云,"辗转抄袭"。我们尝试着这样做了。与此同时,为了保持原理的学术性和开放性,本书又将有些引文的较详细的内容或相关意见放在每章后面的注释中加以解决。这样,读者可以在正文之外看到更宽阔的理论层面和更丰富的资料线索。

这里涉及科学上继承与创新的关系问题。中国有句老话:"继往开来。"这是很符合辩证法的。文学原理的建设不能总是"从头开始",要学会扎扎实实地承接前人的遗产。但"继往"只是手段,"开来"才是目的。本书追求通过原理的学习,能把自己的认识活动汇进不断发展的人类文学理论前进的长河中去。基于这一点,本书主张贯彻启发式的教学方式,注意任何一个新概念和新原理总是在旧概念和旧原理与新的文学现象矛盾运动中诞生的法则,注意展开这些矛盾,鼓励学生自己去主动思索。在这个过程中,即使学生想错了也不要紧,他会由此得到极为宝贵的独立研究的锻炼,况且,勇于提出新见总比原封不动地重复书本要强得多。"尽信书不如无书",文学原理亦应看成是发展中的东西。"科学根植于讨论之中"(Heisenberg)。提倡讨论,提倡学生对书本和教师所讲的意见提出怀疑和质询,这对于树立好的学风,对于培养创造性人才,是至关紧要的。

二 文学原理的研究方法与态度

文学原理是一门科学。既然是科学,就要求用科学的方法来对待它。

文学原理的研究方法一般分两个层次:一个是基本方法,即主要是哲学的和逻辑的方法;一个是具体方法,它表现为多种维度,如社会学方法、心理分析方法、阐释接受方法、新批评方法、结构主义方法、解构主义方法、符号学方法、文化学方法、语言学方法、比较诗学方法等等。本书的方法当然属于前者,而把一些具体方法的研究成果尽量在基本论述中反映出来。

不同的理论学派,不仅在本体论的说明上存有差异,就是在研究的方法论上往往也表现出不同的旨趣。比如,同样是侧重探讨文学作品的语言形式,新批评的研究方法就和解构主义的研究方法有很大的不同。不过,任何一个学派都必须遵循基本的哲学方法和逻辑方法,这是文学理论作为一门科学的起码要求。本书主张按照历史和逻辑相统一的原则来抽象地处理文学理论的"元问题"。

文学原理研究方法和态度可讲的很多,这里仅就值得注意的几个问题稍加说明。

一是要注意宏观研究与微观研究相结合,也就是要把文学的"外部研究"和"内部研究"结合起来,把握文学"公转律"与"自转律"的辩证统一。文学理论既要注意文学作品构成的内在要素的探讨,从语言到意象、结构、手法、技巧,再到思想意蕴,同时又要把这些因素同作家、读者、社会、文化等因素结合到一块。只有这样才符合文学活动的实际,才可能较全面准确地把握研究对象。尤其是文学原理,它所研究的是文学的普遍现象,而不是个别现象,它必须从把握文学事实的总和出发,而不能偏于一隅。尽管这样做会显得有些抽象,有些困难,但毕竟从事实的总和、从事实的联系中得出的结论比较准确、比较雄辩、比较带普遍性,它要比大量片断的缺乏联系又无法比较的材料堆砌在一起要好得多。理论终归是理论,它与一般性的"讲解"与"谈故事"要有所区别。

二是要正确对待跨学科研究的方法。现代科学的发展,一方面呈现出越来越细的学科划分,另一方面又表现出越来越明显的学科交叉性,学科之间相互影响、渗透的趋势日益显著。因此,对任何一个学科的研究都可以从其他学科那里获得精神上的营养和方法上的启示。跨学科研究方法对文学理论研究带来的突破和启迪是明显的,尤其是当今多学科的广阔视野,使文学研究展示了诸多新面貌。一些自然科学的方法也为文学研究带来一定的生机。但是,必须看到跨学科研究也给文学理论研究带来了某些问题,如盲目借用其他学科方法,搞方法至上主义和方法决定论,忽视理论观念和范畴内容的开掘,便产生了明显的弊端。"它山之石,可以攻玉"固然不错,但必须回到"玉"而非"石"。如果"攻"的不是"玉",而是别的,那就胶柱鼓瑟,避坑落井了。此外,我们也不能简单地提倡"文学理论的美学化"。把文学理论的进步说成是其"美学化历程",实际上是个误区。道理并不复杂:文学理论就是文学理论,文学理论不等于美学。"文学理论的美学化"又怎么跟美学理论严格区分开来?显然这是越俎代庖、界线混淆的做法。事实上,恰恰是自觉不自觉的"美学化",使文学理论的学科特征、学理色彩和学科精度大为减弱了。不是不可以借用美学研究的某些观念与方法,问题是应该越借用越能突出文学理论的特殊性,这是学科的性质决定的。所以,从这个意义上讲,我们在跨学科研究中,要注意保持文学理论研究的相对独立性,使它既不是美学,也不是一般的文艺学或艺术哲学,这样才有助于学科的发展。

三是要正确对待文学的文化研究。严格地说,文化研究是从文学研究中生成的,但已具备了相对独立的学科意义。它与传统文学研究之间有着错综复杂的关系。由于文学研究本身并没有就它"在做什么"这一问题得出过统一的意见,所以,便给文学从文化价值角度研究留下余地。文学研究不必对文化研究的宽泛和越轨提出指责,但文化研究也须意识到,只有把文学研究的技巧运用到自身的材料中,才能有所发展。反过来讲,把文学作为某种文化实践来研究,将文学作品与其他论述联系起来,将"文本"和"作者"放大到更广阔的范畴,文学研究也势必会有新的创获。在这里,文学自律性和他律性之间的内在联系将又一次被看到。同时也能看到,人们对文学——或者说"文学经典"——的认识在发生移动和变易的痕迹。

不过,我们是不主张文学的文化解读的任意性的。对商品广告和性暴力的研究终究不能代替对莎士比亚剧作和《金瓶梅》的文学分析。文化研究应该能使文学研究作为一种复杂的、相互关联的现象得以强化,而不是替代、吞噬和扼杀。它应当提供任何一个可以想象得出的合理的角度去研究文学现象和文学作品,这是其作为方法的积极价值所在。如果说文化研究还有一个潜在功能的话,那就是它让人们懂得:"杰出的""有特色的"作品在现实中是变迁的,是在了解它代表何种语境、何种文化经验和文学形式的情况下被选定的。需要指出的是,文化研究最好有文学研究的功底,不能丧失对文学作品的理解与欣赏能力。否则,文化研究很容易变成一种庸俗的、非量化的文学社会学,把文学作品作为反映作品之外什么东西的实例或表象加以粗暴地对待。尽管这种分析可能很有趣,可能也涉及社会、政治等问题,但毕竟离文学本身甚至离文化问题相去甚远。

应该说,文化研究同文学研究一样,其成果不仅要能说明对象,而且应当有利于改变和创造对象。文化在历史上虽说是有某种稳定性的,但它又不是中性的。文化研究不能回避其中的价值问题。把文化现象当成一种"绝缘体"来处理,好像与道德观、审美观没有干系,那将给文学的文化研究带来虚假和苍白。

四是要及时应对信息化时代的方法论挑战。信息化尤其是电脑多媒体网络化,不仅给人们的生活和观念带来重大改变,作为一种基本的"生存工具",它也给我们在理论研究的方法上带来一次革命。通过电脑和网络查询、收集、处理、统计文本材料,既方便又准确,而且,网络文学的发展前景也难以预料。信息化时代的方法论变革将会对文学和文学理论建设产生怎样的影响,是值得进一步研究的课题。诚然,应对信息化时代的方法论挑战是一个过程,但至少我们应有更多的研究者能驾驭"信息高速公路",并因此提高基本信息的收集能力,进而推进一种更具整体性的、高水平的阐释文学的知识与话语的诞生。

　　文学原理研究的方法是同研究态度密切相关的,态度在相当的意义上甚或可以决定着方法的运用与选择。

　　文学理论归根结底是一门历史的科学,它所涉及的是历史性的即经常变化的材料。因此,首先我们要有一种历史主义态度,要意识到它的范畴、概念、体系同它表现的关系一样,不是永恒的,它们只是历史的暂时的产物。任何超出时间和空间界限寻求终极真理的企图,不管其目的如何,也不管怎样迷人,都是一种臆想,都是不现实的。因此,在研究问题时,一定要实事求是地从文学事实出发,切不可从抽象的法则出发。文学理论的深度,不在于是否把所谓规律从外部注入文学本身,而在于是否从文学现象本身找出这些规律并在文学活动里加以阐释。

　　其次,要注意保持知性和理性的态度。当我们对文学作抽象的同一性考察时,那是撇开了文学的内在联系,只取其一部分或一方面作相对静止的研究;当我们对文学作具体的同一性考察时,则是从文学的整体上分析其内部矛盾,观察其各部分、各方面及其相互间的联系,以求获得关于文学多样性统一的具体知识。这里,知性是理性的基本材料,理性是知性的延伸发展,两者又都必须以感性为认识的出发点。文学理论研究,有一个从抽象上升到具体的过程,但这个过程只是思维用来掌握具体并把它当作一个精神上的具体再现出来的方式,而不是把客观具体的文学理解为"自我综合、自我深化和自我运动"的思维的结果。这后一种做法,只会开出不结果实的花朵。

　　再次,要有"问题化"的研究意识,"推进性"的研究态度。在这点上,当然要强调文学理论的"当代性"问题。理论是要前进的。它的生命力取决于它对现实的阐释能力。文学理论关注当代问题,紧扣时代脉搏,注意清理研究的问题哪些是老问题,哪些是新问题,哪些问题已经解决或接近解决,哪些问题有待重新思考或进一步深化,经过历史的检验证明哪些问题是真问题,哪些是伪问题,哪些是西方的问题,哪些是中国的问题,哪些是普泛性问题,哪些是特殊性问题,哪些是带有前瞻性、预见性和设想性的问题,等等。这样,文学理论才能发展,才能进入新境界和新形态。把文学理论学成一堆"死知识"或"新概念"而缺乏问题意识,是有悖于文学理论的功用的。

最后,要保持一种不断反思的科学态度。任何一个研究文学理论的人,不管是学者还是学生,都是"在路上",他的思想经历是一个不断自我反省、自我检讨的过程。文学理论的变迁是异常复杂而迅速的,每个人都可能带有自己的盲点和偏见。因此,要学会比较,博采众家,独立思考,调整自我。譬如,有学者认为,当前文学理论是"西方出理论,中国出材料",将西方的问题中国化。的确,在西方理论的观照下,中国的问题被掩盖了,有些研究者于西方理论的镜象迷误中将自我他者化。面对这种情况,我们能不能以严肃反思的心态作些思考呢?能不能超越对西方文论仅限于译述和套用的阶段,尝试建立一种带着中国问题进入西方问题再返回中国问题的思路呢?中国的文学理论要有自己的本位话语,要关心文学科学的"知识增长",要在不断反思中体现出推进和创新精神,否则,要取得长足进步是困难的。

第一章　文学的本体与形态

文学是什么？这是文学原理必须解答的首个问题，也是深入研究文学的一个基本前提。但这个看似简单的问题，却因为文学自身构成、发展的复杂和人们认识的差异而产生了多种多样的答案。① 今天，我们可能仍然得不出一个绝对完整确定的结论，可以一劳永逸地解决问题。因为对于不断发展变化着的文学，这样的结论也许是很难存在的。真理是一个过程，要接近这个真理，解决问题的方法思路比孤立静止的结论显得更为重要。从这点出发，具体到"文学是什么"，那就需要我们一方面用共时的眼光将文学看作一个整体，从宏观和微观角度考察其本体与形态的有机构成；另一方面，又要用历时的眼光，将这种考察放到历史的生长过程中，通过文学观念、概念的演变来获得一种印证。这样才可能形成相对合理的理解。

任何一种事物，都是其本体与形态的有机组合。本体是什么？从哲学意义看，本体是事物的形态掩饰之下的特质，是此物之所以为此物的内在规定性。② 每一种事物都有自己的感性形态，但形态不等于本体，它只是事物的外在表征，即我们可以通过感官直接把握的特点。本体则潜藏于形态，借形态显示自己，又决定着形态。因此，严格地说，本体是不可直观的，但它对我们认识该事物又非常重要。文学也如此，我们对它的认识当然不能脱离开文学本体这个根本方面。

那么，什么是文学的本体与形态呢？我们知道，包括文学在内的所有艺

---

① 例如：文学是神的赐予；文学是情感的表现；文学是现实世界的摹仿再现；文学是写作形式；文学是直觉和本能欲望的表现；文学是一种艺术符号；等等。

② 关于事物的本体，可以借鉴康德的思考。康德认为以内容和形式相统一而独立于人之外的感性物质材料只不过是存在的表象，它们背后还有一个本源（即本体），正是它提供了某物之所以成立的规定性。这个本源就是所谓"物自体"。在康德看来，由于物自体的存在，对象才能提供某种刺激，为我们先验的时空直观形式所接受，从而产生直觉和可感观念即现象。也就是说，人们可以认识事物的现象，但现象不是本体。如果我们抛弃康德关于物自体的唯心主义神秘因素，思考事物内部的质的规定性，对于更深入地把握现象界是很有必要的。特别是作为精神现象的文艺创作活动，尤其需要这种深入探究。

术,其实都是两种存在的体现,即物质的存在和观念的存在。就前者而言,作品是一个物质实体,是以特定物质为手段形成的艺术符号系统,是内容和形式的有机整体,它使艺术呈现为一种现象。然而,这种现象是受制于艺术的观念存在的。后者借助前者传达自己,但它本身不能直观,这种观念形态的存在正是艺术的本体成分。艺术本体的构成是一个复杂的有机过程,它是多种因素在创作主体思维里的激活。这些因素至少包括:1.整个时代和创作主体本身所追求的哲学、美学及文化基本观念;2.创作主体所面临的外部世界及其相应的"内化"方式;3.创作主体的内部心灵世界及其相应的传达方式;4.具体的艺术样式所必需的切入生活的途径和方法。

应该指出的是,上述任何一种单一的因素本身都不是艺术本体。它们必须有机地激活在创作主体的创造性思维里,也就是说,创性性思维涵泳着上述诸多因素有机地活动并最终导致作品产生,这个先在于作品形态的思维过程才是艺术的本体世界。它不是作品单一的构思过程或构思的结果,它比具体的构思及其结果在质上更深入,在量上更宽阔。当然,这种艺术的观念存在最终有赖于艺术的物质存在来固化。但当作家一旦获得了用以固化本体的内容和形式并将它展示出来,形成物化作品时,本体便退隐到不可直观的潜在状态中。概言之,从根本上看,艺术本体也就是创作主体从艺术特定的精神、审美和文化角度(而不是其他角度)对世界的理解、思考和创造性把握。文学本体当然也就是作家从文学特定的精神、审美和文化角度对世界的理解、思考和创造性把握。因此,文学作为本体或者观念,必然要涉及意识和思维、审美和精神这些重要范畴。而文学作为形式或者现象,则必然又要涉及物质形态、言、象、意等重要因素。只有在它们构成的关系网络中,我们才能够相对合理和更为完整地把握"文学是什么"这个重要问题。

一 文学作为观念

文学作为观念,并不是要探讨"文学观念"这类具体问题。它所要探讨的是文学的本体或者本质问题。对此,只有深入到人类意识和思维、审美和精神领域的深处才可以完成。

意识和思维

在纷繁的现实世界中,文学并不是一种自在之物。它是作家的创造,并且这种创造之物,与一般的劳动产品不同,它用自己的整个形态记录、体现着创造主体的意识活动和思维过程。因此,我们不仅可以说文学是意识和思维的产物,还可以说它是意识和思维的一种体现形式。

意识是什么?意识是特殊组织起来的物质即人脑的机能和属性,是客观物质世界在人脑中的主观印象,是人特有的精神活动。由于客观物质世界即意识的对象世界可以分为不同的领域,所以,意识相应就有不同形态(或形式),譬如政治意识、法律观念、哲学、伦理道德、宗教以及文学艺术等。文学艺术是一种特殊的意识形式,其与众不同之处就在于它的审美性和情感性。艺术的审美特殊性将构成我们理解文学的重要线索。

明确文学是一种情感的审美的意识形式,其重要意义在于,可以使我们清楚地认识文学在整个社会结构中的位置,从而解决一系列关于文学的重要问题。譬如文学为什么必然形成它自身的特点,文学与各种社会现象、社会因素之间的关系,以及由此派生的属性如何,文学创作的动力、规律、目的及其成因是什么,文学到底有什么功能、作用,文学发生、发展的规律及其内在外在的动因是什么,文学与生活与作家之间应该保持一种什么姿态等等,甚至还可以使我们明了一定的文艺政策、措施产生的宏观原因和目的……也就是说,几乎关于文学的所有问题,都可以在这个根本基点上找到一定答案,因此难怪人们习惯上要把文学的社会审美意识形式属性理解为文学的本质所在。

那么,文学在整个社会结构或者说在文化总体中到底占有一个什么样的位置呢?根据唯物史观的原理,社会结构或者文化总体由两个基本部分组成,即经济基础和上层建筑。"人们在自己生活的社会生产中发生一定的、必然的、不以他们的意志为转移的关系,即同他们的物质生产力的一定发展阶段相适合的生产关系。这些生产关系的总和构成社会的经济结构,即有法律的和政治的上层建筑竖立其上并有一定的社会意识形式与之相适应的现实基础。物质生活的生产方式制约着整个社会生活、政治生活和精神生活的过程。不是人们的意识决定人们的存在,相反,是人们的社会存在决定人们的意识。"[1]也就是说,在与一定物质生产力相适应的、由社会生产关系的总和构成的、社会赖以生存和发展的现实物质基础即经济基础之上,建立着社会的上层建筑,而这个上层建筑领域内,既有以实体方式存在的政

---

[1] 马克思:《〈政治经济学批判〉序言》,《马克思恩格斯文集》第 2 卷,人民出版社 2009 年版,第 591 页。

治、法律制度,又有以意识形式方式存在的"由各种不同的,表现独特的情感、幻想、思想方式和人生观构成的整个上层建筑"①。实际上这也是指政治意识、法律观念、哲学、宗教、文学及其他艺术。这些不同意识形式,它们与经济基础,与作为实体的上层建筑之间的关系并不是等量的,有的距离较近,关系较密切,如政治意识、法律观念;有的则距离较远,关系较间接,如哲学、宗教、文学、艺术。并且,作为具有特殊性即审美情感色彩的意识形式的文学和其他艺术,则是"更高地悬浮于空中的意识形态的领域"②。这就是文学在社会结构或文化总体中所占的具体位置,这个位置意味着——

第一,文学作为上层建筑领域内的一种意识形态形式,必然具有其他所有意识形式乃至整个上层建筑领域的共性,即它们的构成状态及一切发展变化都必然最终决定于经济基础和社会生产状况,因而,一切文学现象归根结底必须由这个基础出发,才能得到真正充分有效的解释和说明。同时,文学必然要和与它相邻的其他意识形式和上层建筑部类发生联系与相互影响,从而深深印上它们的印迹。文学与政治、哲学、道德、宗教那种割舍不断、丰富多彩的关系,根源就在这里。第二,文学作为一种情感审美意识形式,一种更高地悬浮在空中的领域,其特殊性又使它拉开了与其他意识形式以及实体上层建筑部类的距离,从而有了自身更为突出的自主性和独立性。文学由于自身的情感特点和审美特点及其形象建构的特殊方式,其独立性有着更为独特、突出的体现。譬如,莎士比亚、巴尔扎克、托尔斯泰、曹雪芹、鲁迅等伟大作家在其作品里对社会发展规律和人类心路历程的形象揭示和预见,其真实性、深刻性、真理性与表达的独特性都是其他社会意识难以替代的,所以有人才会说他从巴尔扎克《人间喜剧》那里学到的东西,比从当时职业的历史学家、经济学家和统计学家那里学到的全部东西还要多。③文学发展与社会经济发展水平的不平衡性,其突出程度则是其他意识形式无可比拟的,因而马克思才特别强调:关于艺术,它的一定的繁盛时期决不是同社会的一般发展成比例的,因而也决不是同仿佛是社会组织的骨骼的物质基础的一般发展成比例的。④ 这种不成比例的不平衡现象造成了文学

---

① 马克思:《路易·波拿巴的雾月十八日》,《马克思恩格斯文集》第2卷,人民出版社2009年版,第498页。
② 恩格斯:《致康·施米特》,《马克思恩格斯文集》第10卷,人民出版社2009年版,第598页。
③ 参见《马克思恩格斯文集》第10卷,人民出版社2009年版,第571页。
④ 马克思:《〈政治经济学批判〉导言》,《马克思恩格斯文集》第8卷,人民出版社2009年版,第34页。

发展的复杂性和神秘性,从而使任何简单的理解都会在这里感到无所适从。在社会意识的历史继承性方面,文学的独特性鲜明地体现在历史上那些优秀的作品中,无论它们产生在封建时代、奴隶制时代还是遥远的原始社会末期,似乎都能超越时空,代代相传,给人们以精神的滋育,体现出其他社会意识形式无法企及的永恒魅力。至于社会意识对社会存在的反作用,由于要通过人的实践来实现,反作用的大小往往取决于一种思想影响大众的广度和深度,文学在这方面的独特性就更明显了。一方面,它使人们感到其作用力的一种"空""虚"与缥缈状态,是社会众多强势因素下的一种柔弱的话语言说;但另一方面它却以其强烈的情感和审美魅力,浸渍人的心理,触动人的灵魂,释放出巨大而久远的能量,在文化变革和社会转型时期充当着十分重要的先导和鼓舞角色。西方文艺复兴时期、中国"五四"时期的文学就是这种巨大影响力的两个典型例证。当然,我们也必须看到,关于文学发展同社会经济发展的关系,考察的时期愈长,考察的范围愈广,倘若画出文学发展曲线的平均轴线和经济发展的平均轴线,那么就会发现,这两条线是接近于平行的。① 也就是说,归根结底,文学与社会经济之间的相互关系是在不断为其开辟道路的经济必然性的基础上发生作用。

可以肯定地说,由文学的特殊意识形式性质所派生出来的文学学问题是丰富多彩的,它是一个生长点,有许多理论范畴都由这里孕育而出。而反过来,它又是众多文学学问题的理论归宿,只有回到这个基点上,回到社会结构和文化总体的视野里,我们才能正本清源,使众多文学问题得到科学阐释。

总而言之,文学作为一种社会审美意识形式,这是文学本体构成中的一个重要方面。正是它,才使文学与纷繁的物质世界拉开了距离,才使我们对文学的辨识获得了第一个结果。当然,同时它也使文学成为社会结构和文化总体中一个其他任何东西都无法取代的重要角色。

然而,关于文学的本体问题,仅仅停留在文学是一种情感与审美意识形式说明之上是远远不够的。我们接下来将要碰到的问题是,这种意识是如何在作家的头脑中形成的? 要回答它,就必须对作家的思维进行探究。不过,从本体角度出发,我们所要研究的不是作家写作具体作品时那个实实在在的思维过程,而是要从普遍规律的意义上,来考察文学这种活动怎样呈现

---

① 参见恩格斯:《致符·博尔吉乌斯》,《马克思恩格斯文集》第10卷,人民出版社2009年版,第669页。

为人类的一种思维。或者说，人类如何能够运用、又如何运用这种独特的思维来实现对世界的又一种掌握。在这个意义上，对思维的研究，必然就要带上哲学和方法论的色彩。

作为万物之灵，人，从来就没有甘心于被动地适应客观世界，他总是渴望掌握并改造这个世界。要掌握世界，思维是一个基本前提，也是一种基本方式。在漫长的实践活动中，人类培养起两种主要思维能力，与此相应，产生出两种基本的掌握世界的方式，即由抽象思维促成的科学方式（又称理论方式）和由形象思维促成的艺术方式（又称情感方式）。前者是在感知材料形成的表象基础上，经由抽象（舍象取义）活动，形成概念，再构成判断，最后在推理的逻辑系列中，完成对客观世界本质和规律的把握。要实现这个思维目的，整个抽象思维过程必须严格做到抛弃对象的个别特性（个性）和主体的情感好恶，因而抽象思维具有客观、普遍、冷静、简明等科学属性。形象思维则与此相反，它在感知材料形成的表象基础上，通过情感和想象活动，将主体的情感和思想移注到事物的个性特征之中，实现"神与物游""以象显质"，从而创造出主客体交融、情与境相生的意象体系。在这些意象中，客观之物成为主体精神、人格的顺应物，是充分人化的，因而它们往往具有鲜活的个性，生动的情趣，可以给主体以及任何一个接受者以审美愉悦。当它们被物化为形象，在接受中流传时，便实现了上述对精神的表达和满足目的，人对世界的艺术化掌握亦告成立。在此，有思想家强调激情是鼓满船帆的风，没有这个风，文学之船就无法航行，是有道理的。由此可见，整个形象思维过程充满着情感和精神创造色彩，必然会具备主观表现性、个性化、情感化以及委婉含蓄等属性。

概括起来，似乎可以得出这样的结论：所谓形象思维，也就是艺术家在创作过程中始终伴随着形象、情感、联想和想象，通过事物的个别特性去把握一般规律从而创造出艺术美的思维方式。在这里，形象思维被做了严格的限定，首先限定的是它的特点。我们强调，第一，形象思维始终伴随着形象，是通过"象"来构成思维流程的，也就是所谓"神与物游"。"神"，在这里指的是人的精神，人对事物的特殊理解，它是抽象化、缥缈化的，但在这种思维里必须让它形象化，让它与物一道活动，或者严格地说是潜藏在物当中，成为一种内在的蕴藉。因此，形象思维的外观始终是"形象"。在这里，必须对"始终伴随着形象"的"形象"作一番解释，如果把它完全理解为"艺术形象"，那就出现了错误，确切地说，在形象思维的初始阶段出现的"形象"，那只是一种生活具象，或者物象，最多不过是表象，它们更多地来自现实世界,只具有客观性,在形象思维活动的完成阶段,它们才被加工为艺术形象。因而也可以说,形象思维过程其实也就是对具象的加工改造过程,通过这个过程,具象或者表象变为意象,最后形成形象。形象是创造的产物,但它保持着"象"的个别性存在状态,是感性的,可以通过感官感受它,但它同时又包涵着主体对世界的认识理解、情感心愿,因此又是飘逸的、灵动的(而不是死板的、呆滞的),有一个需要品味、体悟才能进入的内在空间。所以,通过它也就实现了通过个别事物个别特性把握一般规律的目的,这也就是所谓"以象显质"。

第二,形象思维始终伴随着情感。人是触物起情的,形象思维把人置身于一个很具体的环境里,他就必然会产生形形色色的情感反应。然而情感对于形象思维的重要性远远超过了情感生成这个自然过程,也就是说,我们必须更进一步地看到,正是情感这种感性化的心理体验,才真正推动了形象思维的产生、流动,最后导致美的创造;正是情感才赋予了形象思维一个活动的方式。没有情感,主体便不会有灵动的心灵和敏锐的感觉,自然不会也不可能去追求与外在事物的沟通和感应,形象思维的关键环节即由表象向意象升华过程中的移情活动便不可能发生。

第三,形象思维始终不离开想象和联想。甚至可以说,想象和联想是形象思维的主要方式。为什么如此呢?那是因为形象思维必须建基于客体与主体这两个原本互相分离的世界之间的沟通,主体借物传情,托物言志,让客观之物负载与它本来毫不相干的主观情志,因此客观之物必须改变自身的状貌,甚至以一种全新的或变形的姿态出现。这种情的移注、象的转换与变化,除了想象和联想之外,没有什么东西能够完成。形象思维之所以神奇,难以驾驭,正是想象与联想的特点决定的。形象思维的这些特点,我们在任何一个作家的创作思维里,任何一部作品的创作过程中都可以窥见。正如巴金在谈他写《家》的过程时所说的那样:书中人物都是我所爱过和我所恨过的。许多场面都是我亲眼所见或者亲身经历过的。的确,我写《家》的时候,我仿佛在跟一些人一同受苦,一同在魔爪下面挣扎。我陪着那些可爱的年轻生命欢笑,也陪着他的哀哭。我一个字一个字地写下去,我好像在挖开我记忆的坟墓,我又看见了过去使我心灵激动的一切。在我还是一个孩子的时候,我就常常目睹一些可爱的年轻生命横遭摧残,以至于得到悲惨的结局。那个时候我的心由于爱怜而痛苦,但同时它又充满憎恨和诅咒。我有过觉慧在他死去的表姐(梅)的灵前所起的那种感情,我甚至说过觉慧在他哥哥面前所说的话:"让我们来做一次牺牲品罢。"一直到我在1931年年底写完了《家》,我对于不合理的封建大家庭制度的愤恨才有机会倾吐出来。① 在巴金对自己创作思维的表述中,我们看到的是形象、情感以及想象的鲜明运动,正是这种运动,才使他实现了对生活的艺术把握——一种精神化的写照。这种写照在任何作家笔下最终都会升华为美,以审美方式体现出来,因而形象思维又伴随着无穷的美感意蕴,有着一整套从内容到形式的审美构成法则。这一点将在后文论及。

我们把形象思维限定为作家艺术家的创作思维,这是就狭义而言的。从广义上看,形象思维既然是人类掌握世界的一种方式,便不会仅仅为作家、艺术家所独有,在生活中应该随时都有体现。实际也确实如此。在人们的日常审美活动中,发挥作用的肯定是形象思维能力,这种能力的大小往往决定一个人的审美水平的高低。但是,由于生活中功利因素的存在,使人们不能离开抽象思维,因而人们在生活中的思维活动,往往形象与抽象交织融会,综合带来特点的消解,因而反却导致了平淡。这么说,并不意味着我们可以从根本上否定两种思维方式互相渗透带来的巨大价值,特别是在艺术创作过程中,来自于抽象思辨的深刻理性往往是深化形象思维,使它产生更大价值的基本条件。没有深入的理解,形象思维怎么能做到"以象显质",揭示生活的本质和规律,最终成为人类掌握世界的一种方式呢?所以,有人甚至认为形象思维是抽象思维的形象化。这种说法虽然有些偏颇,但却有力突出了形象思维与抽象思维之间的深层关系。只有在早期人类和小孩子那里,才会有相对纯粹的形象思维存在,由于没有深入的理性渗透其中,这两类人尚未获得充分的抽象能力,因而它们的思维显得稚气、真纯,带着朴素的美感。这种形象思维的良好天性延伸到创作过程中,使艺术创作活动成为"童心未泯的活动",这是一种可贵的艺术品质。但是孩子和早期人类虽然使用着这种"纯粹"的形象思维,却并未成为真正的艺术家,其主要原因,恐怕就是他们的形象思维一方面缺少自身情感的审美升华,另一方面又缺少深刻的理性判断作为底蕴。

由于上述现象的存在,我们可以将形象思维划分为低级、中级、高级三个层次、三种类型。所谓低级层次形象思维,也就是原始人和幼儿式的纯形象思维,其实这是一种被动化的不得已而为之的具象思维。中级层次形象思维,即日常情感和理性融会的形象思维,它往往可以赋以"象"约定俗成的普通的象征或暗示意义,因而可以为创作提供丰富的原始材料。高级层

---

① 巴金:《谈〈家〉》,《中国现代作家谈创作经验》,山东人民出版社1980年版,第206页。

次形象思维,也就是纯粹的艺术思维,它是中低层次形象思维的升华与发展。它渗透着审美情感和深刻的至真至善理性,能够把艺术本体所必须涉及的众多因素有机地整合进来,最终实现精神创造的自由。

强调形象思维还有一个重要意义,那就是可以使我们将文学在内的整个艺术体系从科学体系中区分出来。艺术与科学都是人类思维活动的产物,它们的差异性在哪里?就在于其运用的思维方式的不同。科学是抽象思维的产物,艺术则是形象思维的产物。艺术与科学的差别这个文艺理论上的又一重要问题,只有在思维类型上才能得到根本阐释。有了这个前提,它们的具体差异便显得十分清晰。这里,我们可以从对象、方式和结果三方面对科学与文学的差别进行简要概括:从对象看,科学分门别类反映客观世界的不同领域,这是科学思维的抽象性的必然选择,既然离开了"象",对象世界便必须要被分类;文学则反映以人为中心的社会生活整体,这是艺术思维以"象"为基础的整体性的必然选择。从方式上看,科学通过"舍象取义",以概念、判断、推理直取客观世界的本质和规律;文学则通过"神与物游",以情感和想象的充分活动来暗示、象征生活的本质和规律,做到"以象显质"。从结果看,科学以抽象的语言甚至公式构成逻辑体系,客观、冷静、普泛地阐述客观世界的不同领域,给人以真理的严谨与权威感,有着广泛的普遍性;文学则以生动的语言构成形象体系,情绪化地、富有个性地表现带主观性的现实世界,给人以审美的感染和精神的愉悦。同时,作为世界的心灵图景,每一个文学文本都有不可替代的惟一性。

审美和精神

前面,我们论述了包括文学在内的艺术是形象思维的产物。如果继续追根究底,探讨人类为什么必须用形象思维这种方式来创造艺术,显然不能如下面这样简单作答——因为人类只有两种思维能力,而其中的形象思维必然导致艺术的产生,如此而已。这种回答不仅没有说清问题,而且还犯了一个巨大的错误,即把思维视作了艺术存在的终点。人类为什么必须用形象思维来创造艺术,正确的回答应该是人类审美的需要使然。而审美则来自于人类漫长的实践活动整体,包括劳动生产、政治、经济和各种各样的文化活动,是从物质世界中升华而来的精神华光,是人对自身本质的追寻与获得的重要体现方式。因此,只有在审美所涉及的实践—精神这个巨大空间里,我们才能真正触及艺术的本体内核,才能真正领会到艺术是由美而求真的生命感悟过程,是将真理置入艺术作品的同时赋予世界和人生以全新意义的创造活动。①

也就是说，正是审美需要才促成了人类感受美、创造美的事物，并最终导致文学艺术作品产生的形象思维能力。因为美只是一种感性的现象，既然是一种感性的现象，当然必须通过形象的思维方式和途径才可以追寻到它。因此，源出于西方的"美学"一词，其本义就是感性学。美学史上，许多美学家虽然对美的本质有不同定义，但都必须注意到它的感性状态。可见，如果没有美这种感性存在方式，没有审美的心理动势和精神张力，人类思维中的形象思维能力可能会向另外方向发展，成为另外一种状态。不过，形象思维既已产生，反过来，它对人类的审美能力又不断发挥着巨大的提升和强化作用。

在艺术的诸多特性中，审美性可以说是一个比较根本的特性。它不仅使艺术拉开了与其他意识形式的距离，获得了独立存在的价值，还决定着艺术的形象性、情感性以及言说的特殊方式。这一点是很重要的。有的人忽视了艺术的审美本性，只强调文艺作为一般意识形式的认识本性，往往就会把艺术作为一种手段来运用，其结果是像黑格尔所说，把艺术"降到为本身以外的目的服务的地位"②。但同时，也不能认为文艺只具有审美的特性，而不具备一般的认识和意识形态的性质。否则，可能又会将文艺导向脱离现实的某种虚幻状态之中。文艺的意识形态性和审美性的关系，应该是"文艺的意识形态性只能（或主要）存在于文艺的审美性中，而文艺的审美性又总是表现一定的意识形态性"③。或者如弗·杰姆逊所说："意识形态并不是诉诸或投资于符号生产的某种东西；确切地说，审美行为本身就是意识形态的，因此，审美形式或叙述形式的生产就应视为一种意识形态行为，它具有对某种不可解决的社会矛盾创造出想象的或形式的'解答'的功能。"④

审美性在艺术本体中起着如此巨大的作用，它的"能量"从何而来呢？这不得不从"审美"的含义说起。所谓审美，简单地说，就是对美的事物的审测，就是在纷繁的现象中发现美、感受美、追求美，从而获得情感的愉悦和精神的超脱。事实上，当人通过实践活动（生产劳动、认识过程以及在社会

---

① 参见胡经之：《文艺美学》，北京大学出版社1999年版，第21页。
② 黑格尔：《美学》第三卷（下册），商务印书馆1981年版，第49页。
③ 董学文主编：《文艺学当代形态论》，北京大学出版社1998年版，第118页。
④ F. Jameson, *The Politcal Unconscious: Narrative As a Socially Symbolic Act*, London: Methaun, 1987.

关系中形成的多种多样的活动方式)将自身的本质意识转化到对象身上,并对之进行观照时,审美活动便开始了。因为这种观照使人获得了美与不美的一种体验,体验的积累便产生了美的观念。这就是美感产生根源和基本含义。

审美的内蕴为文学世界开拓了辽阔的疆域。这个开阔的内在世界,决定着文学不可能是随意的涂抹与书写,或者肤浅庸俗的文字游戏,或者茶余饭后供人把玩的小把戏。也就是说,这个内在的本体将把这些东西有力地排斥在文学(至少是优秀文学)的范畴之外。它使文学必须面对一些更为重要的命题,并在这些命题中体现出合规律合目的的构成法则,否则,所谓创作便不可能搭建起自己的价值体系。这些重要的命题主要是:

第一,文学是真善美的统一。所谓真,就是合规律性,即合于自然规律与社会发展规律。文学要创造美,体现审美意味,就必须把求真放在首位,在对事物和现象的把握、表现中,体现出合规律性的思想特征,体现出追求真理的热忱和勇敢,才能够创造出生动的形象,产生感人的魅力。所谓善,也就是合目的性,即合于人类追求自由、追求人性,从必然王国向自由王国迈进,最终生活得更舒适更幸福这个伦理的目的。善更多相对于人的社会关系而言。在人类社会发展中,那些违背这个目标,也就是违背人、反人性的行为都是非善的恶行,它只能带来丑,甚至它自身就是丑。可见,向善,正是美的又一个前提。它同样制约着文学对美的发现与创造。也就是说,如果失去了真与善,没有了真理和道德的内涵,文学便不能实现美的创造,那么,所谓文学其实也就难以成其为文学了。

然而,问题的复杂性在于,在现实生活与文化构成中,真与善、美与丑并不是一目了然清清楚楚的。美丑杂陈,真假不明,善恶交织,两种对立方面互相遮蔽的现象十分突出,现实生活中的功利化和短视行为,又会将它们扭曲错位。这就可能导致作家的判断失误,使他难辨美丑、善恶、真假,失去歌颂与批判的准确性。但审美的失误并不意味文学审美价值的不合理,当人们在那些美丑颠倒甚至以丑为美为最大追求的作品中感到迷惘并产生拒斥心态,这刚好从反面说明了文学审美的重要性,也说明了文学的形态,根本就无法离开其审美本体而获得其他什么独立的途径和价值。

因此,在这里我们必须再次从文学本体的角度来谈论美的对立面丑。美是生活的价值,丑则是生活的负价值。丑的本质是对真与善的违背,因而也是对人的本质的一种违背。它既然作为现象存在于生活中,文学便必须展示它,审美也必然要融会关于丑的因素,于是审美的"审",即主体态度、觉悟就显得尤为重要。在面对丑的现象时,审美方式必须将丑转化为美,其转化的关键是对丑进行否定、批判、揭露,以厌弃它的方式体现对美的热爱。也就是说,憎恨丑、反抗丑本身就是一种美的行为,作家必须有这种意识和写作基点。这种本体的思考在文学形态构成中,则体现为一些具体的操作方法,比如以丑衬美、美丑交织对比、在同一形象上展示心灵与容貌的美丑分离等等,这样做的结果肯定是对审美内涵和审美过程本身的丰富,从而使作品增强层次感。

　　第二,文学内在构成具有双重特性。由于审美本体的存在,文学的内在构成(而不是它的语言形态)往往呈现出相互矛盾但又有机统一的双重特性。这种双重性就整体而言,可以引用阿多尔诺的概括来说明,即"艺术的本质是双重的:一方面,它摆脱经验现实和效果网络即社会;另一方面,它又属于现实,属于这个社会网络。于是直接显示出特殊的美学现象:它始终自然地是审美的,同时又是社会现象"①。不过,对文学的双重特性,仅有这种笼统的认识是不够的。通过考察,我们可以从多方面窥见这种两极化分离与统一现象:

　　1.文学是无功利与功利的矛盾统一。这是审美特性对文学最直接的影响结果。所谓无功利,是指在文学世界中,无论作者还是读者,都无法达成实际目的,或者说无法在文学中获得实际的东西。譬如事物的有用性,经济、政治甚至情感的物化结果,有谁能够在文学作品中得到一枚金币、一个官位或者一个真实的爱人呢?这是一个缥缈虚幻的心灵世界,是无限美好的水中月镜中花。你只有用心灵、用想象才能获得那种超越世俗的情感和精神收获。在世俗的心态里,无论作家还是读者,都将离这个世界更加遥远,甚至与它毫无关系。但文学又是功利的,这不仅体现在它往往以深层的哲理切合真和善,有潜在的真理和伦理目的,从而让人有所思有所想并最终依据自己的好恶有所发现有所获得,还体现在它总能以各种曲折方式影响人生乃至社会,在特殊时期发挥着某种非常有力的具体作用。譬如文学作为战斗的号角和"武器"出现,中国古代用之载道明理劝善惩恶,就是一种证明。可见,非功利与功利,在文学中总是辩证地统一在一起的,它们之间有一个隐与显、间接与直接的构成关系。

　　2.感性的"象"体系与理性的"意"内蕴的对立统一。在常识里,个别与普遍、具体与抽象、感性与理性往往是对立和不兼容的,但在文学世界里,这

---

① 阿多尔诺:《美学理论》,伦敦,1984年版,第35页。

些极端化的对立因素却能共存一体并达到高度和谐统一。也就是说,文学,一方面是"象"的存在,另一方面又是"意"的存在,并且,"象"越感性越鲜明越独特,便越可以传达最理性最深沉最普遍的"意",反之,越理性越深沉越普遍的"意",便越可以造就最感性最鲜明最有个性的"象"。从表面看,构成这两个极端的分离和统一是一系列技巧和手法,但从本体上看,则是审美方式的基本原则即感性状态与理性内蕴的交融性决定的。

3.文学是认识和评价的对立统一。文学要体现真,因而它必须依赖对生活的正确认识,甚至必须依赖常识,因而它具有认识价值,但它的目的并不仅在于让人认识社会、认识生活、获得知识,它还要对社会生活进行判断、评价。认识与评价本来是不一致的,有些倾向性的认识往往就会失去准确性、真实性。所以,作为认识的科学往往要排除主体的主观色彩。但文学作品必须让这两者统一在一起,在暗示生活规律的同时又要对它进行评价。文学的评价是以情感判断方式实现的,它在不知不觉中,把读者引入喜悲憎爱的境界,在情感的共鸣与升华中获得心灵的陶冶和净化。在优秀的文学作品中,鲜明的评价立场会加强文学现象世界的真实性,给人们既合理又合情的感觉。所以说,文学是情理的有机构成,是认识与评价的对立统一体。

4.文学是实践和精神的双重活动。文学活动首先是一个实践活动,一个非常具体实在的劳动过程,从材料的收集到作品的写作、印刷,从创作的冲动到意象的构思、孕育,它有着劳动实践必需的环节和过程,这个过程必然离不开技巧、操作乃至匠人色彩。黑格尔说过:"艺术创作还有一个重要的方面,即艺术外表的工作,因为艺术作品有一个纯然是技巧的方面,很接近于手工业。"所以,"一个艺术家必须具有这种熟练技巧,才可以驾驭外在的材料,不至因为它们不听命而受到妨碍"。① 在现当代艺术活动中,艺术的这种"生产"性、操作性越来越突出,以至在一些理论家如瓦尔特·本雅明那里,还形成了专门的"文学生产"理论。② 但无论怎么说,文学艺术产品与普通劳动产品是绝不可能等同的,因为它不仅是思想意识的产物,还同时体现着展示着思想意识本身,有着无论如何都无法抹去的精神色彩,而且只有通过这种精神色彩,才能使它获得品质上的定位。这种精神当然主要是一种审美的精神。在文学创作(或者说生产)中,作家可以赋予审美不同的含义不同的理解,使作品呈现出多种状态,但他无法离开情感和审美本身,

---

① 黑格尔:《美学》第一卷,商务印书馆1979年版,第35页。
② 参阅瓦尔特·本雅明:《机械复制时代的艺术作品》《作为生产的作家》等。

无法否认作品的精神特点。否则,他必然会因为失去文学本体而导致其创作的失败。如果他所写的连文学都不是,当然不可能把它放到文学的范畴中加以研究。在这里,还必须特别强调,文学作为一种人类精神活动,具有强烈的个体性质。这是精神的自由、活跃本性决定的,因而对于文学活动,任何运用统一模式对它进行限制,都将对它造成无限的伤害,更不用说长官意志、政治强权对它的支配。这是绝对违背艺术规律和精神创造本性的。

第三,文学必须在对象选择、主体修养、功能作用方面具有合于审美的构成规律。所谓对象选择合于审美的规律,指的是文学在面对客体生活从中选择表现对象时,必须从对象的审美属性出发进行选择。生活现象往往有多种多样的属性体现,如实用属性、政治属性、经济属性、自然属性以及审美属性等等,严格地说,文学需要最多的是审美属性,因此作家必须对对象属性进行选择。但这并不意味着其他属性不能进入作品,成为文学的对象。它们成为文学对象的前提条件是,在审美属性的笼罩下并且能够强化审美属性。举个例子,如"性关系"这类人的自然属性,如果审美地对待它,即为了情的升华而写性,它就会成为很好的文学对象,产生出感人的效果。但是如果仅仅为写性而写性,或者为了官能刺激目的而写性,那它很可能毁了一部作品,或者说使之极端庸俗化,因为纯粹的自然属性(或其他任何功利化属性)是不足以单独成为文学对象的。所谓文学功能作用合于美的规律,是指作为一种创作设计,文学应该把通过恰当的艺术化方式来感动人、给人以审美启迪放在首位,而不是把所谓认识、教育功能放在首位。为此,文学须注重娱乐原则、游戏原则,注重生动性感染性等等,从而合理地建构起一条进入作品的通道。当然,上述所说的这一切要得以完成,最终有赖于作家主体的审美修养。这些因素由于更多地涉及技巧、方法,超出了文学本体范畴,我们将在"文学写什么"和"文学怎样写"这两部分中对之做更具体细致的阐述。

总之,文学作为观念的存在,体现了文学本体世界的构成规律。意识与思维、审美与精神是文学本体世界的基本支柱。在此,我们应该注意的是,不能仅仅抽象地理解这些因素,一定要把它们放到文学这个大前提下赋予它们具体、鲜活的内涵,并把它们纳入各要素组成的整体观念中加以理解。同时,尤为重要的是,应该注意到,任何事物的本体都不会抽象地、纯粹地存在,它必然要体现为现象或者形态,具有一系列由自身决定又展示自身的外在表征。文学也不例外。

那么,文学在人们面前所展示的是怎样一个现象世界呢?

二　文学作为现象

文学作为现象,要考察的是文学的感性存在状态,也就是它直接诉诸人们感官的基本状貌、特征。通过这种考察,将进一步把文学从现象形态中与其他东西(特别是各种艺术门类及各种文化言说方式)区别开来,从而深入了解文学的具体构成方式和构成规律。为达此目的,必须从文学的物质形态和"言、象、意"这个复杂的构成系统进行思考。

物质形态

在我们的生活里,用感性的眼光看去,文学其实不是一种虚幻的东西,它是一种实实在在的存在,有自己的物质形态。人们接触到的文学,总是以口头、书籍、报纸、杂志、广播、电影(电影文学)、电视(电视文学)、互联网等方式存在并流通、传播的。当然,文学的物质存在方式是随社会生活的发展而不断变化的。在没有文字的时代和没有文字的民族那里,文学的存在方式是口传,"口"也是物质,因为人的存在首先是一种物质性的存在。可见,文学的存在方式意味着它与这个物质世界有着千丝万缕的联系,离开了物质的活动,便不可能有文学。文学,在观念上它是物质世界另一类型的反映,而在形态上它则成为这个物质世界另一类型的一个组成部分。

既然如此,文学的物质形态肯定要打上时代社会物质生活的烙印。这种作用使文学不能不去关注给予它物质实体的那个庞大的、不断发展变化着的,并且初看上去仿佛与文学构成无关的传媒世界和商业世界,即编辑部、出版社、印刷厂、电视台、书店、网络、广告、市场、包装、营销等等。在现代化程度越高的社会,这类因素便会越多,力量也会越大。它们迫使文学必须按它们的法则运作,从而于内在本质和外在形态上都发生一些变化。也就是说,文学的物质形态这个本来由文学本体所决定的东西现在可以反过来取得一些支配权利,可以一定程度消解文学本体造就的价值因素。在某些独特时期出现的极端化状态中,文学可能会成为缺少内质的快餐文化产品,它们往往会被大量地、成批地制作出来,充斥人们的视野,流行一朝一夕,然后又迅速地被抛弃被遗忘。这种现象,是研究文学原理不能不注意的特殊状况。

但是,这里需要进一步关注的是,到底是什么东西使文学必然选择以书籍、报纸、杂志、广播、电视、网络等方式作为物质载体?我们知道,这些东西显然不是文学本身而只是它的承载物,并且它们其实也不是绝对必要别无选择的承载物。随着生活的发展,也许会有新的东西来替代它们。比如书籍文学作品(即印刷出版物)在高科技发展的今天就受到了光盘(或网络)文学作品(即电子出版物)的挑战,即使某一天,前者将被后者所取代,但文学却依然存在。也就是说,还有一种更为重要的东西,才是构成文学物质形态的根本因素,离开它,文学才真正不可以实现物化,才真正会失去存在的前提,因而它不像上述物质因素那样,更多地外在于文学,而是与文学融为一体,甚至就是作为现象存在的文学本身。这种根本因素就是语言和文字。

文学是借助语言来实现物化、获得物质形态的艺术。那么,语言是一种物质吗?应该怎样来理解语言的物质性?众所周知,语言是一种抽象的存在物,或者说是物质的抽象的存在方式,没有物质世界便不可能有语言,没有人的物质实践活动促成的人类交际交流需要,语言便不可能产生。但语言一旦产生并化为文字,便成为物质的符号或某种替代物,在精神领域表达着物质的存在方式。所以说,"人们的想象、思维、精神交往在这里还是人们物质行动的直接产物","甚至人们头脑中的模糊幻象也是他们可以通过经验来确认的、与物质前提相联系的物质生活过程的必然升华物","'精神'从一开始就很倒霉,受物质的'纠缠',物质在这里表现为振动着的空气层、声音,简言之,即语言"。[①] 由此可见,人类构建的精神王国不仅在对象上与物质世界不可分离,而且还通过语言所构成的思维方式作为纽带,与物质世界紧紧地连接在一起,获得自身赖以显现的物质形态。语言的物质性就是这样显示出来的。在这点上,文学是最典型的例子。离开了语言,文学最多不过是思考主体内心深处无法表达出来的观念,别人无法直观、无法感受,它当然也就失去了存在的资格。正是在这个意义上,我们才认为语言作为文学的物质因素,它并不是外在于文学的,可以说它就是文学作为现象存在的基本方式。所以,有人才称语言为"文学的第一要素"[②]。在他们看来,语言对文学的重要性,甚至超过了文学更为内在的构成因素,比如主题、情节等,因之,他们称主题和情节是文学的第二、第三要素。

文学通过语言获得了物质形态,或者说文学语言就是文学的物质形态

[①] 马克思、恩格斯:《德意志意识形态》,《马克思恩格斯文集》第 1 卷,人民出版社 2009 年版,第 524、525、533 页。
[②] 高尔基:《和文学青年谈话》,《论文学》,人民出版社 1978 年版,第 332 页。

的最大体现,这并不是一个空泛的普遍的没有前提限制的命题。因为语言首先是一种生活现象、社会现象而非文学现象,人们可以在多种意义上使用语言。看不到这种区别,就会将文学等同于一般语言形态,这对正确理解文学是没有任何积极意义的。应当充分注意到,语言赋予文学的是一种特殊的物质存在方式,也就是使它首先作为一种与众不同的"话语"出现,然后在这种话语之中,语言成为文学语言,具备了与日常语言和科学语言所不同的肌质。关于后者,我们将在下一节论述,这里着重探讨文学物质形态的呈现方式,也就是文学话语的构成,可以说,这是现实生活里文学物质形态的完整状貌。

"话语"在这里具有特殊的含义,它是指人与人之间通过语言的某种言说方式达成的沟通,包含着从表达到接受这一完整的行为过程,其中涉及许多具体环节和因素。所以,"话语"不同于单向度的"说话""言语""表达",也不同于普遍性的"语言"。文学话语则是指人与人之间通过语言的文学化言说方式达成的沟通。它所包含的诸多因素,人们已经作了充分研究,我们可以大致将其概括为五个基本方面。[①] 循着这五个方面,对文学通过语言建构的物质形态便可以形成较为全面的印象。这五个方面是:1.说话人,也就是作家,这是话语活动的重要主体。但在作品中作家作为一个说话人具体出现时,他的身份、角度、说话方式往往会有复杂的变化形式。比如他可以作为一个上帝式的全知全能叙述者和抒情主角出现,也可以作为一个视角和叙述方式都受限制的人物出现,等等。说话人的身份往往决定着话语方式和文学文本的构成状况。2.受话人,也就是阅读或聆听说话的接受者,他也是话语主体之一。他的主体性体现在他不是被动的话语接受者,他会循着说话者的语言所指产生主动应答反应。并且对于任何一个文学文本来说,受话人都不会像说话人那样可能只是作家一个人,受话人往往是一个群体,分散在社会生活的各个角落,因而对文学话语构成就显得意义重大。3.文本,指可供阅读或聆听以便达到沟通目的的特定语言构成物,有时也称话语系统,它一般必须借助其他物质媒介如书籍、广播、光盘、杂志、报纸、网络等来承载,体现出二重物质性。所以,它是文学物质形态最直观的部分。4.沟通,这是指说话人与受话人之间通过文本阅读而达到的相互了解和呼应状态。它最终体现为动态的心理过程,但依据却是外在的阅读行为,一种物质活动。5.语境,也称上下文,指说话人和受话人的话语行为所发生于其

---

① 参见《文学理论要略》一书,人民文学出版社1998年版,第52页。

中的特定语言关联领域,它可以融会说话人和受话人所置身的社会、文化背景因素,即一种更广泛的物质活动,从而在文本传播过程中产生不同的呼应与反响。从上述几个因素可以看出,在文学话语方式中,无论主体(人)、文本(物)还是沟通与交流过程中的心物交融,文学一旦作为一种话语,其形态无不与物质息息相关。但当我们把它作为一种物质存在来看待的时候,其形态又不像普通物质那样单一、直接,没有内在变化的丰富性。文学的物质形态是多层次的,富有弹性的,因此它的存在才显得独特神秘,有无限广阔的可塑性。

　　研究文学的物质形态有什么重要意义?表层的回答是,可以明确文学与其他艺术的差异,使文学获得最后一个从现象世界分离出来的特征。在前面的论述里,我们通过意识使文学与客观自在之物相区别,通过思维和审美使文学与科学体系相区别,但是这些都是艺术的共性。如何将文学从艺术门类中分离出来,唯有通过它的物质形态才可以实现。物质形态和表现手段的不同导致了各门艺术之间的差异性和相对独立性,这早已是一个基本的常识。在艺术的四个基本类型即表演艺术、造型艺术、语言艺术、综合艺术以及它们包含的更细致的分类中,物质形态往往都是一个有效的分类标志。如绘画以线条、色彩为物质形态,雕塑以泥、木、石、金属等为物质形态,音乐以在时间上流动着的音响(它来自乐器或声带)作为物质形态,舞蹈以人自身的形体、动作、表情作为物质形态,摄影以光、影作为物质形态,文学以语言作为物质形态,戏剧电影电视则综合运用各种艺术的物质形态来构成自己的物质形态。由于物质形态的不同,表现手法也就必然相异,这就造成了艺术之间的差异与独立。因之,从文学的物质形态即语言构成(或话语方式)入手,便能清楚地将其从艺术整体中剥离出来。人们之所以把文学称之为语言艺术,原因正在于此。语言对于文学的重要性,在这里再次体现出来。

　　研究文学物质形态的深层意义在于,只有通过文学的物质形态即存在方式,才可以真正了解文学作为现象的复杂构成。譬如上文提到的表现手段,它就取决于物质形态,有什么样的物质形态,才会相应产生什么样的表现手段。离开了文学物质形态这个大前提,我们怎能洞悉文学的表现手段的奥秘,以及由此产生的"言""象""意"有机组合规律?所以,对于文学的物质形态,必须给予充分的重视,否则所谓文学观念,可能会成为脱离实际的空中楼阁。

"言""象""意"

文学以语言作为物质形态,从而使自己呈现为一种可被感知的现象,语言对文学的重要性是不言而喻的。然而,语言到底是如何呈现文学本体,从而搭建好它的现象世界的呢?我们知道,在文学作品中语言从事的主要工作就是建立一个"象"体系,并通过这个"象"体系来表达"意"——作家对生活的理解与评价。也就是说,文学正是通过这个"象"与"意"系统的建立,一方面使自己成形,获得感性形态;另一方面则使文学本体世界得到间接而巧妙的展示。由于文学"象""意"系统是通过文学语言来建构的,它对语言必然有一个很严格的要求,只有文学语言才可以建构起文学的"象""意"系统,因此,我们的话题又必须再次从语言开始。

一、"言"

语言作为文学的表现媒介和物化形态,在文学构成中意义特别重大。没有语言就没有文学,语言的艺术化效果制约着作品的生命力。然而,文学语言是一种什么样的语言却令人费解。这个问题对理解文学的"象""意"系统及最终把握文学作为现象的存在却是至关重要的,因而它是文学原理中的核心问题之一。要弄清文学语言是一种什么样的语言,不能就事论事,首先应该对过去人们认识这个问题的思路作一些了解,以寻找更为有效的解答途径。

过去,许多文学理论著作几乎都如此界说:狭义文学语言是文学作品所使用的语言。[①] 毫无疑问,这并不是一个圆满的答案,它的不足在于以外延定义内涵。因为,事实上是语言使一部作品最终成为一部作品,文学语言的成立并不是因为某部作品使用了它,而是因为这种能够构成一部作品的语言本身有其独特的内在机制。这些内在机制足以使它与非文学语言——主要指日常生活语言和科学语言——区别开来。因此,我们才能一听到"白杨树算不得树中的好女子。……它是树中的伟丈夫",就可以肯定这是文学语言。但以往文学理论并没有把这种区别告诉我们。由于欠缺这个必要

---

① 参见以群主编:《文学的基本原理》,上海文艺出版社1979年版;十四院校《文学理论基础》,上海文艺出版社1981年版;十三院校《文学概论》,甘肃人民出版社1984年版等。它们一般认为,狭义文学语言指文学作品使用的语言,广义的文学语言指在全民族的口语基础上经过加工和规范化的共同语,即标准语。它既包括诗歌、小说、戏剧、散文等文学作品所使用的语言,也包括一切科学论著和一般报纸杂志使用的语言,连经过加工的规范化的口语也包括在内。这种"文学语言",当然不是文学原理所要研究的。

前提,对文学语言特点的概括必然存在漏洞。比如,所谓"形象性""情感性""精确性"之说(人们往往把它们作为文学语言的特点),其实它们并不专属于文学语言,非文学语言有时同样具备这些特点。例如当人们向朋友描述自己千辛万苦发现一片美景的经过及路线方位时,其语言无疑会具有上述特征,但人们并不是在写作。可见,在定义文学语言之时,仅着眼于文学语言自身外在标志的自证式方法往往是难以自圆其说的。

那么,20世纪初索绪尔符号语言学和俄国形式主义文学理论等学派开创的他证式求解方法情形又如何呢?这些理论认定文学之所以成其为文学只是因为它和其他东西有差异,因此差异性自然成为文学性之所在。在早期形式主义理论中,文学的差异主要是指语言的差异,也就是说文学本质存在于语言建构之中。而语言的差异又在于通过变形方式产生的语言"陌生化"和"疏离化"。这种反常规的语言吸引人们注意其自身而不是实际上所指涉的对象。譬如诗句"黄河之水天上来",诗人的目的并不是要告诉人们黄河的源头,这种诗语旨在炫耀自身的物质存在,然后通过这种存在达成另一种新的意义。形式主义这种文学语言理论自然有其独到处,但缺点同样明显,那就是往往局限于语言表面而不愿深入探究其内在成因,因此它们的概括充其量仅定义了文学语言的文学性而不是文学语言自身。其结果正如特雷·伊格尔顿所说:"文学性——即语言的某些特殊用法,这种用法可以在文学作品中发现,但也可以在文学作品以外很多地方找到。"[①]也就是说,形式主义文学理论仍然没有把文学语言真正定义出来。

因此,我们必须回到文学本体上来,从本体出发,才能廓清文学语言的真正内涵。实践证明,离开了文学本体,任何对文学语言的研究都可能顾此失彼,留下缺憾。对于文学来说,文学语言无论如何重要,但它终究不是文学的本体因素,而是始终由这个本体所决定制约的。在文学实践特别是文学创作活动中,常常会发生对文学和文学语言的本末倒置的理解,结果往往导致作家放弃文学本体思考,纯然遁入语言游戏的迷宫之中。这是一种对文学影响极大的负面力量,其成因正在于文学语言观的混乱。

前面,我们既然已经确定文学的本质就在于它是社会审美感性意识形式,那么文学语言的内涵与特点,必须要由这个文学本体世界中的核心因素来确定。而审美,一方面是感性的,另一方面则充满了丰富的理性内蕴。这就意味着文学为了创造美就必须塑造形象,把作家的情志纳入一个感性的

[①] 特雷·伊格尔顿:《20世纪西方文学理论》,陕西师大出版社1986年版,第7页。

外观中。文学语言自然只能是实现这种建构的一种语言。在这个意义上，所谓文学语言，如果给它下定义的话，那就是，用生动的感性外观和丰富的理性内蕴体现文学审美意味的意象语言。它的根本特点是能够唤起人们对具象的直感，同时又使语义不断拓展，最终通过共时的具体化和多义性使之与非文学语言拉开了明显的距离。

下面我们就对文学语言的内在机制作一些具体分析。

在文学原理中，"意象"是一个并不新鲜的概念，但人们习惯于用它表示一种心理现象而不是语言现象。《文心雕龙》中刘勰所说的"意象"即处于构思过程中尚未物化的艺术形象，这种观念一直延及今日。与此类似，韦勒克、沃伦认为，"意象一词表示有关过去的感受上、知觉上的经验在心中的重现或回忆"，"意象可以作为一种'描述'存在，或者也可以作为一种隐喻存在"。① 从这些观点中可以看出，"意象"的基本特点在于以感性形态指涉并统一主客观两极。因此，文学语言作为一种意象语言，其内在机制就是这种一体双向性。

具体而言，真正的文学语言必须同时具备下述两个不同的取向：其一，是语表的具体性。即它所显示的是某种曾经或者可能以物象状态存在的具体现象。因此，它能在一瞬间唤起接受者对具象的视听触嗅等感官印象。例如，"千山鸟飞绝，万径人踪灭。孤舟蓑笠翁，独钓寒江雪"（柳宗元《江雪》）给人的是水墨画式的雪景视觉感。"嘈嘈切切错杂弹，大珠小珠落玉盘"（白居易《琵琶行》）给人的是错落有致的音响感。更多情况下，文学语言促成的是"通感"，即多种感觉的沟通错位，就像朱自清在《荷塘月色》中把荷花的清香描述为远处高楼上隐约传来的渺茫的歌声所产生的效果（通感）那样。这类感觉的唤起，使文学有了基本的价值和存在理由，因为它促使接受心理产生了一个接纳外物的心理动势，这是非常重要的。正如俄国形式主义理论家维克多·什克洛夫斯基所说的那样："艺术之所以存在，就是为了使人恢复对生活的感觉，就是为了使人感觉事物，使石头显出石头的质感，艺术的目的是要使人感觉到事物，而不仅仅知道事物。……因为感觉过程本身就是审美目的。"② 而任何抽象的语言和日常语言都难以唤起并强化这种感觉。

---

① 韦勒克、沃伦：《文学理论》，三联书店1984年版，第201、203页。
② 什克洛夫斯基：《艺术作为手法》，《俄国形式主义文论选》，中国社会科学出版社1989年版，第65页。

那么,文学语言的这种具体性与人们通常所说的形象性有什么区别?区别首先在于,具体性立足于语言自身而形象性立足于接受感觉,也就是说,是具体性提示了形象性的根源。此外更重要的是,形象性论者往往把形象性视为文学语言的根本特质,这是不圆满的。因为这里所说的具体性只不过是构成文学语言的一个重要因素,它需要与另外一种因素结合才有价值。这种因素就是,其二,语里的多义性,即在语表的具体性中潜藏着抽象思维难以穷尽的多种意义。再以《江雪》为例,在语表的雪景画面中,人们一方面可以强烈地感觉到诗人因仕途失意、知音渺无、人生险恶而生的寂寞、孤独、悲凉,另一方面又可以触及诗人洁身自好、不与世俗同流合污的倔强勇敢和高风亮节。这些意义使诗语获得了弹性和厚度,产生了审美肌质。它们表面上是接受主体心理参与的结果,实际上是语言在作者操作下所具备的容纳机制决定的。能否具有这种容纳机制是作家有没有创造力的最好证明,也是文学语言是不是成立、是不是具有艺术韵味的关键所在,因为并不是所有具体性很强的语言都有这种语义丰富性。这里请注意,这种语义的丰富性并不等于语言的歧义。那么,语义的丰富性到底指什么?这个问题留待谈"意"那一部分再作解答。

语表的具体性和语里的多义性综合而为文学语言的意象性,意象性作为文学语言的根本特点,显示了文学语言和非文学语言的区别。科学语言的基本特征是舍象取质的抽象性,它真实精确、直截了当,拒绝任何幻想和情绪的介入,因而也拒绝了审美观照,所以它和文学的意象语言区别明显。这种纯理性的语言是人类进化的结果,在人类生活早期它并不存在。相比之下,日常生活语言和文学语言的关系就复杂得多,似乎任何一句日常用语都可能毫无改变地被用来叙述某个文学故事或者成为某部作品的人物语言。就像"在我的后园,可以看见墙外有两株树"这种再日常不过的语言出自鲁迅的散文《秋夜》一样。然而这并不能说明文学语言和日常语言之间没有界限。在叙事文学中,对叙事文学语言的意象性把握应在整体语言结构即语境中进行,孤立的对比往往难以看清真相。譬如《秋夜》,再往下看,就有"一株是枣树,另一株也是枣树"这样的句子出现,其潜在的表义性一下子就显得很充分、很明显。并且,语表的相似并不等于语里的相似,文学语言或者在局部(如诗语)或者在整体(如叙事语)都会被作家的意念强化。强化往往通过语境设置来实现,这里不作细说。日常语言则不会被使用者进行这种合于审美要求的主观强化,人们往往是在约定俗成的意义上使用它,就是说它具有人人皆知的固定语义和呈现方式,所以日常语言的表现功能一般很弱,只具有基本的表达功能,所以它必然成为没有肌质的普通语言。在这种情况下,有一种特殊的现象产生了,那就是日常语言为了获得活力反而必须学习、借鉴、移植某些文学语言的手法,而真正的文学语言则不会去追求日常语言的特点,因为它需要的刚好是远离日常语言,除非它是一部失败之作的语言。文学语言口语化永远只是一种表面的同化,可以肯定地说,如果文学语言决定采用口语,那接下来的工作必然是让这种"口语"在内质上远离口语,否则文学便会失去其存在的价值。

这并不是一种本末倒置的做法,也不是对语言成长规律的违背。那种认为文学语言来自于日常生活语言,文学语言吸取并保持了生活语言的精华才成为文学语言的观念,有时多少带点想当然或机械论色彩,它并不符合语言变迁的历史。有许多材料可以证明人类最早的语言是一种原始状态的艺术语言,它充满了强烈的意象色彩和表现性,人们今天使用的生活语言和科学语言都是这种原始意象语言的理性化结果。① 回顾文学的历史,不难发现,只可能是这种带有意象色彩的原始语言才使人类在幼稚时期,在理性和科学并不发达的蒙昧状态下,创造了灿烂的文学作品。几乎在每个民族的源头都可以找到瑰丽的神话、歌谣、史诗等,甚至早期的人们在阐述哲学、政治、宗教观点的时候,也会因为不得不使用这种意象语言而使这些论文充满了文学色彩。如中国先秦的诸子论文和一些史籍,古代希伯来人的《圣经》等。如今,人们还可以从较落后的民族的日常语言中发现这种具有表现力的生动的意象语言痕迹,并且它的意象性和它的落后性是成正比的。所以,确乎可以说,"诗的用语产生于一个民族的早期,当时语言还没有形成,正是要通过诗才能获得真正的发展"②。无疑,那种尚未形成的语言,正是今天人们使用的理性化的日常语言和科学语言,从其产生看,并不是它们孕育了文学语言,而是文学语言孕育了它们。可见,文学语言的艺术质地,是具有再生主动性的活性存在,因而往往不是机械地寻找可得,它更多的是需要灵气与悟性来创造。

理性语言出现后发生的变化,又是怎样的呢?可以说,"至少在文明民

---

① 关于这一点,可以参看19世纪法国人类学家列维·布留尔的《原始思维》一书,商务印书馆1985年版。作者在考察了原始部族的语言之后认为,原始语言"永远是精确地按照事物和行动呈现在视觉和听觉里的那种形式来表现关于它们的观念"(第150页)。科林伍德也有类似看法,他在《艺术原理》中说:"语言在其原始或素朴状态中是想象性或表现性的。"(第232页)
② 黑格尔:《美学》第三卷(下册),商务印书馆1981年版,第65页。

族中,语言便渐渐失却了萌生时期所带有的强烈的语言魔术色彩,摆脱了发言场所的制约而似乎成了一种普遍的记号"①。结果,是随历史的发展,在理性语言的强制作用下,生活的世俗程度加深,大众离艺术状态越来越远,最后作家和大众都感到要驾驭文学语言是莫大的痛苦。高尔基就引用诗人纳德松的话说:"没有比语言的痛苦更加强烈的痛苦了。"在这种情况下,优秀的高雅文学作品难于创作出来,即使创作出来,也难以获得广泛的读者。

那么怎样改变这种状况,使创作和鉴赏都更好地进入到"意象"语境之中呢?这决不是单纯的语言技巧训练所能解决的。从以上论述中可以知道,既然意象语言是艺术审美心态的写照,是理性语言强制性地背离、放弃了的感悟和掌握生活的一种方式,那么其构成关键必然在于能否培养起对现实的"诗化关系",亦即在于能否培养起艺术地感悟人生把握世界的能力。当然,这决不会是对原始状态的复归,在现代社会中,这种能力的培养依赖的只能是主体理论修养、艺术水准的提高,以及观察力体验力理解力的强化。"语言是思想的直接现实。……无论思想或语言都不能独自组成特殊的王国,它们只是现实生活的表现。"②这就进一步告诉了我们生活(并非仅指日常语言)在文学语言能力培养中的重要性。在此,作家老舍的经验值得一提,他说:"运用语言不单纯地是语言问题。你要描写一个好人,就须热爱他,钻到心里去,和他同感受,同呼吸……"③这无疑是艺术感悟人生的一种方式,有了这种心灵的铺垫,文学语言才会有内在的依据。在此基础上,一切具体的语言技巧,诸如隐喻、象征、暗示以及那些旨在使文学语言具有形式美的法则和方法等,才可能充分发挥作用,使文学意象语言的建构成为现实。

二、"象"与"意"

从前述可以知道,文学语言作为一种审美化的意象语言,其内在机制是一体双向,即同时实现语表的具体性和语里的多义性。这样,文学语言必然同时带来或者说体现为两个结果,即创造了文学的"象"和"意"体系。可以说,文学作为现象,展现在人们面前的最直接最根本的东西,就是通过语言的物化作用最终造就的"象""意"体系。

---

① 桑原武夫:《文学序说》,日本岩波书店1978年第二版,陈秋峰译,上海师范大学中文系,1984年编印,第13页。
② 马克思、恩格斯:《德意志意识形态》,《马克思恩格斯全集》第3卷,人民出版社1960年版,第525页。
③ 老舍:《关于文学的语言问题》,《出口成章》,作家出版社1964年版,第60页。

在文学中,"象"与"意"各有内涵,互不相同,但它们的存在方式则水乳交融合为一体,并且互相作为对方存在的依据和支持,在相辅相成中产生出无限的活力,使我们在谈论"象"的时候无法彻底离开"意",谈论"意"的时候无法彻底离开"象"。文学作品往往就是这两种东西的有机结合,是一个整体。但我们在理解上却必须具有这种意识,即文学的结构是双层的——在感性直观中它是"象",在理性品格中它是"意","象"融会着"意","意"支撑着"象",因而文学才既有美丽的外观,又有深厚的韵味。

什么是文学的"象"?文学的"象",又称之为形象,或称文学形象。在生活中,"形象"一词的本义是指人物和事物的形体与外貌,它能为人的感官所感知。在这个意义上,一切感性的事物都具有形象,甚至连科学活动中的模型、挂图等都是形象。但这种本义的形象,显然不是文学形象。在文学理论中,我们将这种本义的形象称之为具象或物象。文学形象(亦可简称为形象。注意,简称并非取其本义)是指作家以语言为物质媒介,依据自己的体验和理解,对生活现象加以艺术概括,创造出来的具有情感因素和审美感染力的生活图画和具体情景。从这个界定可以看出,形象是感性外观和理性内涵的统一体。从感性角度看,它以画面、情景方式出现。画面一般见之于叙事文学,情景一般见之于抒情文学。抒情文学的"象",往往达不到画面式的丰富与连贯,有时它可能就只是一些孤立的景和物。通过这些孤立的景和物来传达内在的情志,意与景谐,产生出主观性很强的形象,在中国,人们习惯将它称为意境。所以意境便主要指抒情文学形象。就理性内涵看,形象包容着一系列艺术创造活动,其中心环节是作家在生活中提炼情感和思想,再为它们寻找恰当的形象化载体,最后将这种升华了的情志深藏在画面与情景中暗示出来。"象"与"意"的不可分离性,就在这里体现出来了。在文学活动中,"象"与"意"的奇特性在于,"象"的独特往往能传达深意,"意"的深刻往往能造就奇象,所以,文学形象往往有不同程度的变形色彩,成功的变形正是文学创造性的体现。

从类型上看,文学形象是多种多样的。这是用语言造象的优势所在。语言几乎是无所不能涉及的,它不必要直接展示物质实体,因之可以从多方面写"象",导致"象"的多样性。在叙事文学包括戏剧文学中,最主要的形象是人物形象,其次还有环境、场面、事态等形象。在抒情文学中,形象主要就是意境,这些"象"在作品中往往相互关联、相互影响,是一个动态的系列。

文学用语言造"象",使"象"带上了鲜明的语言特点。如果要判断文学是否达到最佳存在状态,就必须对"象"的特点有所了解。文学形象有什么特点呢？第一是间接性，这是语言赋予文学形象的首要特点。所谓间接性，指的是文学形象并不像其他直观艺术那样，其形象可以为接受者的感官直接感受。文学的"象"，无论用眼看还是用耳听，它都是一系列语言声音符号，接受者必须经由对语言声音符号的理解、想象，在大脑中才可以将其转化为相应的"象"。因此，读者在文学中与其说是看见了"象"，不如说是想见了"象"。但更有意思的是间接性带来的结果：一方面它造成了文学传播和接受的困难，因为人们必须首先懂得这种语言，甚至还必须识字才可以接受文学符号，所以文学往往不如直观艺术（如绘画、影视、戏剧）那样易于接受、流传广泛；其次，人们还必须有将艺术符号转化为"象"的理解与想象能力，严格地说，这是一种审美能力。越艺术化的文学形象，越需要这种能力，这又造成了通俗文学接受群体大而高雅文学接受群体小这种十分明显的不平衡现象。另一方面，也是更重要的方面，就是文学作为间接艺术，它把形象塑造的自由赋予了作家，使其在塑造形象时不受具体物质的限制，语言毕竟只是抽象物。因此，间接的形象往往是实在而缥缈的形象，充满了天然的动态性。同时，间接的形象还把广阔的想象和再创造空间留给了读者，使他们必须参与，也有可能参与到文学形象的再创造活动中来，通过语言符号，与作家一道共同完成形象的塑造。由于读者主体性的调动，文学审美往往又是自由的和多向度的，同一个形象描写，可以在不同读者心中形成不同的"象"，文学的丰富意味由此而生。在接受的自由想象性方面，只有音乐才可以与文学媲美，但音乐又会因为音符的不确定性而使想象缺少支点，从而影响想象的展开。文学语言符号则没有这个毛病，所以，文学可以说是最具魅力的艺术，在文化活动中，它注定要占有一个十分重要的地位。

　　文学形象的第二个特点是个别性、具体性和生动性，也就是说文学形象有着鲜活的存在状态。文学以象传情，托物言志，在现实世界里，"象"与"物"永远都是个别的、具体的存在，文学通过语言符号与现实世界对应起来。所以，所谓文学形象的个别性，指的就是文学形象与生活中的人、事、物一样有形有貌、有声有色，作家无法写普遍的人、事、物，他只能写具体的张三李四，具体的物象和事件，因之文学形象能够使人如见其人，如闻其声，如临其境；所谓生动性则指文学形象与生活中的人或者其他生物一样总是有着鲜活的状貌，有着生命的灵性，可以神形兼备，跃然纸上。即使作家所写的形象不是人物形象，而是环境场面等，只要是成功的，它们同样会具有活的灵魂，从而附着于人物，间接地体现出强大的生命力量。比如巴尔扎克笔下的伏盖公寓、曹雪芹笔下的大观园、鲁迅笔下的鲁镇，都对人物命运发生着巨大的影响，它们就是一种富有灵魂活性的非人物形象例证。文学形象就是通过这种鲜活的状态形成审美的召唤力量,使人在亲切、熟悉、似曾相识的境界中,不知不觉化入作品,受到情感的熏陶与净化。如果形象不具备这种个别性、具体性和生动性,那么,文学肯定会成为干巴巴的枯燥乏味的东西。

文学形象的第三个特点是具有强烈的艺术概括性,也就是体现出深刻的思想性和广泛的普遍性,或者说包涵着一个丰富的意义体系。这个体系本来是与形象的感性特征相背离的独立范畴,但它的产生和完全形成则是始终紧扣"象"的感性化过程展开的,因而为了理解的方便,人们又将它作为"象"的一个特点来对待。但这可能会导致对"意"的重要性的忽视,为了突出"意"的独立价值,我们在后面专门论述它的具体含义和构成方式,这里只作简单提及。

第四,也是作为上述几个特点的总结,我们必定要提到文学形象的审美性。审美永远不会仅是空泛的说法,在文学中它的内涵其实就是通过语言造就感性的"象"来体现出来的。在这里所以还要特别强调它,原因在于有必要进一步明确文学作为现象的存在与它的审美本质的联系,以及这种联系造就的接受观感。同时,强调审美性,还有对文学语言形式上的考虑,因为文学的"象"毕竟是潜藏于语言符号系统中的,文学语言本身的形式美感即声音状态(它涉及语音、语调、节奏、旋律等)以及外形组织状态(如文字词语排列方式,汉语字符本身的象形意义)等等,往往也可以呈现为一个直观的感性的"象",它虽然更外在,但却对内在的"象"有暗示、连带影响,处理得当,必然可以增强"象"的表现张力。

有了对文学形象基本特点的把握,便可以找到什么是优秀文学形象的答案。所谓优秀文学形象,无外乎就是上述四个特点都得到加强的形象,或者说是充分地展示了上述特点的形象。就间接性而言,优秀形象必须是有效地开拓间接性空间但又不会使之失去必要支点(即让人不知所云、无法联想)的形象。这意味着作家必须具有驾驭语言的高超技能,可以充分运用语言造象的自由灵活性,不断突破艺术创造的时空局限,使作品形象产生具有较大包容能力的内在时空格局,即具有一个有活性的"召唤结构"①,能

---

① "召唤结构"是接受美学提出的一个概念。可参看伊瑟尔的《本文的召唤结构》(其德文本于1970年出版,收于雷纳·瓦宁编的《接受美学:理论与实践》,慕尼黑,芬克出版社。英译本题为《散文虚构作品中的未定性与读者反应》,载丁·希利斯·米勒编《叙事面面观》第1—45页,纽约和伦敦,哥伦比亚大学出版社,1971年)。

够把读者巧妙地吸纳进来,参与再创造活动。在这方面,作家是大有可为的。中国有中国的方式,外国有外国的方式,古代有古代的方式,现代有现代的方式。随便举一个例子,比如虚实关系的处理,有时适当的模糊会比具体明晰的语言刻画更有效地造就形象的间接性空间,从而产生更鲜活、更引人注目的形象,像《诗经·卫风·硕人》和《陌上桑》所写的那样。① 就具体性、个别性、生动性而言,对它的强化,也就是对个性的造就,所谓个性就是只属于"此物"的独特性,就是黑格尔所说的"这样一个'这个'",有了这一点,就不会与其他人事物相混淆,也不可能出现雷同和千人一面。个性越鲜明,形象便越鲜活,越多姿多彩,栩栩如生。这是一个基本的文学法则,它促成的肯定是优秀文学形象。就艺术概括性而言,优秀的形象肯定是具有更为深刻的思想内蕴和更为广泛的普遍意义的形象,其普遍的内蕴有时被人称之为共性。共性和个性如果有机地结合在一起,并且通过具有形式美意味的语言形式展示出来,实现了合规律与合目的的审美判断,那么一个优秀形象便产生了。在现代文学理论中,人们习惯于将它称为"典型"②。如果这个形象是一个人物,则称之为"典型人物",如果是一个环境,则称之为"典型环境"。别林斯基认为典型对读者来说,都是"熟识的陌生人"③,正是基于它更集中地体现了上述文学形象的基本特点。

但我们知道,典型并不是优秀文学形象唯一的指称。比如在克莱夫·贝尔那里,优秀形象可能会被称为"有意味的形式"④;在王国维那里则成为"境界""意境"⑤等等。如何指称并不重要,重要的是理解它的内在构成。在优秀人物形象身上,性格外貌语言行为的鲜明性使他成为独特的具体的人,然而他可能又是"类"及其他意义的象征。优秀的环境形象则首先是一个独特的具体环境,人物立足的场所(一般称之为小环境),但同时它又浓缩着整个社会氛围、时代背景和历史积淀(可以称之为大环境),成为影响人物性格形成发展的重要因素,所以,优秀的环境形象必然实现大小环境的

---

① 《诗经·卫风·硕人》用"巧笑倩兮,美目盼兮,素以为绚兮",实现了模糊的间接描写。《陌上桑》用"行者见罗敷,下担捋髭须,少年见罗敷,脱帽着帩头。耕者忘其犁,锄者忘其锄。来归相怨怒,但坐观罗敷",间接刻画罗敷之美,反而易于激发想象,产生鲜活的艺术形象。
② "典型"指对生活作高度艺术概括,并以极鲜明的个性特征表现出来的最成功的艺术形象,它能够正确反映一定社会生活的本质与必然规律。这是一般文学理论中对典型的定义。
③ 别林斯基:《论俄国中篇小说和果戈理君的中篇小说》,《别林斯基论文学》,上海新文艺出版社1958年版,第120页。
④ 参阅克莱夫·贝尔:《艺术》,中国文联出版公司1984年版。
⑤ 参阅王国维:《人间词话》。

有机结合。优秀的诗歌形象,则为"意"与"境"的高度精练、高度融洽、高度和谐,因而能够引人入胜,以片言明百意,产生无穷的回味余韵。

最后,专门谈谈文学的"意"。如前所述,文学的"意"是一个体系,一个庞大的系统存在。概括起来,"意"在文学中的重要地位有如下几个方面:1."意"一般被定位为文学的目的所在。文学是一种话语,话语的意义在于交流。交流什么?"意"肯定是其核心因素,没有表意的需要,文学话语自然会失去言说动力。即使在西方现代主义和后现代主义文学创作中,往往也是通过一种意义的消解来达成另一种意义。所以,把表意视为文学的目的,充分显示了"意"在文学形态中的重要性。但在理解上应该注意,文学形式(非"意"的部分)有时也会成为文学的话语动因,虽然它往往不能占有主导地位。2."意"来自于作家对现实世界、社会生活、文化传统等的思考、理解与判断,也可以说来自人的本质深处,它关联着哲学、美学观念及生活态度,带有浓厚的文学本体色彩,但此时却与"象"一道被"呈现"出来,构成文学对生活进行审美判断的基点和标准。"意"的优劣深浅,往往会从根本上影响文学的优劣深浅,"意"的取向不同,文学便会具有不同的价值成分和状态。3."意"在文学文本构成中发挥着主动的甚至是支配的作用,一般情况下,它以主题身份出现,规范影响着文学从选材、提炼、强化到形诸语言文字的整个过程,因而它有时会被人称为作品的灵魂。

"意"在文学中的存在是复杂的。浅白地说,"意"就是文学表现的思想和情感,但在具体文本中,思想和情感都是具体化的,因而也就可能是千差万别、变化多端的。每一部作品对于"意"都有无限多的设定和体现可能,并且,由于"意"必须以特殊的方式潜藏于文本之中,表意的方式、手法也会成为一种新的"意"。譬如,西方现代文学中的形式主义写作,它们往往否定"意"的故意设定,主张形式(即非"意"因素)的独立言说价值,但其结果,这种方式本身却转化为一种文学观、世界观,其作品最后还是达成了一种"意"。更深一层的复杂还在于,"意"必须由接受者来理解品味,接受者的姿态进入作品,成为文本之意的补充,这种补充是一个不断变化的丰富资源,影响着"意"的具体内涵。这些因素综合起来,文学之意便永远不可穷尽,大至一部长篇小说,小到一首短诗,它们的"意"都是动态的系统,有着超越时空耐人寻味的绵长生命力。今天,人们不是依然还在不断地品咂《红楼梦》、唐诗宋词,甚至更古老作品的内蕴吗?

所以,文学十分注重"意"的表达。"意"最理想的存在方式是蕴藉、潜藏于形象,仿佛糖溶于水,不见其形,只余其味,体匿性存。任何浅显直白的

"意"都将毁掉文本的艺术价值。因而刘勰把优秀文学中的"意"称之为"隐秀",钟嵘称之为"滋味",司空图《二十四诗品》中说得更分明——"不着一字,尽得风流"(不是文本无字,而是无一字直言"意"),因而"意"当然就会成为"象外之象、景外之景、味外之旨"。正是为了"意"这种表达的需要,文学才形成了整体象征色彩,才从根本上无法离开暗示、隐喻等手法,最终,当然也才造就了文学形态的多层次、多侧面、多角度构成状态,使人们得以在文学话语的线性流程中,获得对生活的立体观照,从而阅尽人间悲欢冷暖、爱恨情仇,使心灵得到超越自身的启迪与熏陶。

三 文学的定位

以上,我们从文学作为观念和作为现象两个方面,为文学勾勒了一个基本轮廓,但文学是什么和人们如何看待它却是两回事。"文学的定位"就是要考察在文化发展过程和现实生活中,人们如何看待文学,文学在人们心目中到底是什么样子等问题,进而寻求一个接近文学本体和形态的文学定义。

文学属性

文学属性是文学本体在现实中的流露。文学本体是不可直观的,它只有在理论思辨中才会被触及被把握。我们说文学是一种上层建筑,一种意识形态,一般人如何来接受这种抽象的说法呢?在现实生活中,人们对文学本体的"感觉",往往都是通过它所流露的属性来进行的。

文学最根本的属性,就是它的人学特性。这是文学本体决定的。如前所述,文学是人类意识活动的结果,是人运用特定思维方式和符号系统创造的产物,而且,这种创造文学的思维是一种审美思维。审美是人从这个世界中获得又赋予这个世界的特殊价值。这就决定了文学在反映对象世界的时候,必须紧扣人来进行。扣紧人,文学才建立了与社会生活的整体联系,从而使其他一切现象,如大自然中的山川河流、花草树木、鸟兽虫鱼等,以及更丰富的人造自然,甚至人自身的生理和本能,都得以体现出审美属性,成为文学的对象。这种现象说明,无论就文学主体还是文学客体而言,文学都是人的活动,离开了人的文学是不可想象的。因此,文学的主要属性,只能与人学特性相关。

文学的人学特性,决定了文学必须立足于人,观察人、思考人、表现人。

从古至今，无论"缘情"还是"言志"，也无论作为"镜子"还是作为变形的"魔术"①，文学从来都不曾与人分离过。但是，如何立足于人、观察人、思考人、表现人，方式方法却多种多样。这意味着，人（整体的）在人（具体的）心目中有着不同的本质定位，据此才产生了文学不同的人学特性。譬如，生物主义历来将人的本质归结于生物本能，于是文学便成为体现和展示人的生物本性甚至性欲原动力的艺术（如自然主义文学和弗洛伊德文学观等）；某些唯心主义在肯定人的主体地位时，往往又会夸大人在对象世界中的作用，从而把人的本质抽象化神秘化，最终把文学的人学特性归诸神的启示过程和孤立存在的"审美王国"的超验性之中（如康德的文学观）；某些机械唯物论者，则夸大人对客体世界的依赖作用，文学的人学特性，便被认定为只是人对现实世界的一种摹仿行为（如亚里士多德、德谟克利特等人的文艺观）。马克思主义则把人的本质同社会相联系，认为"人的本质不是单个人所固有的抽象物。在其现实性上，它是一切社会关系的总和"②。正是人的社会实践活动，才真正确立了人的本质，使人真正成其为人。所以，文学对人的观察、思考、表现不能离开社会实践活动来进行。而人类的实践活动，并不是盲目无序的，因为人是有自我意识的生物，它能通过不断探索思考，在纷繁芜杂的现象中，逐步开辟出一条前行之路。从哲学意义上看，这条道路就是不断地获得更为完善、成熟的人性之路，从而实现对自身本质的最大占有。文学只有立足于人的这种哲学本质，把具体的人放到这个探索性行为过程中，以之作为背景来考察、思考和表现，才可能获得深厚的文化内蕴，体现出有价值的东西。

人的活动首先是生物性的活动，其次又会带着社会性、阶级性和文化性色彩。最后，人，总是民族的，渴望成为世界文化格局中的一个角色。这样，文学的人学特性，便有了三个基本层次。这三个层次即是我们衡量文学是否具有积极社会价值的基本准则。它们是：

一、文学作为人学的基本起点——展现丰富多彩的人性世界。

文学的人性是文学作为人学的起点或基本前提。否定了它，整个文学将失去最为绚烂的色彩，甚至整个庞大的文学大厦就将坍塌。什么是人性？

---

① 英国现代著名小说家约瑟夫·康拉德曾经说过："一切创造的艺术都是魔术。"
② 马克思：《关于费尔巴哈的提纲》，《马克思恩格斯文集》第 1 卷，人民出版社 2009 年版，第 501 页。

人性也就是"人类的共性"①。它与兽性相对立,是人区别于动物的根本特性,是人通过漫长的劳动实践和社会活动,在物种关系和社会关系上提升自己的结果。因此,我们看待人性,必须用辩证的眼光将它放到历史长河中。在这个背景下,我们会发现,所谓人性,只不过是顺应、符合以至促进历史发展,使人走向人自身(而不是走向兽性)的人的基本属性。人的一切属性——自然属性和社会属性——都只能用历史进步和人文准则这把尺子来衡量;与之相符,才是人性,与之相悖,哪怕是看起来多么"纯粹"的行为和生物本性,它也只能是反人性的。比如"饿则思食""怕死欲生"可称是人的天性了,但如损人而食、毁人而生则成兽性;反过来,如果克己利人、舍生取义,为人类的进步事业勇于献身则是最美的人性。可见世上并没有抽象的、永恒不变的人性存在。文学要表现人性,"首先要研究人的一般本性,然后要研究在每个时代历史地发生了变化的人的本性"②。否则便无法分清人性的真伪。而把人放到历史过程和社会网络中,复杂的问题就会变得清晰。正如卡西尔所说:"人的突出特征,人与众不同的标志,既不是他的形而上学本性,也不是他的物理本性,而是人的劳作(work)。正是这种劳作,正是这种人类活动的体系,规定和划定了'人性'的圆周。语言、神话、宗教、艺术、科学、历史,都是这个圆的组成部分和各个扇面。"③在人类社会关系中,人性确实是社会性的一种体现。人性,归根结底必须用历史和人文这把道义的尺子来衡量。

当然,人性绝不简单等同于人的社会性。文学的人性世界是十分宽广的,它是文学所以能够深深感动人们的一个重要的力量之源。当特殊时期和特殊情况之下,人性被扭曲,出现了鲁迅所说的那种穷人与富人没有共同感受的异常的情况,④人的喜怒哀乐发生不同变易,那么,我们首先应该思考的问题不应该是人性是否存在,而应该是人性被扭曲的社会原因、人性对于我们生活的必要性和重要价值等问题。

文学表现人性,在深层意义上,必然带来对人类本质的思考叩问;在现实意义上,必然带来对个人价值、个性人格的尊重。真正具有人性意味的作

---

① 参见马克思:《1844年经济学—哲学手稿》,《马克思恩格斯文集》第1卷,人民出版社2009年版。
② 马克思:《资本论》,《马克思恩格斯文集》第5卷,人民出版社2009年版,第704页注(63)。
③ 恩斯特·卡西尔:《人论》,上海译文出版社1985年版,第87页。
④ 参见鲁迅:《"硬译"与"文学的阶级性"》,《鲁迅全集》第4卷,人民文学出版社2005年版,第208页。

品,会形成清晰的文化视野,找到人类活动的基本动因,其结果是文学所写的形象不但不会深奥抽象,反而还会显示出真实可亲的活性。因为人的存在,正像唯物史观发现的那样,首先必须吃喝住穿,然后才能从事政治、科学、艺术、宗教等活动。在这个简单的事实中,潜藏着人类文化活动的基本框架。它对我们的重大启迪就在于,提示了人性在文化中的重要地位和具体鲜活的体现方式。人就是这样的具体存在物,有着吃喝住穿这类实实在在的世俗要求,但这种要求却连带着一个深广的文化内涵。人复杂的心理活动,丰富的性格层面,其根源正在于这个看似简单但却深刻的构成关系之中。所以,从创作角度看,文学表现人性,有利于作家把人物形象写得栩栩如生,有血有肉,生动感人,也有利于作家对人物性格展开文化层面上的深入开掘,从而赋予人物形象更为丰富的精神内涵。

人性在文学中最主要的体现,是造就了文学的"共同美"。所谓"共同美",是指更多地超越了一般社会关系的局限,而能够为大多数人共同感觉、共同接受的美。文学中的"共同美"有两种体现方式,其一是题材内容上的"共同美",古今中外的文学作品,大凡书写自然景观、人之常情(亲子、怀友、思乡、尊长、敬老、想念情人等)以及人的某些品格(如正直、忠诚、刚强、坚贞、不畏强权等),往往都会获得人们的普遍认可。其二,是艺术形式上的"共同美",美好的形式总是能为人们普遍喜爱,如均匀、对称、协调、奇异、和谐等等。但形式的"共同美"往往会受民族、阶层、时代等社会因素造成的不同接受群体的限制,有时候它的普遍性反而会减小。总之,"共同美"多来自于人性,由于人性的复杂,"共同美"也是文学中的复杂课题,不同的作家,不同的接受群体,在认可"共同美"的同时,又会对它的内涵作不同的要求和设定。

二、文学作为人学的集中体现——在复杂的阶级性中追求人民性。

阶级性是阶级社会中人的最重要的属性,文学在阶级社会势必体现出复杂的阶级色彩。迄今为止,人类文化文明创造的灿烂历程。正是社会阶级的形成和变化历程。而两者的同步展开,使我们有理由将阶级性视作文学人学特性的一种集中体现方式。

所谓文学的阶级性,指的是阶级社会中文学作品表现一定的阶级意识和阶级倾向的特性。它是阶级社会中文学重要的属性之一。文学的阶级性来自于文学主体(作家)和文学客体(以人为中心的社会生活)两个基本方面。由于作家总是生活在阶级关系中,这种关系造就的思想意识必然要影响他笔下的人物事件。同时,作家笔下的形象又总是来自于充满了阶级气氛的现实生活,并且形象(特别是人物形象)必须在作品造就的那个类似社会生活的虚拟环境中活动,因此,文学的阶级色彩是谁都无法否认的。当然,在阶级色彩上,不同作品的区别在于有或强或淡、或显或隐、或直截了当或含蓄隐晦的表现。

然而,研究文学的阶级性,其难度和目的并不在于确定文学是否具有阶级性,而在于如何认识、把握文学阶级性的复杂情形,从而避免简单化地给作家、作品贴标签,以某种极端化的立场给文学划定表现生活的领域、表现生活的方式等,或者把文学的阶级性夸大到绝对化的主导地位,从而取消文学丰富多彩的人文内容和审美情趣。

文学的阶级性复杂在哪里呢？我们知道,阶级性在文学中的成功体现,是化为作家的一种情感判断方式(而不是直接的阶级立场甚至口号的呈现),巧妙渗透在文学形象之中,从而实现对生活的一种审美把握,也就是说,阶级性作为一种倾向性,必须在情节和场面中自然地流露出来,而无须被特别地指点出来。况且,文学都"带"阶级性而非"只有"阶级性。这是文学作为艺术对阶级性的首要要求,它使进入作品的阶级性,必须转化为文学的意义内蕴,否则不能化作文学的有机组成。如果阶级性外在于作品,就会促使文学向非文学转化,至少也会减少它的文学性。所以,文学阶级性的复杂,首先体现在文学表意的复杂之上。也就是说,就创作而言,作家必须将阶级性进行艺术化处理,而不是简单地陈列。退隐到背景世界里去的阶级性往往比直接展现更有感染力。当然,这需要高超的技艺才可以实现。就接受群体或者其他别有所求的人而言,必须了解文学的阶级性这种艺术化的存在方式,不要把作品等同于现实,更不应在那些已经实现了阶级倾向审美转化的优秀作品中,去强求阶级的功利性色彩,从而导致作品格调出现接受性贬值。

在阶级社会中,阶级性是一个文学无法离开的属性,它的合理性会为文学提供一种价值支撑。然而它的局限性往往又会消解文学的价值,使文学成为狭隘利益关系的产物。于是,在文学发展过程中,优秀文学总是力图超越阶级的局限性,去追求文学的人民性。特别是当某种阶级性已经与人民相对立,然而它又并不愿意放弃对文学的控制和影响时,文学对人民性的追求就显示了更为积极的意义。

这里,文学的人民性是指文学反映和符合人民的思想情感、愿望利益,有人民所喜闻乐见的思想内容和艺术价值。人民性的价值来自于人民这个范畴。人民,虽然在不同的历史时期有不同的所指,但它始终都是生活和社会的主体,绝对的大多数,并且往往是与统治者和压迫者相对立的群体,因此他们的心声,他们的行为,总会有着合理的价值依据,正是在这点上,列宁才提出了"两种民族文化"学说①,对人民的文化意义作了理论肯定。在此意义上,文学具有人民性,便能超越阶级的局限,达到一个更广阔的人学空间,达成一种更重要的人文价值。所以有人说,人民性是历史上一切进步文学艺术的标志。

文学的人民性,并不是要求文学在题材和艺术形式上简单地趋近人民——社会中的普通者,从而成为通俗文学,而是要求文学在思想和情感基点上,从人民的利益和愿望出发去追求一种内在的、民间化的独立品格,因而,真正具有人民性的文学作品,反倒极可能成为文化精品。任何时候对人民的认识,都需要具有超越这个群体的先进的思维视点才可以完成,否则,文学甚至不可能辨别什么是人民的利益和愿望。同时,对这种会被历史与现实假象掩盖的利益、愿望的发现和表达,当然离不开高超的艺术技巧。因此,建构文学的人民性,需要的是历史洞悉能力、勇敢无畏精神和优秀的艺术表现能力。

三、文学作为人学的理想结局——民族性与世界性的文化融合

在现实人类社会中,人总是民族的人,个体也无法摆脱民族群体给予他的某些特质。我们知道,一个民族的形成和发展,往往需要一些相对稳定的因素,它们是人种血缘、生存空间、语言以及在此基础上形成的特殊习俗和文化传统等等。因之,每一个在历史中生存、延续过的民族,都会给人类生活和文化带来一种新的成分。人类的共性与民族的多样生存状态并不构成本质的矛盾,多样性是人类存在的形态,在多样性中潜藏的是人类发展的共同愿望。

由于民族性是难以摆脱的,并且更重要的是,它的个性化存在方式能够为世界整体增添色彩,因此,文学总是要去追求、强化民族特色,以自己的民族个性来显示在世界文化格局中的存在价值。所谓文学的民族性,就是指同一民族的文学创作中显现出来的共同的民族特色,它表现出文学与所属民族的独特关系。文学的民族特点往往由创作主体和客体两种因素共同促成。民族在长期的社会生活中所形成的文化传统和审美习俗会不知不觉、潜移默化地渗透到上述两个因素中,使作家无法离开民族特点而完成对生活的普泛把握与表现。反过来,有成就的作家总是会主动通过民族精神

---

① 列宁:《关于民族问题的批评意见》,《列宁选集》第2卷,人民出版社1995年版,第345页。

的追寻来建构作品的精神和气质,他们会把民族情感、民族心理状态、民族文化传统、民族荣辱观念等作为文学的重要营养加以吸收,从而形成鲜明的民族特色。也就是说,文学的民族性是民族生活的客观因素,作家的民族精神和气质,以及民族文化传统和审美习俗互相融合之后,共同促成的。它是一个民族的形象在文学中的充分体现。值得注意的是,优秀的文学作品所体现的民族性,应该是一种风格化的流露,是一种无迹有味的蕴藉,是一种可感悟而不可触及的格调和神韵,因而并不在乎作品题材选择了什么生活。

这样,文学的民族性便有了世界性意味,因为它既是民族的,同时又实现了对这个民族具体特点的超越。它把民族的显在的具体特点上升到精神层次上,在这里民族的狭隘性必然淡化,民族与民族的交流成了人与人的交流,某种民族文学的思考,往往会成为许多民族,乃至整个人类的共识。这样的民族文学,当然也就成了世界性的文学。这样的文学,不会害怕、拒绝与其他民族文学的融合,在它的成长过程中,也许正是通过不断地向世界其他民族文学学习、借鉴,以开放的心态兼收并蓄才达到了这个走向世界的根本目标。歌德和马克思谈到的"世界文学"就有这个意思。在当今的时代里,民族文学的生存发展,应该以此作为一个必要的思考点。

总而言之,文学的人性、阶级性、人民性、民族性以及世界性作为文学人学属性的具体体现,使人们看到了文学在生活和文化活动中的具体"身份"和"姿态"。通过它们,文学本体世界才与一般接受者发生了易于理解的联系;通过它们,关于文学的本体建设才可以转化为一种现实行为。这正是我们所以要通过文学属性来寻求文学定位的主要原因。同时,也要看到,文学属性是一系列关系的产物,它永远不会最后完成,永远处在形成和变化当中。正因为如此,文学理论对"文学属性"问题的回答总是相对的,它不能就文学的本质给人们一个永恒的定义。这也是我们把文学的定位看作历史过程的原因。

概念的演变

由于文学属性是一系列关系的产物,那么,对文学本质的认识也必然是一系列关系中的规定。关系变动了,其概念及其概念内涵也必将发生变动,这是有事实根据的。尽管我们一直理所当然地运用"文学"这个名词,好像毫无歧义,其实,自从有这个名词以来,它的含义是变动不居、很不固定的。

远的不说,近人章炳麟讲,写在纸上的叫做"文",讨论"文"的法式,叫做文学。① 这就显然与我们今天对文学的理解区别很大。

为了看清"文学"概念的演变,我们还得从历史上说起。从历史上看,"文学"一词是代表着当时人对于"文学"的整体观念的,而且,其观念,其内涵,也是随着时代而有所嬗变的。最早的所谓"文学",虽然可把"文"看作写在竹帛或纸上的东西,但实际上指的是"书本";而"学"呢,则是兼指讲授与学习的一套事情。《论语》中的"文学",就是这样使用的。② 那时的"文学",可直译为"书本知识的传授与学习"。此种含义,后来因知识内容的分歧,则或成为"缙绅先生"之专业,或成为"方术之士"的专业。到了秦始皇时期,"文学"与"方技"并列,其知识范围似已可分门别类。但到了汉代,"文学"取得职官的地位,却把"方技"的一部分书本知识掺合于"文学"原有的知识中,使原来"文学"的内容既得以扩充又变得复杂。③ 所谓前汉的"经术",几乎就代表了当时所谓"文学"的含义。降至后汉,"经术"之士的名位既已确立,而另外不务"经术"但也从事书本知识且擅长写作的人们,渐渐也挂上"文学"的职衔,于是,文学的内涵也逐渐跟着转变。建安诸子,既非"方技",也不擅长"经术",但以章表书记歌诗而充任"文学"的职位,这是后汉末年"文学"含义转变的事实证据。由于这个事实,文学脱离"经术"而独立,使得编历史的人不能不在"儒林"之外另编"文苑传"④,这便是"文学"观念发生转变的一个证明。

一般认为,魏晋时代是中国文学史上的文学"自觉时代"(鲁迅语),它的重要贡献之一是使文学的概念明朗化,使文学与学术著作区分开来,有了独立的含义。无论是宋文帝立"四学",将"文学"与"儒学""玄学""史学"分家,

---

① 章炳麟《国故论衡·文学总略》中说:"文学者,以其有文字著于竹帛,故谓之文;论其法式,谓之文学,凡文理文字文辞皆称文。"
② 《论语·八佾》:"文学:子游、子夏。"参考《史记·仲尼弟子列传》《荀子·非十二子》《韩非子·显学篇》《礼记·檀弓》《尚书大传》等,可知子游、子夏皆为研究古代典籍(诗书之类)与传统生活方式(礼仪之类)并以此传授于人者。
③ 《史记·秦始皇本纪》中,"文学"与"方技"并列,其中品类颇杂,其职位盖以"博士"统之。汉代初年,"博士"仍其旧贯,故贾谊本是文学,亦曾充博士;公孙臣虽拜博士,实际上是方技。到了汉武帝兴学,博士专主文学,其实当时文学内容掺杂着方技。其后国分置学官,不称博士,乃名"文学"。《通志》卷五十五云:"汉时,郡及王国,并有文学。自魏武为丞相以司马宣王为太子文学。"可见,在汉末,中央官职,于"博士"之外也有"文学"的设置。
④ 《元史·儒学传序》云:"前代史传,皆以儒学之士分而为二:以经艺颛门者为儒林,以文章名家者为文苑。"

还是萧统编《文选》,将没有文学色彩的篇章剔除,都显示了文学概念开始狭义化、确定化的趋势。从这个意义上讲,当然可以说狭义文学概念在这个时代出现了。所谓狭义的文学概念,指的是更多地立足文学自身的审美特性(在魏晋时代则体现为从缘情、神思、滋味、兴会等出发)从而使文学与文化的宽泛含义有了明确区分的文学概念。众所周知,《后汉书》成于晋宋人之手,由此开始了"儒林"和"文苑"的区别,后世因之而没有多少改变,这确乎表明文学观念在魏晋时期发生了巨大变化。但是,我们却不宜承认文学观念的转变即于此时开始,因为对于书本知识的传授与写作,其间必然有个分类的思想先已萌芽,否则,明确的区分是难以进行的。只不过到了魏晋之间,才把这种分类的思想胚芽发展为具体的主张,并且拿来实际应用罢了。①

专以写作辞章之事为"文学",某种意义上说,缩小了文学概念的含义。魏晋以降,从事"辞章"的人被列入"文苑",而"辞章"便代表了"文学"。接着,他们又把"辞章"解释为"性情之风标,神明之律吕",其中包括"综辑辞采,错比文华"的诗歌及散文。② 这里明显反映出不但注意到了辞章"内容"的分类,而且也注意到了辞章"形式"的分类,把旧有的"文"的含义,缩小到具有特殊内容与形式的"辞章"上面,同时开始以从事这种辞章之事为"文学"。至此,我国"文学"一词的含义演进,差不多已到了快完成的地步。当然,自隋唐以下,又有些人出来,要把"文"的含义恢复到汉以前那样广泛的地步,把"文学"之事恢复到"经术"时代的范围,但这只能看作"文学"一词含义演变途中的一股回流了。

如果从现代人所用"文学"一词的含义看来,这个名词似乎从我国20世纪初叶的"新文学运动"开始,便有"组词"习惯上的转变,而影响到含义上的某些变化。也就是说,这个时候,打破了传统的一字一义的组词法,而结合"文""学"两字表述一件事情。换个讲法,现在我们所用的"文学"一

---

① 《四库全书总目提要》诗文评类叙中说:"文章莫盛于两汉,浑浑灏灏,文成法立,无格律之可拘。建安黄初,体裁渐备,故论文之说出焉。"此以文章分类起于汉末,大体可信。但若以曹丕的《典论·论文》为开端,似又失之拘泥。以现存的文献观之,《诗序》之辨"六艺",已是一种很精细的分类思想;王充《论衡》中"书解""对作"等篇,欲糅合经术与辞章而为一,以足证后汉初期以前,即有此种分类思想的萌芽,不过到了曹魏以后,乃益显明,且见于当时人之分类著述,如曹丕、挚虞、陆机,以迄齐梁间人的文章。
② 参见萧统《文选序》,其中显然不把"经""史""子"的文章视为"文",而独以"综缉辞采""错比文华""事出于沉思,义归乎翰藻"的文章与诗歌合之为"文"。同时,萧子显《南齐书》中"文学传后论"里讲:"文章者,盖性情之风标,神明之律吕也。蕴思含毫,游心内运,放言落纸,气韵天成……"等,是"文"的特色。这时分类思想之精确,已超过前人。

词,只相当于古人所说的"文"一字,古人所称为"文人"的,现代则一般叫做"文学作家",而讨论辞章法式的学问,古人或者可称之为"文学",但今人必称之为"文学理论"。这就是古今在词义上的区别。

　　为什么会出现这种组词法上的转变呢?一则,可能与顺应口语式的新白话运动有关;一则,可能与新文学运动一样受某些外来影响有关。所以,我国目前所用的"文学"一词,正确地讲,并不仅是把古人所用的"文"之一字拉长,将单字词变成复字词,这其中也包含着用"文学"二字来译英文的 literature,德文的 literatur,法文的 litterature。据说,英语中的"文学"(literature)一词则是 14 世纪才从拉丁文 littera 和 litteralis 移植而来的。这些外来语的语源及其含义,可以说与我国"文"字同样复杂①。但为何当时不翻译为"文"而翻译成"文学",说法不一,有种意见认为是受了日本人的影响,有种意见认为是 19 世纪末外国在中国的传教士首先使用的。日本原有的"文学"一词,本是借用中国的古代含义,而且用法也颇相同。到了明治维新以后,日本人用"文学"二字译西文 literature 一词,而且含义与我国新文学运动之后常用的"文学"概念的含义完全一致。② 从这点出发,认为我国"文学"一词的形式受到了日本的影响,就像"干部""手续""场合"之类不合乎汉语组词法但又用汉字书写的新名词一样传到中国,大概是有可能的。

　　以上的梳理表明,"文学"一词的含义在历史上是变动的。作为一个概念,其发展经历了一个从广义到狭义、从宽泛到具体、从模糊到确定的历史过程。中国如此,外国亦然。比如,古希腊就无"文学"一词,而只有具体的史诗、颂诗、悲剧、喜剧等,所以,"诗"一度在习惯上被用作"文学"的泛称,亚里士多德的《诗学》,就是一部不仅论诗也论戏剧的文学理论著作。据

---

① literature(文学)一字以法文的写法最近似于拉丁语源,因为它们都是从拉丁文 littera 一字衍生出来的。拉丁语典对于 littera 一字约有八种解释:1. 文字或写下的符号;2. 成列的字母;3. 字的连缀;4. 可读的或可写的形象;5. 书写的艺术;6. 用以记载事情的东西;7. 一句话或一行诗;8. 一个个字……现在的结构,毋宁就是 litter 与 ture 的结合,其含义正和汉语中的"文"字相当。可参见段玉裁《说文解字注》、朱骏声《说文通训定声》、阮元《经籍籑诂》。英文《韦氏大辞典》对 literature 一词的解释,也很能说明中西的共同性。

② 日本学者本间久雄的《文学概论》,讨论文学的定义时引述了大宰春台的《文论》《味读要领》以及大槻文彦的《大文海》中的见解,其对于"文学"一词的诠释与中国的诠释大体相同,甚至可以说全袭用中国的故训。中国以"文学"为职官,而日本的旧官职中也有"文学"之称。1914 年,日本出版《新标准英语字典》,将 literature 译作"文学",虽仍沿用汉字,但已经改变其旧有的习惯,而直接遵从西方人的义训了。所以,可以说我们现代使用的"文学"概念,是借用了日本人的译语。

说,西方狭义的文学概念从广义的文学概念中独立出来,是到了18世纪才算完成的,这得力于查理斯·巴托所作的一个意义深远的区分。① 当然,这种区分的产生,肯定是文学自身发展进化结果的反映。

毫无疑问,文学概念的演变是渐进的,已经历了数千年,至今仍尚未达到尽头,人们对它还在不断地改造着、探索着、定义着。但是,严格说来,这种状况并没有影响文学的成熟和发展。在缺乏概念的中国先秦时代和古希腊时代,文学的繁荣是明显的。这么说并不意味着否定文学定义的重要,只是想强调,文学理论是来自于文学创作实践的,这是两个不同的领域。理论定义对文学原理本身的完备性以及它的理论水准状态也许是至关重要的,但它必须顾及和契合文学本身,而不是满足于一种抽象的自言自语的界说。

文学概念

从逻辑上看,通过对文学本体与形态的把握,必然可以得出一个较为明确的文学概念,从而简洁地回答"文学是什么"。但是,问题的关键在于文学的本体世界并不是一些静态因素的孤立陈列。在本章的开头部分,我们就强调文学本体是多方面因素在创作主体的创造性思维中的有机激活。所以,当我们从意识与思维、审美与精神多个角度对这个本体世界也就是文学的观念存在方式进行探究之后,我们的理解思路应该避免单一化、固定化或者简略化的概括总结方法。我们应该联系文学的形态,从文学话语方式构成的"言象意"体系中,尽可能形成一种动态的理解思路,从而产生一个活性的文学观念。这种理解可能难以通过语言来概括,语言只能抓住确定的东西,被语言概括过滤掉的那部分活性因素,也许才是文学概念最重要的成分,它们在概念中可能无法留存,但出于研究的需要,我们还必须给文学下一个定义。

如果我们考虑到文学概念演变的具体情况,考虑到我们对文学本体与形态的整个探究过程,那么,这个定义似乎可以是——

创作主体运用形象思维创造出来的体现着人类感性意识形式特点并实现了象、意体系建构的审美话语方式。

文学在外延上包容着以诗歌、小说、散文、戏剧文学、电影文学、网络文学等具体文学样式出现的可供接受的文本。关于文学的一切理论原理,不属于文学的范畴。

---

① 参阅塔达基维奇:《西方美学概念史》,学苑出版社1990年版。

第二章　文学的客体与对象

　　这一章讨论的是"文学写什么"。这是人们关注的重要问题。① 要回答这个问题,必须进入文学的客体世界。只有在这个客体世界中,才可能真正找到文学创作的根源、依据和构成材料,找到创作过程中始终左右着作家精神与心灵的那个巨大的力量。那种以为文学活动仅仅是一种纯粹的主体活动,与客观物质世界无关或者关系不大的观点,往往是非唯物论哲学思想在文学观上的体现。

　　那么什么是文学的客体?就广义而言,可以理解为给人(即意识和思维的主体)提供意识和思维的前提与材料的整个客观物质世界。它在整体上制约着人的思维和意识,而文学正是作家意识和思维活动的产物,所以,它对文学的影响自不待言。就狭义而言,由于文学是以人为中心的社会生活作为主要书写对象,因之,严格地说,文学的客体主要是指丰富多彩的人类生活。换言之,只有从生活出发,才能真正理清整个庞大的物质世界对文学的复杂影响。因而,我们又可以将文学的客体称之为生活客体。这并不是对文学客体世界的故意缩小,而是为了依循文学规律,更为准确深入地研究文学客体在文学活动中的重要地位和作用。

　　但是,相对于文学世界来说,丰富多彩的生活同样是一个更为广阔的世界,并不是其中任何东西都会成为文学的有用成分,文学对生活有自己的要求和选择,只有生活中那些特定的因素才会成为文学的表现对象。在这个意义上,可以说文学的对象正是文学客体的具体呈现,是客体世界进入文学领域的具体方式和具体情形。因此,研究文学的客体,最终当然必须归结到文学的对象这一个最为重要的方面。

---

① 关于这个问题,也有人认为"文学写什么"并不重要,重要的是"怎么写"。这是意识流小说、法国新小说等现代派文学创作出现之后逐渐促成的一种文学观。但对一般作者和读者来说,"文学写什么"仍然是其关注的重要问题。

一　生活客体

如前所述,即谓"文学客体",主要是由以人为中心的社会生活构成的。那么,为什么必须扣紧生活来理解文学的客体？为什么物质世界中那些纯然的"自在之物"如果与人的活动无关,就会失去作为文学客体因素的资格？从根本上看,这是文学的本质决定的。一般的科学就不会把这点作为前提来"苛求"它的客体。因为科学可以抽象事物,可以把它的对象从世界整体中剥离出来,进行客观冷静的剖析。它并不需要像文学那样,必须赋予对象生命与灵性,或者说,正是在对象的生命与灵性中,才能获得建构自身境界的基本图式。文学则必须根植于整体化的客观世界中,而世界的整体性,只有围绕人和人的生活才可能得到真正体现。否则,正如亨利·詹姆斯所言,世界的真正秩序是一种"并行的同时性"①。这种秩序的直观形态给予主体的将是一种无法把握的杂乱感觉,这当然不是文学活动所需要的客体。

也就是说,对于文学而言,从来就没有什么自然天成的客体世界,虽然这个世界对它来说是多么的重要。在文学客体范畴之中,总是不可避免地会掺杂进主体因素,生活作为文学客体的复杂性正在于此。我们从生活客体的构成因素和不同层次组合中,也可以大致看出这种复杂性——

其一,文学生活客体的构成是多层次的。首先位于最底层、最具客观性的当然是那个作为认识本源出现的自在的物质世界,即丰富神秘的大自然,人类生存和生活的摇篮。它的性质与状况,一方面制约着人的活动,一方面又源源不断地为人的活动提供实践和精神的材料。其次是作为文学生活客体主要部分的人类活动及其产物,即整个社会生活形态。它在自然环境中逐渐生成、发展,包含着强烈的主体色彩。但相对于文学创作来说,它却成为重要的客体因素,成为文学直接书写直接表现的主要内容。最后一个层

---

① 亨利·詹姆斯说:"当我现在说话的时候,有一只苍蝇在飞,亚马逊河口一只海鸥正啄获一条鱼,在亚德隆达荒原上,一棵树正在倒下,一个人在法国打喷嚏,一匹马在鞑靼尼亚正在死去,法国有一个双胞胎正在诞生。这告诉了我们什么？这些事件,和成千上万其他事件,各不相连地同时发生,但它们可以形成一个理路昭然联结而相合为一个我们可称之为世界的东西吗？但事实上,这个'并行的同时性'正是世界的真秩序;对于这个秩序,我们不知如何是好而尽量与之疏远。"转引自叶维廉:《寻求跨中西文化的共同文学规律》,北京大学出版社 1986 年版,第 138 页。

次,但并非是最不重要的层次,即作家自身的活动,譬如他的学习、爱情、事业、家庭乃至创作过程本身(可能涉及其性格、思维、气质、习惯等),这些强烈地体现出主体特征的因素,在其具体作品的创作中,往往又会转化为制约、影响创作的客体因素。由此可见,在文学生活客体范畴中,自然、社会和作家自我作为三个重要的基本元素,既有先天定势,又有人为变化,交织着主客观色彩。但就整体而言,它们虽然一定程度要受到主体观念及活动的影响,却又不是观念的产物,而是反过来促成观念的因素。这里之所以说它也要受主体观念的影响,那是因为在诸如文学创作这类复杂的活动中,主客体双方始终都是互动的,甚至是互相转化的。没有这种辩证的视点,就不能很好地理解文学活动中由客体所决定的复杂情形。

其二,文学生活客体构成是整体化的,其中多种因素互相依存,形成动态的有机整体。但值得注意的是这个整体至少就表面而言却给人分散、杂乱的感觉,它的整体性是"内涵的整体性"[1],是一种本质的、需要理解才能获得的"整体性"。关于这一点,即对事物、现实、感性,如果"只是从客体的或者直观的形式去理解,而不是把它们当做感性的人的活动,当做实践去理解,不是从主体方面去理解"[2],那么看到的只是孤立的、杂乱的事物表象。这样当然看不到客体的活性与整体色彩。如果避开这种缺点,在实践基点上考察客体,就会发现,文学生活客体中的自然,肯定是"人化的自然",而人是社会化的存在,个体的人(包括作家)的喜怒哀乐等一切情感和思想必然来自于并且同时又映照着这个世界——自然与社会的综合体——的各个不同方面,并且最终又会给它各种各样的影响,甚至还会在某种程度上改变它。毫无疑问,这是一种活性的有机整体状态。正是有了这种活性的整体状态,文学生活客体才有了丰富的内涵,文学本身才有了创造整体化艺术世

---

[1] 参见卢卡契:《艺术与客观真实》,载《马克思主义文艺理论研究》第2卷,文化艺术出版社1984年版,第433页。卢卡契用"外延的整体性"和"内涵的整体性"两个概念来谈论文学的对象世界,他认为"现实的外延整体性必然会超出任何一种艺术描写所可能占的范围,外延的整体性只能由全部科学的无穷过程从思想上越来越近似地再现出来"。文学不必把"反映生活的客观外延整体性作为自己的目标"。"艺术作品必须在正确的联系中和在比例正确的联系中,反映客观地限定了它所描写的那一部分生活的一切本质的客观规定性","这些规定性客观上对所描写的那部分生活具有决定性意义,它们限定了那部分生活的存在、运动、特殊本质以及在整个生活过程中的地位。"这就是所谓"内涵的整体性","在这个意义上,最短的歌也同规模最大的叙事作品一样具有内涵的整体性"。
[2] 马克思:《关于费尔巴哈的提纲》,《马克思恩格斯文集》第1卷,人民出版社2009年版,第499页。

界的前提,从而最终实现"通过一个完整体向世界说话"①。

那么,文学的生活客体到底给文学活动提供了什么具体东西?又产生了什么样的重大影响呢?概括起来说,那就是作为源泉和作为真实的潜在标尺出现,然后促成文学主客体双方产生一系列循环往复的制约与超越的矛盾运动,从而使文学活动充满了发现与创造的巨大空间和弹性。

源泉

"源泉"一词,在中国文艺学说中是一个特殊的比喻性概念。人们用它来形象地表述生活与文学,文学客体与文学主体活动之间的一种根本关系。② 其基本意思是说,如果把文学创作看作一条不断流动的河流,那么社会生活便是它永不干涸的泉源。没有泉源便无远流。可见,"源泉"一词的运用,旨在强调文学活动过程中生活客体的重要性。

这里有必要特别指出的是,这种充分强调生活客体重要作用的文学观念,是唯物主义反映论文学观,它在文学发展史上是一个有价值的文学观,但却不是惟一的文学观。关于文学源泉问题,还有许多不同的看法可以给我们提供不同的启示,因而也是不能忽视的。③

在唯物主义反映论看来,社会生活不仅是文学的源泉,而且是唯一的源泉。这个观点,也就是所谓"文学源泉一元论"。坚持文学源泉一元论,便意味着在文学理论和文学创作中杜绝主观唯心论,意味着作家可以而且必须在丰富的社会生活中不断汲取维系创作生命的活水。长久以来,这一观念在中国文学和文学理论活动中发生的影响是深远而巨大的。

社会生活所以被认定为文学创作的唯一源泉,大致有三方面依据:

一、哲学依据。存在是第一性的,意识是第二性的。意识一开始就是

---

① 歌德说:"艺术要通过一种完整体向世界说话。但这种完整体不是他在自然中所能得到的,而是他自己的心智的果实,或者说,是一种丰产的神圣的精神灌注生气的结果。"《歌德谈话录》,人民文学出版社 1978 年版,第 137 页。
② 历史上这种观点不少,最典型的代表是毛泽东的见解。毛泽东说:"一切种类的文学艺术的源泉究竟是从何而来的呢?作为观念形态的文艺作品,都是一定的社会生活在人类头脑中反映的产物。革命的文艺,则是人民生活在革命作家头脑中的反映的产物。"《在延安文艺座谈会上的讲话》,《毛泽东选集》第 3 卷,人民出版社 1991 年第 2 版,第 860—861 页。
③ 文学源泉除社会生活之外,还有以人的自我心灵、以理念世界、以前人的文化遗产等为文学源泉的观念。

社会的产物,而且只要人们还存在着,它就仍然是这种产物①。文学作为社会意识的一种形式,当然是社会生活在作家头脑里反映的产物。因此,没有社会生活,失去了反映的对象和前提,也就不会有作为审美反映的文学创作活动存在了。

二、心理学依据。文学是人思维活动的结果,众多心理学研究成果已经证明,人的思维活动受制于外物的作用,没有客观外在事物提供刺激和动力,思维活动便不可能产生。这里所说的"外在之物",有着与文学生活客体相类似的宽泛内涵,至少它有三个基本所指,即人的肌体、肌体之外的实物和人的语言。② 肌体的存在是一个前提,它产生的生理本能会导致最基本的无意识心理活动,如腹空,则"思"食,性本能促成性欲望等。实物则给主体提供直接刺激,导致定向心理活动,如"望梅止渴""睹物思人"等。最复杂的是语言,它带来系统、完整的理性思维和表达,从而使自身成为"思想的直接现实"。这是人类独有的最重要的思维活动,就表面看,它具有超越事物局限而随意展开的自由,仿佛与物质世界无关,但实际情况是语言本身总是带着天然的不可摆脱的物质性,它是抽象的物,物的象征,它的产生和发展都取决于人的社会实践。因此,如果失去了物质生活前提,那么它促成的人的自由思维将与人的无意识心理活动和定向心理活动一样消失殆尽。在这个意义上,可以说无论是弗洛伊德那种将文学视为作家潜意识中性本能受到压抑之后的转移和发泄③,还是荣格那种从人"先天的集体无意识"中寻求文学的"原始意象"④,或者鲁道夫·阿恩海姆对"格式塔"心理学的运用,把完形知觉当作文学创作的基础⑤,其实都无法真正超然物外,为文学找到纯粹的心理动力。应当承认,这些理论家确实在探寻文学的心理根源上独辟蹊径,付出了极大心力。

三、创作实践依据。这是最为直观的依据。考察古今中外文学创作,人们似乎找不到一部纯然脱离开社会生活的作品。原始文学与劳动生活息息相关,许多篇章直接展现了劳作行为,神话则以变形方式表现生活的理想

---

① 马克思、恩格斯:《德意志意识形态》,《马克思恩格斯文集》第1卷,人民出版社2009年版,第533页。
② 参见 A. P. 鲁利亚:《心理学的自然科学基础》,科学出版社1984年版。
③ 参见弗洛伊德:《诗人和白日梦》,《弗洛伊德文集》第4卷,纽约基础丛书,1959年(New York: Basic Books, 1959);《精神分析引论》,商务印书馆1984年版;等等。
④ 参见荣格:《心理学与文学》,三联书店1987年版。
⑤ 参见阿恩海姆:《艺术与视知觉》,中国社会科学出版社1984年版。

和愿望,用想象和借助想象以征服自然力,支配自然力,成为生活的一种延续或补充。那么,在文学发展多样化的今天情形又如何?这里不妨对几种主要的文学类型进行具体辨析。写实型作品,这是迄今为止文学家族中阵容最为壮观的一个系列,它们直接展现现实生活和历史记忆,被誉为生活的"镜子"或社会的"教科书",与生活的密切联系自不待言。写景型作品,以山水花鸟等自然现象作为对象,有时故意远离社会,体现出清高玄远、飘逸淡泊的韵味。然而,这些作品一旦情与景谐,情景难分,其托物言志、借景遣怀之旨,便会昭然于字里行间。抒情型作品,以表现主观情绪为主,有时心灵被认为是其最好的"源泉"。然而"触景生情"才是人的天性,与外界事物相脱离的情感,是纯个人化的"私人情感",走向极致便成为心理变态的体现,它当然不能支持一件作品获得起码的艺术价值。苏珊·朗格说得好:真正的艺术情感是人类的情感①,它无法不与丰富多彩的生活相关联。这才是抒情文学的情感真相。虚幻型作品,以高度变形方式,写生活中子虚乌有之事,人神共存,群魔乱舞,其境界脱离具体时空,幽邃而飘忽,似可天马行空,任意编排。然而,若无苦难底蕴或者热烈的信仰与向往,又哪里能够张开想象的翅膀,编织出神话般的"理想国"或者心灵图景?《西游记》《聊斋》等作品不正是一种十分典型的证明吗?鲁迅还说,描神画鬼,写出来的,也不过是三只眼,长颈子,就是在常见的人体上,增加了眼睛一只,增长了颈子二三尺而已。天才们无论怎样说大话,归根结底,还是不能凭空创造。② 这是有道理的。最后是荒诞型作品,顾名思义,荒诞不经、难以理喻是它的根本特点,它甚至故意追求文不对题、语无伦次,形象和情节高度扭曲、远离实际,仿佛已经和人类生活毫无关系。③ 西方20世纪50年代的荒诞派戏剧是最典型的代表。然而荒诞和扭曲,刚好是现代社会多种异化现象以及心灵空虚焦虑的形象言说。存在主义哲学已经将这种作品和人在现代社会的困惑与无奈,紧紧联在一起。

由此可见,现实生活总是文学作品直接或间接的表现对象,总是文学活

---

① 苏珊·朗格说:"艺术家所要表现的不是他个人的实际情感,而是他所了解的人类情感。"《艺术问题》,中国社会科学出版社1983年版,第25页。
② 参见鲁迅:《叶紫作〈丰收〉序》,《鲁迅全集》第6卷,人民文学出版社2005年版,第227页。
③ 譬如法国荒诞派戏剧代表作家尤金·尤奈斯库的《秃头歌女》,剧中既无秃头也无歌女。写一对姓马丁的夫妻分别到朋友家做客,但他们却互不认识,经过多方交谈才发现两人是夫妻,但后来这种关系又受到怀疑,最终还是没有弄清真相。作家通过这种荒诞的情形来展示现代社会里人们心灵之间的深度隔膜,没有沟通。

动或显或隐的心理动力。无论在哲学、心理学还是在创作实践意义上,都可以看出生活客体对文学的深刻影响。离开了社会生活,可以肯定地说,任何文学作品都不可能产生,这正是"源泉说"最有力的理论基点。

然而,任何宏观原理都可能带来空泛的毛病,"源泉说"也难以例外。因而,在看到它普遍而巨大的影响力的同时,还必须进一步追问:社会生活作为惟一源泉,到底给文学的河床注入了什么?

这是一个更有价值但也更为复杂的问题。过去,人们往往简单地认为社会生活给文学提供了书写材料,即取之不尽用之不竭的人、事、物,它们或作为原型,或作为素材,在文学大厦的构建中充当着类似砖头、沙子和水泥的角色。的确,这些实实在在的东西确是文学内容最主要的组成因素,作家生活储备的充分与否,直接影响着其作品的开阔和丰富程度。然而,如果仅仅这样来理解文学的生活客体,那就抛弃了它的活性,或者说抛弃了它更为内在的价值。任何时候都不应忽视,生活客体一方面给文学提供着"死"的材料,一方面又提供着"活"的观念。正是这两者的同时存在,生活对于文学(当然并不仅只对于文学)才变得耐人寻味,才变得大海一样宽广和深邃,才会使漫不经心的"过客"或者"浏览者"难有收获,才会使经历生活变得不甚重要,而重要的是对生活的体验与思考。

文学生活客体的这种双重性质在它的三个基本因素中都有体现。

首先来看自然。毫无疑问,丰富的自然现象可以作为人的生活环境或情感的承载物、象征物进入作品,然而更重要的是,自然同时是自然观的承载者,也就是说它在给人提供生活环境的同时,促成了人的自然观,最后,必然地也要促使文学产生基本的自然观,借用现象学的话来说叫做"自然态度"。① 结果是辽阔神奇的大自然或者作为"对应",或者作为"内蕴"(而不仅仅作为材料),总要在文学世界中占有一席之地,作家也总是要在自然中寻求启示和参照,使写作获得深邃的内在空间和背景世界,所谓"文章本天成,妙手偶得之"②,表达的正是这样一种感受。由于有了这种共同的客体

---

① 胡塞尔所说的"自然态度",与他的"回到事物本身"是一致的。胡塞尔所说的"事物",并不是指客观存在的物理客体,而是指一个人所意识到的东西,或者说是呈现在一个人的意识中的一切东西,即"现象"。在现象学中,现象是观念性实体,与事物无关;现象即本质,现象具有本质性与意象性,它可以通过对特殊事物进行细察和直观得到,认识现象即认识意向的双边关系,即人的主观心理。因此,我们借用"自然态度"一词,可以获得一种理解的启示,但并不意味我们完全赞同胡塞尔的观点。

② 陆游诗语。

因素的制约,一切成功的文学创作中,自然作为初始本源的影响才是共同的、十分明显的。譬如,作为西方文化源头的古希腊文学,一开始就强调对自然的摹仿,并从这种摹仿中获得了纯朴刚健的韵味。这种亲和自然的态度,后来在西方文学及其观念中一直保持下来。柯勒律治说过:"诗人的心灵和理智必须同自然的巨大外表结合在一起,密切地结合在一起并且形成一体,而不仅仅是以各种明喻来摆个样子,与它们融化或松散地混杂在一起。"①这是颇具代表性的深切的自然之思的流露。在中国,古代文学特别是诗歌,虽然强调主体表现性,然而它不但没有拒绝反而主动去接纳来自自然客体的巨大支持力量。贯通中国诗歌史,同时也影响了其他文学类型的"比兴"原则②,就是一个证明。"比兴"强调的是感物起兴、比类相通,由物及人、推己及物。倘没有对自然的尊崇与神往,便不能产生这样的心物对话,就不可能像《诗经·关雎》那样,在自然的客观性中,追寻到文学的灵性与趣味③,因为任何生命,毕竟都是自然滋育出来的。可以说,"比兴"体现的自然态度,提高了中国文学的档次。中西方文学之间虽然有许多不同,但却因为自然的伟力,使它们有了沟通与交流的内在共同点。

其次,看人类生活。社会因素中,文学客体的双重性质更为突出。人的活动为文学提供着直接材料,作品中的人物、事件、情节、场景无一不是它的产物。但它们的重要性常常遮蔽了人的活动为文学所提供的更有价值的东西。与自然因素同理,除有形材料之外,由人类活动造就的社会历史态度、理想和信仰,以及更为细致的种族、群体、阶级、国家等意识,往往会成为左右文学甚至决定着文学优劣成败的巨大而重要的力量。文学必须按照客观规律捕捉它、梳理它、依循它,当然有时也会改造它,才能获得历史的穿透力和生活的包容力。对它的忽视或者不正确的理解把握,毫不例外地将把文学推到浅薄轻浮、滑稽可笑、味同嚼蜡的边缘。尽管它可能确实写了许多具体生活现象,然而要艺术而正确地把握这些社会观念却是十分困难的事。因为由于掺杂了人的主体行为,它成为一个动态系统,不断地发展变化着,在不同时间和空间中具有不同的构成状态和不同的文化含义。并且,作家由于身处其中,作为它的一个构成分子存在,当局者迷,短视和浅见难以避

---

① E. L. 格里格斯编:《柯勒律治书信集》第 1 卷,牛津大学出版社 1957—1959 年版,第 403 页。
② 刘勰:《文心雕龙·比兴》概述了"比兴"的艺术含义和特征:"故'比'者,附也;'兴'者,起也。附理者切类以指事,起情者依微以拟议。起情,故'兴'体以立,附理,故'比'例以生。"
③ 《诗经·周南·关雎》写男女思慕,以河边水鸟求偶之鸣起兴。"关关雎鸠,在河之洲。窈窕淑女,君子好逑……"自然质朴,却妙趣横生、耐人寻味。

免。其结果,并不像自然客体那样可以造就相对单纯、清晰的文学"自然态度","社会态度"常常使文学处于难以摆脱的被动状态,使作家在社会、历史、现实面前感受到思考的痛苦与选择的艰难。但他又不能选择逃避——如果逃避本身无法构成一种文化理解的话——否则,他的写作将因为缺少现实关怀和历史意识而成为无足轻重的言说。无论是历史还是现实文坛上,那些不断出现的无病呻吟的创作,其病根正在于此。

最后,看看作家自身这个客体色彩受到更为严重遮蔽的因素。如前所述,作家是创作的主体,但在具体的写作中,许多主体因素却向客体转化:几乎没有作家会不受自身阅历影响,他们除了不断将自己过去的生活作为创作素材加以运用之外,在这种生活中曾经获得的体验和理解也要作为观念——它往往体现为主题雏形——强制性地进入作品,迫使作家表现它。这样,创作主体行为就部分地分化为客体因素,反过来又促成更高层次的主体追求,其结果是作家除了要不断地审视自然、社会之外,还要不断地审视自身、提升自身,最后才能达到一个较高的艺术境界。不能或不会完成这个"动作"的作家,其创作只能停留于较低层次。可见,在作家自身的主客体因素互动中,由于客体因素的不断丰富导致的人生态度的扩张,才是一种对创作更为有力的影响力。巴尔扎克和曹雪芹的写作过程不就是在这样的矛盾经历中得到升华的吗?人们常常迷惑于这类作家身上的矛盾现象,即在生活中他们是短视者甚至保守者,但在作品中却充满了哲人的敏锐、深刻与正确,这到底是为什么呢?现在,如果我们明白了创作过程其实是一个作家不断将自身转化为客体进行审视和提升的过程的话,答案就会变得清晰起来。

以上便是生活"源泉"对于文学活动的主要作用。但是,也许有人会质疑:将主体(人)的诸多观念纳入客体,这种做法是科学的吗?它会不会导致对主体价值的削弱?如果用辩证的眼光来看,这种疑问是没有必要的。在理性思维中,许多对应范畴如内容与形式,主体与客体等的意义设定,往往是相对的,有前提条件的。有些因素,在某种前提下相对于某物,它们可能是"内容",前提和相对关系变了,它们可能就成为"形式"。主客体双方也一样。考察"文学的"客体,那相对于物质存在来说是主体因素的人的哲学思考、科学研究、劳动实践以及人对自身的认识,就会成为制约文学、影响文学的客体因素,成为给文学提供创造资料与活力的"源泉",这并不违背认识规律。换个角度说,文学是一种个体性极强的人类活动,文学的主体,从来都是个性化的主体而非抽象的普遍的主体。而对于任何个体性极强的活动来说，其主体的作用往往就体现在要把他人以及自己曾经有过的主体行为当作客体，即把他人和自己的思想观念视为对象和资料并从中汲取营养。正是由于有这种"转化"的存在，可以肯定地说，主体性永远都是"现时"的，从来就没有什么一成不变的主体性。文学活动当然也是这样，它的主体性只存在于创作的"现场"，离开了这个现场，主体性便不可避免地转化为客体而消失。用雅克·德里达的话来说，就是写作对作者而言就是作者的死亡，"写作，就是隐退"。[①] 那么，为了实现"在场"，确证写作的主体性，主体便必须承担起依循规律、尊重生活并不断追寻客体奥秘的责任。也可以说，"所谓写作，(就是)预设了通过丧失生命、自然死去的勇气以抵达精神的构想"[②]。即把主体性融入客体，从而获得一种新的主体性。

由此可见，强调应该正确认识生活客体与创作源泉的含义、构成和作用，正是为了给文学主体性提供一条可能的、行之有效的路径。否则，一旦把文学主体视为上帝式的永在，那么它的随意性便会膨胀，最后势必导致主体强权和暴力。在这种状态中，写作可能成为不负责任的自我放纵，其结果，服从于自我心灵纯粹的自言自语，服从于政治意念的先入为主，以及服从于金钱诱惑的随意编造等等，都会在主体自由的外衣遮掩下迅速滋生，文学活动必然丧失自身免疫功能，失去来自文学本体的自律之力。

与此同时，还可能出现另一个极端，即当人们排斥了文学客体中由于人的活动造就的活性因素(主观因素)之后，客体便成为一堆死的材料，但这绝不意味着对文学主体领域的拓展，因为这种情况下人们认定的主体其实并不是作为个性存在、带着个性色彩的主体，而是一个抽象化了的意念性主体。对主体的这种空泛指认等于彻底放弃主体，因此，它最终导致的只能是对客体的机械理解和过分依赖。旧唯物论就是这样走向它的认识歧途的。作为一种文学观，它只能引导文学去简单地摹仿、抄录生活，而无法汲取源泉中富有生命力的活性之水。

真实

在文学作品和活动中，真实是一种价值。具体说，真实是文学的生命。哲人说过：对天才所提的头一个和末一个要求都是：爱真实。[③] 显然，"真

---

① 转引自《后结构主义文论》，山东教育出版社1999年版，第213页。
② 同上书，第213页。
③ 歌德语，引自朱光潜《西方美学史》下卷，人民文学出版社1964年版，第76页。

实"是一个重要的文学理论命题。这个命题的前提来自文学本体,既然人们已经认同文学是生活的审美能动反映,那么,反映得像不像、真不真,必然成为其价值的一种标志。"真实"命题的现实依据来自接受心态,接受者总是习惯以自我实际生活经验作为参照来印证作品,判定其真伪,真则接纳,伪则拒斥。被接受者普遍拒斥的作品,往往就丧失价值,无法流传。①

这里,值得思索的是,"真实"这个重要的理论命题,却历来都以一种常识的姿态出现。它易于被人接受,又频繁地被人运用,似乎在文学作品面前谁都有资格和水平言说它的"真实",然后引出关乎作品"生命"的结论。当然,这是一种误解。在文学的真实问题上,人们已经犯下了太多的常识性错误。这些错误集中体现为将生活与文学等同,将现象与本质等同,将偶然与必然等同,结果,严重地妨碍着人们对文学的深入领悟,也妨碍着欣赏者自身艺术水平的提高。

那么,"真实"是什么呢?它到底包含着哪些常识难以逾越的奥秘?

"真实"本是一个表示客观存在的概念。它指的是自然和社会生活中实际存在的人、事、物及其客观规律。它们可见可闻,可感可知,表象上又是一种不分轻重主次、没有选择与取舍、现象与本质、偶然与必然混杂的"自在状态"。从这个角度看,可以说"真实"只是文学客体的属性,而不是文学自身的属性。因而在文学理论中,人们将它称之为"生活真实"。这种真实,还不是文学所需要的,文学也绝不可能达到这种真实状态。因此,如果用它来衡量文学作品,那么,所有的文学作品都是不真实的。因为文学不可能提供原物,所有的写作都渗透着作家的主观意图,都有变形,因而也就拉开了与"生活真实"的"距离"。

但是,由于文学对其客体有巨大的依赖性,因此,"真实"依然要被引入文学本体,作为一种写作的参照或要求而存在。也就是说,文学作品必须真实,必须符合一定的现实关系。不过,它所获得的"真实",是一种"比较"的真实,是文学世界与现实世界之间的一种相似性或神似性状态,它并不意味着文学已经成为生活,或者与生活达成了绝对的一致性、共通性。为了描述这种状态,人们引出了"真实性"这个词语,显然,有时它比直接使用"真实"

---

① 对此,巴尔扎克的论述有代表性。他说:"当我们看书的时候,每碰到一个不正确的细节,真实感就向我们叫着:'这是不能相信的!'如果这种感觉叫的次数太多,并且向大家叫,那么这本书现在与将来都不会有任何价值了。获得全世界闻名的不朽的成功的秘密在于真实。"引自《文学理论学习参考资料》,春风文艺出版社 1981 年版,第 764 页。当然一时不被接受者认可、不能流传的作品就真无价值,但这另有原因,可另当别论。

一词更为恰当,因为"真实性"表明的是一种"可能"或者"程度",这较好体现了文学"真实"的实情。的确,"在艺术作品中,重要的是使读者对于所描写的事物的真实性不致怀疑"①。

那么,什么是文学的真实性呢?文学的真实性是指文学作品通过艺术形象反映生活所达到的准确和客观实在的程度,是指文学形象给读者的真实感达到的可信程度。在这个定义中,显而易见,"真实性"概念的长处同时也成了它的短处,即它既恰当地表明了文学真实的状态,又没有说清它的含义。也就是说,它是一个需要二次定义的概念。于是,人们不能不再次运用一个专门术语即"艺术真实"(或曰"文学真实")来具体界定真实性。凡达到了艺术真实的作品就具有了真实性。那么,什么又是艺术真实呢?艺术真实是以生活真实作为基础,通过概括集中,加工提炼,变形想象等手法创造出来的具有审美效应的具体生动的艺术状态,它表现出社会生活的某些本质、意蕴和规律,包含着客观真实和主观真实两个基本方面。

从这个定义中,可以明显看出"艺术真实"的特点及构成法则:

第一,"艺术真实"是创造的产物,带着作家的主观色彩,因而它不同于生活真实只是一种纯客观的存在。如果生活客体中的人、事、物以一种纯自然(即未经加工)的方式进入文学作品,那么这些真实的现象马上就会变得不真实,因为它们不具备文学作品所要求的虚拟性和主观性,当然无法达到艺术真实状态。

第二,"艺术真实"中的创造,并不是随意的创造,它有两个基本前提:一则它必须建基于客观现象,以生活真实作为依据。作家可以按照主观表意的需要,择取生活现象作为构成真实的基本材料,但更为重要的是,作家所表达的情感思想本身,往往就产生于这些现象之中,是现实生活影响的结果,因此他不可能离开生活真实进行随意创造。客观性是文学的条件,没有客观性就没有文学;没有客观性,一切文学作品无论怎样绚丽,都会走向死亡。再则,"艺术真实"中的创造,又必须建基于主观思想,以审美理想作为引导。换句话说,"真实描述某一事物……也就是说明这一事物"②。据此,作家才能对芜杂的、偶然的生活现象进行有效辨析,最终触及生活的某些本质和规律。审美理想是作家哲学、美学和文学观念的综合体现,它的真实性来自于对人类求真向善这个审美大前提的契合,与此相悖的任何理想观念,

---

① 卢那察尔斯基:《论文学》,人民文学出版社1978年版,第553页。
② 恩格斯:《论住宅问题》,《马克思恩格斯全集》第18卷,人民出版社1964年版,第305页。

如果其存在的真实性不可怀疑的话,那它的价值也一定是负面的、虚假的。所谓主观真实,含义正在于此。艺术真实正是这种客观真实与主观真实结合的产物。这种结合,不可能通过现实现象的移植而只能通过创造来获得。在创造过程中,客体成为参照,现象成为手段,如果它能体现上述主客观真实,则会被保留被强化;如不能体现,则被删除被修改。倘若客观现实中根本就没有这样的现象可以借用,那主体则必须通过想象来虚构它。因此,歌德说:"艺术并不打算在深度和广度上与自然竞争,它停留于自然现象的表面,但是它有着自己的深度自己的力量,它借助于在这些表面现象中见出合规律性的性格,尽善尽美的和谐一致、登峰造极的美、雍容华贵的气氛、达到顶点的激情,从而将这些现象的最强烈的瞬间定型化。"①这样一来,在"艺术真实"范畴中,现象往往是变形的。就表面而言,它是否合于实际生活情形,并不能影响作品的真实性。有些高度变形的奇象,如"燕山雪花大如席""白发三千丈""黄河之水天上来",以及《红楼梦》中纯粹化的贾宝玉,《西游记》里超常化的孙悟空,《阿Q正传》里漫画化的阿Q,等等,虽然远离生活实际,但由于凸现了更深刻的生活本质和作家思想,反而具有更为强烈的艺术真实色彩,成为文学世界中永恒的瑰宝。关于艺术真实中这种主客观辩证关系,黑格尔说得十分清楚:"艺术的真实不应该只是所谓'摹仿自然'所不敢越过的那种空洞的正确性,而是外在因素必须与一种内在因素协调一致。而这种内在因素也和它本身协调一致,因而可以把自己如实地显现于外在事物。"②正是这种内在外在因素的协调,才促成了既向现实猛进又向梦境追寻、既远离生活真实又蕴含着生活真实和作家主观世界精髓的艺术真实。

第三,"艺术真实"以形象方式存在,是一些成功的文学形象状态。它们在感性直观中是符号的、间接的,当然也是抽象的、虚幻的,但在想象中,却是个别的具体的活生生的存在。上述主客观真实所包含的理性意义都退隐到形象内部,由形象的感性形式来体现,因此,它能实现现象与本质、偶然与必然的统一,比起生活真实来,艺术真实当然就显得更深刻、更动人、更具魅力。

艺术真实或者说文学真实,就是这样一种创造的产物,它与生活真实只保持着一种宏观的、整体的、本质的相似性。作为一个理论概念,它的出现,

---

① 此段话转引自恩斯特·卡西尔:《人论》,上海译文出版社1985年版,第186页。
② 黑格尔:《美学》第1卷,商务印书馆1979年版,第200页。

最大的意义就在于使人们获得了衡量作品真实性的尺度。运用它,人们才可以更准确地理解、阐释许多文学现象,为那些夸张、变形、虚幻、拟人化但又确实在深层契合着现实与作家心灵的东西找到真实性依据。这是十分必要的规定,因为真实已经约定俗成地成了人们衡量作品价值的一个首要标准。当然,它也极为辩证地体现了人们对文学创作与生活客体之间相互关系的一种理解。比起仅仅强调文学是生活客体的"摹仿",只有这种摹仿才构成作品真实价值的时代,这无疑是一个巨大的进步。因此,如果今天有人还要从实际生活经验出发,将文学与现实生活等同,在作品里"对号入座",或者有意混淆作品与生活的界限,在作品中寻求现实的功利所得,做出宋人在唐诗中考证唐代酒价①,或者杭州少女痴迷贾宝玉而绝命②这一类文学接受举动,乃是不懂文学规律和常识的愚蠢之举。在文学接受活动中,这种行为其实是不少见的。

然而,这种因不懂规律而误读"真实",只是文学真实问题上一个危害并不太大的现象,因为它一般并不是一种主动行为。在真实问题上,另一个极端导致的危害才更值得警惕和深思,那就是把文学真实视为一种纯粹的主体行为,对"真实"所要求的客观性视而不见,或者只把它视为一种无足轻重可以随意处置的装饰,所谓创作切合生活的本质和规律,不过就是切合主体思想的一种变相说法而已。在这种情况下,就创作和欣赏实践而言,所谓"艺术真实"(或曰"文学真实")往往会成为消解作品"真实性"的一个借口和途径,其结果是文学实际上失去真实准则,作家在创作中可以随意虚构"真实",人们在接受中无法判定作品的真实,另一种意义上的文学混乱现象必然出现。譬如,一些胡编乱造或过分"私人化"的作品,曾经被人们标榜或者认可为达到了高度的艺术真实,但时过境迁,它们又成为毫无真实可言的甚至"假大空"的代表。与此相反,一些一度被讥为虚假荒唐的作品(如卡夫卡的作品),后来却又成为洞悉了生存本相、具有历史穿透力的"经典"。"真实",这个本应最具体最实在最无争议的价值尺度,充满了如此之大的随意性,究其原因,这往往是一种主动或者说故意所为,是政治、经济以

---

① 王夫之《姜斋诗话》载:宋真宗大宴群臣,问唐酒价。晋国公丁谓当场奏道:唐酒价每斗三百,来之于杜甫"速宜相就饮斗酒,恰有三百青铜钱"。王夫之笑曰:崔国辅有"与沽一斗酒,恰用十千钱"句,就杜陵沽酒处贩酒向崔国辅,岂不三十倍获息钱耶?
② 清代陈其元《庸闲斋笔记》载:杭州某女酷爱《红楼梦》,且患有与黛玉相类之病,当其病危将绝时,父母认定《红楼梦》误了女儿,因投之于火,女子在床上大哭:奈何烧煞我的宝玉!即绝命。

及社会意识有目的地对文学观念进行扭曲的结果。它使文学丧失了真实性,同时也就丧失了对社会人生的真诚的文化关怀,丧失了可贵的人文精神。值得思索的是,这种对文学真实性的主动扭曲,往往打着颇为迷人的旗号,例如张扬文学的主体性,拓展文学的创造空间等等,因而容易惑人耳目,以假乱真,使人们失去警惕性和判断力。直到文学创作中恶劣的主体性泛滥,作家失去责任心,随意编造和无病呻吟式的众语喧哗出现,人们也许才会有所警觉。但此时人本意义上的创作主体性,已经再次失落了。

因此,关于文学的真实性问题,必须始终将它放到文学的生活客体范畴中加以认识,尽管将它等同于生活真实同样是一个错误,尽管它包含着的创造因素是如此明显,亦必须如此。因为惟有这样,才可能使真实问题更加切合创作实际,才可能从真实问题上,衍生出更为确切更有价值的文学观念。

从生活客体认识文学真实,意味着——

一、文学真实是创作规律的必然结果,它离不开生活的滋育与规约。虽然理论演绎中这一点十分明确,但是这一理论与实践的脱节使人们不能不再次把目光转向生活实践本身。文学真实是创造的产物,其中包含着虚构与想象,然而任何虚构与想象都不可能凭空产生,它们需要依据,需要触发机缘,还需要参照系和结构模式。这一切只能从生活客体中获得。文学真实最后是以优秀形象的方式存在于文学之中。然而,任何优秀的文学形象状态或者说文学真实,其产生都必须经由紧密结合在一起的个性化和概括化过程来完成。在这个过程中,无论个性化还是概括化,都离不开生活客体提供的具体材料和巨大影响力。在个性化中,客体的作用是直观的,易于理解的,因为它离不开原型,离不开"象"——感性材料。在概括化中,客体的作用则更为间接潜在,因而人们往往将概括化视为一种纯粹的主体行为,但这并不合乎实情。所谓概括化,也就是把生活的普遍性与本质集中到个别的具有鲜明个性特征的人物事件中,使之体现出广泛的意义和价值。就表面看,这当然首先是一种主体行为,然而主体通过什么来完成这一个由抽象到感性的过程呢?这必须深入到艺术概括的基本方式和基本内容中寻求答案。

艺术概括的基本方式,在于必须始终扣紧具体个性来进行。要扣紧个性,便离不开具体的感性的现象。现象只能来自于客观世界,是生活真实的组成部分,因此,作家在个性化中所做的一切,包括夸张、想象、拟人和虚构,都会深深根植于真实之中。而概括的具体内容,则是对客观生活进行深入开掘的结果。它有三个基本层次:第一,通过具体个性概括同类现象的共同特征，也就是把同类事件、人物的共性概括到所写的具体事物个性中，使之体现出深广的普遍性。第二，通过个性深入揭示对象的内在本质，从而使人的精神本质在个性化形象中得到审美显现。第三，通过个性显示深广的社会和文化内涵，以此来传达出作者的审美观点和审美理想，从而使作品充满对真善美的追求，对不合理现实的否定和批判。这是艺术概括的最高层次，也是理性活动的充分体现。但是，稍加留意就会发现，这个理性的最高点与前两个层次一样，却必须在感性的直观中返归现象，在任何一部作品中，它都要体现为具体环境、时代氛围、社会背景的实际构置。这样，理性在作品中的显现又怎能离开生活的规约呢？可见，就文学真实的产生过程而言，任何主体行为包括抽象、虚构、想象等，其实都是生活客体的一种延伸、放大、变形，离开了生活真实，任何文学创造都是不可能的。如果主体要"强行为之"，那么，只会导致没有真实性的"无效言说"。这正是我们要把文学真实放到生活客体范畴中加以讨论的主要原因。

二、文学真实是对客观现实生活的一种尊重。它是一个重要的文学观念，也是一种重要的文学精神。对文学真实性的领悟和把握，如果首先扣紧文学客体而不是文学主体，讲求真实，就是讲求对客体的趋同、相似（当然不是等同，不是照搬照抄），就必须立足于对客体实行细致地观察研究，把"师法自然""搜尽奇峰打草稿"作为基本创作态度，其结果必然培养起文学的现实眼光、人间情怀以及追寻真理的冷静与执著。像前人说的那样，作家应该研究普遍的自然，就眼睛所看到的东西多加思索，要运用组成每一事物的类型的那些优美的部分。用这种办法，他的心就会像一面镜子真实地反映面前的一切，就会变成"第二自然"①。这样，追求真实的写作，必然就会在达到真实的同时超越真实，显示出更为可贵的精神价值。

换个角度说，强调真实是对生活客体的尊重，并不意味着对主体能动性的削弱，而是通过更合规律的途径，强化了创作主体能力的有效性。尊重是一个主动性词语，谁来尊重？当然是作家和读者——文学活动的主体。因而，关于文学真实，说到底，最重要的正是主体态度的"真实"。有了这种态度的真实，才不至于把客体置于无足轻重的位置。在这个意义上，也可以说，文学真实应有的对生活客体的尊重，首先是对主体态度的一种要求。

所谓"尊重生活客体"，先要尊重自然。如前所述，自然是人类的摇篮，也是人类的导师。人类的文化文明活动，都是在自然的启示下开始的。自

---

① 转引自伍蠡甫主编《西方文论选》上卷，上海译文出版社1979年版，第183页。

然给文学提供着源源不断的书写材料,并培养了人的"自然态度",从而使文学获得开拓不尽的领域。正如违背自然本性的生存将遭受自然报复一样,违背自然本性的创作不可能建构起审美基础。因此,作家应有沉潜自然、领悟自然、亲和自然和热爱自然的心态。这样,对文学真实的追求才有一个良好的开头。尊重生活客体,还要尊重社会生活,尊重社会生活的主体——人。这是文学真实的一个更广泛的领域,也是文学人文精神的核心所在。它要求作家应有直面生活的勇气,无论生活中的欢乐和悲哀,光明和黑暗,美好和丑恶,都应在他的视野中得到严肃认真的审视和美学思考。无论对生活的歌颂还是鞭挞,赞美还是讽刺,都不会仅仅出自纯粹的主观目的,而是尽可能做到"美物者,贵依其本;赞事者,宜本其实"①。尊重生活客体,还包括尊重作家自身,因为如前所述,作家也会成为文学活动的重要客体因素。就社会而言,不应将作家神秘化,作家也是人,有着普通人相同的人性优缺点,他的敏锐和短视都是可以理解的;就作家本身而言,追求文学真实,必须具有探索者的勇气和平民意识。在心态上他必须这样定位:他是一个普通者,与大众有着天然的平等与亲和,同时他又是一个思想者,为追求真理敢"冒天下之大不韪"。这也就是所谓像平民一样生活,像学者一样思考。总之,只有形成这种尊重生活客体的整体氛围,一个时代的文学才可能在真诚的言说中获得真实的刚性与硬度。

真实,这个产生于文学客体的重要文学命题,它巨大的能量渗透到文学活动的整体中,其复杂性是不言而喻的。当它要化为一种具体的文学行为的时候,在许多问题上稍不留意,就会出现偏差,从而产生苍白的、虚假的、平庸的作品。导致这种偏差的出现,既有观念的原因,又有技巧的原因。前者,主要体现在如何去确定和追寻生活的本质与规律而获得客观真实,以及如何确定和追寻审美理想而获得主观真实这两个主要方面。现象与本质,真实与虚假,在人们的生活中总是交织混杂、难以明辨的。历史的局限和众多功利因素的强制性影响,又会导致人们的短视和"误读"。因此,对真实的理解和把握历来都是艰难的。就后者而言,文学造形的复杂性也使真实性问题复杂起来。创作中,何时必须保存突出生活原型的"真",何时必须变形求得内在的"神",形象与生活、与生活的本质之间那个最佳的相似性临界点在哪里?这些都是十分微妙、耐人寻味的问题,处理不当,舍"形"而不得"神",离"形"而难获"似","文学真实"往往在刻意追寻中无形消逝。

---

① 左思:《三都赋序》,见《六臣注文选》,台北广文书局1979年版。

正因为这种复杂性的存在，"文学真实"才是一个永远具有魅力的话题，才是一个永远探索不尽的领域。尽管它首先作为文学的一个实际行为出现，但它的意义和价值，已经远远超越了这个实际行为。可以肯定地说，在文学活动中，真实是一种胆识，一种气度，同时也是作家作品的一种可贵品质。

制约与超越

无论作为创作的源泉还是作为真实的内在依据，对于文学来说，生活客体的影响说到底是一种制约作用。这是一种无法摆脱的制约，因为它包罗万象的外延已把文学所需的全部材料和观念纳入其中，文学除了从中采撷有用成分之外，并没有"第二个客体"可以供它进行舍此取彼的选择。

生活客体的制约，给文学提供了大量积极价值，比如文学的基本状貌、文学的言说可能和言说方式及内容，文学与接受群体沟通的基本途径等等，几乎在文学的所有层面都可以找到生活客体造成的迷人光彩。然而，任何事物都有利弊相因的两面性。生活客体之于文学也不例外，它在给文学提供价值的同时又不断释放负面影响，常常用丰富芜杂的现象遮蔽文学的创造光彩，不停地提供世俗姿态以抵制文学的精神拷问，它甚至用功利的魔法诱发平庸嘈杂的文学话语……总之，在文学难以自持的时代，生活客体的影响会大幅度转向负面。在文学发展历程中，常常可以看到，生活客体总是以提供价值的方式不断地悄悄消解着文学的另一种价值。

与此相应，文学始终充满了对生活的接纳与反抗。自从在生活基础上诞生之日起，文学就在不断地汲取生活活力的同时，巧妙而执著地寻求着超越生活的有效方式。优秀文学作品往往就诞生在这种制约与超越的矛盾运动中，纯粹就范于生活和纯粹出自于"创造"的作品从来就不可能成为好作品。所以，研究生活客体，不能放弃文学超越客体的主动行为。对于文学活动而言，任何孤立、静止、绝对的客体都是毫无价值的，因为它永远也不会成为文学的真正对象，只有当它接纳了文学主体的超越行为，它才发生转化，以文学的对象的身份，最终成为真正意义上的文学客体。所以，必须把对制约与超越的思考，放到文学客体中，作为客体的一个必要成分进行认识。

制约与超越的辩证关系，其最基本的意思，用一句通俗的话来说，即文学是通过作家头脑对社会生活的能动反映。由于生活客体巨大制约力量的存在，文学首先只能是一种反映，但纯然的反映、机械的抄录不可能构成文学。文学的反映只能是能动的反映，也就是带着超越生活的意向、伴有超越行为的审美反映,具体地说,也就是主观化的反映,即在反映过程中,作家的主体创造能力参与进来,对客观生活进行改造加工,使之改变原来的自在状态而成为艺术形象。看不到这一点,在文学客体与主体的关系上,就会放弃主体的主导性,被动地趋就客体,犯下旧唯物主义文学观的毛病。

超越最终使文学并不简单地等同于生活,因此,在共同的生活客体之上才会产生丰富多彩、各具特色的作品。每一部作品都只能是某个作家的产物,其他人无法写出"这一部",原因就在于文学并不仅仅是生活客体的反映,而是主体的能动的审美创造。具体地说,文学对生活客体的超越,主要体现在以下一些方面:

首先,作家对生活材料有选择的权力和选择的可能。作家选取的生活只能是他熟悉的生活,感兴趣的生活,适宜他所喜爱的文学形式表现的生活。这是一个依次限定逐渐深化的程序,每个环节上,不同作家都会有不同的侧重,它把作家所运用的客体材料范围越限越小,最终使作品展现的生活形态与实际生活形态相比,往往只是一个极小部分,即便最庞大的作品也是如此。譬如《红楼梦》这种宏大的叙事文学作品,洋洋上百万言,不过写了特定历史时代里一个大家族的几小段生活情景,在现实生活面前,可谓是沧海之一粟。这意味着什么? 意味着作家的选择权力的实际存在,也意味着通过一滴小小的水珠,便能反照生活的博大与宏阔。那么,作家依据什么来选择? 当然是他的主观条件,比如他的生活阅历、生活方式,就决定着他对生活的熟悉范围和熟悉程度,他的审美趣味和审美理想决定着他对生活的兴趣和注意指向,他的性格和修养决定着他对文学形式的偏爱与采用,等等。结果,生活客体在作家笔下自觉不自觉地就被筛选过滤,带上特定主体的个性,当它们最终作为表现对象构成一部作品之时,便实现了文学对生活客体的第一次超越。这种超越,是文学达到以现象体现本质,以现实映照理想的前提与基础。

其次,形象的构成方式使生活材料的客观性发生根本改变,一定程度上成为主观创作意念的承载物。生活客体一旦被择取为创作材料进入作品,就不再是单纯的客观存在,因为选择过程本身就是一个渗透主观性的过程。在作家的构思过程中,"想象"又要进一步改造客观材料,使它们离开自在状态,带上强烈的主观意念之后形成形象。这样,主观完成了对客观的改造,形象成为主客观的辩证统一体。李白在《秋浦歌》中,为突出主体对"愁"的深切体验,客观生活中"愁易生白发"这一现象被改变而为"白发三千丈,缘愁似个长",其中的客观性被巧妙地利用,然后又大幅度削弱,于是,融合主体的主观意念成了它的主要功能,形象终于实现了对生活客观性的又一次超越。这类例子,在任何文学作品中都可以找到,因而我们不应该在"黄河之水天上来,奔流到海不复回"这样的诗句中寻找黄河的源头,也不必追问写下"我的爱像一朵红红的玫瑰"的诗人是否真有一位他如此深爱的姑娘。在文学中纯客观的东西已经不复存在。因此,托尔斯泰曾说,我无法描写一个人,但我可以写他给我的印象。毫无疑问,这是对生活客体限制与超越的形象表述。

再次,审美理想的表达使生活的平常性得到提升。作家的写作动机和目的可能多种多样、形形色色,但自古以来最有价值的莫过于表现积极的审美理想。审美理想的含义丰富而广泛,但它的核心内容肯定是对生活和生命的珍惜与热爱,是在苦难中向往美好、黑暗中追求光明的勇气与信仰,是在人性天地里与自身的狭隘永无止境的抗争,是推己及人及物的仁爱与自律……在庸常的生活里这是多么遥远的品质,但却是多么珍贵的东西。凭借它,可以成就优秀的人格,也可以成就优秀的文学。在现实世界中,生活的庸常化越明显,理想的光辉就越暗淡,或者说正是理想的缺失,才会使得生活走向平庸与世俗。在这种境地中,文学通过审美理想的表达,必然就能超越生活,获得内在的灵魂,文学世界因此而必然成为一个独创的世界。这个世界相对生活客体当然是变形的,或者确切地说,变形正是它超越生活的平常性抵达审美理想高度的基本途径。古今中外的优秀文学,如果失去了理想的光辉和相应的变形能力,那它们必然回复平庸,失去穿越时空的魅力。在文学的历史上,也有并不以表现审美理想为动机和目的的写作,但它们的出现,除了表示自身在生活的庸常状态面前无能为力之外,还会以不可避免的平庸迎合与强化生活的平庸,从而在根本上削弱文学对生活、对人的心灵的正面影响。这类不能超越生活、缺少理想光辉照耀的平庸之作,可能在生活中也会引起一定的反响,甚至流行一时,但它的生命终究是不会久远的。

可见,文学通过变形方式追求对生活客体的超越,已经成为文学自身生命力的体现。这里,有必要对"变形"作一个基本概括。文学中的变形,也可称为艺术变形,是指作家按照审美理想和创作方法对生活客体进行分解重组、增删显隐等加工改造,改变生活现象的自在状态与客观性质,使之成为现象与本质、偶然与必然、现实与理想相统一的独创性艺术形象。变形既是文学超越生活的方式,又是文学超越生活的结果,因此,它与文学真实一样,体现出文学客体和主体之间的辩证关系。

但是，文学对生活的超越，纯粹只是文学主体主观意愿的结果吗？除此之外，还有没有更为深层的原因和依据？不追究这个问题，可能会将所谓超越视为可有可无随意而为的行为，其结果必然又会回到主客体之间截然分离的静态的孤立的思路中，看不到文学客体与主体之间的必然的不可分割的互动性，引发恶劣的极端化的"客体决定论"或者"主体决定论"。这显然是不符合文学规律，不利于文学成长的。

文学既要依赖于生活客体又必须有所超越有所创造，这是客观事物规律和人的心理活动规律决定的。从哲学角度看，文学是一种意识形式，是对生活客体的反映，但这种反映决不是被动的。"人的意识不仅反映客观世界，并且创造客观世界。"①在这里，"创造"的基本意思是：对于人来说反映事物的过程必然同时包含着对事物的呈现和评价，不可能只有呈现而无评价，否则人就成为"镜子"；当然也不可能只有评价而无呈现，那样人就成了"先知"。评价是什么？所谓评价指的是人对事物所作的价值判定。这里所说的价值，当然不是事物的物理、经济价值，而是精神、文化、审美价值。人往往以心理愉悦与否即美与不美的感觉来判断事物是否具有这种价值。但问题的关键是，审美价值并不完全是事物的本来属性，从原生状态讲，事物除了表示自身的存在之外并不表达人的感情。但人在反映（或者说呈现）它的时候，却强烈地感受到了这种感情，究其原因，当然只能归结于人的创造。审美价值从来就是人的创造，这一点是毋庸置疑的。因此，人才会在一感知到事物的同时就感受到（或者说创造了）各式各样的审美意味。比如月亮这个客观的天体，就其自身而言不过就是物质的一种存在方式而已，但人们一看到它，便倏然生出极为复杂多样的美感，使它或者成为浪漫爱情的代表（"月上柳梢头，人约黄昏后"），或者成为离乱之后凄凉心境的写照（"行宫见月伤心色，夜雨闻铃断肠声"），它忽而清明如画（"明月松间照，清泉石上流"），忽而寒意入骨（"床前明月光，疑是地上霜"），忽而月为心誓（"但愿人长久，千里共婵娟"），忽而月引迷情（"二十四桥明月夜，玉人何处教吹箫"），真可谓无限的快意与凄苦，无限的向往与惆怅，都有在望月的一瞬得以萌生。月华之美，非天造神与，乃人心使然。反映的创造性，在此可见一斑。

说得通俗一点，原来，人们在观照事物的同时，往往会把自己的主观情志投射出去，在感知事物的物理性状的同时也就给它创造出了审美属性。

---

① 《列宁全集》第55卷，人民出版社1999年版，第182页。

凡是心智健全的人，都有这样的能力，但其水平却千差万别。

人的这种在反映中实现和创造审美价值的能力，并非凭空而生，它是人类自身进化的结果，是人区别于动物的一个根本标志。马克思说过："动物只是按照它所属的那个种的尺度和需要来构造，而人却懂得按照任何一个种的尺度来进行生产，并且懂得处处都把固有的尺度运用到对象；因此，人也按照美的规律来构造。"①可见"按美造形"，这是人在长期劳动实践中培养起来的"天性"，在文学这种高级的精神活动中，人当然要充分运用他的天性，在反映客观事物的时候展示出美的创造力，否则，人何以显示自身价值和精神，何以确证自我的"天性"？所以，文学活动就哲学意义而言，只能是客体制约与主体超越之间矛盾运动的产物。

从心理学角度看，前面曾经谈到，人的意识活动有赖于外在事物提供动力，但这其实只是一个前提。现代心理学证明，仅有客观事物作用于人的感官，还不足以产生印象，也不能引发相应的意识活动。不注意到这种具体情形，对意识的研究就会显得空泛而不具实际意义。譬如，一个从未离开过偏僻山乡的农村老太太，如果突然让她观看一场芭蕾舞，虽然有了这个外在的刺激，但她肯定不可能感受芭蕾舞的艺术形象，当然也不可能展开相关的艺术思维活动。而一个有一定艺术修养的人，则会与此相反。这个现象说明，面对外在事物的刺激，必须有一个来自主体的积极应答，才可能导致相关的思维活动。这种心理活动的基本原理，在皮亚杰的《发生认识论原理》中，已经得到较充分阐释。皮亚杰说："认识既不是起因于一个自我意识的主体，也不是起因于业已形成的（从主体的角度看）会把自己烙印在主体之上的客体；认识起因于主客体之间的交互作用，这种作用发生在主体与客体之间的中途。"②基于这种思想，一些理解认识发生的中心概念如"心理图式""同化""顺化"等被提出来。心理图式也称心理定势，它是由多种多样的生活因素逐渐促成的心理积淀。当然，其中可能还含有"潜意识"或"集体无意识"等因素，它是对事物进行反映的心理准备。当主体感知客体、反映客体的时候，总是习惯于用自己的心理图式将客体纳入其中，加以整合，这就是所谓同化。前述月亮的悲喜情状，其实就是这种同化、整合的体现，它使人产生关于对象的映象。但局限于此，心理图式便不会发展，认识也不可能

---

① 马克思：《1844年经济学—哲学手稿》，《马克思恩格斯文集》第1卷，人民出版社2009年版，第163页。
② 皮亚杰：《发生认识论原理》，商务印书馆1997年版，第21页。

真正形成。于是便有"顺化",顺化就是主体在整合、同化客体时,又受到客体的影响,对客体产生顺应。同化与顺化交互作用,循环往复,才促成了人的认识及其发展。人的心理活动的这种特点,当然要体现在作家对客体的把握感知之上,而且由于作家的心理活动是一种更为高级更为复杂的活动,同化与顺化的互动肯定更为激烈,结果必然要造就出全新的思维成果,具体体现出来便是一方面对生活客体的不断开掘,达至本质和规律深处,一方面则不断超越生活客体的制约,产生出一个奇幻的文学世界。

二 对象构成

所谓文学的对象,也就是文学的表现对象。既为"对象",从逻辑和创作过程看,似乎是外在于文学,有待于文学去表现的因素。但既被"表现",它实际上是文学客体当中进入了文学文本、为文本所涵容的因素,也可以说是文学语言符号直接或者间接(以暗示、象征等方式)的对应物。没有被纳入特定文本的因素,只有作为文学客体的资格,没有作为文学对象的资格。

如此说来,文学对象极相似于文学作品的内容。它们的确有巨大的相关性和一致性,在某种特定语境中这两个概念甚至可以互相替代,有时将它们联系起来思考,反而方便于加深对创作规律的理解。然而这并不意味着文学的对象就绝对等同于文学的内容。最明显的区别在于,它们分属于两个不同范畴,对象属于文学客体,是客体中的精华部分;内容则属于文学文本,是文本构成的内在成分。在文学原理中,研究文学的对象,重心主要在于了解对象的构成过程,这是一种动态的历时性考察;研究文学的内容,重心则在于把握文本内在结构方式,这是一种比较静态的共时性辨析。因此,其思路、方法、所获得的结果及其意义,都会有所不同。

如前所述,由于文学的生活客体具有二重性,因此进入文本,成为文学表现对象的因素必然是两种东西,一是侧重于客观的具体生活材料,一是侧重于主观的"态度"即思想、情感。在这里,为了表述的方便,我们可以借用题材和主题两个概念来分别指称它们。也就是说,题材与主题是文学对象构成的两个基本因素。文学写什么?写的就是以题材和主题方式存在于文本的客观现实生活和与此相关的思想情感。当然,在把它们作为文学对象来考察的时候,必须重视的是它们在生活客体中具体生成的那个动态过程。

在对文学对象的两个组成部分进行具体分析之前,需要对它们之间的基本关系有一个大致认识。在文学客体这个宽泛的前提下,客观现象对人的思想情感的产生、状况等起着巨大的支配决定作用,这也就是所谓"存在决定意识"。但是,当生活客体转化为文学对象,虽然这种影响力可能依然存在,情况却发生了巨大变化,这时的思想情感,却起着主导作用,它既包含着生活客体中人们业已形成的思想情感的某些状态,也包含着作家自己思想情感的某些状态,并且后者常常以主动姿态去整合前者,尽管它也要不可避免地受到前者的影响。这种在上述运动中不断强化复杂化的思想情感,在生活客体向文学对象的转化过程中,开始扮演极为重要的角色,成为对生活现象进行筛选取舍的依据。结果,那些符合它、能够承载它的现象得以保留,成为题材;而它自身,则潜藏于题材,寄生于题材,以作品的灵魂自居,被人称之为主题。

题材

一般来说,题材是指文学作品中用来构成形象、体现主题的具体生活材料。作为文学对象构成的一个重要方面,有这样几点必须明确:首先,题材不是文学生活客体本身而只是生活客体的一个部分,它与生活客体是种属关系概念,是生活客体中纷繁芜杂的现象被文学创作旨意加工整合之后留下来的有用成分。因此,用题材来指称文学所表现的社会生活领域,如农村题材、工业题材、军事题材、城市题材等,这是一种宽泛的用法,并不具备严格的理论含义。它所起的作用只是表明某部(类)作品的题材来源及由此产生的某些相关表征,因此,对于探寻文学的对象构成规律并不具有太大意义。其次,题材虽然是运用于作品中的具体生活材料,有形有象,可感可触,然而它并不是作品中的艺术形象。形象是主客观交织、综合而成的有机整体,是文学创作的实际目标,包容着生活客体里并无"原在"的创造成分,因而与题材是截然不同的概念。

对题材的这种限定,使我们空泛地纯理性地理解题材发生了困难。但这并不是一件坏事,它提示我们,无论对于题材还是对于整个文学对象,都不应该离开文学创作实际来把握。

联系文学实际,就会发现,不同类型的文学作品,对对象的要求是不一样的,因而题材有不同的体现方式和构成状态。叙事性作品一般有庞大的文本,可以容纳较多现象,其题材的丰富性自不待言,它往往由人物、事件、环境等具体因素构建并形成一个动态系列。抒情性作品的题材则比较单纯,一般没有具体的人物、完整的事件和细致的环境,它往往单独地部分地运用上述现象,所以,它的题材仅仅是作品中借以抒情言志的特定具象,似可信手拈来,随意取舍,有较大的选择空间。因此,抒情性作品受客体的限制较小,在它的对象构成中,思想情感的比重占绝对优势,其表现重心多半移到了主体创造一端。

题材作为文学作品表现的具体生活材料,没有它,作品将无法搭建起自己的艺术世界。与此相反,如果题材丰富而多样,就整体而言,文学表现对象的领域会很开阔;就具体作家作品而言,自然有了在对象世界中自由回旋的空间,不同文本就可能因为对象世界的丰富而呈现出多样状态。这是文学繁荣的一个基础性前提。

那么,题材的丰富性和多样化可以成为一种创作现实吗?就道理上看,这似乎并不是很困难的。题材产生于文学的生活客体之中,这个世界的丰富性多样化应该促使题材获得同样的状态。但实际上并不如此,在许多时代,包括题材在内的文学对象的多样化和自由选择往往只是一个有魅力的艺术理想,有众多因素制约影响着这个理想的实现。文学似乎从来就没有真正达到过"想写什么就写什么"的程度。即使在题材这个看上去十分简单明白的现象之上,也会派生出许多并不十分简单且令人颇费思议的理论问题,不断引起激烈争论和艰难探讨。

这些制约因素来自文学本体和本体之外的许多方面。就题材生成而言,它们体现为:

一、文学本体的内在规定性使客体世界中丰富的生活现象成为题材的可能性减小。文学并不是生活的翻版,因而不可能任何现实的东西都成为它的表现对象。文学对现象有出自本体的严格要求,这些要求是:第一,客体现象必须具有鲜明的个性特征,或者具有强烈的形式感。这是由文学的形象存在方式决定的。惟有个性特征和形式感极强的事物才有利于最终构成生动感人的文学形象。诚然,作为客观存在的万事万物,个别性偶然性具体性是它们的天性,然而比较之下,其"天性"的突出程度并不一致。比如傲雪开放的红梅,最早开放的那一枝才是最为个性化的;[1]春江水暖,鸭子的"领悟"才独具特色;[2]春意盎然,红杏枝头,蜜蜂的喧闹才

---

[1] 唐代齐己《早梅》诗有句:"前村深雪里,昨夜数枝开。"郑谷评曰:"数枝非早也,未若一枝佳。"一枝初放,傲雪斗寒,其鲜明的个性跃然纸上。
[2] 苏轼《惠崇〈春江晚景〉》其一:"竹外桃花三两枝,春江水暖鸭先知。蒌蒿满地芦芽短,正是河豚欲上时。"

更富于形式意味①;等等。这些个性化的现象,分散隐藏于更为众多的现象中,但只有它们才具备足够的理由和力量进入文学的对象世界,因此,选择是必然的。第二,客体现象必须能够或者有利于揭示生活的某种本质特征。这是文学审美的内在意蕴决定的。在现实世界中,本质隐藏于芜杂的现象之中难以抚触,有的现象能明显体现本质,有的现象则不能明显体现本质,不能明显体现某种生活规律和本质的大量偶然现象,则需要慧眼发现,才能成为作品的题材。第三,客体现象必须与人或者人的活动发生关联,并且有合于主体创造需要的适应性。这是文学作为人的思维和精神活动产物的特性决定的。生活客体中并不是所有现象都与人及其活动相关联,也并非所有现象都具备对主体创造性的适应能力。这里所谓适应,指的是现象具备文化约定俗成的那种表现性,譬如梅、兰、竹、菊,在中国传统文化里就有利于"比德",有利于用来表现人的审美情趣和审美理想,因而它们必然成为文学对象世界的常客,成为抒情文学中长盛不衰的题材。客观现象的这种表现性,也就是美学家桑塔耶纳和鲍桑葵等人所说的事物的"第三性质"②,它们之间的等差是明显的,因而不可能在文学对象世界获得同样地位。第四,客观现象必须具备适宜文学文本样式和语言表现的特征。这是一个很具体很细致的要求。有的现象(如孤立的物象)可能适合于诗歌表现,但却不适宜小说;有的现象(如动态的矛盾冲突)可能适宜于戏剧,但却不适宜于诗歌。每一种文学样式都有自己对题材的具体规范。语言也如此,在不同的语言方式中,现象作为题材的可能性也将受到考验。例如,人复杂而微妙的内心活动,就可能为高明的语言技巧所表现,没有这种语言,它只好无奈地游离于文学对象之外。

二、创作主体的基本条件限制着生活现象成为题材的可能性。这些条件包括作家的生活面,他的社会理想和艺术趣味、文学修养和技巧技能等等。一个一直生活于农村的作家,一般不会选择城市生活作为其作品的题

---

① 宋祁《玉楼春·春景》一词中有句:"绿阳烟外晓寒轻,红杏枝头春意闹。"一个"闹"字,将春天的生机极形象地写了出来。
② 所谓事物的"第三性质",也叫事物的表情性质、表现性。这是相对于洛克提出事物的第一、第二性质而言的。第一性质指的是事物不以主体心境和环境变化而改变的性质;第二性质则是指那些依赖于人的感觉而存在的性质,如色彩、声音等。在此基础上,桑塔耶纳和鲍桑葵提出事物的"第三性质",即事物形式对人的情感的表现性质,如红色使人激动,绿色使人宁静等等。这是文化约定俗成的。文化相同的人群因为心理积淀的原因在直观事物时,会极快地产生相应的情感反应,因此,表情性就被视为事物的一种固定的属性。

材;一个热衷于自然山水与纯朴民风民俗的作家,可能不会十分关注复杂的社会斗争和晦暗的政治黑幕;一个想象力欠缺的作家,则可能在他的题材里塞满杂乱而繁复的生活具象……可见,题材虽然是文学对象中比较客观的材料,却不能不受到主观条件的限制,从而带上明显的意向性。

3. 生活中的经济、政治等外在于文学的因素,常常以强有力的方式影响着文学的题材构成。在这些强大的力量面前,文学往往难以自持,无法体现出独立的品格。它会屈就于经济杠杆的作用,去寻找具有卖点的现象作为表现对象,使诸如色情、暴力、隐私、老套的爱情故事等难于离开文学的表现范围;它当然也会趋就政治的倡导,去表现政治圈定的生活并且小心地绕开可能带来麻烦的禁区;它还要跟随时尚潮流,采撷足以媚俗的市井轶闻、闲花野草作为加工的原料,为之披上"新潮"的外衣,使文学题材充满了哗众取宠的丰赡与艳丽。有了这一切现象的存在,人们只消从题材这个小小的窗口,便可以初步窥见时代和社会对文学的雕刻与塑造。它从另一角度说明,文学无论主动还是被动,都不可避免地要成为时代和社会强行映照的一面"镜子"。

由于众多制约因素的存在,文学题材的选择必然会失去自由。对于文学来说,这种影响是重要而深远的,有时甚至是悲剧性的。这也是我们反复强调研究题材的生成比研究它静态的存在方式更为重要的原因。何况由于这种制约的存在,还派生出一些观念,它们仿佛是文学规律的体现,但实际上是更严重地偏离了规律。对此,只有通过题材的构成过程,才能产生较为清楚的认识。

这些观念的典型代表,便是"题材决定论"和"题材无差别论"。"题材决定论"的核心是认为题材的价值和作用具有天然的等差,它的大小、轻重等可以决定文学的价值和意义;文学创作必须注重题材的选择,必须选择那些足以体现巨大价值、具有积极意义因而也可以使作品获得同样价值和意义的题材来表现。表面看这种观点似乎并无错误,生活中事有巨细,义有浅深,任何现象都不可一概论之,看到它们的差别不仅是应该的,而且是必要的。然而,基于这个正确前提之上的题材选择则似是而非,因为它不可避免地会带来对生活现象的厚此薄彼,加大主体主观意愿的随意程度,从而人为地导致题材和表现对象的狭隘与单一。同时,它还为外在力量对文学的介入提供了方便的通道。在某个时期,主流意识通过题材选择来强化它对文学的统领作用,"题材决定论"几乎达到了登峰造极的地步,它的负面作用也就越来越突出。此外,既然充分强调了文学题材的作用,有意无意便会排斥或者忽视文学的创造色彩,其结果,当然是对文学个性与丰富性的巨大削弱。

那么,作为"题材决定论"的另一个极端,"题材无差别论"情况又如何呢?所谓题材无差别,其基本意思是,所有题材作为构成作品的基本元素,其作用和意义都是等值的,并无轻重大小之分,因而它也无法决定作品意义的大小。对于文学创作来说,重要的不在于"写什么",而在于"怎样写"。表面上看这种观点当然也很有道理,特别是当"题材决定论"泛滥,人们的文学眼光和文学的表现对象单一化之时,它的影响是积极的。并且,它还有利于激发文学主体创造性,使创作重心由生活客体移向主体。然而,"无差别论"的盛行,必然会带来题材选择的另一种形式的随意性。在这点上,它甚至与"题材决定论"殊途同归,尽管其方式有所不同。"决定论"是在认定题材价值时其标准掺杂了更内在的整体化的主体暴力,从而导致指向性极强的随意性,"无差别论"则是在丧失价值判断标准的情况下促成自发的随意性。由于失去了价值标准,感觉成为唯一可以依靠的东西,在跟着感觉走的轻松选择中,纯个人化甚至纯生物化的东西成了表现的主要对象,而这种"无差别论"又为它提供了理论支持,于是导致文学创作犹如自言自语甚至梦呓,结果芜杂和飘忽成为必然,文学中的刚性与硬度越来越少,最终,"无差别"极可能带来文学价值的巨大差别,严格地说是带来文学价值的失落。

因此,无论是站在丰富多彩的生活角度,还是站在文学言说的自由立场,文学题材和文学对象的多样化、丰富性都是值得重申的文学观念。任何时候,对题材的限制都会伤害文学的繁荣,特别是当这种限制来自于文学规律之外时。

主题与母题

主题是构成文学对象的另一个重要部分,是文学创作的目的之一。文学写什么?说到底,就是写以主题方式体现出来的作家对生活的体验、认识、感受和理解、评价。那些具体翔实的生活材料(即题材)之所以能成为文学的表现对象,原因正在于它们是主题存在的最好场所,或者说它们在某种意义上是作为呈现主题的手段而被利用的。

什么是主题?主题是文学作品中通过形象体系显示出来的中心思想和主导情绪。这是从文本角度理解主题获得的结果。在文本中,主题是潜在的,它隐藏于形象体系深处,不占据文本的实际空间,但又必须处处得到突显,处于主旋律和中心地位;它不太允许现象游离于它,现象必须在它的笼罩之下,体现出共同的表意特征。主题这种特性,决定了它无法离开文本而存活,人们在文本出现之前找不到主题,那时它还只是作家有待表现的思想与情感;文本形成之后,它便隐没于形象,人们一旦将主题从文本中剥离(它可以用抽象的语言进行概括),主题又还原为抽象而单调的思想与情感(情感本身是感性的鲜活的,但对它的理性表述则是单调抽象的),失去感人的活性与魅力,不再具有任何鉴赏价值。

在文学文本中,主题既重要又脆弱,必须得到小心的培植与呵护。许多作家毕其一生心力,往往只为追寻有价值的思想情感以及使它们得以在文本中存活的方式。前者是"写什么"中的重要问题,后者则是"如何写"中的重要问题。在这里,从文学的表现对象角度来考察这个追寻过程,所要重视的,当然是主题的产生、发展、成型这些关键环节。

要了解主题如何形成,首先应对主题包含的具体成分有所了解。如前所述,主题其实就是作家对生活的体验与认识、理解与评价,具体说也就是情感与思想。情感与思想这种主体色彩极强的东西为什么可以纳入文学客体之中来思考,前文已有论述,这里所要强调的是,情感与思想这两种虽然具有共同之点但性质本不相同的因素,到底如何在客体世界中生成,然后又如何逐渐升华融会,最终合为一体,成为文学主题这个过程的。

一、历史、现实和思想

人的思想是个无比丰富、深邃、神奇的领域。文学表现人的思想,并且这种表现是通过作家主体观念来实现的,因而,文学的思想具有双重复杂性。正是这种复杂性,才给文学带来了丰富的层次感,才使文学(当然是优秀的文学)得以实现对现实生活和历史状态的不断超越,从而立于文化和文明的高地上熠熠生辉,成为人类精神的传灯。

作为文学对象的人的思想,是如何完成这一重大的文学使命的呢？思想是人对现实世界的一种掌握,是人所独有的意识和思维活动的过程与结果的综合表述。它产生于客观世界之中,是人对这个世界的基本反映,但又融汇着人的主体创造性,体现着人超越必然王国向自由王国迈进的愿望和能力。它以各种抽象的学说和艺术方式存在于现实和历史之中,有着现实的共时并列性与复杂性,也有着历史的历时连续性与必然性。这是由思想的产生和人类文明进程所决定的。人的思想的实际产生,如果排除了神赐或者理念的先验昭示这些观点之外,只能在实践中寻找答案。而实践既是现实的,又是历史的。作为一种实实在在的活动,实践当然只能发生于现实时空之中,但从时间序列上来看,现实却不过是一些不断到来又不断消逝的瞬间，任何现实行为都会倏然过去，成为历史。因而，产生于现实活动中的人的种种思想，只能在历史中获得积淀。而这种历史的积淀，接着便成为坚固而强大的思想定势，成为新思想无法彻底摆脱的一种强制性养料，它引导人们必须在历史造就的文化轨道上走向未来。当然，变化的机遇是存在的，但新的变化又会不断地成为新的规约。因此，思想的现实性总是与历史性交织在一起，现实不断沉浸于历史，历史又不断推动现实的车头驶向未来。在这种意义上审视人的思想，必有对历史的沉浸与回溯。文学反映人的思想，当然也不会例外。为此，韦勒克和沃伦说："文学可以看作思想史和哲学史的一种记录。"[①]但回溯的目的和意义在哪里？当然是为了获得现实的启迪。"只有一种对现实生活的兴趣才能够推动人们去考察过去的事实。因为这个缘故，这种过去的事实并不是为了满足一种过去的兴趣，而是为了满足现在的兴趣。只要它一经和现在生活的兴趣结合起来就是如此。"因而，"每一种真正的历史都是现代史"[②]。这种对历史的认识，对我们是有重要的启示意义的。如果不了解历史、现实与思想的辩证关系，那么，人们也就难以了解文学对思想的复杂表现，或者说难以了解思想给予文学的根本的提升之力。

　　放眼现实与历史，如此之多的思想成果灿烂地杂陈在那里，文学到底如何吸纳它？表现它？它们到底又以何种方式给文学以滋育呢？作为表现对象，客体化的人类思想同任何客观现象一样，不可能自然而然地完整地进入作品。文学并不简单地传播思想，它对思想资源同样有自身的严格要求。从根本上看，它只允许或者说只需要那些能够构成审美判断的思想成为对象。所谓能够构成审美判断的思想，指的就是那些体现着本质的真从而具有真理价值和体现了伦理的善并进而具有理想色彩的思想。它们才是文学有效的思想资源，才能够提升创作使之进入积极、开阔而又真实的境界。否则，倘若文学盲目地就范于思想，特别是那些杂乱的庸俗的乃至错误的思想，其结果是除了自身显得同样杂乱、庸俗、错误之外，并不会带来其他任何的价值。

　　那么，如何从纷繁的思想现实中判断并获得上述思想精华呢？这里，创作主体自身的思想是一个重要条件。文学表现的一切思想归根结底是经由作家思想的表现来实现的。作家的思想充当着选择、过滤、整合、提炼、升华

[①] 韦勒克、沃伦：《文学理论》，三联书店1984年版，第114页。
[②] 克罗齐语。转引自《现代西方史学流派文选》，上海人民出版社1982年版，第334页。

现实和历史思想材料的角色。作家若无高层次的、进步的思想基点,就会失去对现实思想的有效判断能力,其他一切当然也就无从谈起。反之,如果作家有这种基点,那么情况就变得相对简单,现实与历史的所有思想资料都可能在他的写作中得到重新梳理,去粗取精,去伪存真。同时,创作过程并不仅只是一个筛选过程,还是一个审美提升过程。现实中,陈腐、平庸乃至逆动的思想,作家都可以收罗于作品,然后经由审美判断,即作家用情感方式体现出来的肯定或否定、赞美或批判的态度,来使其发生审美转化,否定丑恶的思想便会成为追求美好的另一种言说方式,作品因而也会获得先进的人文意识和高层次的审美水准。

然而,这种简单的情形并不容易产生,原因在于作家不会天生具有高层次的进步的审美基点,他的思想同样也不会来自神赐予理念的先验昭示。因此,作家思想这个主体行为从来就只能与其他人的思想一样来自实践,来自作家自身以及人类所经历的现实和历史的辩证过程,来自对他人思想成果的学习、借鉴,一句话,来自整个生活客体的制约与规范之中。这使得作家可能会不断面对迷障,不断产生短视与困惑,当然也使得他的任何一点创造和超越都具有重要价值,都会闪现出迷人的光彩。如果体现于作品之中,作品也就有了同样的光彩,否则,再华丽的话语都会因为缺少真知灼见作为内蕴而显出骨子里的浅俗。也就是说,对于作家或者任何一个思想主体来说,追求思想的进步和新的创造都是极其艰难的。然而,惟其艰难,它才是真有价值的。要追求这种价值,途径和方式多种多样,但就思想而言,有一些基本的东西永远不会改变,那就是在对现实与历史的全方位投入和审视中,始终保持对人、社会、自然的关爱,保持追求真理和理想的勇敢以及推己及人体察万物的良知。这是一个基本的前提。

综上所述,产生于现实与历史状态中的人类思想,当它进入文学领域,成为文学的表现对象之时,它实际上是一种极为特殊的表现对象。其特殊性在于,思想资源在进入文学范畴之时必须经由一个转化过程,它首先强烈地影响创作主体,促使创作主体的思想产生新的内质,然后与这种思想融合在一起,支配着对其他材料的选择加工和文学世界的建构。当文本形成之时,融合后的思想便以主题姿态出现,占据文本的核心位置。这种特殊性必然导致——

第一,文学中思想的多种交织和运动。文学的思想有着最基本的二重性,即一方面作为文学的表现对象出现,代表着文学客体的精华部分;一方面又是文学的主导因素,成为主体能动作用的化身。这种二重性,在任何作品中都可以看到。拿《红楼梦》来说,其中作为对象出现的思想,亦即支配具体人物活动的基本思想是很丰富的。如封建皇权思想、官本位思想、政治黑幕思想、家族宗法观念、伦理道德礼教观念、宗教观念、封建经济观念、奴才意识等等,正是它们的丰富性重要性,才搭建了作品的较高基点。然而,更重要的是在这些思想之上还升华或者融会着作家的思想,如怀疑、叛逆思想以及因为怀疑反叛而最终萌生的对生命、人性、人情的珍爱思想,它们交织在一起,统率着作品的有形材料,支配着人物的悲欢离合、行为举止,最终使作品成为一个有机整体。倘无作为对象的原在思想的表现,作家的思考便没有依据和针对性;倘无作家思想的整合,那些原在思想则根本无法作为内在意蕴构成一部有价值的作品。

第二,文学中历史态度与现实评价相统一。文学只要一涉及思想,一借助思想,其历史态度便不可避免,这是思想的历史性质所决定的。在叙事文学中,这一点尤为突出,几乎没有不展示(或暗示)历史背景的小说或戏剧,即使如卡夫卡那种高度寓言化的作品,没有确定的时空,人物符码化,但是仍可以从许多方面(如人物的内心、言行等)窥见历史的积淀。所以,巴尔扎克认为小说是一个民族心灵的秘史。荣格则坚信在文学中绵延着远古积淀而来的"集体无意识"和"神话原型"。在抒情文学中,历史态度可能并不明显,但它依然存在,任何一首短诗,如果没有潜在的历史态度,即作者对往昔某种思想的吸纳和自我人生历程的感悟,那也是绝不可能写得出来的。同样道理,如果我们不回复到历史语境中,对这些作品的理解必然会很皮相,很难做到心领神会得其精髓。因此,在人类漫长的文学历程中,历史主义一直与文学相伴随,"历史与人"是人类自身也是文学把握自己的基本思路。虽然在现当代,也曾出现过一些理论学派(如俄国形式主义、法国结构主义、英美新批评等)试图离开历史态度而仅从文本本身来理解文学,但实际上它们并没有能从根本上消解文学的历史意识,而只不过使它成为碎片散落在语言的缝隙中。因而,20世纪80年代,"新历史主义"兴起①,文学的历史意识、历史态度再次成为不争的理论现实,就变为一种必然。这个过程

---

① "新历史主义"诞生于20世纪80年代。主要代表人物有斯蒂芬·格林布拉特、路易斯·蒙特洛斯、乔纳森·多利莫尔、海登·怀特等。"其总体精神集中体现在对历史整体性、未来乌托邦、历史决定论、历史命运说和历史终结说做出自己的否定判词上。因此强调历史的非连续性和中断论,否定历史的乌托邦而坚持历史的现实斗争,排斥非历史决定论而张扬主体的反抗颠覆论。"见《后殖民主义与新历史主义文论》一书,山东教育出版社1999年版,第156页。

充分说明了文学历史态度不仅存在，而且还具有顽强的生命力，因此，无论从创作还是从接受出发，都应予以充分关注，否则难于触及文学的思想实质。

文学中的历史态度并不是孤立的，它归属于现实评价。所谓现实评价即作家对历史态度的态度。关于这点，只要想一想那些不断被改编改写的作品，就可以获得明晰的认识，说到底，它也就是作家对既有思想成果的价值判断。《狂人日记》的历史意识来自绵密的封建旧文化，但它不是被动地客观地呈现它，而是把它放到现代手术台上，深刻地解剖，彻底地否定，这就是现实评价。它使作品达到新的思想境界——超越了历史局限而指向未来，因之带有相当的理想色彩。没有这一点，无论是新作还是改写，都将成为历史的消极代言者而沉入到历史暮霭之中，了无生机可言。

第三，文学中思想呈现与审美创新的统一。思想呈现可以简单地理解为文学对现实与历史中各种思想以及作家自我思想的展示。文学作为一种特殊的话语方式，其基本功能在于构成作者与读者间的交流，交流必须有实际内涵，因而文学不单需要展示现象，还要借助于各种各样的思想、各种各样的学说和学问。它需要在哲学、美学、心理学、历史、地理、政治、宗教以及自然科学领域里制造话语可能，否则文学"说"什么？在丰富的客观世界面前它将失去发言的前提。为此，作家必须了解生活，必须博学多智，有效地借鉴文明和文化中的有用成分，并把它们呈现出来。但呈现又从来不是文学的真正目的，否则文学将成为思想学说的替代品而丧失自身的价值。文学的真正价值在于思想呈现之上的审美创新。所谓审美创新，也就是在对各种思想进行审美转化的过程中，产生新的思想因素和思想成果。可见，转化思想的抽象特质为审美的形象状态，这是审美创新的前提。为此作家要为思想寻找或创造载体，用现象来负载它，使之体现为形象，在形象中融进情感，在情感的倾向中实现对事物和思想的鲜活的价值判断。"价值"当然主要是审美价值。为获得这种价值，现实中的思想及其承载物必须得到新的处置，其结果，它们或者退到背景世界，或者隐于现象内部，或者成为整体氛围，或者甚至表面被嘲弄被扭曲，却在更内在的层次上达成一种新的契合。文学在打乱原有思想的过程中，便可能获得新的启示和发现，体现为对现实和历史的怀疑或肯定、鞭挞或颂扬、厌恶或热爱等等。其结果，人的现实处境，人的心灵、品质，或者说人的整体价值将以各种间接、曲折的方式得到重新确证（在悲剧作品中，它是通过人的价值毁灭来反映价值的可贵，从而确定价值的）。这种价值的确证完全可能是理想化的,或者说是通过理想方式实现的。理想乃是创新的艺术化体现,因为它超越了现实和历史,提出或预示了社会人生的一种新可能,一种精神的召唤和鼓舞。在优秀的文学中,哪怕是现实主义的作品(它往往以无奈的现实感触,从另一个侧面来曲折体现这种精神的理想指向),也会闪烁着这种思想创新的亮点,体现出审美活动的精神伟力。惟其如此,在历史文化的许多转型时期,如西方文艺复兴和中国的五四时代,文学才会也才能一次次充当着文化先导的角色。

以上所述,便是思想作为文学表现对象的真相和价值。

二、经历、体验与情感

与思想一样,情感也是文学的重要对象。在文学活动中,它所发生的作用,从表面看,似乎也与思想一样,既作为对象,又释放出主动性,最后两者合而为一,成为作品的主题。

然而仔细考察,就会发现两者的差异。首先,思想是抽象的,它可以从现象中剥离出来,以观念的理性方式存在;而情感是感性的,它与现象天然地联系着,并且有时它就是现象本身,因而是具体的鲜活的。其次,思想进入文学需要寻找载体来承载自身,需要隐藏于现象内部,否则作品便会浅白直露、枯燥乏味,本身再深邃的思想也只能如此。而情感进入文学,需要的则只是寻找恰当的流露方式。情感的恰当流露,必能引起共鸣,产生感人的力量,因而它是文学最重要的看家本领。说文学中的真正时间是情感中的时间,是可以成立的。其三,思想可以使作品获得深度,而情感则可以使思想得到恰当体现,获得美感——审美从根本上看,就是情感的活动——可见,情感和思想两者不可分离,但又各有侧重,其价值和意义的差距是明显的。这从主题概括的基本模式中也可以看出来。①

情感这种特殊的功能,使它无论作为表现对象,还是作为创作的提升之力,都是文学活动不可缺少的成分。有人甚至将它称为文学的内在特质,把它定位为使文学形象生动的根本因素,是文学形象活的灵魂。情感之所以能产生如此巨大的力量,根本原因在于它具有天然的"涂改"功能,能改变事物的本来样子,使其显示出审美价值。"情人眼里出西施",就是最好的例证。

情感这种特有的现象和力量,几乎塞满了文学的全部空间,浸透了文学

---

① 一般说来,概括主题的基本方式是:通过……形象,表现……,歌颂(或揭露、批判)……。"表现"针对思想而言,"歌颂"针对情感而言。

的各个细节。我们把情感的创造作用留给下一章来阐述,这里,只着重探讨作为文学对象的情感,到底如何生成,如何进入作品,成为作品不可或缺的部分。

这必须从情感是什么谈起。一般认为,情感是人对客观现实的一种反映形式,是人们依据客观对象是否满足自己的需要而产生的肯定或否定的主观态度。有时它会停留于人的内心,只是一种个人的感受;有时它则不可阻挡地溢于言表,成为感染别人的力量。无论内隐还是外显,它的状态都十分复杂而微妙,它的类型难以尽言,只能大致罗列,比如欢乐、高兴、喜悦、热爱、依恋、悲哀、憎恨、厌恶、愤怒、沮丧、痛苦等等。中国古代,儒家有"七情"之说,即喜怒哀惧爱恶欲①。国外许多学者如汤姆金斯、伊扎德、麦克曼等,都在生理解剖的基础上,对情感状态做过细致而多样的阐述。但这些相对于情感本身而言,都不可能是完整而全面的。人的情感世界是一个无限丰富又充满变化的领域,它的神奇与瑰丽之中包藏着无穷的奥秘,无论用多么复杂的方式恐怕都难以将它彻底洞悉。

但有一点是肯定的,即任何复杂的情感,都与外部世界有密切的关联。"触景生情"乃人的天性,只有精神病患者,其"情感"才会与外物相分离。因此,情感离不开现象,甚至它本身也体现为现象,尽管它是那样的主观化、心灵化。也就是说,情感虽然是人的一种心理能力,但它不会凭空产生,它与人的经历紧紧地联系在一起。经历越丰富的人,越可能有丰富的情感世界。但经历对于情感的产生,也仅只是一个前提,情感需要的是在经历中去体验和感悟事物。如果一个人只是经历生活,对一切毫不在意,心灵处于麻木状态,那么他就不会有体验,不会充分感触到生活的大悲大痛大喜大乐,他虽然经历很丰富,但情感世界可能依然一片苍白。可见,对于情感的产生,体验和感悟才是十分重要的。

什么是体验?体验就是在经历事物的同时,用心灵去参与事物,设身处地、推己及物、入乎物内、物我相融。体验带有生理和心理双重实践意义。②要达到这种状态,体验需要开阔的胸怀,需要对人和事物的关爱;同时还需要想象,没有想象,物我两隔,如何能够使它们融为一体,产生共同的感受与

---

① 《礼记·礼运》中说:"何谓人情?喜、怒、哀、惧、爱、恶、欲,七者弗学而能也。"刘勰《文心雕龙·明诗》中说:"人禀七情,感物斯感,感物吟志,莫非自然。"
② 作家孙犁说:"体验……是身体力行,带有心理的和生理的实践意义。对生活的体验,就是对生活的感受。生活使我劳苦,使我休息,使我悲痛,使我快乐,使我绝望,给我希望,这全是体验。"《怎样体验生活》,《孙犁文论集》,人民文学出版社1983年版,第7页。

理解？当这一切展开和业已完成之时,主体获得的肯定是强烈的情感律动。体验使人融洽而细腻地触及事物,触物起情的心理天性怎能不被唤起？有所感触之后怎能不有所领悟？这时的实践主体(人),必然要改变冷漠的中立态度,体现出明显的心理偏向。所以,体验和感悟促成情感,与抽象促成思想有着根本的差异。在抽象活动中,主体可以或者说必须站在事物之外,仔细观察,冷静剖析,以此来确保准确与深刻。越深刻的思想越冷静,越冷静,它才越能触及事物的真实与本质。

这是不是意味着体验的情感性将以失去真实作为前提？表面看似乎如此,实际上并不这样。这里涉及一个对世界构成的基本看法问题。按"格式塔"心理学观点,存在有两个基本层次,即"物理境"和"心理场"。"物理境"是事物完全纯粹的存在,是事物的本来面貌。不过对人来说,它必须也必然会转化为"心理场"。"心理场"是人们心目中的事物形态,是对"物理境"的体验,也是"物理境"的反映,虽然它与"物理境"已经有所不同,但又不能不承认那就是"物理境"的样子。比如泉水的冬暖夏凉,这是一个真实的事实,然而它却是一个"心理场",作为"物理境",泉水并无这种温差的变化,大致恒温才是它的真相。再如,在烈日下被罚站几十分钟,那将是十分漫长(几个小时甚至更多)的心理生理历程,而与恋人在树荫下倾心交谈几个小时,则短如瞬间,不知不觉时光已经流逝。类似例子很多。那么,"物理境"与"心理场"哪个为真,哪个为假？我们只能说,"物理境"体现了生活之真,但这种真并没有被"心理场"虚假化,而是转变为诚。体验就是把真与诚结合在一起的过程,或者说是两者的媒介。体验的真诚特性所促成的是生活中斑斓而美丽的色彩,它带着情感的倾向,同时又保持着真诚的内在质地。也就是说,只要体验是真诚的,那由此得到的情感,便会具有同样的价值。

从生活的角度而不是文学创作的角度看,其实,体验并不是一种特别的能力或者行为。与经历一样,它是每个人都无法避免无法选择的东西。在不同人身上,它们只有单纯与复杂、浅浮与深入的差别。因为生活中总是充满着人的各式各样的情感,有关乎国家民族的大忧大患、大悲大痛、大喜大乐,也有止于个人的爱恨情仇、苦乐酸辛。那么,是不是每一种情感都将成为文学的表现对象,任何一种情感的表现都可以构成文学的创造呢？回答当然是否定的。苏珊·朗格说:"哭泣的婴儿比音乐家更能发泄他的情感,但是并没有人愿意到音乐厅去欣赏婴儿的哭泣……艺术家所要表现的不是他个人的实际情感,而是他所了解的人类情感。"①如果我们正面理解这句话,那么,所谓人类的情感,简单地说,就是经过了审美升华的情感。它以极为个性化的感性姿态,融会着人类普遍的理想和愿望,或者说融会着人类追求自由,追求超越现实压迫与束缚,实现完美人性的本质。这种情感状态(无论爱与恨、悲与喜等)都将超越作家作为个体存在所具有的任何情感状态,而达到一种开阔和博大的境界。就像杜甫那样,自己困窘不堪,居无定所,甚至"茅屋为秋风所破",但他由自身的悲哀推及他人,派生出来的却是一种关爱——"安得广厦千万间,大庇天下寒士俱欢颜"。这就是一种典型的人类情感,它把同情指向普通人和生活中的苦难者,把批判或否定的锋芒指向不合理的现实和黑暗社会,最终肯定要把热情的歌赞,献给那些合于人类本性和历史进步的事物。总之,它不会停留于自我情绪的纯粹宣泄,除非这种宣泄之中可以照见更为深远、广大的精神。

文学所需要的这种人类的情感,不会抽象地天然地存在。它依然来自于两个基本方面。首先是生活本身,生活中的情感,如果不从形态上看,而从它所指向的事物和所包含的内容上看,其种类也是丰富的。其中有低级情感,包括纯生理本能的情绪以及社会化的邪恶情感,如追求官能刺激,醉心于色情凶杀和虐待别人、奴役别人的情感就属于这个范畴。其中也有高级情感,它包括以追求真理为旨归和快慰的理智情感;以实践美好伦理、建构优良品质为内涵的道德情感;以发现美、审视美、创造美为标志的审美情感。这些现实中的高级情感,尤其是其中的审美情感,当然也会带着朴素的超越个体局限的开阔与博大。但我们说文学所需要的人类情感或审美情感,并不是从情感的客观分类角度而言的,从这个角度看,任何情感(包括低级情感)都可以作为文学的表现对象。文学情感是否具有审美性,主要取决于作家的情感立场,即文学主体的审美决定,也就是取决于作家对情感的升华能力。道理很简单,作家不能去歌颂坏人的欢乐,不能同情恶势力的悲鸣,它之所以要写到这些邪恶情感,那只能是为了鞭笞它、否定它、讥讽它。所以,作家自身的情感判断或者情感状态必然也要成为文学的表现对象,并且,同时它也要如同思想一样扮演起主导的选择、提升的角色。惟有如此,文学才能赋予任何作为对象的现实日常情感以审美内涵,从而最终使文学的情感成为复杂的但又是纯洁的情感。

---

① 苏珊·朗格说:"艺术家所要表现的不是他个人的实际情感,而是他所了解的人类情感。"《艺术问题》,中国社会科学出版社1983年版,第25页。

作家要获得这种审美高度，使他的文学情感具有上述双重意义，其方式方法大致是两个。首先是体验，其次是思想。只不过他的超凡之处在于，他总是把这两者紧密巧妙地结合在一起，使体验是思想指导下的体验，思想则是体验之中不断深化的思想，两者互为动力，相辅相成。这种情况，决定作家的体验有时不必是一种亲历。即使是亲历，那也不是为了获得情感摹写的范本，否则，就像鲁迅与胡适当年都坐过洋车，他们可能就会写出关于车夫的相同感受的作品，而实际上并不是这样，只要对比《一件小事》和《人力车夫》就会发现，前者表达的是鲁迅对车夫由衷的心灵赞许，而后者则表现了胡适对车夫无奈的酸楚接纳，其意义是大不相同的。不必亲历的体验，是一种想象的体验，只有思想才能加强它的程度、体现它的价值。伴随体验的思想，不是一种旁观者的思想，只有情感才能赋予它鲜活的形式。因此，作家在追逐作为文学对象和提升之力的情感和思想之时，必须不断地变幻自己的角色，不断地去经历情感与思想的痛苦与欢乐，这是纯粹的思想者和普通人难以做到的。高尔基曾经说过："科学工作者研究公羊时，用不着想象自己也是一头公羊，但文学家则不然，他是慷慨的，却必须想象自己是个吝啬鬼，他虽无私心，却必须觉得自己是个贪婪的守财奴，他虽意志薄弱，但却必须令人信服地描写出一个意志坚强的人。"[①]没有想象，没有思想与情感的交织，这种内心角色的转换，以及由这种转换而产生的有价值的发现与创造，将是无法设想的。

在文学对象的构成过程中，在文学主题从情感和思想的状态里萌生、获得雏形、然后成长为具有支配力量的活性状态这个创作现实中，涵容着复杂的因素，伴随着发现和创造的艰难追寻与辉煌收获。那种以为文学对象的构成只是静态的天然的客体移入，或者充其量只是一些并不复杂的文学选择，这种观点肯定是机械反映论的简单运用，并不能在文学对象的形成中发现真相和规律。同样，如果以为文学主题的诞生，只是纯主体的创造作用，那么无论它强调的是情感的创造（唯情论），还是强调的是思想的创造（唯理论），或者合二为一，情理并重，那也并不能真正解释文学的主题为什么从来就无法离开现实与历史、经历与体验这些它赖以生长的土壤。也就是说，倘若从哲学意义上否定了生活客体对心灵对文学巨大而恒久的影响和规约之力，那主题的提炼必将成为简单的操作，它的价值与意义也就无从谈起。文学的表现对象和主题，永远都会带着时代、社会、历史和文化整体氛

---

① 高尔基：《论文学技巧》，《论文学》，人民文学出版社1978年版，第317页。

围的烙印,正是它们才促成主题的诸多特性。反过来,只有尊重了现实和历史、经历和体验,文学对象的选择和主题建构才会合乎文学规律,从而有效地避免误入歧途,减少照抄照搬生活或者"主题先行"①、胡编乱造一类常识性文学创作错误的出现。因此,在文学观念上反思自省,可能才是更为明智之举。

三、文学母题

所谓文学母题,指的是文学历史进程中,不断被反复书写、表现的共同主题。它在某个历史时段中原创成型,由于其思想情感的基点和指向具有某种代表性,以后便不断衍生,为后代文学反复借鉴、展示和沿用。在这个过程中,它既有微观的局部的更新变化,但又保持着宏观的整体一致性。草蛇灰线,绵延不绝,在文学发展的纵向上形成一道道特别的文学风景线。

母题可以说是文学活动历史惯性的流露。这里之所以要将它特别提出来,是因为它集中体现了生活客体对文学的巨大影响作用。这种作用,从古至今,促成了文学承前启后代代相传的发展态势。无论你喜欢与否,首先它是一种历史事实,其次它深刻地影响着文学的继续发展,其中所包含的积极与消极因素都是十分突出的。就积极方面观之,母题体现了文学活动中民族审美心态的积淀过程和积淀状态,从一个重要角度凸现了文学发展规律,使人们可以从母题的原创状态开始,梳理出文学流变的一些基本理路。同时,不同时代共同的主题追求,还体现了文学精神支点和精神旨归的大致情形。所谓文学的永恒魅力,也可以从这里找到一些基本成因。就消极方面观之,文学母题之中包含的主题因袭性比较突出,它重衍化甚至重复制,而不注重原创,因此会损害主题中思想的新锐和情感的真诚,从而带来文学主题的雷同、空泛甚至牵强做作,还可能引发题材的局限单一,思路的程式化以及语言的僵硬呆板等一系列负面效应。

一些重要主题所以会成为文学母题,直接原因要从主题自身构成中寻找。主题作为思想和情感的综合体,必须建基于社会生活的客观性之中,无论思想的抽象方式还是情感的体验方式,都离不开作为前提的现

---

① "主题先行"是文学创作中的一种错误观点和错误行为。其基本意思是主题产生于作家对生活的体验、思考之前。这样必然带来主题的空泛,无的放矢,缺少针对性,带来对生活的先入为主的不正确理解,从而导致创作缺少生活材料,进而胡编乱造。主题先行往往是政治等文学之外的力量干涉文学的结果。

象,即事物的客观实在性。从这个意义上看,虽然沧海桑田、江山易改,但一些基本的东西,特别是自然客体中人赖以生存的基本因素,并不会有太大的改变。在这些事物之上,不同主体虽然会有不同的理解和体验,但终究难以抛开共性、本质和规律,正所谓天道有序,物性难夺。所以,虽有差异但往往会大同小异,万变难离其宗。生活客体的这种决定作用,体现于母题之中,便是几乎所有母题里都会包含着客体色彩,即母题往往以这种姿态出现:立足于客体现象来体现特定的思想情感,而不会只是思想情感的孤立呈现和表述。诸如悲秋、伤别、爱国、思乡、春恨、闺怨、情爱、怀古、复仇、抗恶、报恩等等,这些中国文学的传统母题,虽轻重有别,持续时间长短不同,但哪一个不是立足生活有感而发而生,然后不断延续下来的呢?有时,主题之中的情思,还会寄托于一个具体人物身上,使这个人物成为一以贯之的意象化的母题化身,始终难有价值的大变化。比如包公的青天意象就是这样,周而复始地传达着中国人相似的政治理想,成为典型的人物意象母题。人物意象之外,事物也会成为意象,它们以同样方式固定下来,从而具有母题意味,比如"柳""雁""月""长亭""香草""幽兰""修竹""霜菊""寒梅"等等,它们不仅是文学不断书写的题材,而且还包含着中国文化约定俗成的特殊表义性质,因而可以说它们超越了题材意义而具有了母题资格。

母题构成的间接原因,则存在于文化的整一性和历史的连续性之中。主题的建构者是作家,其主体色彩和主动性当然是鲜明的,他们生活于不同的历史时空之中,其思想情感必然会有不同的方式和内容。然而人性的相通,共同美感的存在,则又使他们在面对爱情,面对生死,面对政治压迫等这些人类共同的生存处境问题上,发生一致的思考与感受。何况,对个体而言,它所面对的任何现实都是历史的现实,个体永远无法摆脱文化整体和历史过程的规约来获得纯粹的思想与情感。即使在主观性极强的文学类型如诗歌那里,主题同样也并非仅是主观的产物,它也会被强制地纳入到历史客观性和文化整体性中。因此,诗的主题不仅取决于诗人本身,而且也取决于他们所属的文化大框架。研究诗的主题不能只凭印象,而应当将它客观化,不能只考察局部而必须考察整体。所以,母题存在是一种必然,它的负面蕴藉也是一种必然。

在文学实践中,对母题的把握是一个十分复杂而具体的工作,它有赖于对文学史和文学现象进行全面认真的清理,这是一个庞大的工程,其繁复与艰难程度往往超出人们的想象。文学母题的具体厘定,迄今为止还很少有人能够竭泽而渔,在史料上充分搞清。因此,许多母题的概括、指认都存在或多或少的臆断色彩。但这种研究同时又是十分必要并且意义重大的。这不仅在于母题的存在是一种历史事实,忽视它则使文学发展出现历史的空档。更重要的原因还在于,从母题的连续性来审视文学进程,将可能带来文学史方法上的一些变革,并且还将可能对由来已久的文学进化论观念产生影响[1],因为母题中的负面因素的影响在母题的延续中会越来越深,即使"五四"新文学中原创的一些母题也是这样。因此,对于母题的审视,必能使我们从文学对象和文学客体的角度,获得关于文学世界之建构和文学发展状况的一些新视野和新启迪。

---

[1] 参见王立:《关于文学主题学研究的一些思考》,《中国比较文学》(沪),1999年第4期。

第三章　文学的主体与创造

这一章探讨"文学怎么写"的问题。文学是创造的产物,是第二性的存在。创造是一种主体行为。对于文学来说,主体世界是一个比客体世界更为重要的领域——文学活动毕竟是人的活动,没有人的创造,文学不可能出现,尽管这种创造同样离不开客体提供的材料。在文学主体世界中,特定的思维、观念、个性、语言、方法,以及倏然而至倏然而逝的灵感、直觉等,使文学不但得以产生,而且获得了它所独有的神奇与美丽、深邃与灵动。探索文学的主体世界,历来是文学原理中最为艰难也最具魅力的部分。它需要在理性思维中融会着与文学主体同样的灵性与悟性,如果以创作的直接经验作为基础,那将得到更为实在、更为巨大的收获。

文学的主体,首先是作家,其次是读者。这是由文学活动的完整体系决定的。文学活动是一个由作家到作品,再由作品到读者,然后通过生活的纽带使读者与作家联系在一起的循环往复的过程。[①] 接受过程有着与创作过程大体类似的创造色彩。文学,是作家与读者的共同产物。作家主体与读者主体的创造方式和创造结果肯定有所不同,忽视这种不同,对文学主体的了解不可能细致有效,对文学创作规律也难以产生准确而深入的把握。所以,必须把两种不同类型的文学主体放在创造的共同前提下进行分别研究。

一　作家主体

作家是文学的主要主体,没有作家的创作,便谈不上任何意义的文学活

[①] 读者与作者的联系通过两种方式达成,其一是读者整体构成了生活本身,每一个现实的人都是一个潜在的读者,生活主体就是由一个个潜在或显在的读者构成的,他们的喜怒好恶,必然是作家须关注的对象;其二,读者可以将许多文学的信息反馈给作者,对文学创作产生直接影响。

动。作家的主体姿态,在不同文学观念下有不同的体现。① 总的说来,作家如何创作文学作品,取决于作家的创作能力和创作意识,更取决于这些因素如何化为一个具体的创作过程。创作过程使文学文本从无到有,是显示主体创造因素的最好场所。因此,了解创作过程是了解作家主体及其创造的关键所在。

创造能力

具备相应能力才能从事有关创造,这是一个无须论证的常识。文学作为人类高层次的精神创造活动,对主体能力必然有许多特别的要求。概括而言,作家必须首先具有以下几种能力,才能成为文学创作的真正主体。

一、审美感受能力

文学创作必须根植于深厚的生活基础之中,没有生活积累,失去反映对象,作家便无东西可写。同时,生活缺失,会使作家难以保持正常健康的情感和心态,失去判断思考的能力。在这种状态中,"纯然想象"这个被有些论者视为创作"法宝"的东西,也绝无发生效力的可能。在文学发展史上,人们从来就难以看到绝对超然世外的作者,能够写出洋溢着生活气息的作品。倒是不断发现许多"名家",一旦脱离生活,便江郎才尽,再难创作出动人的作品。

作家的生活积累从何而来?经历更多的生活事件,扩大生活面,以直接或间接方式获得丰富的生活信息和材料,这似乎是别无选择的答案。然而,在这种人人都能完成的活动中,如何见出作家的特色呢?或者说,在把握生活方面作家应该具有哪些与众不同之处呢?这只能由主体对生活的感受能力来体现。有的人虽然经历生活,却不能感受生活,其经历越广越浮泛,就越没有深切的体验。作家则不然,他不但能感受生活,能对生活进行设身处地的体验,而且他的感受还是一种极为独特的审美感受。运用这种独特的感受方式,他能够在有限的生活空间(作家的生活空间不见得都比一般人的生活空间更广大)获得更多的东西。

审美感受的外在标志是带有明显的情感色彩的,其内在指向是针对事

---

① 在摹仿说看来,文学主体即摹仿者;在19世纪的浪漫派看来,文学主体即创造者;在审美说看来,文学主体是旁观者;在移情说看来,文学主体是移情者;在荣格的"集体无意识"理论中,文学主体是"集体人";在"文学生产"理论中,文学主体是生产者、美的创造者、体验者、评价者,并且他生活于社会中,又是一个"社会人";等等。

物的审美和精神属性,在感受方式上则具有天然的想象色彩。这是由审美出发对待事物的必然结果。"伦理学家可能对于道德有一种敏锐感觉,宗教神秘主义者则对于一切现象后面的神灵有种敏锐感觉,而对于艺术家来说,他是审美类型的人,他所重视的只是体现于他所感知事物之中的价值。艺术家的机体生来就有对于感官印象极端强烈的感觉力,并对这些印象有高度的辨别力,而且他的心灵能迅速地去理解这些材料中所具备的那些对他的想象力特别有价值的东西。"①这种特别的生活感受能力,使作家在平常的生活中往往会得到并不平常的收获。"感时花溅泪,恨别鸟惊心",可以说是审美感受能力最典型的体现,在诗人眼里,并非仅只单纯地看到带露的花朵和惊飞的鸟儿,他还从中感受到了极为内在的东西,那就是它们对艰难时事与离乱人情的想象化对应可能,或者说正是因为诗人有那样的心理情势支配着,才会在耳闻目视之中,被事物的情感表现性质即第三性质所冲击,从而在平常的生活具象中触及其"惊心动魄"的价值。

显而易见,想象在作家对生活的感受中扮演着重要角色:主体通过想象方式感受了事物,事物的想象化特征反过来又加深了主体对事物的感受程度,于是作家便可以从中获得对现象超越知识限度的个性化颖悟。不妨再举一个例子来说明这一点。譬如"珍珠","对于妇女们来说,它是她们带在手指上、脖子上或耳朵上的,长圆形,透明色,螺钿质的饰物;对化学家来说,它是带了些胶质的磷酸盐和碳酸钙的混合物;对生物学家来说,它不过是某种双壳类动物产生螺钿质的器官的病态分泌物"。然而"对于诗人来说,珍珠是大海的眼泪"。② 创作主体对生活的感受能力就是这样一种情感化想象化的审美能力,没有这种能力,作家对生活的感受便成为极平常亦极平淡的感受。在这种状态下,无论他有多么丰富的经历,多么开阔的生活面,也难以获得可以用来加工提炼的生活"原材料",生活中的文学性精华,将因为主体没有文学化的感受能力而悄然流失。

二、思想开掘能力

思想对于创作的重要是不言而喻的。无论作为表现对象还是作为主体行为,失去了思想,创作中作家便没有立足的基点,生活的材料便没有了统帅。思想的重要性使作家必须具有思想开掘能力。所谓思想开掘能力,表面看是指作家从生活现象中发现其意义内涵或者表义特征,并充分运用它

---

① 阿诺·理德:《艺术作品》,见《美学译文》,中国社会科学出版社1980年版,第91页。
② 儒勒·凡尔纳:《海底两万里》第2部,中国青年出版社1961年版,第260、261页。

们，表达出主体思想情感的能力。然而，现象中的意义内涵，特别是它的表义特征，并不是现象本身所固有的，它与人的社会实践、文化活动紧密相关，甚至也可以说是人类的主体性通过实践投映于对象的结果。因此，思想开掘能力虽然是针对现象而言，但却是指向作家主体自身的。譬如，文学中的"梅花"，既可具有一花独放、孤芳自赏、萧条寂寞的低沉，又可具有傲霜斗雪、热情洋溢、预报春光的浪漫。① 虽说这些意义与它们作为物象的现实特点都很吻合，但人们绝不会相信这些不同的文学含义仅只是梅花的现实特点促成的。它们的真正来源更多地取决于主体思想境界，没有主体思想的提升，梅花永远是现实中的自在之物，绝对不可能成为审美对象和文学意象。可见，思想开掘的真正含义，其实是指主体自身必须具有思想能力和思想高度。否则他最多只能人云亦云，难以发出独立的声音，文学将因此失去对生活的评价与再造功能，甚至创作主体还可能彻底失去思考判断的前提，以致在众多现象面前不知如何选择，如何加工提炼，表现出无所适从、无处落笔的茫然。

更进一步说，思想开掘能力首先要求作家必须有思想，其次还要求他的思想具有进步性。先进的人文意识、敏锐的思辨能力，永远都是作家对生活原生状态进行审美判断的基础。没有它，作家无法进行美丑判定，更无法创造出真正有价值的第二性的、艺术化的美。反之，作家一旦具有先进的人文意识与敏锐的思辨能力，则有了审美决定的主动性，这时，他所面对的一丝春雨，一颗珍珠，一抹微笑，一个家族等等，一切可能面对的现象，都会产生特别的意义蕴藉，即使它们在创作中被反复使用，只要主体始终保持思想的敏锐、深刻与进步，便能不断地翻出新义，构成新的文学形象。"柯罗在树顶上、草地上和水面上看见的是善良；米莱在这些地方看见的却是痛苦和命运的安排。"② 可见，不同的思想方式、思想能力会使同一种对象体现出不同的文学价值。这证明，只有从主客体关系出发，生活的多样化丰富性才会得到真正体现。否则，千百年来，人们反复吟咏生活中那些司空见惯的事物，便会造成雷同和互相抄袭。重复与雷同多半是在思想苍白、缺少内质的情况下发生的。主体敏锐、进步的思想观念在创作题材的开掘上，在文学意象

---

① 前者可参见陆游《卜算子·咏梅》："驿外断桥边，寂寞开无主，已是黄昏独自愁，更着风和雨。 无意苦争春，一任群芳妒，零落成泥碾作尘，只有香如故。"后者可参看毛泽东《卜算子·咏梅》："风雨送春归，飞雪迎春到，已是悬崖百丈冰，犹有花枝俏。 俏也不争春，只把春来报，待到山花烂漫时，它在丛中笑。"
② 罗丹语。《罗丹论艺术》，人民美术出版社1978年版，第98页。

的建构上永远具有创造价值。它能强化生活的丰富性,使文学获得更为辽阔的表现领域。

文学主体的思想开掘能力与生活感受能力相比,其一致性与差异性都同样明显。一致性体现在它们都凭借主体能力来获得对生活客体的深入把握,使创造行为有了走向成功的基础。差异性在于生活感受能力具有更多的感性化特征,思想开掘能力则具有明确的目的和指向,从而使作品产生相应的深刻性。所以,一个作家如果具有思想家的素质,对其创作来说绝对会产生积极的影响。当然,思想并不等于创作,在创作过程中,思想可以作为感受生活、选择材料、深化主题的外在支持力量而存在。如果它要直接进入作品,则必须通过文学方式的转化,必须寄寓于形象之中,作为形象的内质和底蕴的存在。否则,以思想代替形象,作家的思想开掘能力将衍化为影响创作的负面之力。

三、创作技巧技能

这是文学创作所需要的更为专门化和技术化的主体能力。文学之所以为文学,正在于它必须按文学的方式来建构自身。没有创作的技巧技能,主体如何能将丰富的生活材料和先进的人文思想传达出来?生活充实、思想进步可以使人成为"完美的人",但绝不必然是一个创作主体。文学要求它的主体必须具有生活感受能力与思想开掘能力,同时还必须具有创作的技巧技能。

创作技巧技能是包含了更多的悟性与灵性的主体能力,最能见出作家的个性特征和心理奥秘,因而也是一个难以明确界定、把握的领域。笼统地看,这个领域大致包含着这样一些方面:首先是丰富的想象力,以及由这种想象力决定的虚构与变形能力。这是对文学塑造形象、体现特色作用最为巨大的影响力量。想象力受情感的支配影响,因此,情感驾驭能力、情感提升能力以及释放方式,也成为创作技巧技能的又一重要方面;再一个方面,就是娴熟的文学表现能力,有了它作家才能在情节安排、结构设置、语言运用等具体工作中,获得自由回旋、自如处置的空间和条件。

文学创作技巧技能的高水平状态是浑然天成,毫无雕凿的痕迹。"大象无形,大音希声",高超的技巧技能往往无法直观。从追求技巧到无"技巧",主体便进入到创造的灵动之境,其文本中自然会涵容着独创的新奇的成分。

认识、描述文学创作的主体能力并不十分困难,困难的是怎样来获得这种能力。对于一个想成为作家的人来说,这是一个极为实际的具体问题。

在追求创作主体能力的过程中,方式方法多种多样,人的先天素质、性格、心理特点都会发挥重要影响。如果排除那些后天无法改变的因素,以及个性支配下那些只属于"天才"的因素,那么,要获得创作主体能力,其基本途径只能是:热爱生活、细致观察、广泛阅读、深入思考、不断实践,即所谓"读万卷书,行万里路"。实践对创作主体能力的形成是最重要也最具效力的力量。不断地练习,不断地写作,不断地按文学创作规律培养文学想象能力、情感驾驭能力、文学表现能力,除此之外,还有什么能够成就一个作家呢?即使是天才,在一鸣惊人之前,也一定会有一个反复练习的过程。当人们能够见一叶落而知天下秋,能从个人痛苦与欢乐的情感律动中感触到整个民族乃至人类的痛苦,那么,所谓创作能力,肯定已经属于了创作主体,成就了创作主体,使他超然于普通者之上,成为一个值得人们敬佩的艺术和精神生产者。

创作意识

创作意识是促使创作能力转化为创作行为的一种意识。没有创作意识,能力再强的"创作主体"仍只是理论意义的创作主体,或称潜在的创作主体。其实,创作主体的创作能力并非可以完全先在于创作行为,如果主体不从事具体创作,何以证明他具有创作能力?创作行为和创作过程是主体能力的具体展现和进一步填充的场所。因之,促使创作能力向创作行为转化是十分重要的。充当促成这种转化角色的因素就是创作意识,只有总是想写点什么的人,才会不断去磨炼创作能力,并用具体的创作行为来体现这种能力,使创作成为确定不移的事实。

创作意识主要由创作动机、创作预期与创作潜反射心态构成。

创作动机。动机是导致行为的主观意图,或者说,是"一种需要或欲望,它是和达到适当目的的意向相联系的"[①]。文学的创作动机是促使创作行为产生并最终形成文学文本的主体原动力。在创作个案中,只有当强烈的创作动机出现并外化为行为,创作过程才真正开始。没有创作动机,便不会有文学创作活动。

创作动机是一个比较复杂的东西。作为"动机",它通常只是某种想法、某种冲动,存在于作家隐秘的心理和情感世界深处,没有直观形态,因而对它的研究历来缺少富有说服力的直接证据。人们往往只能从创作的结果

---

① 克雷奇等编:《心理学纲要》,下册,文化教育出版社1981年版,第388页。

即文学文本、作家的某些创作谈以及一些创作心理学论著中进行推测,其结果只能是大而化之的。实际上,创作动机是个体性个别性极强的心理意图,在不同的创作主体那里有不同的体现,可谓五花八门形形色色。有直接的也有间接的,有功利的也有超功利的,有崇高的也有卑下的,有积极的也有消极的……本来,作家自己对创作动机的言说应该最具"权威"性,然而这种言说同样五花八门形形色色。有人甚至根本就否认动机的存在,仿佛没有动机才更能显示创作的价值。① 这意味着作家对自我创作动机言说的非真实性和极端化倾向的存在。这种现象说明,对具体文本和某个具体作家的创作动机进行清晰定位和把握,不但是不可能的也是没有多大价值的。好在无论怎么说,任何可以称为动机的心理意图,不管它直接或间接、功利化或超功利化、崇高或卑下、积极或消极,都可以促成实际创作行为并导致文本产生。而且,动机的价值并不一定与文本的价值相等同,一个为稿费而写作的人(巴尔扎克有时也如此)并不一定就写不出优秀作品,一个标榜为某种伟大事业而写作的人,其文本难说就能达到这种预期的高度;为"爱丽丝"而作的一首诗,结果却可能表达出人们共同的爱情感受;为宣泄个人痛苦而写的一本小说,也可能会减轻人类共同的痛苦。在文学的动机与效果之间,毕竟存在着十分巨大的可塑性空间。

那么,动机对于文学主体和文学创造作实际意义在哪里?研究它的目的意义又何在?首先必须明确的是,创作动机,无论它的内涵如何,它的实际存在以及对创作的影响是不容置疑的。叶圣陶说:"我只觉得有了一个材料而不曾把它写下来的当儿,心里头好像负了债似的,时时刻刻全想着它,做别的工作也没有心路,于是只好提起笔来写。"②动机就是这样一种东

---

① 关于作家对创作动机言说的多样性,这里列举一些例子:丁玲说:"我追随我的前辈,鲁迅、瞿秋白、茅盾,……为人生,为民族的解放,为国家的独立,为人民的民主,为社会的进步而从事文学写作。"美国作家琼·迪戴恩说:"我从童年起就因为烦恼和虚荣心开始了写作。逐渐写作成癖,就一直写下去,这就像一个人中了毒一样。"加拿大作家加斯顿·迈伦说:"我写作仅仅为了提高文化修养,通过这条写作的路获得文学的语汇。"德国作家君特尔·格拉斯说:"我从事写作,因为我不能做其他事情。"斯特凡·赫尔姆林说:"人不是因为担心死而从事写作,而是担心死后没有留下什么痕迹。"美国作家迈克尔·赫尔说:"我从事写作不是为了表现自己,出风头,而是觉得语言很重要。"德国作家彼德·施奈德说:"我写作的作品还不算多,大概无力考虑这个问题。"恩斯特·荣格尔说:"为什么写作的问题,我自己也搞不清楚。"加拿大作家玛格丽特·阿特伍德说:"事实上,我不知道为什么写作。"以上所引均见《世界100位作家谈写作》,上海文化出版社1987年版。
② 叶圣陶语。《叶圣陶论创作》,上海文艺出版社1982年版,第120页。

西,它一旦产生,如果没有得到释放,便会无休止地"折磨"主体,使其如鲠在喉,不吐不快。没有这种"效果"的创作动机,往往是一个不健全的动机,对创作活动的推动力也就很有限。其次,动机既然是一种对创作产生巨大影响力的"实际存在",那它必有其力量根源,这个根源当然不能仅仅在作家个体行为中寻找,那是不足以说明问题的。文学创作动机的深层根源,只能在人类文化发展的整体规律中寻找。究竟是什么东西推动文学家进行创作呢?从某种意义上说是所有的一切。作家进行创作的原因,包括了他过去所有的生活状况,他在创作时的身心状况、意识和气质,包括所能引起灵感现象的一切情况。这些情况严格说来可以包括作家所描写的那件事情为止的以前的全部宇宙的历史。① 也就是说,从整体角度观之,正是人类的实践活动造就了人类以文学方式言说(当然还有其他艺术方式)的宏大动机。

实践提升了人,而人之所以为人,就在于它有自我意识,能自我观照,产生了精神能力。精神能力最重要的体现方式之一便是文学创作活动。文学,正是人类用来确证自身价值的一种重要因素,也可以说,文学创作是人类实践的必然结果,也是人类实践的组成部分。因此,文学创作的动机,必须源自人类自我确证的哲学本质之中,人类要通过它来表达自己的愿望与能力,构成精神活动的主要场所。在这种情况下,无论在苦难的"酒神"悲情中,还是在欢乐的"日神"幻影里,人们都要乐此不疲地去追求文学艺术的创造,使文学成为人类心路历程最充分的写照。

但是,在任何一个时代的文学活动中,创作的宏大文化动机都是由创作主体的个别行为来体现的。个体动机的实际、具体与"渺小"往往会集合在一起,遮蔽创作的文化大动机。不过,遮蔽并不等于取消,实际上个体动机的价值正是由整体动机的价值来支配来规范的。即使在特殊条件下,挣脱了这种规范与支配的个体动机,它所导致的文学文本也会在时间流程中经由文化选择来显示其主体原初动机的价值,如果文本被淘汰出局,那么无论其主体的个人动机多么显赫,也必然毫无价值可言;如果文本被保留并流传,那么,即便其主体的个人动机多么卑微,那也是有价值的动机。在动机产生过程中,"谁知道一次邂逅,一句记在心中的话,梦,远方传来的声音,一滴水珠里的阳光或者船头的一声汽笛不就是这种刺激。我们周围世界的一切和我们自身的一切都可以成为刺激"②。动机确实来自刺激,但现在我

---

① 阿诺·理德语,略有改动。见《美学译文》第 1 辑,中国社会科学出版社 1980 年版,第 90 页。
② 庭·巴乌斯托夫斯基:《金蔷薇》,上海译文出版社 1980 年版,第 39 页。

们知道,这种促使创作动机产生的"刺激",须得在宏观的文化背景上才能发挥作用,反过来理解,也就是它必须由一种个人的生活感受出发,抵达文化背景中的宏观价值深处,产生一种心灵的呼应与交流,才能构成有创造推动力的文学创作动机。

概言之,文学创作动机从根本上看是取决于文学本身的文化角色的。这个角色在宏观上促成了文学的精神优势,同时也就会在微观上促成作家的心理优势,使他们通过写作,或者说必须通过写作来获得对自身价值的确证。在生活中,你可以不作为一个创作主体而生活,但你一旦做出这种选择,那么除了不断地写作之外,还有什么能显示你的价值呢?在这种情况下,无论你为何而写,直接动机变成各种形形色色的东西,真起作用的,肯定是那种以潜在方式渗透到人内心的文化动力,只不过有人将这种动力运用、发挥得好一些,使创作成为审美或者认识、教育、娱乐乃至抒愤抗暴的"行为方式",或者成为个人宣泄与谋生手段。一个成熟的创作主体,必然对创作动机有清醒的认识并知晓提升它的方式,否则,他的创作会显得同样盲目无序。即使如此,我们也依然不要忘记,在文学活动中,动机从来就不是必然等于结果的,以动机研究代替文本研究的做法永远都是片面的。与此相类,作为作家,以动机定位来索求创作价值从而忽视主体能力的磨炼与创作过程的开掘,同样也是片面的。

创作预期。创作预期是主体试图通过创作行为来达成某种创作目的的心理设计。它与创作动机不同,创作动机重在"启动"创作行为,创作预期则重在"设计"创作程式,然后"鼓励"创作行为按这种设计达成创作目的。一般说来,创作动机带有强烈的情感冲动与灵感的瞬息性,它不足以为艰苦的有时甚至是漫长的创作过程提供有效支持。这个任务必须交由创作预期来完成,因为创作预期具有更多的理性色彩,它能规约创作行为,使其保持持续的耐力和正确走向。老舍曾经谈过,《骆驼祥子》的创作动机是来自于"山大"一位朋友的闲谈,他"随便的谈到他在北平时曾用过一个车夫。这个车夫自己买了车,又卖掉,如此三起三落,到末了还是受穷。听了这几句简单的叙述,我当时就说:'这颇可以写一篇小说。'"[1]但仅有创作动机显然是不够的,这以后的工作,便是在创作预期支配下开始的艰苦的创作活动:"由1936年春天到夏天,我入了迷似的去搜集材料,把祥子的生活与相貌变

---

[1] 老舍:《我怎样写〈骆驼祥子〉》,《老舍文集》第15卷,人民文学出版社1990年版,第205页。

换过不知多少次——材料变了,人也就随着变。"①老舍的写作经历,形象地说明了创作动机和创作预期的联系与区别。

作为创作最重要的支持力量,创作预期根植于创作主体个人需求和个人价值的展示之中。"我们显然只有在为我们所缺乏的事物而奋斗时,在希望得到我们所没有的东西时,在我们将自己的力量积蓄起来以便为满足这种愿望而奋斗时,才会把自己的各种本领都最大限度地施展出来。"②落实到创作上,也就是说,当一个人感到必须用创作来证实自己的能力,显示长处与才华之时,他才会对所从事的创作活动有持久的耐力。这种现象正是创作预期最重要的体现。

此外,创作预期还根植于创作主体的文学修养。文学修养与主体个人的性格、气质相关联,体现为对某种文学体裁、文学语言方式的爱好与熟练运用程度。在成熟的作家心里,所谓创作预期其实就是某种文体方式、文学语言、文学形式因素的形象呈现,它是未来通过创作行为而即将出现的文本雏形及其价值预设,没有这种创作预期,写作过程一般是难以完成的。最后,创作预期还根植于表现对象的特性中。一个重大生活事件绝对要导致关于重大题材的价值预期和相应的创作设计,一个普通而常见的生活琐事,则很可能会被创作预期所否定。如没有创作预期而仅有创作动机,那创作活动将变得十分盲目、随意、多变,其成功的可能性会大大减小。当然,创作预期在写作中常常会发生变化,甚或与结果形成极大反差,这也是应当承认的。

创作潜反射心态。在优秀作家那里,创作动机与创作预期会逐渐积淀而成一种创作的"潜反射心态",或者亦可称为创作的"职业性敏感"。在这种心态支配下,面对任何事物和现象,创作主体都能迅速做出关于创作的价值判断。什么东西值得一写,什么东西根本就没有文学价值,什么东西应该怎样写,在哪里可以深入开掘或升华,用什么形式来表达更为适当更为有效等等,这些在一般人看来十分复杂的创作问题,似乎都可以在创作的潜反射心态中很快地轻易地得以解决,作家因此而具备了一种自如与超拔的创作优势。这是一个成熟作家的标志。不过它的体现方式十分个性化,甚至在某些作家身上还会体现得十分怪异。要获得这样的心态,总的来说是一件艰难、复杂的事情,但却是一件富有魅力的事情,因为它能充分显示作家创

---

① 老舍:《我怎样写〈骆驼祥子〉》,《老舍文集》第 15 卷,人民文学出版社 1990 年版,第 206 页。
② 马斯洛:《动机与人格》,华夏出版社 1987 年版,第 8 页。

作主体地位的真正确立。

创作过程

  任何一个文学文本的产生,都必须经历一定时间长度,这段时间使文本从无到有,从心灵的虚空状态转化为一种物质实在。这个创造出文学文本的时间历程,便是文学创作过程,它开始于某个创作念头的萌生,结束于一个相关文本的出现。创作过程的存在是谁也否定不了的事实,然而,在这个过程中究竟发生了些什么,它们如何发生,如何变化,其先后顺序如何,有没有必然而确定的环节,这些问题却没有确定的说法,似乎永远也难以探索清楚。因为在创作过程中,不同作家有不同的方式,不同文本有不同的方式,最有价值的创作是极富个性化的创作,既然个性化,便不大可能产生于一个统一的模式,当然也决不可能就范于某种理论的普遍化界说。在整个文学活动中,创作过程可以说是最难洞悉的一个领域。

  但是,文学原理必须涉及这个领域,否则它将失去最重要的组成部分。文学原理对创作过程的涉及,似应采取理论方式从普遍原则而非创作个性出发,这是理论的本性决定的。理论难以做到立足个案逐一分析同时又具有普遍代表性。它对创作过程的梳理只能是宏观的整体的梳理,是对作家创作心理规律的把握而非创作心理特点、个性的呈现。它不能不抛弃众多感性的个别例证,在理论的接受者那里,必须经由新的创作尝试和具体创作个案的剖析来补充。对创作规律的理解,感性化的想象始终是不可缺少的成分,但在原理的叙述中却无法提供这种成分。创作理论与创作实际,似乎注定易于在这些地方"脱节"。

  对任何一种"过程"的理性分析,进一步将其划分为更细致的阶段是一种习惯性的理论选择。创作过程也不例外,迄今为止人们对它的阐述总是分阶段来完成的。得到普遍认可的创作过程分段是法捷耶夫所作的概括,他想象性地将创作过程分为材料积累、形象构思和写作三个阶段。① 当然,将充满个性、各不相同并且紧密地呈现为一个有机整体的创作过程划分为这样一些仿佛各自独立、固定的阶段和程序,肯定不科学也不明智,但除此之外,理论也只能如此。

---

① 法捷耶夫说:"我觉得,任何艺术创作的过程都可以假想地分为三个时期:(一)积聚素材时期;(二)构思或者'酝酿'作品时期以及(三)写作时期。"《和初学者谈我的文学经验》,《外国作家谈创作经验》下册,山东人民出版社1982年版,第47页。

一、材料积累

这是创作过程的初始阶段。无论文学是一种"生产"还是一种创造,没有材料都是绝对不行的。这里所说的材料积累,本义是指为某个文本的具体创作而从事的材料搜集活动。有时在某个作家的某件作品创作中,似乎并不需要这种专门的材料搜集行动,作家所运用的材料,不过是他生活历程中不知不觉积淀下来的东西。"我观察自然,从来不想到要用它来做诗。但是由于我早年练习过风景素描,后来又进行一些自然科学的研究,我逐渐学会熟悉自然,就连一些最微小的细节也熟记在心里。所以等到我作为诗人要运用自然景物时,它们就随召随到,我不易犯违反事实真相的错误。"[①] 歌德所说的这种现象,并不能从理论上否定材料积累对创作的必要性,但它提示我们,必须把材料积累理解得更为宽泛。为写某个文本而去搜集材料,这样的情形虽然确实存在,但更有效的也许正如歌德所说,必须从生活本身开始,处处留心,才能获得更有价值的丰富的创作资源。

文学创作所需要的原始生活材料,一般被称为素材,它包含作家直接或间接感受到的人、事、物以及相应的思想情感。生活材料的积累因而也有两重含义,一是主体生活阅历的积累,一是对生活的感受和体验的积累。相对而言,后者更为重要,它体现为主体对生活理解的不断加深,在这个前提下,主体能够准确地推测非己角色在不同环境中的外在行为和内心活动。有学者认为,这种能力只与作家的想象力有关。其实,若无对生活的广泛了解体验,即使能够想象出来,也难免会失真。总之,生活材料积累对创作的重要性是十分巨大的,这在前面已有论述。由于这种重要性的存在,促成了多种多样积累材料的方法。从注意程度看,有有意识积累和无意识积累;从主客体关系看,有直接积累和间接积累;从形式上看,有记忆积累和文字积累。这些方式,往往根据客观条件和创作主体的习惯差异而有不同的选择。手段并不重要,重要的是结果,获得丰富的材料与相应的体验,使创作有广阔深厚的基础,这才是材料积累的目的所在。

二、文本构思

所谓文学文本的构思,是指作家用想象方式对生活材料进行选择、提炼、加工、改造,在思维中孕育出文学意象的过程。在这个过程中,作家由对现象的感受到思考,由思考到发现新的价值,最后重新组合现象,形成审美意象。创作构思的这一心理活动虽然具有极强的整体化和涵容性色彩,但

---

① 《歌德谈话录》,朱光潜译,人民文学出版社1980年版,第108页。

用文艺心理学原理观之,却可以发现,它仍然体现出一个循序渐进的心理流程,其规律性十分明显。因之,对其中的重要因素重要环节需要有所了解。

1. 构思的心理机制。

构思心理流程起始于对具象的感觉,然后形成知觉,知觉强化为表象,表象经由审美移情活动,升华为意象,意象如被赋予物质形态,则外化为形象,至此,不但构思过程完成,整个创作过程也告结束。从这个过程不难看出,创作构思的关键在于表象如何升华为意象。要理解这种升华,须对构思的各个心理环节作一些基本的了解。

具象,亦称物象,是现实生活中客观存在的人、事、物。它们可以作为文学的反映对象,作为文学创作的原始材料而存在。它们要真正进入创作领域,须经由创作主体对之进行感知。

感觉是人的感官同客观事物接触而生的客观事物个别特性的主观映象。眼看其形,耳听其声,嗅觉得其味,触觉得其质,感官的分工是十分具体的,其产生的当然是物象的部分映象。在此值得一提的是,感觉从事物的个别特性开始相应形成个别映象,这是传统心理学观点。一些现代心理学派并不这样认为。譬如"格式塔"心理学派就认为,人对事物的感知开始于"完形",开始于整体,再由整体向部分发展。在理解创作心理时,注意到这些新观点,将有利于形成更为完整全面的看法。

知觉是感觉材料所连成的事物(物象)的完整映象,是感觉的深化与发展,标志着主体对物象由感觉而达到了认知程度。如果不能认知事物而始终停留于感觉状态,便会如盲人摸象,无法真正了解物象的真实状貌,心理发展也就会严重受阻。

感知是认识主体人与外部世界联系的基本途径,不可缺少。它们并不为作家所独有,但并非人人的感知都是一样的。感知受制于主体既有心理图式和探索性"期望"的支配影响,在同一片树林里,一个采蘑菇的小姑娘与一个诗人的感知肯定相差甚远。具有创作意识和创作能力的人,由于习惯使然,总是会自觉或不自觉地站在审美立场上感知事物,他的感知是审美感知,与一般人最大不同就在于这种感知合于审美目的,而不是实用或者其他功利目的。在这个前提下,审美感知既具有整体性又具有选择性。只有在整体中才能见出事物美的意蕴,所谓"倾国宜通体,谁来独赏眉"。审美感知的整体性,与文学必须反映生活整体这个总的要求是相一致的。

选择性是审美的个别、鲜明、独特的感性特征决定的,作家要创作出动人的形象,个性特征的发现与表现是一个基本前提。为此,作家在感知事物之时，往往会既重视整体韵味，又注意细节差异。"当你走过一个坐在门口的杂货商的面前，一位吸着烟斗的守门人面前，一个马车站的面前的时候，请你给我画出这杂货商和守门人的姿态，用形象化的手法描绘出他们包藏着道德本性的身体外貌，要使得我不把他们和其他杂货商、其他守门人混同起来，还请你只用一句话就让我知道马车站有一匹马和它前前后后五十来匹是不一样的。"①这是福楼拜对莫泊桑的创作指导。要达到这种创作高度，感知的选择性是不可避免的。用一句通俗的话来说，感知要求作家细致地观察生活，宏观地把握生活，"不但巨细高低，相依为命，也譬如身入大伽蓝中，但见全体非常宏丽，眩人眼睛，令观者心神飞越，而细看一雕阑一画础，虽然细小，所得却更为分明，再以此推及全体，感受遂愈加切实"②。可见，审美感知并不是一种盲目的随意的感知，它必须经由特别的注意才能完成。这种感知所获得的材料，在随后的表象意象构成中将发挥重要作用。

表象是物象被反复感知强化之后，在主体思维中形成记忆并随时可以复现的映象。作为映象，它具有完整性和持久性，因而也就有了作为进一步展开的创造思维所需材料的独立性。对表象的不同处置是人类两种思维方式的分水岭。表象被抽象为概念，理性思维就开始了；表象被升华为意象，则迈出形象思维关键的一步。

意象是表象经过主体的加工改造，融会进主体思想情感的产物。它具有两个基本特征：一是带着创造色彩；一是主观性与客观性融合。创造的动力主要是情感，有时也包括思想，此外还有不知不觉渗透进去的创作主体的潜意识。创造的方式是想象，或可称为虚构。因此，意象既保持着客观之象的某些状貌，又表现出主观之意即主体情志。在人们心目中，一般朋友的映象可能仅是一个表象，但恋人的映象则肯定是一个意象。在"记得绿罗裙，处处怜芳草"中，"芳草"也因为爱情而成为一个意象——暗喻着梦中身着绿裙的女子形象，其中经由想象完成的创造性是十分明显的。在此还须明确，作为创作心理机制重要环节的"意象"，与意象派诗歌的"意象"，在含义上是不相同的，不能将两者混为一谈。

与感知一样，意象也并不为作家所独有。但作家所追寻的意象，却是与众不同的意象，它带有强烈的情感性、审美性，还带有艺术创造的旨意，是故

---

① 《文艺理论译丛》，1958年第3期，第175、176页。
② 鲁迅：《三闲集·〈近代世界短篇小说集〉小引》，《鲁迅全集》第4卷，人民文学出版社2005年版，第134页。

意而为而非自然而生的,其出现,乃是创作构思成果的直接显现。构思成败的关键就在于能否在心灵中产生出一系列精美的、独特的,甚至神奇的审美意象。

那么,创作主体靠什么来加工表象形成意象,从而完成创作构思呢?回答则是想象。当然,想象又受情感和创作旨意的驱动。为了保持论述的连贯性,我们这里暂不对想象作正面界说,而先来看一看想象对表象所发生的具体作用和影响。

在情感与创作旨意所推动的想象撞击下,表象发生了两个巨大变化,首先是被分解。所谓表象的分解,也就是表象在想象的作用下化为不同的单元类别,它们可能极为具体细碎,但在整体上则体现为美与不美两大系列。其次,被分解的表象按主体要求在主体心里重新组合。组合当然也是用想象方式来完成的。其不美的、不符合创作旨意的单元类别被剔除,与此相反的则被保留并被重新安排,最后结合而为新的象,即意象。在组合过程中,单靠原有的部分倘不足以形成新的有机整体,或者不足以传达出主体的审美理想,此时想象就会因势利导,创造出一些新的成分,比如使太阳成为一轮黑色的太阳,使白发倏然增长为"三千丈",使花为时事艰难而流泪,使黄河之水来自于天上,等等。这样一来,相对于生活本身,或者说相对于表象来说,意象总是奇异的变形的,它既有客观的影子(否则不易引起共感),又充满了创造的色彩(否则不足以表义,难以打动人的心灵)。主客观交相辉映,产生出"震惊"效应。它的出现,标志着构思的核心工作已告完成。

从文学构思的心理机制与心理流程可以看出,文学构思有一个基本范式存在,那就是:生活客体(物象)促成主体情志,主体情志又外射于客体现象形成意象。用通俗的语言来表达,即广阔的生活撞击了作家的心灵,掀起其情感波涛与思绪;然后,作家借助想象力将主体化的情感思想形象化。在这个过程中,文本构思的成败取决于两个条件、两种能力。首先,取决于主体获得什么样的情感思想,作家敏锐的体验能力在此起至关重要的作用;其次,取决于主体能否把思想情感形象化,为它找到或创造出载体,想象力在此起至关重要的作用。由此,可获得衡量创作成败的准则:对任何作品,都可以从它所表达的主体情志的适当与否以及移情想象的独特与否来进行创作成败判断。再深入下去,可以说,对于意象(甚至形象),其优劣差别肯定会体现在它们的个性化和概括化程度之上。

在叙事性作品中,构思的基本范式有较为复杂的体现。不过,它一般也有一个积累材料,分析材料,获得主题雏形,据此取舍材料,组合成意象(轮廓),安排结构及语言形式的过程。叙事文学以刻画人物形象为主,构思所形成的意象是人物意象,因而十分注重现实中的人物原型,文本思想情感的获得,往往取决于对人物原型思想灵魂和情感奥秘的发现。以现实人物为原型来构思形象,有时专用一人,作者不作过多的想象虚构,只作适当的艺术加工,传记文学、报告文学多采用这种方式;有时以某一生活原型为主,再辅之以其他人的原型素材加以捏合,像托尔斯泰所说那样,"我拿过达尼雅来,把她同苏妮娅一同捣碎,于是就出现了娜塔莎"①;有时则用杂糅法,在广泛集中、分析各种材料的基础上,博采众长,充分发挥创作主体的想象虚构能力,组合成所需的人物意象,用鲁迅的话说,就是"杂取种种人,合成一个"②,当然这是对虚构的形象化表述,并非是一种现实行为。

创作构思的复杂性在于,一个文本即使再短小,也不会只有一个意象,它需要一系列意象,还需要一系列意象共同构建为一个更大的整体意象。因此,构思不仅要解决意象的生成问题,还要解决意象之间的呼应搭配问题。具体而言,结构、语言表达等文本操作行为,也会成为构思中必须处置的极其重要的内容。但在这里,需要强调的仍然是构思或者说影响构思的最重要的因素,那就是——

2.想象及其制导因素。

在构思过程中,想象起着极为重要的主导作用,没有想象,任何文本的构思都无法进行。想象到底是一种什么样的心理现象呢?它的内在构成如何?在构思过程中它发挥着什么样的具体作用?

想象是一种在观念形态上再造现实现象或创造新形象的心理功能。它包括两种基本力量,即再造与创造。因而,想象可以分为再造想象和创造想象两种。

再造想象,就是在头脑中浮现储存的生活印象。这种浮现,往往需要一个支点,一个启示,一个刺激信号,也就是说,它总是要由此及彼地展开,人们因之将其也称为联想。联想是创造想象的基础。它有五种基本类型:接近联想、类比联想、对比联想、推理联想、通感联想。每一种联想都是一种思

---

① 娜塔莎是《战争与和平》的主人公之一。这个形象由作家的妻子和姨妹综合而成。见《外国名作家传》(中),中国社会科学出版社1979年版,第431页。
② 鲁迅说:"杂取种种人,合成一个。""所写的事迹,大抵有一点见过或听到过的缘由,但决不全用这事实,只是采取一端,加以改造,或生发开去,到足以几乎完全发表我的意思为止。人物的模特儿也一样,没有专用过一个人,往往嘴在浙江,脸在北京,衣服在山西,是一个拼凑起来的脚色。"《鲁迅全集》第6卷,人民文学出版社2005年版,第538页。

维扩张方式,都是一个思维扩张过程,都会带来某种意象的产生。因而,联想往往能以自身比较明确的思维路径,引导主体思维展开并完成构思。譬如,由"红豆"联想到爱情,或者由爱情联想到"红豆",恰当地表达出来,"红豆"便构成了一个示爱的意象。①

创造想象是在原有生活印象中加入新成分,使特定的思想情感得以表达的想象。它不像联想那样总要寻求两种"象"之间的内在联系,而是无拘无束自由驰骋。因而,创造想象具有强烈的幻觉性虚构性,它能无中生有,有中出奇,所谓"精骛八极,心游万仞","浮天渊以安流,濯下泉而潜浸","观古今于须臾,抚四海于一瞬"②,因飞腾的想象而带来奇诡的景致。倘用审美理想和创作旨意来规约它,它便能创造出丰富的意象,使文本构思得以实现。也就是说,如果处于这种富有审美意味的创造性想象中,所谓构思便会成为一种"自然而然"的行为。有作家对此表述得极为形象:"我是一人班,独自扮演许多人物,手舞足蹈,忽男忽女。""我是一面出着声儿,念念有词,一面落笔。比如说,我设想李四是个尖嗓门的瘦子,专爱说刻薄话、挖苦人,我就提高了调门儿,细声细气地绕着弯子找厉害话说。"③这就是想象笼罩下的构思与写作,它使我们无法分清步骤,感觉到的只是创造的灵动与奇幻。

如果硬要挑明想象在构思过程中所起的作用,那么,想象的作用有两个:其一是沟通、重组创作材料,并补充事实链条中尚未发现的环节;其二是达成移情活动,从而使作家能够按照审美理想创造生动、丰满的文学意象。

想象之所以能在构思过程中发挥如此重要的作用,根本原因在于情感的推动。没有情感,想象无法展开,其实也就是没有什么可想的。如果有人说"我的爱人是一朵红红的玫瑰",这种想象一定出自于爱情;如果把自己想象成一朵玫瑰,那一定出自于自恋。所以,在文学构思中,想象总是情感的想象,总是移情的想象,它能把主体"沉入"到对象中去,由对象来体现。"我们把自己完全沉没到事物中去,并且也把事物沉没到自己里去,我们同高树一起昂首挺立,同大风一起狂吼,和波浪一起拍打岸石。"④神与物游就是这样产生的。因此,要控制想象,使其在构思过程中起到更具体更积极的

---

① 此分析基于王维的诗作"红豆生南国,春来发几枝。愿君多采撷,此物最相思"。
② 陆机:《文赋》,见《汉魏六朝辞赋与骈文精品》(曹道衡主编),时代文艺出版社1995年版,第315页。
③ 老舍:《出口成章》,作家出版社1964年版,第63页。
④ 劳·费肖尔语。见朱光潜:《西方美学史》下卷,人民文学出版社1979年版,第257页。

作用,加强主体的情感体验能力,使主体的情感始终保持审美的高度是极为重要的。达到这种高度,就会像老托尔斯泰那样,看到一棵倔强的鞑靼花,便想象到自己所要歌赞的人物,从而产生了一系列意象构思。①

这样做的结果是情感必然与理性和思想发生联系。文学构思即使在想象的绝对笼罩下也会体现出理智的特色。具体说,构思这时会将情感与思想作为三种因素加以处置,以此获得文本的理性建构。那就是首先作为文本的内在线索,贯串零散的表象,组成完整的意象,像马致远的《天净沙·秋思》那样,即使所用的表象互不关联,也可以达成富有感染力的审美组合。② 其次是作为内在依据,使意象经由变形,进一步达成更大的审美价值,否则,想象就成为漫无目的的乱想,毫无艺术价值可言。再次,是作为内在的创造力,使意象具有多种构成方式,从而造成丰富多样、异彩纷呈的意象群落。同时,也使构思具有多种选择可能。因为不同的情志依附于不同的物象(甚至相同的物象)之上,便会产生不同色彩、不同格调、不同韵味的意象。受创作主体情感思想支配和控制的想象,就是这样完成它的使命,在构思活动中释放出巨大能量的。

当然,在促成创作想象展开的过程中,还有一种难以直观但却十分巨大的力量也在起作用,那就是创作主体的潜意识。由于它是在不知不觉情况下发挥影响,并不能作为有意识构思的有效动因,故虽然重要,在此不作详论。

3.直觉与灵感。

上文所述文学的构思活动,是按照形象思维的逻辑过程按部就班地展开的。其实,在实际创作过程中,创作主体的构思往往并不如此。一个意象,甚至一个文本的整体设计,填充文本与意象的丰富的细节描绘,等等,都可能在主体思维的瞬间激活中得到完美处置,其表达效果往往还会大大超

---

① 托尔斯泰在日记中写道:"昨天,我穿过一片刚刚犁过的黑土地。一眼望去,除了黑土以外,什么也没有,连一根绿草也看不到。可是在尘土飞扬的灰秃秃的路旁,却长着一颗鞑靼花(牛蒡),这棵花有三条幼枝,一条已经断了,断枝上挂着一朵沾了泥的小白花;另一条也折断了,上面沾满了污泥,黑色的绿枝显得垂头丧气,十分肮脏;第三条幼枝向旁边延伸出去,虽然也因为蒙上灰尘而变黑了,但还活着,中间部分还是红的。这使我想起了哈泽·穆拉特。我真想把一切都写出来。这一片田野上,只有它把生命坚持到最后,不管怎样总算坚持下来了。"转引自赫拉普钦科:《作家的创作个性和文学的发展》,上海译文出版社 1977 年版,第 24、25 页。
② 马致远《天净沙·秋思》:"枯藤老树昏鸦,小桥流水人家,古道西风瘦马。夕阳西下,断肠人在天涯。"可以说创造了孤立的意象并列典范。

过冥思苦想的构思所得。导致这种奇异状态的常常就是创作直觉和创作灵感。

直觉是不经过逻辑过程,仅依据感知的片面、个别映象就直捷把握事物底蕴(或内涵)的能力。创作直觉是创作主体带有主观情绪的直觉,是创作主体在创作活动中通过对客体个别特性的感知而直捷把握其深广的表现性内蕴,从而形成审美意象的能力。在直觉状态下,创作主体会保持十分敏锐的感受能力、相当丰富的想象能力,瞬间的刺激以及难以言说的感动,在别人眼里平常且毫不起眼的现象,这时都可能激发起主体的创造性想象,使之进入物我融彻的灵动之境,产生具有穿透力的表达。有作家说:"我有时逃开自我俨然变成一棵植物。我觉得自己是草,是飞鸟,是树顶,是云,是流水,是天地相接的那一条横线,觉得自己是这种颜色或那种形体,瞬息万变,来去无碍。我时而走,时而息,时而潜,时而吸露。我向着太阳开花,或栖在叶背安眠。天鹅飞举时我也飞举,蜥蜴跳跃时我也跳跃,萤火和星星闪耀时我也闪耀。总而言之,我所栖息的天地仿佛全是由我自己伸张出来的。"①这种纷沓而出的高度艺术化感受,只有直觉才能解释它的神奇与美丽。

与直觉相类似的思维奇象是灵感。在创作过程中,灵感可以以其出神入化的亢奋思维创造神奇的意象,使构思和表达达到超凡之境。那些在构思过程中苦苦思考难以解决的问题,在灵感状态下会瞬息之间得到最为圆满的解答。因而灵感历来被人们赋予神奇的含义。②今天,虽然心理学与生理解剖学已经十分发达,但对灵感这种思维奇象,仍然缺少深入的科学解释。因此,灵感对于创作构思虽然具有巨大好处,但人们仍难以有意识地追寻到它。最有效的追寻方式似乎只是"长期积累,偶然得之"③。

千百年来,灵感却以它神奇的特点,深深吸引着文学创作主体,使其为之沉醉与迷惘,不惜"望尽天涯路","衣带渐宽终不悔,为伊消得人憔悴",

---

① 参见乔治·桑:《印象和回忆》(1873)。
② "灵感"一词最早出现在古希腊。第一次提出灵感这一命题的是德谟克利特,后来柏拉图对之作了阐释。灵感的希腊文含义是"神的气息",英文写作"inspiration",在创作上的意义是代神立言。柏拉图说:"诗人只是神的代言人,不得到灵感,不失去正常的理智陷入迷狂,就没有能力创造,就不能做诗和代神说话。"《文艺对话集》,人民文学出版社1963年版,第8页。
③ 周恩来在《关于文化艺术工作两条腿走路的问题》(1959年5月3日)谈话中说:"好作品的产生,可以是偶然得之,但是这种偶然得之是建筑在长期的生活和修养基础上的,这也是偶然性与必然性的辩证统一。"见《党和国家领导人论文艺》,文化艺术出版社1982年版,第26页。

最后"蓦然回首",于"灯火阑珊处",产生戏剧化的灵感①,浪漫、眩目,令人激动不已,并带来巨大的创造价值。

灵感最显著的特点是偶然性与突发性。主体日常状态下平静的思维与心理潜流,被某种刺激偶然激活,往往难以意料和控制。所以,灵感常常是突然地发生,偶然地来到,然后又迅速地消失。它的产生和出现都是难以捉摸的,不能力强而致,不可预期设定。所谓"自然灵气,恍惚而来,不思而至,怪怪奇奇,莫可名状"②,"感应之会,通塞之纪,来不可遏,去不可止,藏若景灭,行犹响起"③,这些都是对灵感的贴切描绘。灵感的再一个特点是亢奋性。获得灵感的创作主体,往往高度兴奋,有时甚至出现一种迷狂状态,这是主体心理积淀、心理潜流被激活的结果。在灵感状态中,作家往往浮想联翩,内心幻象迭出,情感因之激动不可抑制,有时甚至像犯病一样。④这为如何及时把握灵感又制造了一个难题。灵感最重要的特点是创造性。由于思维的高度活跃,储备于大脑中的各种材料信息会得到充分运用,于是创作主体在灵感状态中往往文思潮涌,平时苦思多日的意象突然明晰,平时难以解决的创作问题突获颖悟,创作进入最顺手、最畅快的境界。诚如巴尔扎克所说,熔炉中火光闪闪,这是艺术家在劳动,在静寂与孤独中展示无穷的宝藏;你想要什么就有什么。在这种状态下,作家往往有惊人的妙思奇想,产生巨大的创造性。

总之,由于灵感与直觉的存在,作家变得敏捷、睿智,富有更为强大的想象力和表现力。没有它们,创作构思一定会十分平淡,失去神奇的色彩与魅力。但灵感与直觉又绝非文学构思的全部内容和唯一方式。生活中从来就没有仅靠灵感和直觉构成的完整思维过程,文学创作也是这样。否则,对于创作构思,人们除了感受其神秘与不可理喻之外,便无深入认识和主动追求的可能。对于灵感与直觉,在看到其巨大价值的同时,必须看到其天然的难以认识和难以把握的局限性。这是一个十分必要的文学创作观念。

---

① 此乃王国维《人间词话》中所表述的古今成大事者的三个境界,常被人们用来形容追求灵感的三个环节。
② 汤显祖:《合奇序》,上海人民出版社1973年版,第36页。
③ 陆机:《文赋》,见《汉魏六朝辞赋与骈文精品》(曹道衡主编),时代文艺出版社1995年版,第317页。
④ 郭沫若的所为,可作一例。他自述在写《凤凰涅槃》时"突然有诗意袭来,便在纸上东鳞西爪地写出了那诗的前半,晚上行将就寝的时候,诗的后半部又袭来了,伏在枕上用铅笔只是火速地写,全身都有点作寒作冷,牙齿都在打战,就那样把那首奇怪的诗写出来了"。《我的创作诗的经过》,《沫若文集》第11卷,第144页。

在结束本节对于文本构思的概述之前,对构思过程所产生的最重要的成果——审美意象,有必要再作一点简要总结:文学的审美意象是表象和形象之间的桥梁,它比表象有更高的概括性和更丰富的内容,却依然保留着表象的具体直观特点,不过意象不具备形象的物化形态;审美意象是主体情志作用下表象主观化的结果,带有强烈的情志色彩,它的出现,使创作主体的情感、思想表现成为可能;审美意象通过创作主体的艺术想象来构成自己的形态,体现并记录着主体的艺术创造能力,使文学与现实拉开了必不可少的距离;审美意象的形成过程受创作主体潜意识的影响,会带上浓厚的潜意识色彩,具体体现出来,是在意象体系乃至作品整体中充满着与创作主体身世、经历、人格、个性相协调的视之无形、品之有味的独特韵味。比如老舍的北平味、鲁迅的江南水乡味、沈从文的湘西味、萧红的东北味等等,它们为作品增添了又一层创造的魅力。

三、艺术表现

文学的艺术表现,也就是文学构思的外化。它借助语言作为物质材料,将创作主体形成于心的意象体系变成外在的文学形象,并产生直观的物质状态即文学文本。相对于构思的"由外向内"过程,它是一个"由内向外"的过程。

从理论上说,意象已经在构思中形成,表现只是外化它、固化它,即将它移入文本,这应该是一件并不复杂并不艰难的工作。然而实际情况并非如此,艺术表现是文学创作过程中又一个极难驾驭的环节,从某种意义上说,它的复杂性与艰难性并不亚于构思过程。"差不多人人都能构思一部作品,谁不能叼着一支雪茄,在公园散步的同时,弄出七八个悲剧来呢?……在自己那个供想象的后院里,谁没有一些最精彩的题材呢?不过在这种初步的工作和作品的完成之间,却存在着无止境的劳动和重重障碍,只有少数有真才实学的人,方能克服它们……构思一部作品是很容易的,但是把它写出来却很难。"①这种感受出自巴尔扎克这样的伟大作家之口,其真实性与普遍性大概不容置疑。其实,任何一个有写作经验的人,对此都会有同感。可以说,直到拿起笔来,创作主体才会深切感到创作之艰难。

艺术表现的复杂性来源于构思过程的复杂和语言运用的复杂。就前者而言,一个文本的构思往往并不是一次完成的,作家往往也不会将一件作品

---

① 巴尔扎克:《〈古物陈列室〉、〈钢巴拉〉初版序言》,《古典文艺理论译丛》第10辑,人民文学出版社1965年版,第122页。

全部想好了再写，在表现过程中，会不断出现新的创作意图，产生新的构思；思维的不断变化，前后矛盾，互相否定都是极寻常的现象，它会使人无所适从，无处落笔。但构思过程的这种动荡性，又是创作规律的必然结果。它的导因是多方面的，比如，叙事文学创作就常常会遇到这种情形，人物性格一旦初步成形，它就会按自身性格逻辑行事，自己行动起来，支配作家，使作家受役于人物。在富有灵性的作家那里，这几乎是个普遍现象。普希金笔下的达吉亚娜违背作家的意愿去嫁人①，巴金笔下的淑贞，出乎作家意料去投井②，以及安娜·卡列尼娜卧轨自杀，聂赫留朵夫放弃结婚，美谛克改变自杀而逃跑……，这些在创作中突然变化的人物、现象，必然打乱作家原有的构思，使其表达变得十分复杂。这些变化的现象，有时是灵感的产物，体现出积极的创造价值，有时则不一定，那么它们便具备纯粹的"干扰"价值。再如，作家的创作意图会在构思乃至整个写作过程中发生变化，当作家设身处地地为人物着想，替他们立心立言立行之时，往往会因为对生活的沉潜而有新的发现、新的所得，无论其价值如何，此时此刻的"新念头"，总会影响到创作的构思和表达。处理得好，作品会产生新的立意、新的视点、新的深度；处理不好，便会留下一堆芜杂，一片混乱。

从语言运用的角度看，构思中的意象只是一种心理幻象，一些"想法"，它们带有思维的模糊性、波动性、不确定性，而语言是一种抽象的"物质"，有着一次性的清晰、明确，用文字写下来，则成为确定不移的东西。因之，用语言来固化意象，"记录"构思，塑造形象，描写心灵中万事万物，就必须解决好意的"空"和言的"实"这对矛盾，这是相当困难的。"意翻空而易奇，言征实而难巧"③，"意之所随者，不可以言传也"④，很多人心有所思，却无法

---

① 这来自于托尔斯泰的叙述。他说："这个意见使我想起了普希金的一件事情，有一次，他对他的一个朋友说：'你想想看，达吉雅娜跟我们开了一个多大的玩笑，她结婚了。我万没有料到她会这样。'关于安娜·卡列尼娜我也完全可以这样说，一般说来，我的男女主角们，有时跟我开的那种玩笑，我简直不大喜欢！她们做那些在现实生活中应该做的和现实生活中常有的，而不是我愿意的。"见《世界文学》1961年第2期，第10页。
② 巴金说："我常常说我的人物自己在生活，有些读者不太了解，然而这的确是事实，比如我开始写《秋》的时候，我并没有想到淑贞会投井自杀，我倒是让她在15岁时就嫁出去，这倒是更可能办到的事。但我越往下写，淑贞的路越窄，写到第39章（新版第42章），淑贞向花园跑去，我才想到了那口井，才想到淑贞要投井自杀。"《谈〈秋〉》，《巴金选集》下卷，人民文学出版社1980年版，第652页。
③ 刘勰：《文心雕龙·神思》。
④ 《庄子·天道》，见王叔岷：《庄子校诠》，台湾商务印书馆1988年版，第498页。

表达,勉强为之,则"文不逮意,意不称物"。这种表达困难,在一些作家身上有突出的表现。

面对这些困难,创作主体的解决方式各不相同。但有一点可以肯定,那就是他们必然要充分调动自己的文化艺术修养、自己的创作经验、自己的语言能力等,来达成自以为最佳的表现状态。这样一来,文学表现领域遂成为一个十分个性化又十分丰富多彩的领域,人们甚至找不到一个抽象的普遍的"范式",在这点上,可以说它的"无序性"甚至超过了构思过程。正因此,可以肯定地说,文学表现过程也是文学重要的创造领域,在这个领域内,即使作家已有了十分成熟的构思,也会"落笔倏作变相,手中之竹,又不同于胸中之竹"(郑板桥)。如果硬要为这个难以把握的领域寻找"规律",那么,只能作如下极为简单的概述——

第一,创作主体在固化构思时,须注意汲取补充思维中随时产生的新成分。说不定这可能是最富创造性的成分,因为它们来自于主体对虚拟生活场景、对人物性格世界的具体化体验,是生活体验的深入和发展。

第二,须注重语言能力的培养和技巧的运用。从表现角度看,作家首先应该是一个语言运用的"匠人",有熟练的技巧,方能用它来进行特殊的表情达意、写人状物。不用说,语言对文本的整体作用巨大,有时一字一句,运用巧妙亦能提升整个文本的境界。所以,炼字炼句的功夫始终是艺术表现所不能缺少的。

第三,须注重反复修改。虽然这常常是为"天才"所诟笑的笨鸟之法,但许多优秀文本,优秀文句,却正是出现在严谨而认真的修改之后。这里不必列出难以尽言的例子,只须记住托尔斯泰的话:"在艺术作品里,只有在这样的情况下,即既不能加一个字,也不能减一个字,还不能因改动一个字而使作品遭到损坏的情况下,思想才算表现出来了。这就是作品应努力以求的方法。"[①]只有精雕细琢、反复推敲,才能获得这种增一字则多、减一字则少的效果。

达到这种程度,一个文本便告最后形成。整个体现着作家创造能力与主体姿态的文学创作过程,因而也可宣告结束。

---

① 托尔斯泰语。见季莫菲耶夫主编:《俄罗斯古典作品论》下卷,人民文学出版社1958年版,第129页。

二　读者主体

读者是文学的又一个主体,在文学活动中发挥着重要作用。读者的文学主体性,来自于他对文学文本潜在价值的实现,以及在这个实现过程中所产生的新创造。没有读者的主体行为,文学文本不能成为审美对象,因为"文学文本只有当其被阅读时才能产生反应"①,这将最终影响到作家主体的创作行为。萨特说:"如果世上只有作者一个人,他尽可以爱写多少就写多少,但作品作为对象,永远不会问世,于是作者必定会搁笔或陷于绝望。但是在写作行动里包含着阅读行动,后者与前者辩证地相互依存,这两个相关联的行为需要两个不同的施动者。精神产品这个既是具体的又是想象出来的对象只有在作者和读者的联合努力之下才能出现。"②可见,读者主体对文学活动的影响是十分深远的。因此,必须研究接受形态,在接受形态中正确界定读者主体的地位和作用。对读者的重视,是现代接受理论,特别是接受美学③理论出现之后才开始明朗化的。它标志着文学观念的新的变化和进步。肯定读者的主体性,说到底,也就是肯定读者的创造性。读者的创造,是在文本引导下完成的"二度创造",与作家的创造既保持着一致性,又有着巨大的差异。

接受形态

作为一个专门的文学理论术语,"接受"是一个新概念,它出自于西方现代文学理论和文学批评活动。在 20 世纪 60 年代出现的接受美学理论中,"接受"得到空前的重视并被赋予新的内涵,其要点是认为"接受"并不像人们想象的那样只是一种被动行为,而是充满了主动性的占有行为。④

---

① 沃·伊瑟尔认为:"文学文本只有当其被阅读时才能产生反应……文本和读者两极以及发生在它们之间的相互作用,构成了文学交流理论所赖以建立的蓝图。"《阅读行为》英文版原序,湖南文艺出版社 1991 年版,第 26 页。
② 萨特:《为什么写作?》,见《萨特研究》,中国社会科学出版社 1981 年版,第 6 页。
③ 接受美学理论产生于 20 世纪六七十年代,创立者是联邦德国的五位青年理论家:伊瑟尔、姚斯、普莱森丹茨、福尔曼、施特利德。其重要的理论著作是姚斯的《文学史作为文学科学的挑战》(1967 年)、伊瑟尔《文本的召唤结构》(1970 年)。接受美学的理论基础是波兰哲学家罗曼·英加登等人的新阐释学。由于接受美学几位理论家主要活动在德国南部博登湖畔的康士坦茨,因而又被人称为"康士坦茨学派"。
④ 伊夫·谢弗莱尔:《接受理论与比较研究》,见《比较文学讲演录》,陕西师范大学出版社 1987 年版,第 3 页。

但占有些什么,如何占有,这种占有与人们所习惯的阅读、欣赏、批评等行为关系怎样,则一直有着较大的理解差异。① 我们可以概要地认为,接受是读者通过多种阅读方式,对文学文本产生的自我应答。"应答"具有对话、交流的含义,读者的主体性在此过程中有充分展示的空间和可能,或者说,正是读者主体性的充分展示,才构成了接受的应答,接受因而是一种具有创造意味的活动。在接受过程中,阅读方式不同,应答也就不同,接受相应便呈现为多种形态。

接受的形态,至少可以分为非审美接受和审美接受两大类别。非审美接受,主要包括猎奇性接受、研究性接受以及出自道德、政治、宗教、经济等目的的功利性接受。在这些接受中,读者在文本中或寻找各种刺激奇点,或作形形色色的研究性开掘,或者把文本视为精神道德的教科书、思想政治的形象传播、宗教教义的顺应或对抗物以及经济状况和图谋的手段与杠杆。它们使接受专注于一点,不注重对文本的整体领悟。显然,它们都或多或少违背了文学规律。但问题是它们确实是读者对文学文本的主动应答,能使读者有所收获,得到相应的满足,为此,自古以来,总有人乐此不疲地不断地与文本进行这种交流与应答。人们可以为这些接受行为找到无数条"错误",却无法阻止它们在文学活动中"流行"。这是否意味着它是某种合理性的存在呢?要回答这个问题,必须立足于文学复杂的价值构成才能找到答案。我们把它留给"文学的价值与影响"一章来论述。

文学的审美接受,主要包括欣赏性接受和批评性接受。欣赏性接受是一种比较纯粹的审美接受,它的创造色彩最为充盈。批评性接受带有浓厚的科学意味,在整体上,它是用文学理论作武器对文学文本及文学现象进行某种价值审视和价值判断的一种行为。严格地说,并不是纯然的审美接受,但是为了价值审视和价值判断的准确、有效,它必须建基于审美接受之上,尊重和遵循文学的审美规律,因此,可以宽泛地将其归为审美接受之中。

基于以上分析,从主体创造的角度来看文学接受,最有价值、最应得到重视的是欣赏性接受。事实上,欣赏从来就是古今中外一切文学接受的主

---

① 在此举出两例。美国比较文学学者乌尔利希·韦斯坦因认为:"接受可以指明更广大的研究范围,也就是说,它可以指明这些作品和它们的环境、氛围、作者、读者、评论者、出版者及其周围情况的种种关系。因此,文学'接受'的研究指向了文学的社会学和文学的心理学范畴。"韦斯坦因:《比较文学与文学理论》,辽宁人民出版社1987年版,第47页。法国学者伊夫·谢弗莱尔认为:"一部作品被接受的方式,即被阅读、解释、领受或拒绝的方式。"参见《比较文学讲演录》,陕西师范大学出版社1987年版,第1页。

要方式和主要内容,也是文学创作的真正目的所在。研究接受形态,必须把重心放在欣赏形态的研究上,否则舍本求末,肯定不能洞悉接受的奥秘。尽管如此,在观念上又必须保持如下认识,即接受在内涵和外延上并不等同于欣赏,接受是一个涵盖面更大的范畴,具有更广泛的文化意义。并且在指向上,欣赏更多地指向优秀文学文本,接受则指向一切文学文本。对劣等文本的否定与拒斥,往往难以构成欣赏,但却肯定是接受的一项重要内容。欣赏的局限性在此可见一斑。

文学的欣赏性接受,也就是读者通过文学文本的物化媒介即文学语言的识读,运用想象将文本的语言符号转化为意象,获得对文学形象的具体感受与体验,产生情感内容,与此同时,调动自我审美经验对文学形象和文本内蕴进行再创造,从而在美感享受中领会文本思想意蕴的审美活动过程。与所有人类审美行为一样,在心理历程上,文学欣赏性接受也须经历由感性到理性两个基本阶段。

在感性阶段,读者主体所要做的是确定对象,然后对之进行审美感知。没有审美感知,读者便不能与文本发生任何实质性联系。接受感知与创造感知的最大不同是针对文学符号而不是现实现象。创造感知由现象出发,体验生活情感,目的在于形成文学符号,达成"手段向目的转化";接受感知由文学符号出发,体验艺术情感,目的在于复活现象(意象),达成"目的向手段转化"。此间的差别,乃"缀文者情动而辞发,观文者披文以入情"[①]。感知的对象不同,方式方法以及所得自然也就不同。可以说,欣赏性接受感知的要求比创造感知的要求更高,因为它的对象是第二性的对象,追求的美是第二性的美,这种对象与美以符号的方式存在于文本之中不能直观,因而读者首先须具有转化符号为形象的能力,并能不断实现这种转化。所谓转化,也就是要解读文本符号的音、义、形、情,这将在下面"文本与解读"一章专门阐述。这里所要强调的是接受感知的另一个特性即想象特性。没有想象,读者无法根据符号建构起"心灵意象"[②],欣赏性接受便没有实际内涵,所以,必须对接受想象加以重视。

接受想象是依赖于文本符号和文学形象塑造而展开的想象。它有两个

[①] 刘勰:《文心雕龙·知音》。
[②] 伊瑟尔认为:"在阅读文学文本时,我们总是必须构建心灵意象""意象构建的过程始于文本的各种图式。它们是读者本人必须组合的整体的一些方面。"《阅读行为》,湖南文艺出版社 1991 年版,第 176、182 页。

基本功能：第一是使文本中的形象复活，即把符号还原为形象；第二是对形象进行增补，即读者通过想象把自己的审美经验、审美理想转化到文本形象之中，再创造出独特的新形象，使读者直观形象仿佛是在直观自己，产生设身处地的参与感。在这种情形下，"一千个读者心中有一千个哈姆莱特"。"譬如我们看《红楼梦》，从文字上推见了林黛玉这一个人，但须排除了梅博士的'黛玉葬花'照相的先入之见，另外想一个，那么，恐怕会想到剪头发，穿印度绸衫，清瘦，寂寞的摩登女郎；或者别的什么模样，我不能断定。但试去和三四十年前出版的《红楼梦图咏》之类里面的画像比一比罢，一定是截然两样的，那上面所画的，是那时的读者的心目中的林黛玉。"①可见，在文学文本中，读者与其说"看"见了作家所写的形象，不如说"想"见了自己喜爱、自己再造的形象。在创造想象与接受想象之间，文本与读者可以达成最为广泛、最有增值效率的沟通。

在欣赏性接受的理性阶段中，首先出场的是情感判断。情感本是感性因素，为何在欣赏中成了理性角色？根本原因在于读者因文本符号所引发的情感活动并不是一种纯然的情感活动，它体现着十分强烈的判断性质——传达出对文学形象的认可或拒斥的读者主体信息。具体地说，读者的情感往往以两种方式流露出来，其一是与作家的情感状态和文本的情感状态一致，被其引发，被其感染，倘若达到强烈的程度，则会形成共鸣。共鸣本是一个声学术语，原义是声波作用所引起的共振现象，运用到欣赏中，是指读者的思想情感同文本的思想情感因相通或相似而导致的肯定性情绪激动。它是欣赏中情感活动最强烈的境界。共鸣有多种情形，体现出接受主体与文本的距离、情感活动状态及接受主体性确立程度等复杂因素。充分的共鸣是文本与接受者的思想情感状态高度一致所引发的共鸣，此时，接受者自化为文本中的人物，达到忘我境界，强烈的移情使心理的"内模仿"强化为行为的"外模仿"，产生极端化接受行为。比如跟随某个自杀的主人公去自杀；为被压迫被奴役的人物打抱不平而去惩罚他们的对立角色；以某个人物的身份痴迷另一个人物，执拗地以现实行为去追求虚拟时空中的爱恋对象；等等。在这些接受者身上，文本的虚拟性与生活的现实性叠加在一起，使他们失去理智，产生错误的判断，令精神处于接受的迷狂之中。

这种共鸣表面体现出强烈的接受主体性，然而，由于听任文本情感的控制，接受者实际上并没有支配自我和文本的主体能力，因此，这种极端化的

---

① 鲁迅：《看书琐记》，《鲁迅全集》第5卷，人民文学出版社2005年版，第560页。

共鸣其实并不是欣赏的最佳状态。恰当的共鸣是保持适度理性的共鸣,由于文本的沟通,读者与作者产生相似性而非等同性情感体验,这时,接受者通过文本引导,会调动自己的生活经验,重温自己所体验过的思想情感,从而激发起对文本中人、事、物的较为理智的偏爱,即会把人物当作自己的朋友、知己甚至亲人,但又绝对不会混淆文本与现实的界限。文学中的艺术世界,此时成为接受者熟悉的心灵家园与精神栖所,他们对之既有情感的投入,又有拉开距离的审美观照,欣赏便可能达到最佳状态。

特殊的共鸣是由文本引发的不同读者群体之间的共鸣,即不同历史时段不同区域甚至不同国度的读者会在同一个文本中找到共同的感受,这种共鸣体现出来的是文学超越时空的永恒魅力。总之,共鸣以情感活动方式,显明了文学接受主体对文本的独特的肯定性判断,同时这也是接受主体参与文本创造的一个主要方式和途径。

不过,共鸣并不是接受主体在文本欣赏中唯一的情感活动状态。接受主体情感流露的第二种方式是与文本的情感指向相反,以故意的"对抗"姿态出现。也就是说,接受者始终保持着与作品的"不融入"姿态,冷眼旁观,满足于在文本的欢乐境界中发现荒诞,在文本的悲苦境界中发现虚假。产生这种情感方式的原因主要是接受者自身的心理图式和阅读预期达到较高层次或较独特状态的结果。在文学观念定型化或者处于某种特殊预期之中,接受者就会执拗地"抵制"作品,故意不进入它的文本情感状态,以一种"厌弃"的自我情感状态对文本进行否定性价值判断,整个文本阅读过程成为一个离间过程。但与共鸣一样,接受者的不融入态度必须是适度的,过分的否定性情绪同样会影响对文本的理性把握,最终只能做出不科学的批评。

理性的直接显现一般在欣赏的最后阶段。感知、想象与情感参与必然激发起接受者的求知欲望,使其要对形象加以深入理解,对是非加以判断,对真实性加以评说,体现出明显的理性色彩。在欣赏的高层次,审美具有双重特性即寻乐和求知,很少有人没有这种追求。欣赏接受总是感性与理性的结合,如果没有感性阶段对形象的感受(体现为不知不觉的吸引),那么理性分析就不可能实现(或向反方向发展);如果没有理性分析,只停留于形象感受之上(体现为知其然而不知其所以然),那么,所谓欣赏接受只能是低层次的浅表的。理性思考在接受中所以重要,主要因为优秀文本深刻的主题、思想和作家独特的人生感受,总是隐藏于情节、场面、形象之中,接受者除了用理性去发掘之外,是无法直接获得的。在文学文本面前"用思有限者,不能得其神"。理性思考和品味使接受主体获得文本的内在意蕴,在艺术修养较好的接受者那里还能使其洞悉文本结构规律、语言方式、表现手法的构成途径及其目的和作用。

当然,理性思维在欣赏过程中是一种应该谨慎使用的东西,从整体上看,它必须合于文学创作规律,必须建立在对作品的审美感知之上,以审美方式体现出来。否则,理性追索可能会反过来成为妨碍欣赏、错误引导接受的主要因素。对文本旨意不着边际地穿凿附会,或随意引申发挥;从狭隘生活经验出发探求文本的真实性,否定或指责有价值的艺术虚构等,都是欣赏理性的歧途,须有效规避才能在文本中有所获得。

文学接受的最大意义,在于实现了文学的潜在价值,并在此过程中创造出一些新的价值,使生活、文化和读者自身达到一种新的状态。这是一个相当复杂的运动过程,我们将在"文学的价值与影响"一章专门阐述之。

二度创造

文学接受的主体性,虽与接受者对文本的阅读、感受和获得有关,但最根本的是由接受者对文本的创造来体现的。阅读是文本引导下的创作。接受者的创造针对文本形象和文本空白而来,是一种"二度创造"。

与作家的创造相似,读者的创造也需要主体条件。并不是每一个读者都能在同一文本的引导下产生同样的创造,有人甚至面对文本茫然失措,不知如何来读懂它,创造更是无从谈起。创造差异性的存在,证明着接受主体条件的重要。"对于没有音乐感的耳朵来说,最美的音乐也毫无意义。"[①]"六律具存而莫能听者,无师旷之耳也。"[②]音乐如此,文学接受也不例外,没有一定主体能力,不用说再创造,就连基本的文学感受都是不大可能的。

从审美角度看,读者主体能力最根本的要求是读者必须是一个审美主体,并且这个审美主体与一般的生活化审美主体不同,它的审美对象不是现实美而是文学创作的第二性的美,更高层次的美。因而这种审美能力须是在现实审美能力基础上,进一步切合文学创作规律的具有艺术形态的审美能力。它的构成是一个复杂的系统和过程,概要而言,其主要蕴涵至少包括以下几个方面:

一、接受主体要有较丰富的知识,包括基本的文学常识,形成较为开阔

[①] 马克思:《1844年经济学—哲学手稿》,见《马克思恩格斯文集》第1卷,人民出版社2009年版,第191页。
[②] 刘安:《淮南子·泰族训》。

的眼界。否则,将文学与自我生活经验等同,以自我狭隘的欲求去理解文学的创造,把文学降格为自我生理感受和各种功利目的的变相满足方式,在文本中猎奇,寻找刺激,肯定无法迈开审美接受的第一步。审美,特别是艺术化的审美,是人类知识水平的形象化体现,作为人所特有的精神活动,它总是以知识作为审美主体和审美对象之间的纽带的。缺少必要的知识,必然会在审美对象面前茫然无知。"故圆照之象,务先博观。"①博观,获取充分的知识储备,是创造灵动完整审美"圆照之象"的前提。在接受中,这是尤为重要的。因为文学是符码化存在,其直观形态有些已经化为了直接"知识",更不用说其内在意蕴中所包含的丰富的间接知识含量。

二、接受主体要有体验生活、体验形象的心理习惯,据此才能把对形象的感知引向审美感知并强化它,产生鲜明的心理映象。在这个意义上,虽然作家所表现的具体生活并不同于读者所经历的生活,但体验的内指性却能使读者与作家产生生活同感,形成心灵的沟通。"座中泣下谁最多,江州司马青衫湿",为什么白居易能深切理解琵琶女的琴声内蕴?艺术修养之外,便在于两人"同是天涯沦落人,相逢何必曾相识"。可见,"若非个中人,不知其中妙"②,这历来都是审美接受的基本条件。袁枚说:"文尊韩,诗尊杜:犹登山者必上泰山,泛水者必朝东海也。然使空抱东海、泰山,而此外不知有天台、武夷之奇,潇湘、镜湖之胜,则亦泰山上之一樵夫,海船上之一舵工而已矣。"③读者与作者的生活差距虽然是不容否定的客观存在,但却可以通过体验来弥补,在不同之中求同,乃是接受的审美再创造之基点。

三、接受主体要有进步的人文意识和高尚的情操。在现实美的审测中,这两者的重要性已被证明,在文学美的审测中,它们更具有大的意义。优秀的文学文本,其优秀性正主要体现在它内含的先进人文意识和高尚情怀之中。接受者若无相应的思想情感状态,便无法跟进文本,为文本所引导,再创造也就成为空话。如果接受者的观念是落后的陈腐的,那么一切将被颠倒,文本的价值判断将出现失误。中国旧时那种"男不看《西厢记》,女不读《红楼梦》"的训诫,正是出自于所谓正统"道德家"的陈腐人文意识和情感状态。在他们眼里,这些作品"诲淫诲盗","惑乱人心",使人"违德失

---

① 刘勰:《文心雕龙·知音》。
② 《红楼梦》中警幻仙姑在让贾宝玉聆听《红楼梦》曲子词之前,对宝玉所说的话。它其实是曹雪芹艺术感受力的体现。
③ 袁枚:《随园诗话》卷八,人民文学出版社1982年版,上册第266页。

俭",当然不可接触。在这种思想观念支配下,接受肯定只会游离甚至悖反文学规律,优秀文本中最亮丽的审美光彩将披蒙晦暗的"文化"尘埃。如果还有什么"二度创造",那也只能是荒诞乖谬、贻笑后世的反面"奇观"。

四、接受主体应具有恰当的心理状态,能够与对象——文学文本,或者具体说,能够与文学形象、文学境界保持若即若离的心理距离。表面上看,这似乎是一个技术性问题,但实际上它却根植于接受主体的整体文学观乃至世界观、人生观之中。前面说过,与接受对象之间没有距离,过分投入,完全融入文本的虚拟时空之中,产生强烈共鸣,并不是接受的最佳境界,并不能进行自如的创造。因为接受者这时已不能把持自己,处于艺术化的迷狂幻觉之中,主体性实际上已经丧失。与对象距离太远,过分隔膜,没有一点心驰神往的投入,便不会为对象所感动,无动于衷,也谈不上创造,即使勉强在对象中展开理性思考,这种思考往往也会与文本旨意背道而驰,难有收获。所以,在文学文本面前,接受者保持恰当的心态是十分重要的。用审美术语来说,必须具有无目的的合目的性之主观态度,既能入乎物内,又能超然物外,方能领会艺术境界的奇妙。

接受主体能力的确立,使接受者在接受活动中获得了主动性。接受主动性会首先体现在对接受对象的选择上。跟生活现象对于作家创作具有不同价值一样,接受对象对接受的"二度创造"也发生着重大影响。一般来说,只有那些优秀的文本才能激发起接受热情,使接受者心甘情愿地不断徜徉其中,获得再创造的乐趣。艾略特说:谈到像莎士比亚这样一位伟大的人物,也许我们永远也谈不出真相来;既然我们永远也谈不出真相,那么不如每过一段时间便从这样的假相改换为那样的假相。① 这种"假相"当然就是接受者的再创造。在优秀文本中,这种再创造随生活延续而延续,几乎是永无止境的。水平低劣的文本则无法引起这种创造热情。所以,接受虽说是一种自主行为,但却受制于对象即文本性状的影响。一个优秀的读者,总是把他的注意力首先放在对接受对象的选择上,据此,他才能不断提高自己的欣赏水平与接受能力,因为"鉴赏力不是靠观赏中等作品而是要靠观赏最好作品才能培育成的"②。欣赏能力的提高,反过来又使接受者在接受过程中感受到更大的创造乐趣。

---

① 艾略特:《莎士比亚和塞内加的苦修主义》,见《莎士比亚评论汇编》下卷,中国社会科学出版社1981年版,第106页。
② 《歌德谈话录》,朱光潜译,人民文学出版社1978年版,第32页。

此外,有了创造的条件,还必须具有创造的动机,才能促成创造。在接受活动中,接受者的再创造动机是什么?直观地看,接受再创造的直接动机也就是阅读动机。为什么阅读?这是与作家为什么要写作一样重要、复杂的问题,它的答案只能在文学价值整体中才能找到。说到底,这是由人认知世界、主宰世界,由必然王国向自由王国过渡这一哲学本质决定的。体现在现实行为中,它的整体状态是审美。无论什么时候,审美动机总是促成阅读、促成接受的宏观原动力。审美动机的基本含义是接受者希望通过接受文学文本而获得情感愉悦和心灵畅快,从而达到精神的自由和轻松状态。这是审美过程中主体对自我力量的观照、发现、肯定而产生的必然心理结果。审美动机是一个综合性动机,在具体阅读中它会被拆解为认知动机、人格净化动机、娱乐动机、批评动机等等。在不同动机支配下,接受者的接受心理反应并不一样,带来的"二度创造"情形也不相同。

即使有这些动机的存在,接受者也可以在被动状态中获得满足,为什么接受者还必然地产生一个主动性应答行为,从而进行再创造活动呢?原因是接受主体作为人所具有的创造天性,在这里起了重要作用。人从来就不会仅仅盲目地适应和顺从对象,即使这个对象体现着超越个体的人类整体创造能力也是这样。再弱小的接受主体,只要他具有主体性,便会在其活动中展示这种主体性,使对象因为他的活动而带上或多或少的新成分,在孩子的阅读中也可以体现出这一点。这正是文学接受中"二度创造"的又一个深层动机。当它流露出来,便有了直观形式,那就是由期待到参与,然后产生创造性成果。

期待是由接受主体能力决定的主体心理图式的基本功能。在阅读过程中,它是主体与文本进行交流、应答的立足点。它按自己的方式来预设文本状态,形成关于文本意象、意蕴、情节结构方式、人物性格发展、表义逻辑程序等等的预期,并以这种预期来支配文本阅读过程,试图将文本的上述各种因素纳入其中,产生"同化"。但是,优秀文本并不会被轻易同化,它早已预设好多种多样的反同化机制,以此保持对接受主体不断进行新的刺激。不然,一切都在意料之中,接受者会失去新奇感,最终失去接受动力而放弃接受。在接受过程中,这种同化与反同化的矛盾是十分尖锐激烈的,它迫使接受者调动自己的一切心理积淀、想象、理解参与进去,产生强烈的思维活性。"当我们阅读一篇文本时,我们根据我们对未来的期待、对过去的背离,不断评价和观察事件。意料之外的事件的发生,一定会引起我们根据这一事件矫正我们的期待,重新解释我们赋予已发生的事件的意义。"①在这种情况下,接受者因积极参与而带来的"二度创造",便成为一种必然。②

现在,可以正面描述一下"二度创造"的基本状态了。所谓"二度创造",是指接受者通过文本的接受在作者创造的基础上进行的有关文学文本的精神创造。这种创造的形态是一种主体心态的激活,其创造因素一般只存留于接受主体的心态里,无需再次形成文本,只有在一些特殊情况下,譬如专门化的文学批评活动中,接受文本才作为一个必要环节出现。但批评文本并不是纯然的审美接受文本,在它里面,主体的创造性已被阐释性所取代。

接受主体的再创造,受制于文本对读者的规范与引导。文本的规范与引导从三个方面体现出来,再创造也就有了三个基本层次。那就是:

一、复活——由语言符号间接性引发的再创造。语言符号使文学形象成为间接形象,在接受中无法直观,因此,接受者必须复活形象,使其在自己内心世界里转化为活的意象。复活的主要方式是在文本语言符号的音、义、情、形引导下展开想象。在想象过程中,接受主体能力参与进去对形象进行增补,使活起来的形象成为接受者的心灵"意象",它既带着作家的原创特点,又有着接受者的再创特点。在这方面,文学与音乐特别相似。科林伍德说:"我们所倾听的音乐并不是听到的声音,而是由听者的想象力用各种方式加以修补过的那种声音。"③当然,这种"声音"必然要引起"象"的新联想。与此类同,接受者心灵中的文学意象,就是这样一种经过复活补充的文学新形象。

二、填充——由文本"召唤结构"引发的再创造。"召唤结构"是接受美学理论的一个重要术语,在这里,可以理解为文本中所存在着的吸纳读者参与创造的结构。它来自两个方面,一是文学形态的符号本性和结构方式等促成的。就文本而言,文学形态是确定的,但其中的意蕴则是不确定的,文学用确定的语言来表现事物和意念,从来就不可能做到面面俱到、整齐完备,它须经由读者的感受来填充。譬如,"远上寒山石径斜,白云生处有人家。停车坐爱枫林晚,霜叶红于二月花"(杜牧:《山行》),语言的述说是确

---

① R.C.霍拉勃:《接受理论》,见《接受美学与接受理论》,辽宁人民出版社1987年版,第374页。
② 华莱士·马丁说:"读者本身是解释多样性最明显的根源,因为每个读者都带给叙事一些不同的经验和期待。"《当代叙事学》,北京大学出版社1990年版,第197页。
③ 罗宾·乔治·科林伍德:《艺术原理》,中国社会科学出版社1985年版,第147页。

定无疑的,但寒山有多远,石径如何斜,白云作何状,人家与霜叶处于怎样的位置……这一切又是不确定的,它们"召唤"接受者,运用想象去安排、去填充。安排、填充导致的思维动势,会使接受者倍感文本的生动和亲切,因而,他们会乐此不疲地去参与这种想象活动。如无这种"召唤结构"的存在,一切都很确定,再无想象的必要和余地,那读者便会兴味索然,减少与文本对话、交流的可能。为此,优秀作家往往会故意寻求并强化文本的"召唤结构",使"召唤结构"获得第二个来源,即有意为之、专门设定。设定的方法多种多样,在描写中故意不用具体、细致、确定的笔法,在整体布局中故意留白,作必要的跳跃,采取"模糊"言说等等,都能埋下吸引读者的契机,以便进一步激发他们的想象,使其在填充"召唤结构"过程中获得主体创造的自由与畅快,产生无穷的"兴味"和意趣。

三、理解——由意义蕴藉引发的再创造。理解本无创造色彩,只有发掘功能,但它可以在追索创作旨意之时发挥巨大作用,并且可以"创造"出新的意义。文本的意义隐藏于形象深处,在发掘过程中由于接受者主体条件、主体能力不同,复义必然出现。复义丰富了文本的内蕴,使每一次新的阅读都会产生一部新的作品。有学者指出:"解释的不同是因为读者的不同;读者的不同不仅是其个性的,而且是其阅读中所使用的成规的作用。当我被问及我为什么会在一篇故事中发现某种特殊意义时,我通常会指出某些段落,但是这些段落之所以能够支持我的解释仅仅是因为我们有关于成规的假定:我们假定某些文字和行动蕴含某些意义。"[①]可见,读者并不仅仅是在发掘意义,而是在"创造"意义。尽管这种创造,有时是一种误读。但误读永远无法完全避免,可以说误读是"二度创造"的副产品,它从反面证明着读者创造能力的存在。

接受者的创造与作家的创造遥相呼应,文学形象便以一种鲜活的状态存在于文学活动之中。至此,文学的心灵图景把创造的美妙归还给人,使人的生活真正成为意味无穷的生活。

[①] 华莱士·马丁:《当代叙事学》,北京大学出版社1990年版,第202页。

第四章　文学的文本与解读

文本是文学活动的直接结果。它的出现,使创作过程中主客体因素的复杂交融、作家思维的激烈运动、文学形态的艰难建构以及这一切促成的绵延不断的书写过程,这时都倏然定格,成为一种静态的物化存在,直观地呈现在人们面前。"文学什么样?"可以说文本是其最感性的答案,也是最充分最完整的表述。

然而,文本从来就不是文学活动的终点,它只是一个中介,一座桥梁。它一头连接着作家的原创思维,连接着文学赖以产生的广大而丰富的生活客体;另一头则连接着读者的再造思维,并通过这种思维,使文学再次归属于广大而丰富的生活客体。因此,文本在呈现文学基本状态的同时还包含着更为丰富的内在话语。人们关于文学的所有认识,如果离开了文本,便会成为一个极大的空虚,或者成为隔靴搔痒不着要点的门外文谈。所以,我们必须剖析文本,了解它的基本构成。这是进入文学世界的第一个入口,也是最有价值的入口。

文本的构成状态,严格地说只是文学物化形态的基本方式,它适合所有文本,是文本的共通性、普遍性的体现。如果局限于此,便会忽视文本的活性存在。在文学实践中,任何文本都是个别文本,都是生活的具体性和作家创造性结合的产物。因此,了解文本,不能仅仅停留于文本结构,还必须了解其特点,从这些特点中窥见文学的内在的奥秘,这是更为重要的。

文本是静态的符号存在,必须对它进行解读才能复活其有机活性。解读文本,辨识文本的话语方式,将文本的潜在意义转化为显在的多种功能,这是文本自身的内在期望和外向张力导致的必然结果。要有效地解读文本,必须立足于文本构成和文本特点之上,才可能合乎规律,有所洞见。

一　文本构成

"文本"是一个从西语中移植而来的词汇,英文称"text",其本义是正文、原文的意思。在文学原理中,人们用它来指称单个的文学创作成品。就表面上看,它与"文学作品"的所指相差不多。但它的运用,却体现出文学观念的一个不小的变化。过去人们习惯于把作品视为某些分界清晰、彼此独立的因素(如内容与形式等)的组合,因而,考察作品构成的思路,往往普泛化、宏大化,这其实是有悖于文学作品构成的那种细腻的有机性的。

"文本"则不同,这是一个具体化、微观化的概念(或者说人们正是在具体化、微观化的意义上使用它的),有更明显的针对性,更接近文学创作实际。所以,它的运用,多少体现了文学观念向文学本体的靠拢,这是有积极意义的。

作为文学的感性存在方式,文本的基本构成和基本状貌与文学的物质形态是一致的。在"文学作为现象"一节,我们曾对文学物质形态作过宏观描述。可以说,支撑文学物质形态的"言""象""意"体系,其实也就是文学文本构成的基本因素,因而对文学文本的了解,整体上可以循着"言""象""意"这个由表及里的顺序展开,正是"言""象""意"构成了文本的三个基本层次。但是,必须充分注意到,"言""象""意"之间有着极为辩证的有机联系,其内在层次也十分细密,对此,前人有许多可资借鉴的论述。① 既然本章立足于文本而不是立足于文学本体与形态,因而应充分注意的是文本构成中的具体情形而不是那些过分宽泛宏大的道理。在这个意义上,我们会发现,"意",这个文学的重要因素,由于隐藏于形象内部,无法直观,所以在文本构成中可以将它视为"象"的组成部分而不作专门阐述,这并不意味着否认文本构成中意义层面的存在,相反,这种融合的思维,由于注重了"象""意"之间的有机联系而更切合文本构成实际,因而,也可以更加突出"意"在文本构成中的重要地位和重要作用,最终有利于形成更为直观的文

---

① 王弼《周易略例》对"言""象""意"的论述较为充分:"夫象者,出意者也。言者,明象也。尽意莫若象,尽象莫若言。言生于象,故可寻言以观象;象生于意,故可寻象以观意。意以象尽,象以言著。"波兰哲学家英加登把文学文本由表及里分为五个层面,即声音层面,意义单元组合层面,小说家的"世界"、人物背景层面,观点层面,"形而上性质"的层面(参见韦勒克、沃伦:《文学理论》,生活·读书·新知三联书店1984年版,第159页)。可以说这是对"言""象""意"基本层次的更为细致的划分与表述。

本映象。

语言和修辞

一、关于语言

语言是文学文本的直观形式。整个文学文本的构成正是通过语言符号的排列组合实现的。没有语言，文学不可能形成物质实体，文本当然也就不可能产生。这个问题我们在"文学的本体与形态"一章已经作过论述。由于这个前提的存在，当我们把语言作为文本构成的一种具体手段来理解的时候，不应忘记语言对文学所具有的超越文本范畴的重要意义。

这里所说的构成文本的语言，当然是指该书第一章曾经定义过的"文学语言"，具体说也就是用生动的感性外观和丰富的理性内蕴体现文学审美和精神意味的意象语言。只有具备了这些内质和表征的语言，才可以构成文本，成为文学语言。但这里从文本角度讨论文学语言，并不是要再次回到文学语言理性内涵的厘定之中，去为文学的"本体和形态"找到语言方面的支持，而是要把重心放在语言到底如何构成一个具体的文本，语言在文本中的具体状貌怎样这类实际问题之上。要解决这些问题，须得从文本语言的类型、语境、语体及文化色彩等方面说起。

(一)文本语言的类型

文学文本中的语言，从根本上看都是创作主体的语言，但它却有不同的体现形态，大致可以将它分为两种类型。一类是人物语言，一类是作者助言。所谓人物语言，也就是文本中人物的对话与独白，即可以用引号框定的部分。如果人物语言不是直接呈现而是被转述出来，那它就不再是人物语言而成为作者助言。在叙事文学中，人物语言的运用是非常重要的。因为叙事文学以刻画人物形象为主，人物形象是否具有鲜活的个性，跟它是否能够直接活动起来关系重大。在文本中，人物要自己活动，自己表现自己，"说话"是一种最直接的方式，亦可说是唯一的方式。因为只有它才可以至少在表面上摆脱作者的控制成为人物的"自主行为"，其他任何人物行动都必须由作者转述从而带上被支配的色彩。因此，如果人物语言写得好，便可先声夺人，使人物形象产生活生生的动感，就像《红楼梦》中王熙凤那样，未见其人先闻其声，其个性已溢于言表、跃然纸上。

如何写好人物语言，是一项复杂的工作。作品中的人物不可以像生活中的人那样随便地说话，或者为说话而说话，否则，不但不能显示个性，反而会使形象更加平泛化。人物语言的设置,目的是要展示人物的内在性格和作家的创造旨意,因而他只能说有个性的话,也就是说合于其心灵状态的话。这些话语必须具有"言外之意",但又要合于人物的身份地位以及他所处的具体环境,从而达到既自然而然又意蕴深远,没有牵强附会之感。所以,人物语言的设置,不能仅从人物语言角度考虑,所谓"欲代此一人立言,先宜代此一人立心"①,就是这个意思。人物语言是人物行为的直接呈现,作者无法在这种语言中直接露面,通过它再来介绍该人物的心理、背景及其他共时行为。一切加工铺垫的创作主动性这时全都隐于人物语言内部,需经由曲折间接的途径才能得到体现。也就是说,人物语言使人物获得了主动性却使作者处于被动地位,使他在文本中的主体能动姿态必须自我遮蔽故意限制,一切都交由人物的独立言说来展示。代人物"立言"先要"立心",这容易理解。但关键是"立心"的唯一渠道正是人物的话语本身,于是复杂性就出现了。可见,优秀的人物语言的作用和价值虽然巨大,但它的写作难度也同样巨大。可以说,在叙事文本中要看作家的创作功力和艺术水准如何,只要看人物语言所占的比例和它的个性化程度便可略知一二。在这个意义上,可以肯定戏剧剧本的写作难度比小说大,因为戏剧是"代言体",作家的一切构想、剧情的推移发展以及人物那种蕴涵着作家审美精神旨意的复杂的内心世界和自身性格,都必须由人物语言来间接传达,其语言的难度自不待言。②

作者助言,也就是文本中直接体现作者姿态的语言,或者说是作者用以叙述事件、写人状物、抒情议论的语言。在叙事文学中,作者助言一般被称为叙述人语言。作者助言既然是"作者的"语言,而文本则必须呈现为"人物的"或者"形象的"文本,那么作者如何说话就变得十分重要。如果作者总是以一个鲜活的话语主体身份出现,其语言重心、色彩都侧重于展示主体的自我感受之上,而不是力求使它退隐到客观现象深处,消融于较大的语境之中,那这种话语方式所造就的肯定是抒情文学文本。在这种文本中,几乎所有的语言都是作者助言,它们源自于作者从来就不加以掩饰的自我抒情角色身上,虽说这个角色有时是"大我",有时是"小我",或者有时还会幻化

---

① 李渔:《闲情偶寄》。
② 高尔基曾经说过:"剧本(悲剧和喜剧)是最难运用的一种文学形式,其所以难,是因为剧本要求每个剧中人物用自己的语言和行动来表现自己的特征,而不用作者提示。"高尔基:《论剧本》,载《高尔基论文学》,人民文学出版社1978年版,第57页。

为其他什么状态,但它的"作者原型"是不会改变的。如果作者有意识地在一定程度上消解其话语主体的主导色彩,让它较多地融会于事件的客观过程之中,形成较大的语境,那么叙事文学就出现了。

在叙事文学中,作者的话语方式又有更为细密更为复杂的状态和层次。从叙述角度看,有时它直接介入文本涵容的所有事件,以上帝式的全知全能姿态出现;有时它则化为一个角色,伪装成有所知有所不知,以此制造叙述屏障、悬念和文本层次。从口吻上看,叙述人语言也丰富多彩,有旁观者式、见证人式、参与者式、布道者式、说书人式、言传者式、灵魂忏悔者式等等。话语方式最直观的体现是人称,人称虽只有我、你、他(她)三种,但却可以衍化出十分复杂的叙述方式。

由于叙述语言的丰富复杂,19世纪末期以来,在小说理论中对叙事方式、角度的研究一直是一个重要的理论领域。其中考拉伯克、托多罗夫、热奈特的理论很具代表性。他们把叙事角度归纳为三个基本方面,即"全知叙事"(叙事者无所不知无所不在,有权利知道并说出书中任何一个人物都不可能知道的秘密)、"限制叙事"(叙事者知道的和人物一样多,人物不知道的事,叙事者无权叙说)和"纯客观叙事"(叙述者只描写人物所看到和听到的,不作主观评价,也不分析人物心理)。① 这种划分把复杂的叙述人语言作了类别上的大致框定,有利于从中发掘出更多的文化意蕴。

不言而喻,上述那些叙述话语方式本身并没有优劣等差,但其体现的文化色彩却有质的不同。无论东方还是西方,小说这种重要的叙事文体,其主体话语视角都是由"全知"向"限制"再向"纯客观"逐渐转化的。究其原因,起作用的是话语主体的人文姿态,具体说,叙述角度的转换体现了创作主体姿态由古典向现代的转化。"全知全能"暗示的是主体的超拔和权威,在中国古代它来自于"史传"观念、主体占绝对支配地位的抒情文学传统以及注重形而上整体精神的哲学思维;在西方它来自于文艺复兴开始出现的"以人为本"的理性精神;而无论中西,现代社会中人的个体价值凸现和对旧的一统神权、政权和思想意识的怀疑否定所导致的文学新观念,使"限制叙事"这种削弱创作主体权威的方式出现。而如阿兰·罗伯-格里耶等人的"物本主义"思想和形形色色虚无观念的出现,则使要求作家"退出小说"的"纯客观叙事"得以产生。可见文本中的叙事语言甚至人物语言,无不包含着丰富的内在意蕴。反过来理解,可以形成这样的认识,即只有开阔的创

---

① 参见《中国小说叙事模式的转变》一书,上海人民出版社1988年版,第66页。

作思路和心态,才可能创造出优秀的文学语言,使文本的语言层面产生耐人寻味的巨大魅力。

(二)语境

语境是语言构成的言说环境。在文学文本中,体现为上下文之间的相互关联形成的独特的表达生态。它由具体话语构成,但反过来可以赋予具体话语以新的生机或特定的内涵。文学语言特别是叙事文学语言的文学性,往往就是由语境来最后促成的,是语境赋予了具体话语以新意蕴和新内涵的结果。也就是说,语言的文学性只能在语境中才会得到充分的体现。一般说来,除了抒情文学中一些特殊的高度变形的语言之外,文学文本中的具体语句与日常语言似乎并没有明显差别。它们作为文学语言存在的证据,或者说它们的文学性依据,便是它们置身于文本语境之中,在发挥其具体言说功能之后,又从语境整体获得了支持,产生了新质。这是日常语言所不具备的。孙犁在《荷花淀》里这样写白洋淀水乡女性想念她们去参加反扫荡的丈夫:女人们到底有点藕断丝连……"听说他们还在这里没走。我不拖尾巴,可是忘了一件衣裳!""我本来不想去,可是俺婆婆非要我再去看看他——有什么看头啊!"表面看,这些语言都是女性婆婆妈妈的日常闲话,并没有什么文学性。然而作者把它们放到一场严酷的战争背景下展现,并且,后来荷花淀里那场战斗的胜利很大程度就是因为有了女人这种割舍不断的亲情和细腻的牵挂才取得的,于是那种闲聊的语言便开始有了深义,它除了成功暗示水乡女性的含蓄聪颖之外,还使那种艰苦的战斗生活无形中充满了美好的温情和浪漫的色彩。语表与语里就这样在语境中拉开了较大距离,然后又巧妙地统一在一起,造就出优秀的文本语言。这种现象也就是巴赫金所说的"人物对话"不仅从自身获得意义,而且还从整篇作品的各种声音、语言、语体背景中获得意义,最后形成自己的"语体形象"①的具体例证。

当然,语言在语境中获得文学性,这并不意味着任何随意性的生活语言都可以有此收获,否则,我们就将语境抽象化了。在看到语境重要作用的时候,必须看到语境又是由那些被赋予了新内涵的具体语言构成的。也就是

---

① 巴赫金说:"作品作为统一整体的背景。在这个背景上,人物的言语听起来完全不同于在现实的言语交际条件下独立存在的情形:在与其他言语、与作者言语的对比中,它获得了附加意义,在它那直接指物的因素上增加了新的、作者的声音(嘲讽、愤怒等等),就像周围语境的影子落在它的身上。……它的特殊语体,也成了语体的形象。"巴赫金:《文学作品中的语言》,《巴赫金全集》第4卷,河北教育出版社1998年版,第283页。

说,如果语言首先不能有效构成一个语境,又哪里能从语境中获得提升?因此,立足语境看语言,首先应该重视的是语言的语境构成能力。在文本中,语境有大小之分,整个文本是一个大语境,具体的句子群落则是小语境。作家在组织文本语言的时候,语言的语境定位是一个首要问题,有时他要着眼于小语境(诗歌语言常常就有这种要求),有时他则会着眼于大语境,只侧重于大语境建构的语言,其局部往往难有明显的文学色彩。当大小语境和谐共存,文本的有机性便告形成,语言在语境中便会具有表现的活性,产生出文学性肌质。

(三)语体

所谓语体,也就是文本样式在文学语言中的投影。在文本样式的生成过程中,不同的语言的规范作用组成不同的文本样式。当文学定型化之后,创作主体往往从文本样式出发来选择语言方式,这样,语体也就成为文体的体现。不同的文体有不同的语言要求,违背了它,难以构成相关文本,所谓文学语言当然也就无从谈起。

由于文体的多样性,以及人们划分标准的不一致,语体会体现出复杂的情形,难以一一说尽,但差异性肯定是存在的。差异的情况,我们从抒情文学和叙事文学的比较中亦可以窥见。在这两种不同的文学样式中,文学语言作为一种意象语言,其特点是如何体现出来的呢?我们知道,抒情文学语言是典型的意象语言。由于篇幅简约,抒情文学语言一般不具备或者说不需要充分描摹具象的功能,它侧重于主观情志的表现。然而,这种表现并不是直白无味的陈述,作者的情志往往作为内在意义压缩于独特的变异形体里,从而构成语表陌生化和语里的丰厚内蕴。陌生化能增强人们对具象的感觉长度从而使具体感更为鲜明。所以,抒情文学能在简短的语言中传达深远的美学构想。在这点上,诗歌语言尤为突出,无论"露从今夜白,月是故乡明"(杜甫)的古典写法,还是"人群中闪现的这些面孔,黑色湿枝上绽开的花瓣"(庞德《地铁车站》)这种现代方式,都经由变形处理,然后使人在直觉的陌生映象中品味到绵长的人生意味,语言的意象化十分突出。较之诗歌语言的突兀、奇诡、峭拔,抒情散文似乎较为平和,然而它那种情景交融的语言定势仍然是意象化的,不然我们就不能在《荷塘月色》的动人描写中发现一个梦的破碎,也不能在《白杨礼赞》的洪亮声音中看到一种昂扬精神的凸现。

叙事文学语言则在整体结构中显示出意象色彩。与抒情文学语言不同,叙事文学语言更接近日常语言。如果孤立地看某个单独的句子,其意象色彩十分淡薄。然而,叙事文学既然追求以较长篇幅来表达作家的艺术构想,其意蕴便可能溶解于比较充裕的语言系统中,在具体的单句中不易感到意象性,人们最多只能看到它所表示的叙事环链中的某个具象。因此,孤立考察单一叙事句不会有什么文学价值,但在整体语言环境中,在单句的结构关系中,我们却无法否认其中某个句子所起的作用。它使叙事成为可能,也使表义成为可能。叙事文学语言的意象性正体现为以较长篇幅展现的丰富物象和更为深广的内在意蕴的结合。没有这种结合,再简要的描述都会显得繁冗无聊。优秀的文学语言都能实现这种结合,从而做到无迹有味、大音希声。如《红楼梦》对秦可卿和林黛玉居室的描写,就表面看,这两段语言不过是纯客观地展现了两个居室的布置陈设而已,然而从作品整体观之,其中的隐寓则极其丰富深远。在描绘秦可卿居室的浮华语言中潜藏了隐约的暧昧,而在描绘林黛玉居室的清寂语言中却透出无瑕的洁净,这些又为人物性格、命运以至整个大观园的变迁作了背景式和伏笔式的铺垫暗示。正是这种深远的旨意使它们成为真正富有表现力的叙事化意象语言。

可见,在不同的文本样式中,文学语言有不同的语体姿态,看不到这一点,无论写作还是鉴赏,都不会有好的收效。

(四)文学语言的文化定性

语言是一种文化,但语言又受到大文化整体氛围的影响。在文本构成中,文学语言的文化色彩十分明显,这意味着作家如果违背了语言的文化定性,就会抽空语言的质地,使它失去文化肌质而变得没有表现强度。语言的文化色彩并不仅仅(或者主要)由语言指涉的对象来体现,那是更外在于语言的因素。文学的语言文化色彩,主要来自于它所依傍的创作思维方式以及在此基础上形成的独特的言说形态。关于语言与思维的关系,虽然存在两种不同的学说,即"载体说"和"本体说"①,但近现代,人们似乎更看重语言与思维的合一性,因而才有"想象一种语言意味着想象一种生活方式"(维特根斯坦)这类观念出现。在创作过程中,人们也会发现,优秀的文学语言并不是作家可以随意取舍、非此即彼的语言,它的审美特性是与作家的思维特别是艺术直觉紧密相连的。甚至在某种意义上可以说,作家往往并

---

① 乔纳森·卡勒说:"语言与思维有什么关系,这一直是现代理论界争论的一个重要议题。一端是普通的观点,认为语言只是为独立存在的思维提供了名称,为先于它而存在的思维提供了表达方法;另一端是以两位语言学家的名字命名的'萨丕尔-沃尔夫假说'(Sapir-Whorf hypothesis)。这两位语言学家认为我们所说的语言决定我们能够思维什么。"乔纳森·卡勒《当代学术入门·文学理论》,辽宁教育出版社、牛津大学出版社1998年版,第62页。

不是在借助某种(文学)语言来表现自己的思维,而是这种特定的意象语言才促成了创作思维的产生发展。在这个前提下,我们可以看到语言产生于一个民族的大文化氛围里,民族的整体文化会渗透到语言中,语言又将这种文化带到了文学领域。在汉语文学文本中,这是一个十分突出现象。汉语与印欧语最大的不同就在于它的"字思维"特性,汉语以字为语言的最小单位,大多数情况下字本身就是一个词,又可以进一步组合成更多的词,其形态变化不大但意义却变化多端,因此它所促成的思维是涵容性极为丰富的思维。"悟"是对这种思维的精当概括。印欧语则不同,它的最小单位单词有十分明显的固定的指称限定,带着不可改变的性别规定、单复数格式和各种时态语态,在使用这种语言的时候,它们往往会把思维坐实到一个具体时空中,这样虽然显得很精确,但却大大限制了想象的展开。譬如用英语来表现"人闲桂花落"(王维),必须首先确定是男人还是女人,其次还要确定是一人(单数)还是多人(复数),这样追究之后,想象的余地便大大减小。这说明西方语言是长于抽象思维但却弱于形象思维的语言。汉语刚好相反,汉字除内在的表形性之外,其外在也极富形象感,以字为书写单位,又可以使它获得极为工整精致的"建筑美",在此基础之上,对仗、平仄、押韵都可以巧妙运用,从而形成一系列独特的形式美规则,这在诗歌中体现得尤为突出。

　　语言形式的形象感和内在思维的形象性紧密相联造就的耐人寻味的韵味,是汉语文学最为宝贵的特点,它使中国的作家、诗人得以自由超越具体时空局限,超越个人的、即时的经验感受,上升到一种恒常的普遍精神之中,获得创造的自如与灵动。犹如国画中的散点透视那样,心意所及便能形诸笔端,"观古今于须臾,抚四海于一瞬"①,而不必为一个固定的视点所羁绊。同时,在汉语氛围里,文学语言的主动性十分活跃,字、词、句、句群的搭配空间开阔,回旋余地巨大,有时一个字、词的运用往往就提升了其他字、词、句甚至整个文本的境界,开拓出一片全新的艺术天地。所以,有人认为汉字不仅是中国文化的基石,而且是汉语诗歌的诗意本源。每个汉字都是宇宙灵界的范畴图式概念。汉字之间的并置,为中国人的意识提供了巨大的舞台,其所产生的意象升华,使"字思维"的并置美学原则充满了"阐释的空间"。②这是我们在研究汉语文学语言时必须充分注意的重要文化现象。

　　从上述几个方面可以知道,在文本构成中,语言受到多种限制,呈现出

---

① 陆机:《文赋》。
② 引自《文化话语与意义踪迹》一书,四川人民出版社1997年版,第480页。

多种状态。但这些缤纷的文学语言,其表现力和美感的获得,却得力于一条共同的途径,那就是修辞手法的运用。

二、关于修辞

"修辞",英语是"figure",含有外形、轮廓、图象、形式、塑造等复杂的意思,它来自希腊的"schemes"(形式)一词。在古希腊,人们认为人的思想活动要经由 schemes 的规范才可转化为语言表达,因而产生一门专门研究这种通过语言使意思转化为有形、有表现力的学问即修辞学。简洁地说,修辞学自古希腊起就一直是对富有说服力和表达技巧的语言的研究。修辞也就是用语言和思维的技巧,来建构卓有成效的具有独特表达力的话语方式的技巧,也可以说是增强语言表达效果的主要手段。在修辞的运用过程中,语言会偏离或改变一般语法规则从而焕发出新的表达张力,促使表达者和接受者产生共同的思维动势来获得生动性和新颖感。所以,在文学语言的建构中,修辞被广泛运用甚至得到特别的强化突出,无论是在叙述、描写、抒情还是议论、说明等表达方式中,都会闪耀着修辞造就的奇特光彩。

修辞的种类繁多,据说达数百种。但常用的是比喻、象征、拟人、夸张、通感、对偶、排比、反复等等,其中比喻与象征最为重要,因为"比喻和象征是语言的基本结构",这几乎已成共识,离开了它们,语言便难以成为思维的形态使之得以呈现出来。比如,我们说"击中了问题的要害""平静的心灵""赤裸的欲望",或者再普通不过的"桌子腿""机械臂"这一类话语,如果没有比喻,我们将如何来表达?思维中那些丰富的成分又如何才能以一种简洁的方式呈现?比喻和象征如此,其他修辞格,也或多或少具有这种和语言与思维合而为一个整体的特性。

文学作为语言艺术,修辞的重要作用自然会十分鲜明地体现在其语言的运用中。也可以说,文学语言正是通过充分的修辞技巧来达成其审美表现性的。因而有人认为,文学在整体上是比喻和象征的。这种整体的修辞特点,当然是由具体的语言细节来体现的,在任何一个文本里人们都可以找到或显或隐的修辞群落。

下面,我们对比喻和象征这两种主要修辞格作一点简单界说。

(一)比喻

中国古代称之为"比""比体",是一种与"兴"紧紧相联的修辞格。"比者,比方于物;兴者,托事于物。作诗者之意,先以托事于物,继乃比方于物,盖言兴而比已寓焉。"①强调比兴互寓相辅相生,有利于理解比喻的发生及其与物象的关联。这是中国修辞学的一个特点,说到底是对比喻与思维关系的一种理解。但比兴又各有内涵和侧重,是两种虽然相关但并不相同的修辞格。朱熹说:"兴者,先言他物以引起所咏之词也。……比者,以彼物比此物也。"②这是对比兴的明确界定。在实际运用中,若无起兴,则比体难生,因为兴主情感,《二南秘旨·兴论》中说:"兴者,情也,谓外感于物,内动于情。情不可遏,故曰兴。"若无情感的发生与躁动,用什么来推动想象展开,产生比喻含蓄而充分的言说方式呢?因而,比兴联袂,便能形成一种力量强劲的修辞方式,在创作过程中,创造出动人的形象和缤纷的语言。对此,刘勰说得很细致:"观夫兴之托谕,婉而成章,称名也小,取类也大。关雎有别,故后妃方德;尸鸠贞一,故夫人象义。义取其贞,无从于夷禽;德贵其别,不嫌于鸷鸟;明而未融,故发注而后见也。且何谓为比?盖写物以附意,扬言以切事者也。故金锡以喻明德,珪璋以譬秀民,……凡斯切象,皆比义也。至如麻衣如雪,两骖如舞,若斯之类,皆比类者也。楚襄信谗,而三闾忠烈,依诗制骚,讽兼比兴。炎汉虽盛,而辞人夸毗,诗刺道丧,故兴义销亡。于是赋颂先鸣,故比体云构,纷纭杂遝,信旧章矣。"③比兴之间的差异与相互关联、相互依托在这里得到了充分表达。这种兼容的思想,使比兴的力量大大加强,成为中国文学特别是抒情文学无法离开的修辞手段。它甚至始终制约着中国古代诗歌的创作思维和语言表达方式,而被称为贯穿中国诗学整体的"比兴"原则。

不过,中国古代缺少对比喻更为细致的分类研究,中国人的比喻观念是宏观化、笼统化的。在西方,人们对比喻有十分细致的分类方法,据说有人将它区分为23个大类250余种小类。④其详尽程度可想而知。但最常用的比喻其实不过是明喻、暗喻、借喻、换喻、提喻、声喻等。在中国现当代,人们习惯于将比喻归纳为明喻、暗喻、借喻三种类型。无论哪种类型,比喻都包含着或隐或显的三个部分即本体、喻体和关联词。本体即需要作比的人、事、物;喻体即用来作比的人、事、物;关联词是用来连接本体喻体表明两者之间关系的词语,在汉语里一般由"像""是""仿佛""犹如""好像"等词语

---

① 孔颖达:《毛诗正义》。
② 朱熹:《诗集传》。
③ 刘勰:《文心雕龙·比兴》。
④ 参见王梦鸥:《文学概论》,台湾艺文印书馆1991年版,第140页。

充当。明喻是最典型的比喻,其本体、喻体和关联词语都完整地显现,本体、喻体这两个原无联系的现象被关联词组合在一起,产生意念性沟通。暗喻又称隐喻,它通过关联词"是"将喻体直接说成本体,或者本体的替代,通过加强的肯定语气来传达更大的意念或构想。借喻是最难理解和把握的比喻,因为它将本体和关联词全都隐去,直接通过喻体呈现来实现对本体的指称,其形式突兀,直截了当但又含义深远,可以说是比喻的凝练化与隐晦化的方式。

  无论哪一种比喻,所追求的都是两种现象之间的联系,有一个内在的由此及彼的思维长度和动势存在。虽然"比"的目的有异,有的是为了获得对本体的明晰表述,有的是为了突出主体的主观情愫,有的则可能是为了追求简洁的言说方式,等等,但比喻无一例外地使本体包括语言本身变得生动、形象、易于理解并富于幽默感,其原因正在于那个内在的思维长度和心理动势的存在。

  在不同的语言文化和文学观念里,比喻会体现出多种侧重和不同色彩,从而成为一个内蕴丰富的文学话题。仅仅在本体和喻体的相互关系上,就有许多探讨和言说空间。譬如,瑞恰兹在《修辞哲学》中提出比喻是"语境间的交易",这种交易的价值有赖于"远距离取譬"[1]。固然远距离取譬,由于增强了比喻的想象性、拉长了比喻的内在思维长度,当然会增加新奇性,但这并不意味近距离取譬就没有价值,因为近距离取譬着眼于本体与喻体之间的相似性相关性,能够产生一种和谐融洽的圆润感。何时需远距离取譬,何时需近距离取譬,这不仅与作家的审美修养和思维个性有关,还与时代、社会、民族等的文化状态有关。有人总结说,在19世纪西方浪漫主义和中国古典诗歌中,近距离取譬较为普遍,而西方现代主义诗歌,为了表达诗人那种富于时代特征的矛盾复杂的心理经验,则更多地采用所谓远距离取譬。[2] 这种概括的准确性暂且不论,我们从中得到的启示是比喻作为文学的重要修辞方式,其自身的意蕴是十分深远而不容忽视的。

(二)象征

  象征是通过暗示来实现的一种修辞手法。具体说,象征是用单纯暗示

---

[1] 关于"远距离取譬",新批评理论家维姆萨特为瑞恰兹的理论找到一个有说服力的例子:如果我们说"狗像野兽般嗥叫",是近距离取譬,因而缺少表现力量;相比之下,"人像野兽般嗥叫"就有力得多,而"大海像野兽般地咆哮"则更有力量,因为本体与喻体距离最远,能给人深刻的印象。

[2] 参见《文学理论要略》,人民文学出版社1995年版,第171页。

繁复,用微小暗示巨大,用局部暗示整体,用形象符号暗示抽象原理的修辞格式。它与比喻有类似之处,即都要在两种现象之间建立起联系和沟通。但象征在全局和整体中运用,比喻则在局部和细节中运用,这是它们最大的不同点。并且,象征手法一般不对象征对象作直接表述或呈现,象征只"暗示"对象,因而具有理解上的宽泛性。这与比喻讲求本体、喻体的严谨对应也是有所不同的。

由于象征的上述内在规定性,从宏观上看,所有文学创作都是象征的,因为创作的原则就是用形象的方式来表现抽象的思想情感。然而作为一种修辞手法,象征要求在写作过程中得到有意识强化,像高尔基在《海燕》中用"暴风雨"象征革命,闻一多在《死水》中用"死水"象征黑暗的社会现实,契诃夫在《第六病室》中用医院来象征沙皇统治下的俄国,郭沫若在《凤凰涅槃》中用积香木自焚的凤凰来象征新希望的诞生。这些有意强化了的象征,使作品产生了巨大的表现力,其语言的感人程度也大大加深。在小说和戏剧中,象征体系的建构往往是一个十分庞大的工程,作家必须设置好一系列暗示"通道",像莎士比亚的《麦克白斯》那样,在层叠的"象""意"体系转换中实现象征的深刻、丰富的暗示性。如果象征的暗示性更多地指向个人微妙的内心世界,满足于传达纯个人化的独特生活感受,那么象征便被极端化,这时它往往成为剖析现实世界和个人心灵的唯一渠道,文学上的象征主义就出现了。对于19世纪末和20世纪初在欧洲出现并流行一时的象征主义文学,不妨借用埃德蒙·威尔逊的一句话来理解:"可以把象征主义界定为一种运用经过慎重思考过的手段——一种由含混的隐喻来描述的结构复杂的联想——来传达独特的个人感情的尝试。"①这种极端化的象征,虽然对理解作为一般表现手法的象征有所帮助,但并不是我们所要专门探讨的。

总之,无论比喻还是象征,或者其他各式各样的修辞手法,它们给文学和文学语言带来的都是一些积极价值,没有它们,艺术想象难以展开,更无法固化,生动的描写、细致的刻画以及在此基础上产生的栩栩如生的形象便无从获取。

修辞是语言简练化的有效途径,它能把众多的情感、意愿和创作构想,压缩于违反语言习惯的话语方式中,秘而不宣,却溢于言表,让人们尽情地品味和想象,从而获得再创造的空间。没有修辞,文学将失去根本的言说可能,所谓文学文本建构也将成为一句空话。

---

① 埃德蒙·威尔逊:《象征主义》,见《文艺理论研究》1986年第6期,第86页。

形象和意境

文学语言在文本构成中的具体作用,是塑造一系列文学形象。形象的特点和内在结构,前面已有概要论述,在此要做的是从文本直观的角度,对形象的基本状貌、文本特色以及它们的产生途径作一些更为具体的解释。

首先需要说明的是,把形象和意境并列在一起,这并不意味着形象观念的混乱,而是为了突出叙事文学和抒情文学所具有的不同形象类别。在文学活动中,出于习惯,人们一般将抒情文学中的形象称为意境,因而"形象"似乎为叙事文学所专有。并且,在文学文本的创作过程中,叙事文学的形象和抒情文学的意境所运用的方法差异巨大,它们代表着文学形象构成的两种基本方式。因此,将它们进行对比分析,有利于在文本直观中获得文学形象的完整映象。

一、形象

在叙事文本中,形象虽有多种形态,但最重要的形象是人物形象。即便是叙事散文,虽然可以有多种叙事侧重,但倘要叙事,必然就会涉及人物,只不过它对人物采取一种比较随意的态度。正因为这种随意态度的存在,叙事散文总是处于叙事文学范畴的边缘地带,有时甚至算不上是严格的叙事文学。占据叙事文学主要地位的文体是小说和剧本,它们以人物形象刻画为重心。"小说作家的主要任务就是要创造出性格复杂的人物。"[1]在小说三要素即人物、环境、情节当中,人物是核心因素。不能塑造出性格鲜明的人物,人物的心灵、命运引不起读者的关注,叙事文学就将失去感染力,甚至失去存在的价值。

关于叙事文学的形象侧重问题,还存在另一种理论,即认为人物只是从属于故事或情节的因素,作品的意义并不需要由人物而是可以经由事件来显示,因此叙事文学所应重视的不是人物而是事件和情节。这种观点由来已久且影响很大,在亚里斯多德那里就初露端倪,在他的理论中被充分强调的总是人物行动而不是人物自身。行动产生事件,因而导致后来重视事件的叙事文学观念出现,叙事文学于是成为名副其实的叙"事"文学。对此,兹韦坦·托多洛夫有一个概括,他说:"尽管詹姆斯在理论上认为,一部叙事文学作品中的一切都应从属于人物的心理描写,这才合乎理想,但我们很难忽略文学中的另一种潮流,在这些作品中,行动不是用来显示性格,恰恰

---

[1] 利昂·塞米利安:《现代小说美学》,陕西人民出版社1987年版,第138页。

相反,性格是从属于行动的。"①然而,深入考察这种"潮流",我们会怀疑事件或情节本身到底能否真正达成文学的全部意义?如果不落实到对人自身的关切之上,那么用什么作为事件和情节的价值判断标准呢?在生活中,事件永远只能是"人的事件",无论顺承这个事实,还是将它作反向处理,成为"事件的人",人的核心地位同样无法改变。换言之,对于创作来说,无论是性格演化了事件,还是事件成就了性格,真正打动读者的还是人自身。所以,把人物当作叙事文本的核心,是理解叙事文学、创作叙事文本必须明确的一个基本前提。这样,"人物塑造很可能是大多数伟大作家最卓越的成就了。很少有人能够详细叙述一部刚看完的小说的情节;可是多数读者却都记得所看过的小说中的许多人物"②。

叙事文本如何塑造生动感人的人物形象呢?这是一个比较个性化的具体行为过程,没有任何模式可以依循。如果硬要对它进行理性概括,那么这种概括只有普泛化的认识价值,难以具备实践性的操作意义。但是,作为文学原理,我们只能概括,只能形成如下一些普泛化的认识,除此之外,关于丰富多彩、神奇动人的文学形象,是无须多说的。

第一,人物网络定位。在叙事文学中,人物往往是一个系列,只有一个人物的叙事文本十分罕见。因而,如何设置恰当的人物网络就变得十分重要。设置的基本原则是必须使人物之间的联系既复杂又清晰,过于简单的人物关系不利于性格塑造,但含混不清的人物关系则会彻底淹没人物的个性。在人物网络中,并不是每个形象都可以各自为阵形成自我活动中心,它们之间必须有一个(在中长篇叙事文本中可能是多个,但一般不能太多)居于轴心地位的人物。其余则卫星一样环绕它们运动。轴心人物不能随意更换、变化频繁,否则作品将会因为主旨不明而失去表意的鲜明性。围绕中心人物活动的其他人物,当然也是作家有目的的设计,但它们给人的感觉仿佛是中心人物的行动连带出来的。它们与中心人物的关系可能是对立关系、对比关系或者其他铺垫关系。无论哪种关系,都必须基于"自然生成"原则,也就是说,作家必须把人物设计旨意隐藏到生活的自然状态中,人物才会产生基本的艺术活性。在此意义上,接受者可以通过文本的人物关系网络来获悉许多内在的表义信息。这是叙事文本接受的一个基本侧重点。

---

① 兹韦坦·托多洛夫:《散文诗学》,纽约,1978年版,第66页。
② 乔马莉·博尔顿:《英美小说剖析》,重庆出版社1988年版,第103页。

第二，人物性格定型。叙事文学必须塑造个性鲜明的人物形象，在文本中人物性格仿佛是自然而然地在他的生活中生成的，其实，人物的性格规定性则多来自于作者的创作旨意。当然，作家不会纯粹凭空捏造人物性格，在设计人物性格时，他肯定无法避开生活客体的作用，人物原型的人生经历和原有个性以及生活本身的逻辑将给作家以巨大影响。在此基础上，作家依据自己的审美理想和表义需要，对人物进行性格定型，让他们（指中心人物）在性格规定中活动，使其性格及其与此相关的行为举止处事方式仿佛"天生如此"。一般来说，作家不会在同一部作品甚至自己的所有作品中设计出雷同的人物性格，除非他的创造力已经耗尽。

诚然，作家对人物的性格预期会在写作的复杂程序中，在故事情节的具体编排中发生变化，结果甚至可能会彻底离开原来的设计成为一种新的状态，出现使作家受役于人物的现象。然而，不管人物性格的状态发生什么样的变化，人物塑造的目标不会改变，那就是使它们获得个性，成为鲜明、醒目和令人难以忘怀的文本存在。应该说，人物形象独特的个性特征是比它的性格状态更深入的东西。性格是个人或自我心理特征的总和及其外在标识，它有多种多样的状态：勇敢、倔强、无私、大度、聪颖、敏捷、狭隘、贪婪等等。在文本中，人物单有某种性格状态还不足以达到鲜活程度，它还必须在这种性格状态中显示出独特性，否则它可能仍然是平庸的。张飞和李逵，虽然都以粗鲁、莽撞著称，然而张飞虽莽，仍不失勇冠三军的大将之威；李逵之莽，却是草莽英雄的风度。如果没有各自的特点，他们虽有某种性格状态，其形象仍会黯然无光。

因此，可以进一步说，人物形象的鲜活程度与人物自身的性格因素多寡无关，有的复杂形象，其性格因素众多，呈多重组合状态，让人觉得真实而生动。但这并不意味性格单一的人物就不能获得鲜明的形象感，原因正在于人物的鲜活程度是取决于性格的独特性和这种独特性中蕴藉的普遍性（或表义内蕴）。文本中人物形象的构成关键不在于作家必须写哪一类性格，而在于它如何去发掘这种性格中与众不同且意味深远的地方。这给文学形象分类造成了困难，因为性格状态这个最显在的因素已经失去了标识形象价值的作用，依据它把人物分成好人和坏人、勇敢者和懦弱者等等又有什么意思呢？人物形象的分类，历来都是文学原理中一个颇费周折的问题。

在此，可以借鉴英国小说理论家爱德华·摩根·福斯特的观点。他在《小说面面观》中将人物分为两种基本类型，即"扁平人物"和"圆型人物"。

韦勒克和沃伦把前者称为"静态人物",把后者称为"动态人物"。他们的思考都立足于人物身上性格因素的多少来展开。确实,循着这两条思路可以使我们更多地触及文本人物性格定型过程中所涵容的一些潜在信息,这是普遍原理不得已而为之的一种尚能产生一定价值的选择。

所谓"扁平人物"(静态人物)是性格单一缺少变化的人物。"他们最单纯的形式,就是按照一个简单的意念或特性而被创造出来。如果这些人物再增多一个因素,我们开始画的弧线即趋于圆形。"①福斯特举例说,在《大卫·科波菲尔》中,米考伯夫人说:"我永远不会抛弃米考伯先生。"她确实做到了,因而她是一个"扁平人物"。在中国文学中,林黛玉是最典型的"扁平人物",贾宝玉、阿Q、李逵这一类形象也是"扁平人物"。他们最大的鉴赏特点是因为性格单一缺少变化而容易被人从复杂的人物网络中辨认出来,同时又使人印象深刻容易记忆。这种人物形象离生活本身的距离较远,因为生活中单一性格的人往往难以生存,人都有多面性。那么,这种远离生活、性格单一的"扁平人物"为什么还会被大量地创作出来并且受到读者的欢迎呢?这与现实生活中人对永恒的渴望有关。人们无不希望生命、青春、爱情以及所有美好的时光和事物能够永远存在,可这实际上并不可能,于是就转而在这类具有始终如一色彩的形象身上寻求补偿和寄托,用他们的执著来填补人生无常、世事易变的缺憾感。这也就是"扁平人物"的感人的原因和文化价值之所在。

"圆型人物"(动态人物)则不同,它们是充满了变化和多种性格因素的人物,因而会像月亮一样不停地发生亏盈互易,在文本中,其性格一直在不断变化,形成一个动态过程。像林冲、王熙凤、薛宝钗就是十分典型的"圆型人物"。这种人物富有生活趣味,是生活复杂性的写照,因而更接近生活,有真实感,并且它们在不断变化中使人易于获得新奇感。由于性格的复杂,人们一般认为"圆型人物"难以创作,但实际上,一个真有感染力的"扁平人物"又何尝容易写出?所以,仔细考察文学的历史和现状,不难发现,真正够格的纯然的"扁平人物"和"圆型人物"并不太多,多的倒是介乎二者之间不扁不圆的人物。综合在此成为一个缺点,由于没有鲜明的性格指向,它们的价值必然被削弱。可见,"扁平人物"与"圆型人物"之间其实并无优劣等差,最多只能说,站在文学发展的角度,"扁平人物"那种始终如一的执著及其暗含着的崇高感,带有更多的古典色彩;对生活本真状态和人格个性

---

① 爱·摩·福斯特:《小说面面观》,花城出版社1984年版,第59页。

的重视,使"圆型人物"在现当代文学中占有了重要地位。

第三,人物存在方式。人物性格取决于作家的设计,但它却必须在具体时空中构成。在现实世界中,时间和空间是物质存在的基本方式,有很浓厚的科学与哲学色彩。在文学作品中,人物同样必须以时间和空间作为存在方式,只不过作品中的时空是一种虚拟时空。然而正因为是"虚拟",才产生了更多值得探索的东西。所以,文学的时空观念和时空状况,永远是文学原理的重要话题。在这里,为了理解的方便,先从空间谈起。

在叙事文学中,空间是人物活动的场所,可以通俗地称之为环境,虽然这种理解已经多少消解了空间的哲学意味。环境是人们赖以生存的外部条件的总和,包括自然条件和社会条件两个基本方面。人无法离开环境而存在。叙事文学的人物塑造,环境设置是极为重要的工作。在具体文本中,环境甚至可以作为独立的形象出现,它的独立资格的取得,又必须取决于它对人物形象的承载和表现作用,也就是说,它因为服务于人物而具有了自身的独立性。狄更斯笔下的伦敦贫民窟,托马斯·哈代笔下的英国维塞斯古老幽深的山谷,冯梦龙笔下的苏州花园和洞庭西山风光,吴敬梓笔下的秦淮河及其河上的画船箫鼓,鲁迅笔下的江南水乡风俗,老舍笔下的北京四合院和胡同,无不是因为对人物性格的渲染突出而具有了自己的灵性,从而成为难得的环境形象精品。

环境对人物的具体作用有两个,其一是使人物获得立足之地,获得出场、亮相和上演人生悲喜剧的舞台。为了实现这种作用,环境必须是文本中一系列"实实在在"的具体空间和场所,其详尽程度几乎与生活无异。这个具体环境,在文学理论中被称之为小环境。其二是促成人物的性格个性,并使他的活动显出意义,而不是仅仅为活动而活动。为达到这个目的,在人物具体立足的小环境中,必须渗透时代氛围和历史背景,即叠加上一个大环境。但大环境不能覆盖小环境,而是必须潜藏在小环境中,经由暗示等方式发挥作用。环境设置的难度就在这里体现出来。人物能不能有效地活动,往往就取决于能否获得这样一个既有深远的时代历史意蕴又呈现为具体感性状态的环境。环境设置得好,人物便能自然流露其性格,展示出丰富的内心世界。这方面的例子是非常多的。否则,作家无法打开人物的心扉,洞见他的喜怒哀乐和灵魂律动。我们从未看到过一部靠静态介绍人物心灵而获得成功的文学文本。

那么,环境与人物的关系如何呢?按以上论述可知,环境对人物活动及其性格的形成发展起决定作用,但是人物性格一旦形成,便会对环境施加改造影响,使之按照顺己意愿发展。这种观念具有辩证色彩,又不能将它普遍推广到任何文本构成中,实际情况比这复杂得多。通常状态下,似乎文学更着重于环境对人的约束乃至毁灭(当然并不一定是肉体上的)。在许多文本中,人物对环境的影响微乎其微,悲剧的根源正在于此。只有在积极浪漫主义文本里,人物才会用理想和信念不断改造环境,体现出超人般的色彩。但在人类社会的终极喜剧形态到来之前,悲剧性可能是文学更为重要的取向——即使喜剧也不能离开悲剧的底蕴——那么,文学人物的主动作用当然也就可能会被环境更多地剥夺,这是与生活情形不同的文学状态。可以说,文学通过环境造成的悲剧范式,又一次实现了对生活的超越。

关于环境与人物,所要强调的最后一点是,在文本中人物是互为环境的,不过,这仅仅适用于主要人物之间。

文学中的时间是一个更加耐人寻味的现象。任何叙事文本都必须有一个内在的时间长度,否则人物性格的发展、环境的推移变化都不可能实现。在叙事文本中,时间的延续体现为事件的运动过程。对时间的重视,实际上也就是对如何叙事的重视。

一般来说有两种对待时间的方式,相应也就产生两种不同的叙事方式。一种是按时间的本来秩序,即物理时间观念来处理事件。在这种观念里,空间在时间里推移,时间是各个时刻的依次延伸,事件有先后之分,过程有始终之序,不会发生逆转或秩序混乱。用柏格森的话来说,这种时间是表示宽度的数量概念。这种叙事方式在文本中促成的是故事——文学中一种古老的、单纯的但至今仍有一定吸引力的构成要素。直截地说,故事就是对一些按时间顺序排列的事件的叙述。它不管事件的前因后果,只要适时地将事件和环境进行转换就行了。它的叙述模式是"从前……然后……然后……",呈现为一种永不回头的线性状态,因此故事结构简单,无需高超的讲述技巧。但因为它不断转换推移环境和事件,因而富于新奇感,容易激发好奇心,好奇心又是人类的一种天性,因而故事有着广泛的经久不衰的接受群体。不过,故事绝不是文学中的精华或者说最优秀因素,因为它往往忽视人物,不能通过人物性格的塑造来达成强烈的表义目的,从而真正实现对生活的一种审美君临,使人在对人的感动中获得心灵的启迪和感染。故事的重心永远是事件,事件虽然也要涉及人物,但被事件支配的人物,永远不能形成联系紧密、主次分明、具有明确表义旨归的关系网络。故事在追求事件吸引力的时候,不可避免地会使人物平庸化,这是它的明显缺陷。

另一种叙事方式是按"内部时间"即心理时间方式展开的。所谓"内部时间"也就是各个时刻(即过去、现在、将来)相互渗透、参与,没有先后之分的时间观念,这种时间是表示强度的质量概念。它可以不依循事件的先后、始终顺序,而只依循事件的表义性质来确定叙述顺序。在这种方式中,叙述顺序与被叙述事件之间的时间对应关系往往被打乱。此种叙述方式在文本中促成的是情节。在情节构成中,时间关系被淡化,取而代之的是因果关系,因果关系把事件的重心推向人物的行为,当我们在事件过程中追问"为什么"的时候,其实是在叩问人物的心灵真相。直截地说,情节也就是对强化了因果关系的生活事件的叙述,它是叙事文学塑造人物形象不可缺少的因素。情节的叙述线索是"为什么……为什么……",具有强烈的表义性。这是它与故事的最大的不同之点。爱·摩·福斯特曾举例说,如果叙述"国王死了,不久王后也死了",这是故事。如果改成"国王死了,不久王后也因悲伤而死"则是情节。为什么呢?因为在强化了因果关系中,实现了对人物心灵的表现。可见情节与故事的差异很大。由于把表义性或人物塑造放到首位,情节的构成很复杂,它要求处处注意造成新奇感和叙事张力,最终把人们吸引到人物即作品的表义目的上去。为此,倒置、伏笔、悬念、暗示、照应等手法被大量采用。情节是需要充分的心智和高超的技巧才能构成的叙事方式。在优秀的情节结构中,作家的才华得以展示,人物性格得以形成发展,呈现出一种极其紧密的有机状态。

把情节和人物性格相联系,并不意味着我们赞同亚里斯多德的观点。亚里斯多德曾说:"情节既然是行动的摹仿,它所摹仿的就只限于一个完整的行动……"①如果仅把情节理解为人物行动,也许得到的仍然只是一个故事。在情节构成中,永远不要忘记,它需要强化事件内在的因果关系,并通过这种关系去窥见人物的行为动机即性格深处的灵魂,其重心是人而不是人的行为,尽管必须通过人的行为才能窥见人的内心世界。因此,在情节中,人的行为并不是随意的。认识不到这一点,便会导致另一种失误,即为了顾及人物行为的完整性而把情节放在首位,结果情节会反过来伤害人物:"在情节与人物进行两败俱伤的战斗中,情节往往会进行卑鄙的报复。差不多所有小说的结局都显得软弱无力,原因就在于要靠情节来收场。"②所以,即使在情节这种已经把人物置于主要位置的文学因素之中,也仍然不要

---

① 亚里斯多德:《诗学》第八章,《〈诗学〉·〈诗艺〉》,人民文学出版社 1962 年版。
② 爱·摩·福斯特:《小说面面观》,花城出版社 1984 年版,第 83 页。

忘记:叙事文学的首要任务永远都是人物形象的塑造。为了人物,可以而且应该使情节处于破损状态。

  由于在情节的叙述过程中,物理时间那种不可逆转的顺序被打乱,于是出现了多种叙述方法,它们是顺叙、倒叙、补叙、插叙等等。用何种方法,从时间的何种状态上开始叙述,一般取决于人物形象塑造的需要,说到底是取决于作家的文本驾驭能力和艺术创造能力。而这些能力又必须体现在下列一系列叙述设计中:一则是由谁来叙述,作者必须找到或者化装成一个恰当的叙述者,具体方式是通过人称选择来实现;再则是对谁讲话,作家必须预设一个听众(读者)群体,一个文本对任何一个人讲话是不可能讲好的,特别是在生活层次细密的现代社会里,没有预设的言说对象等于自我取消了言说;三则是在什么时候说话,这涉及言说与言说对象之间的时间对应关系,有的叙述与事件发生时间同步,有的则提前,有的则故意退后,造成一个巨大的时间"跨度",如《百年孤独》的开头那样;再往后是用什么语言讲话和根据什么讲话,它们会使一个文本充满不同的声音状态;最后是运用谁的视觉来叙述,这并不同于谁来叙述这个最先提到的问题,这是一个更复杂的问题,它再次涉及了时间、距离和速度,以及知识的局限等因素。① 总之,只有处理好上述种种问题,才能求得叙事文本的合理建构,最终使人物形象如鱼成活于水一样成活于文本之中。

  二、意境

  意境是一个中国原创的文学理论范畴。在中国古典文论中,人们用它来指称抒情文学特别是诗歌中的艺术形象。

  意境理论萌芽于《易传》"立象以尽意"的思想,刘勰《文心雕龙》和钟嵘《诗品》对之也有所涉及,到了唐代,王昌龄《诗格》一书首次使用意境这个概念②,但在《诗格》的表述中意境是与物境、情境相并列的一个表示诗作层次与品位的概念,并无今天所谓意境之含义。直到近代学者王国维才对

---

① 参见乔纳森·卡勒:《当代学术入门·文学理论》,辽宁教育出版社,牛津大学出版社1998年版,第90—95页。
② 《诗格》论诗有三境。一曰物境:"欲为山水诗,则张泉石云峰之境,极丽绝秀者,神之于心,处身于境,视境于心,莹然掌中,然后用思,了然境象,故得形似。"二曰情境:"娱乐愁怨,皆张于意而处于身,然后驰思,深得其情。"三曰意境:"亦张之于意而思之于心,则得其真矣。"另,学界有人质疑所传王昌龄《诗格》为伪作,此存而不论。

意境有深入阐述,把意与境视为文学构成中并列的二元质①,它们相互交融,成为意境。在王国维看来,意境乃文学之最高成就,"文学之工不工,亦视其意境之有无与其深浅而已"②。在王国维的理论中,他又常常用"境界"一词来替代"意境"。据有学者考证,这种概念的混乱并非是习惯用法使然,而是王国维身上中西文化碰撞导致的复杂而矛盾的文化观的流露。③也就是说,王国维之前中国人所言意境其实乃"境界"之代词,文化定式致使王国维也不能不沿用这一传统概念。不过王国维是有创新的,这就体现在他以"二元质"思想来界说"意境",着眼于用主客观两分而又再行结合的方法解决艺术创造的基本问题。④

今天人们用以指称抒情文学形象的意境,正是自王国维起被赋予新的内涵。它并不是对古代意境概念的简单套用,而是对中国古代文学特别是以诗歌为主的抒情文学创作经验的一种理论总结和新的开掘,它的出现和运用,标志着人们对抒情文学形象的特征和构成方式已经形成更为完整、清晰的认识。

直截地说,所谓意境也就是通过形象化的艺术描写,实现了主观之意与客观之境的交融,从而能够把读者引入到一个想象空间的简洁凝练的抒情文学形象。它有两个基本特征:第一,是在一个较小的语言范围内实现主客观和谐统一,即所谓情景交融,意与境浑,意境融彻。第二,是呈现于读者面前的凝练鲜明的"象"具有强烈的扩张能力,足以引发读者的想象和玩味,产生"象外之象,景外之景""韵外之致""味外之旨"⑤。也就是说,它可以在实景上产生虚景,虚实相生,导致言近旨远,以片言明百意的灵动之境产生。凡是优秀的抒情文学形象都具有这样的特色,譬如《静夜思》:"床前明月光,疑是地上霜。举头望明月,低头思故乡。"看似浅近,但因为它有意境,便涵容了丰富的"象""意"层次,成为千古吟诵的珍品。在这首小诗中,诗人的思乡之情,不是直接表白而是借助了客观之景即月光和月轮来负载

---

① 王国维曰:"文学之事,其内足以摅己,而外足以感人者,意与境二者而已。上焉者意与境浑,其次或以境胜,或以意胜。苟缺其一,不足以言文学。原夫文学之所以有意境者,以其能观也。出于观我者,意余于境;而出于观物者,境多于意。然非物无以见我,而观我之时,又自有我在。故二者常互相错综,能有所偏重,而不能有所偏废也。"(《人间词话乙稿序》)
② 王国维:《人间词话乙稿序》。
③ 参见《中西比较文艺学》,中国社会科学出版社1999年版,第72—77页。
④ 同上书,第76页。
⑤ 司空图:《与极浦书》《与李生论诗书》。

的,在诗人巧妙的言说中,情之孤寂凄清,导致了月光的冷如寒霜,寒冷之月光又衬托出游子思乡之情的凄苦,这是一种互动关系。在床前凝视月光,向天宇遥望月轮,景象由狭窄逼仄向无边宁静辽阔的夜空展开,其动感是十分强烈的。而皓月当空,普照千里,想必也同样清明地照着自己遥远的故乡吧?诗人的思乡情绪再次因月而生,低头品咂之际,故乡的情景便浮现于脑海,仿佛历历在目。在这个过程中,实景中虚景交叠,层次深远。而读者阅读之时,思念故乡的天性,使之与作者产生共鸣,借助作品所写实景牵引,浮现于自我脑海中的,乃是自己的故乡、自己的亲情。千万个读者便可产生千万种这样的想象,品味之余,短短20字的诗歌,已然传达了难以尽言的共同的思乡情绪和人生感受。这就是意境的魅力所在。

那么,意境是如何构成的?

从上述定义和特点概述中可以知道,意境构成的关键在于巧妙地做到情与景谐,主客观融彻统一。在抒情文学中,情感表达是主要内容,所以意境的构成关键,其实也就在于抒情方式、手法的高妙与否。要抒情必先有情,作家的情感状态也是决定抒情文本成败的一个重要因素。这个问题已经在前面作过讨论,这里,不再谈情感内涵,只谈表达方式。

抒情方式一般说来有两种基本类型:一是直接抒情,二是间接抒情。在具体操作过程中,往往两者相互交杂,于是亦可认为还有第三种方式即情景共存。不过我们宁愿把情景共存视为抒情的结果,否则将从逻辑上否定前两种抒情方法的价值。这里应当特别提示的是,抒情并不是抒情文学所独有的,叙事文学中它也会被广泛运用,只是在抒情文学中,抒情自然会体现得更为充分和完整。

直接抒情,是指在文本中作家通过语言直接表述自己的情感。它往往是感情强烈、按捺不住、不吐不快的结果,有着毫不含糊的鲜明性,把握不当则会造成文本语言的直白浅露。这种抒情方式所以能够在文学创作中运用并产生价值,原因在于文学的抒情本性可以一定程度容纳创作主体不可遏止的情感宣泄,更重要的是,情感本身具有天然的"形象"色彩,情是感性的,它无法彻底离开象而存在,哪怕极为"纯粹"的情感表述也是如此。此外,即使对情感的表述实在无象可言,倘情感是一种真诚的体验,那也会在读者的心里激发起二次联想,从而弥补或校正文本语言的直白浅显,像"生命诚可贵,爱情价更高。若为自由故,二者皆可抛"这样干燥的语句,亦可因读者对英雄行为的崇敬产生的相关联想而获得一定的诗语肌质。

所以,好的直接抒情并不是一种情感的随意宣泄,在文本中,它必须讲究巧妙地利用情感天然的形象色彩,讲究体验的真诚与内在的超个人性,以艺术化的审美内质来促成读者的联想。达到这种程度,直接抒情也可在意境的建构中发挥积极的作用,像陆游的《示儿》、李白的《行路难》和《月下独酌》、陈子昂的《登幽州台歌》等作品,都是通过这种方式实现了情感色彩鲜明的意境创造。

　　间接抒情是意境创造的最好方式。所谓间接抒情,即文本语言不直接表述或呈现作家的情感,所有思想情感都被巧妙地隐蔽于描写现象之中,做到借景抒情,托物言志。间接抒情是一种层次更高的抒情表达方式,它需要精心挑选物象,敏锐的文学艺术直觉在此会起重要作用;它还需要对物象进行复杂的加工和变形处置,丰富的想象力于是成为不可缺少的东西;这一切体现在语言上,便是一系列修辞手法的运用。那些堪称"至境"的抒情文学形象,奇幻无比,韵味无限,可以肯定地说,它们是创作主体悟性、灵性甚至天才的体现。借景抒情托物言志并不难,难的是达到这种境界。谢榛《四溟诗话》曾比较分析韦苏州"窗里人将老,门前树已秋",白乐天"树初黄叶日,人欲白头时",司空曙"雨中黄叶树,灯下白头人",认为"三诗同一机杼,司空为优"。都为托物言志之言,为何司空为优?正是因为他这两句诗更巧妙地实现了情与境谐,从鲜明的形象中产生了一种促人想象的力量,其内在意蕴在品味中获得,于是获得了表达优势。相形之下,前两人的作品则直白、生硬得多。可见,抒情要尽量做到以景传情,情景相生,用高度的间接化带来高度的形象化,结果,"景乃诗之媒,情乃诗之胚,合而为诗,以数言而统万形,元气浑成,其浩无涯矣!"[1]这是抒情之要义,也是意境构成之要义。

体裁和类型

　　体裁是文本的具体样式,任何文本都只能是某种体裁的文本。

　　无论对于创作还是接受,体裁的影响都是巨大的。对作者而言,体裁是一种话语方式,话语方式不同,其文本状态及内在的"象""意"体系必然有异;对读者来说,体裁是一种阅读期待或阅读准备,读者必须用不同的方式把握文本,否则,难以在文本中有大的收获。

　　迄今为止,体裁的具体类别已经十分繁多,这为写作学和文学形态学提供了丰富的内容。在文学理论中,从文本的角度观之,人们习惯将它们归为四种基本类型,即诗歌、小说、散文和戏剧。由于电影、电视在现代文化中日

---

[1] 谢榛:《四溟诗话》。

趋重要的影响,也有学者将影视文学列为体裁的第五种类型。

体裁对文本的具体规约和影响,笼统地说就是使文本成为某种具体样式,即众多体裁中的一种。作家的写作首先必须进行文体定位或文体选择,从来没有普泛的写作存在,任何人都只能写某种具体的文本,譬如一首诗、一篇散文或小说、一场戏剧或者电影剧本,除此之外还能有什么?也许有人会说他只是随意涂抹,想到什么就写什么,但只要他所写的并不是废品,人们至少可以将它称为"随笔"。如果有人只是回忆一天中的经历和心态,作一点或繁或简的记录,这当然就是"日记"。而随笔与日记都是散文的两个变种。在文学创作历史上,这类看似被动的写作其实很少见,即使今天人们所说的"私人写作",其实也并非做到真正的私人化而可以在体式上随意编排。或隐或显的文化交流目的,会使写作主动去追求文体规范,以求得到人们更为容易的接纳。体裁在文化中早已成了作者和读者之间达成沟通的"契约"①。即使一些很有形式创新意识的作家,他们的创新也只能产生在某种文体的基础上,超越任何文体的创新是从来不可想象的。②

由于体裁无形而巨大的"压力"存在,写作主体的明智之举是主动了解各种文体的内在规定性,然后根据自我个性、心理文化素质、思维习惯等,同时考虑表现对象本身的因素,来决定自己对体裁的选择。这对初学创作的人尤为重要。一个没有诗人素质的人去写诗,这种不当的文体选择会无效耗尽主体的创造能量,即使像艾略特那样才华横溢的人,当他离开了诗这种最适宜他的文体而采用剧本来创作,他写下的东西也由于缺少动作性而显得毫不起眼。可见,体裁总是要使作家就范于它,两相吻合,才能创造出更为出色的文本,否则作家会无从下笔。

具体而言,体裁对文本的影响体现在这样几个方面:

一、体裁规范了文本的语言状态

每种体裁都是一种话语方式。体裁对文本语言的规范,首先体现在语

---

① 关于作家与读者通过体裁达成的"契约",姚斯说:"读者可期待的视野是由传统或以前掌握的作品构成的,由一种特殊的态度构成的。这种态度接受一种(或多种)类型的调节,并消解在新作品中。"姚斯:《走向接受美学》,见《接受美学与接受理论》,辽宁人民出版社1987年版,第100页。

② 卡冈说:"普希金的不朽'诗体小说'或果戈理的'散文体长诗'的产生便不是由于对体裁的某些规律的绝对否定,也并非产生于作家的一意孤行,而正产生于揭示一种体裁对另一种体裁的影响中所蕴含的潜在力量的渴望。"卡冈:《艺术形态学》,三联书店1986年版,第174页。

言形式上,这是直观的易于理解的常识。诗歌必须分行排列,形成相对整齐规范的语言格式,体现出最富形式意味的"建筑美"。除了史诗以及其他一些长篇叙事诗之外,诗一般简短,中国的绝句,特别是五言绝句,20 个字一首,是最典型的短诗。最短的诗作据说可以短到以一个字作为正文。[①] 由于文字凝练,诗需要精雕细琢,为此,中国古人"百炼成字,千炼成句",不惜"吟安一个字,捻断数茎须","两句三年得,一吟双泪流"。诗语不仅押韵是必要的,而且还须通过适当的顿数和轻重音节交错搭配来求得节奏与旋律,产生音乐一样优美流畅的语感。在中国古典诗歌中,诗的语言有极严格的规则:押韵,是指同韵母的字在相同位置上有秩序地重复出现,具体有头韵、腹韵和脚韵等;顿数一般是四言二顿、五言三顿、七言四顿;声调也须按规则调配,四声被归为平声(即平)和仄声(即上、去、入)两类[②]。平仄交错对应,加之韵律与停顿,语音便有高低、升降、曲直、长短的变化,有利于表现情感的轻重缓急,形成抑扬顿挫的节奏与旋律;这一切,再伴之以对偶及更为内在的"比兴"手法等,使中国古典诗歌成为极为精美的文学样式。即使到了近现代,西式的新诗流行,古典诗歌的形式精华也依然要在新体中释放出芬芳的气息。

散文的语言是自由排列的文字,可长可短,除一些特别的变种如传记、报告文学和散文诗以外,一般的抒情、叙事散文长不过小说短不过诗歌。它可以写人状物,亦可以抒情言志,其口吻可亲切如亲人叮嘱、朋友话旧,亦可警拔如哲人说理、先贤论道……具有极为随意的多样化色彩,实可信笔所至随口道来,不拘一格灵活多变。

小说则不同,除了微型小说和极为精炼的短篇之外,它可被称为浩大的叙事文本,最长的小说可达上百上千万言。小说的语言极为平易和生活化,它力避抒情散文那种明显的表义表情色彩,与诗歌语言的差别更为巨大。由于它有丰富而广大的语境可以充分消融主体的情志与创作构想,所以无论叙事和写人,都极为从容舒缓,看不出它对自己如诗语般的故意炫耀。有时,除非特别地注意,否则甚至会忽视创作主体的话语主角地位,许多人看得见小说的人物、故事和情节,但却"看不见"它的语言——文学中最为丰富、庞大的话语体系。这不能不说是小说语言的一个特点。

---

① 最短的诗:题目《生活》,正文仅一个字"网"。这是一种畸形。
② 现代汉语中,平仄与古代有所不同。现代汉语有阴平、阳平、上声、去声四种声调,阴平、阳平为平,上声、去声为仄。

戏剧剧本是代言体,通篇由人物对话(有时穿插极少的场景、行为提示)构成,作家必须代人物写下合乎其身份、地位和性格的语言,这些语言以场幕为句群与内容单元,形成独特结构。影视文学语言则追求描绘性(或视觉性),力避叙述性(或概括性),不看重语言的前后勾连而看重语言的现时呈现功能,以此适应影视的"蒙太奇"结构方式和形象的直观性特点。

语言的上述不同形式,构成了文学文本的基本状貌,由这种基本状貌促成了文学内在的诸多差异。文学形式对内容的关键作用,被语言或者说文学体裁发挥到十分鲜明的程度。诗歌因为语言的简短而排斥小说丰富的人物、情节和环境,小说因为语言的平易而难以创造孤立突兀的意境。戏剧语言必须以矛盾冲突作为内蕴来获得强烈的动作性,结果导致没有冲突就没有戏剧,而矛盾冲突反过来又使戏剧成为动荡的、充满逆转与突变的艺术,使它的语言像一张弓上绷紧的弦,充满了目的性和暗示性,自始至终都指向人物的性格和命运深处。这种语气的急促与紧凑又为小说所忌讳,小说多以舒缓的描述的语言,获得容纳生活的优势,如果只是扣紧矛盾冲突,那将使它难以做到对生活的全方位介入。所以,选择一种体裁,便意味着选择一种语言方式,选择一个切入生活的角度,选择一条把握生活和表现生活的途径。

二、体裁规范了文本的形象状态

诗歌主要创造意境,小说主要刻画人物,这两类形象的差异前文已有说明。那么,同是叙事文学,同要刻画人物,小说与戏剧文学形象的差异在哪里?从数量上看,小说人物众多,作者通过他们编织出浩大的生活场景,在复杂的线索和头绪里活动,把生活的丰富性体现到十分逼真的程度。"它的容量,它的界限,是广阔无边的……它吸引人的不是局部和片断,而是整体,包容着这样的细节,这样的琐事……"①这是小说人物的功劳。相比之下,戏剧的人物则少得多,它特别要略去那些只体现"丰富性"的人物,舞台的狭小时空,不容许他们走马灯式地上上下下,所以留在戏剧文学中的人物,主次分明,责任重大,决非可有可无。"一本戏中,有无数人名,究竟俱属陪宾;原其初心,止为一人而设。即此一人之身,自始至终,离合悲欢,中具无限情由,无穷关目,究竟俱属衍文;其心原初,又止为一事而设。此一人

---

① 《别林斯基选集》第 1 卷,时代出版社 1958 年版,第 159 页。

一事,即作传奇之主脑也。"①也就是说戏剧要"立主脑""减头绪",相对单纯的情节线索,使人物相应单纯化。被改编为戏剧文学人物的贾宝玉林黛玉,只围绕爱情活动;安娜·卡列尼娜则以家庭和情感为其行为动力。比起他们在小说中的情形,其复杂性显然大幅度减弱。在小说中,人物不受时空局限,可以经历较长的时间,其性格会留下一条连续的发展痕迹,戏剧则必须把人物的纵向生活历程横向切割,化为一个或至多几个具体时空中发生的事情作为直接表现题材,使之与观众的感觉同步。也就是说,戏剧文学的虚拟时空必须在外观上与现实时空合一,否则剧本无法上演。这样,戏剧人物在观众的眼里只有短暂的历时性,像郭沫若的历史剧《屈原》表现屈原的一生,但直接书写的只是屈原由清早到午夜一天的活动;老舍的《茶馆》反映解放前五十年的时代变迁,但直接展示出来的只是三幕分别历时几十分钟的茶馆生活场景。这种通过一个个截面照见生活整体的方式,使人物形象带有强烈的夸饰色彩,由于过多的东西被强行糅合到短暂有限的时空中,人物身上"负载"太多,这与生活本身的情形是大不相同的。因此,戏剧人物往往具有强烈的表义性和象征性,与小说中生活化的人物形象并不一样。同时,小说人物是"被刻画"的形象,作者可以运用叙述语言(有时也运用人物语言)对之进行全方位——从行为到内心,从现实到历史和未来——刻画,它们的性格展示过程是从容而徐缓的。戏剧人物只能在舞台上"自我表现","说话"是他们可以依凭的重要手段。所以,戏剧人物总是长于言辞,有滔滔不绝的言说天才,他们靠语言推进动作和矛盾冲突,在矛盾"起、承、顶、转、合"运动中,直奔大悲大喜的结局,即使是正剧,也具有轰轰烈烈、动人心弦的情感体验过程。此外,戏剧依赖人物的动作,凡是人的悲或喜都是以动作来表现的,从动作才能感觉到悲或喜。② 所以,戏剧文学中的主要人物都是动态的具有自我扩张特性的人物。

散文形象呈现为两种取向,一是向诗歌靠拢,追求抒情性,以创造情景交融的"大意境"为旨归。所谓大意境,指的是散文通过较宽泛的语境来实现借景抒情、托物言志,其境界虽不像诗歌那样高度变形,突兀奇崛,然而同样能以浓浓的诗情画意促人想象。言止意驰,余音绕梁,优美的散文往往具有这种效果,这正是散文大意境的体现。另一种散文形象,是在叙事中形成的,自然、平易、不露声色是它的最大特点,它可以是人物、事态、场景,但无

---

① 李渔:《闲情偶寄》。
② 这个重要的戏剧观,来自于亚里斯多德《诗学》。可参阅《诗学》第3章。

论是什么,肯定无须小说那种完整、细致和刻意设计,有时它甚至只是零星的生活片断与小感受,并且一般不来自艰难的想象世界,而来自作家的经历,一种现实的存在。"说真话,叙事实,写实物、实情,这仿佛是散文的传统。古代散文是这样,现代散文也是这样。"①对于"现成"的材料,散文也无须苛刻的筛选,天上地下,古往今来,事无论巨细,物无论大小,景无论美丑,都可随意拈来构成表现对象。在此基础上形成的散文形象,虽不是连贯完整的大形象,但却意趣盎然,生动活泼,转换自然。在文学生态体系中,散文形象如芳草小花,虽然比不上小说、戏剧形象的挺拔伟岸,也不同于诗歌形象的异彩纷呈,但它众多、广大、亲切,平易中蕴涵丰富,纤巧中寄托质朴。要是没有散文,人类的文学活动将显得困窘而艰难。

三、体裁规定了文本的结构特点

诗歌的结构特点是跳跃性。由于语言限制,诗不可能连续地写景状物,用简短的语言包容尽可能多的内容,跳跃就成为必要。跳跃几乎使诗歌的每一行语言都必须变换表现角度、视野和内在含义,从而使诗意急促地不断更新和深化。跳跃可以发生在任何时间和空间之间,任何实象和虚象之间;跳跃省略了大量过渡性关联词语、句子甚至段落,由此及彼,由甲及乙,无须铺垫,直接抵达,形成较大语言跨度。跳跃靠情感推动下的想象来实现,但它只呈现想象结果,而无需呈现想象过程。在想象性较小的"写实型诗作"里,它通过以小见大的具象选择来实现暗示、联想性跳跃;在想象性明显的"意象型诗歌"里,则"造象以表义",以实象与虚象叠加、转换、更替来实现直接跳跃,因而主观化高度变形的奇象纷沓而出,由于中间缺少必要的关联与过渡,于是容易造成理解的艰涩、含混和模糊,诗意的朦胧性也就出现了。诗歌用分行语言和较小的段落隔断来提示跳跃,用丰富多彩的修辞手法来固化跳跃,由此产生一种极为独特的文本结构。

小说的结构无比丰富复杂,其整体特征是完整性。这既体现在人物、情节、环境本身的完整之上,还体现在它们之间相互勾连、照应,形成相辅相成的有机整体上面。在这个有机整体中,叙事线索是最重要的结构因素。在长篇小说这个主要的小说文体中,常常有多条线索纵向交织发展,它们像一条条连绵的长线,穿越虚拟的时空,把一个个动人的鲜明的生活场景像珍珠项链一样串联起来。线索之间有时会构成辐射状、网状、连环状等等,产生出相应的篇章、段落结构。中篇小说则保持着长篇的结构特点,但无论其线

---

① 吴伯箫:《〈散文名作欣赏〉序》,转引自《散文艺术论》,重庆出版社1988年版,第12页。

索数量、长度,还是所贯串的人物、事件、环境都相应单纯化了。短篇小说的结构特点与长中篇明显不同,它一改长中篇的纵式结构为横式铺展,热衷于以一个具体物象(如"项链""药""百合花""麦琪的礼物""外套""月芽儿""荷花淀"等)或者一件有代表性的事件(如"最后一课""祝福"等)作为网结点甚至题目,来编织出一个直接描写的生活画面,并把它打磨得异常细致光洁,成为一颗(而不是一串)照见人物内心和生活深处的明亮的珍珠。超短篇小说(或称微型小说)则将写作重心由人物刻画移向事件本身的典型与幽默之上,追求立意的新奇和结局的出奇制胜,形成短小但却严谨的文体结构。

散文的结构特点是自由灵活。它没有一个规范的程式,以"散"为外在标志,但形散而神不散。所谓"形散神不散",指的是所写的人、事、物本身可以没有内在的联系,它们之所以能被写在一个文本里,仅仅是因为它们有表义的一致性,符合内在的"神"。而在小说、剧本中,人、事、物本身必须具有内在的联系,如果一个文本开头时提到一支猎枪,那么必须让它在适当的时候发射出子弹。散文则并不在乎这一点。顺乎自然,不拘一格,力避强求,这是散文的天性。有作家说:"我以为它很像一条河流,它顺了壑谷,避了丘陵,凡可以流处它都流到,而流来流去却还是归入大海,就像一个人随意散步一样,散步完了,于是回到家里去。这就是散文和诗与小说在体制上的不同之点,也就足以见出散文之为'散'的特色来了。"①这是对散文结构的颇为形象的说明。

剧本的结构有两点值得注意,一是直接表现题材与间接表现题材的结合,直接表现题材是从生活纵向中截取而得的可以直观展现于观众面前、与之感觉同步的题材,它是一个极富代表性的生活横截面,具体、细致但历时短暂;间接表现题材是通过人物语言来间接展现的"场外"生活,它要经由对语言的想象联想才可以感受到。这种专事调度"场外"生活的人物语言,仿佛在戏剧与现实时空合一同步的虚拟时空周围无形限制之墙上,打开了一道通向场外生活的"花窗",把舞台之外的丰富生活经由想象"借"过来。所以,"花窗借景"这个来自中国园林建筑的术语,在此成为戏剧结构的一种形象表述。如何拓开戏剧文学的时空,使它得以完整全面地反映生活,处理好这种结构是相当关键的因素。二是剧本必须分场(折、幕),以一些相对完整独立的剧情片断来推进剧情,构成剧本整体。从外在看,分场是戏剧

---

① 李广田:《谈散文》,转引自《中国现代散文理论》,广西人民出版社1983年版,第148—149页。

时空局限的结果;从内在看,分场是戏剧矛盾规律使然。矛盾运动过程有五个基本步骤,即"起、承、顶、转、合",与此对应,剧本的结构一般分为五场。在中国古代,这种完整的戏剧结构观念在元代的杂剧中就已形成,元杂剧多为"四折一楔子",且有严格的"科、唱、白"分工,所以,它能代表中国古典戏剧的成熟。由于立足矛盾来结构剧本,往往能产生"戏中有戏"的效果。"一个剧本,在或多或少的程度上总是命运或环境的一次急遽发展的激变,而一个戏剧场面,又是明显地推进着整个根本事件向前发展的那个总的激变内部的一次激变。我们可以称戏剧是一种激变的艺术,就像小说是一种渐变的艺术一样。"① 达到这种状态,戏剧的外在结构,就很好地体现了内在意蕴而成为一种成功的结构。

影视文本是蒙太奇结构方式的文学化体现。这是适应影视艺术的视觉性、直观性及其相应拍摄方式产生的结果。"蒙太奇"(montage)的外文原义是构成、装配,用于电影是指电影镜头的剪辑、组接、构成,即按生活逻辑和表现目的连接各个镜头,使观众获得鲜明的印象以了解剧情的发展和创作意图。② 正是蒙太奇才使电影运用画面叙事成为可能,因此电影可以不受时空的局限,通过剪辑和重新连接来实现时空的跳跃、颠倒、间断、连续、转换等,从而产生适当的生活容量并实现对生活的表现。正是蒙太奇才使电影产生了强烈的表现性,从而带来了与众不同的艺术感染力。表现性因蒙太奇手法的不同而不同③。最后,可以说正是蒙太奇才使电影成为真正意义上的全新艺术。关于蒙太奇的发现、探索和创造性运用,都是电影史上激动人心的时刻之一。影视剧本为拍摄而作,必然要接受蒙太奇结构方式的影响。这种结构的基本要点是剧本不必按时空的固有秩序连续地构成,它可以随意调度时空,自由穿插交错,它以镜头方式呈现场景,只画面似地

---

① 阿契尔:《剧作法》,转引自《戏剧艺术的特性》,上海文艺出版社1985年版,第9页。
② 电影理论家巴拉兹指出:"蒙太奇,它的含义是:按照一定的顺序把镜头连接起来,其中不仅是各个完整场面的互相衔接(场面不论长短),并且还包括最细致的细节画面,这样,整个场面就仿佛是由一大堆形形色色的画面按照时间顺序排列而成的。"见巴拉兹:《电影美学》,中国电影出版社1979年版,第16页。夏衍说:"说得简单一点,蒙太奇就是影片的连接法。整部片子有结构,每一章、每一大段、每一小段也要有结构。在电影上,把这种连接的方法叫做蒙太奇。实际上,也就是将一个个的镜头组成一小段,再把一个个的小段组成一大段,再把一个个的大段组织成为一部电影……"见夏衍:《写电影剧本的几个问题》,载《夏衍论创作》,上海文艺出版社1982年版,第291页。
③ 电影有多种蒙太奇手法,能产生不同的表现效果。主要的蒙太奇手法有比喻蒙太奇、象征蒙太奇、平行交叉蒙太奇、对比蒙太奇、相似性蒙太奇、反复插入蒙太奇、语画音画蒙太奇等等。

展示生活而不作内在联系与变化的界说,联系与变化都隐于画面本身的表现性中。它重画面的明晰、直观与完整,力避抽象或粗线条叙述。为此,描写成为首选的表现手法。

从上述分析可以看出,体裁对文本的影响,也就是对创作和鉴赏的影响,是全方位的,并且是强大而难以抗拒的。体裁之所以有如此之大的规约力量,根本原因在于体裁是文化约定俗成的一系列程式,它在漫长的创作历程中逐渐形成,有着强大的文化定势,除非出现天才的作家或者发生文化的异常突变,体裁的约束不会突然消失,某种体裁也不会突然产生或者突然衰亡。

也就是说,当体裁一旦被约定俗成,那它必然就要作为规范而存在,因为每一个作家和读者都参与了约定。这种约定又会作为文化发展图式惯例性地传递给新一代作家和读者。直观地看,体裁仿佛获得了自我生存的生命力,有一个产生、发展、壮大,当然最后也必然要走向衰亡的生命历程。从另一角度而言,作家的创作受到体裁活性的强制,并不意味着作家完全丧失了创造力,只不过作家的创造力因体裁的影响而体现得更为曲折也更为顽强,就像石块压迫下的小草依然要生长那样。作家必须适应体裁规范,但他从来不是被动地适应,他有选择具体体裁的权力和自由,所以,卡冈"把体裁定义为艺术创作的选择性"①。选择的前提条件是作家的个性、审美趣味、审美修养以及表现对象本身决定的。当然,体裁自身的特点在这里也释放着巨大的能量。

但是,文本的具体性和作家个性之间永远不可能达成绝对和谐一致,后者一般不会老老实实就范于一个既有体裁提供的模式。作为一种规范,体裁具有天然的保守性,于是矛盾和碰撞开始发生。"文学的类别可被视为惯例性的规则,这些规则强制着作家去遵守它,反过来又为作家所强制。"②所谓作家的强制,体现在他所写的文本总是一个具体文本,而体裁规范不过是一些普遍原则。当"普遍"化为"个别"之时,"个别"必然产生锐性——创造中获得的新成分,它们会像钢针一样刺穿体裁的布袋。如果刺透的钢针多了,便产生一种新的体裁约定,使旧有的体裁发生变化,衰减它的生命强度,此时,如果体裁失去自身的调节适应能力,那它的衰亡就成为必然。这就是体裁的生命周期——在约定中成为规范,充分释放生命能量,然后不

---

① 卡冈:《艺术形态学》,三联书店1986年版,第418页。
② 韦勒克、沃伦:《文学理论》,三联书店1984年版,第261页。

断发展、深化、蜕变出新的形式以适应作家的创造力和时代精神观念的更新,体现出顽强持久的生命活力。诗歌、散文就是这样的体裁,在中国悠久的文学历史中可以清楚地看到它们艰难但始终富有活力的演变进化这一"生命"运动过程。如果没有这种适应性,那么某种体裁便会悄然衰亡(像大赋、骈文),逐渐让位于新体。

由于体裁的"生命活动"的存在,甚至整个文学史的变化发展,都会以文学样式的更替变化作为一种形式。有人认为文学史就是"种类的进化史"。这种情形在中国文学中体现得尤为充分,几乎每个重要的时代,都会产生一种足以自豪的体裁,标志自身的文学成就,同时推动整个文学史向前发展。这充分体现出体裁所内含着的两种基本价值,即"首先,一定的文学形式同产生它的或者它活动于其中的社会,与时代有着清楚的社会和历史联系;其次,各种文学形式具有无可置疑的连续性,足以穿透并超越与它们有上述联系的社会与时代"①。

体裁就是这样一种具有挑战性的东西。它需要对它的顺从与适应,也需要对它的反抗与超越,它的活力正来自于它所置身的文学实践给它造就的这种矛盾内涵。正如弗吉尼亚·伍尔夫所说:"如果我们能够想象一下,小说艺术像活人一样有了生命,并且站在我们中间,她肯定会叫我们不仅崇拜她、热爱她,而且威胁她、摧毁她。因为只有如此,她才能恢复其青春,确保其权威。"②关于体裁,必须形成这种辩证的思想,因为它虽然是一些抽象的规范、原则,但对文本来说,体裁永远是具体的,并且永远处于动态的文学发展历程中,为文学乃至文化提供着鲜活的新成分。

体裁对文本的规范具体而细致,它为文学分类提供了直观而完整的标准。给文学分类,这几乎是从文学产生之日起就萦绕在人们心头并促使人们做出各种尝试的带有理论色彩的问题。分类,从方法上看其实是一种归纳。文学分类也就是要将形形色色的具体文本归纳到几个具有共通性的大系列中,以求得相互之间的整体差别。这对于总结创作经验,寻找接受的最佳途径无疑是重要的。体裁以一种现成的文体规范出现,本身就体现出归纳的普遍性。因此,以它作为文学分类的标准,似乎天经地义,直观而简捷。

然而,体裁作为文本的具体样式自古就存在,但对它产生清晰的理论认识并以之作为文学分类标准则发生在近、现代社会。在中国,确切地说是从

---

① Raymond Williams, *Marxism and Literature*, Oxford University Press 1977, pp.182-183.
② 弗吉尼亚·伍尔夫:《论现代小说》,《论小说与小说家》,上海译文出版社 1986 年版,第 13 页。

"五四"时代开始的。无论中西,体裁意识的强化突出都是近现代文学发展多元化、文学创作细则化的产物。特别是在西方现代文学中,即使同一种体裁(如诗歌、小说)的内部,都会因为不同的世界观、文学理想及创作方法的不同而产生极为细腻的差异,文体意识成为作家必须追求的重要因素,所谓"超文体写作",其结果往往只是使文体限于一个更狭窄的范畴之中——虽然它也有可能提供一些新的成分。所以,体裁的规范作用才日益增强。

当然,细腻的文体规范在发挥它的优势之时不可避免地带着过分琐碎、过分定型化的毛病。文学的感性写作方式有时需要一种更为宏观的理解才能得到其他一些同样重要的精髓,即使对于文本这种具体化的文学存在来说也是这样。所以,无论作为对体裁的一种补充,还是作为对文学分类思路的一种追溯、回忆,我们都需要产生并保持"文学类型"的观念。实际上,我们的文学思路中从来就没有离开过这种成分,只是往往没有自觉到它的重要而已。

在中国影响最为长久的文学类型观念是"韵文""散文"观念。凡用韵的文本如歌、诗、词、赋统称为韵文,韵文以外的所有文本即为散文。历来,这种观念被认为是一种极为简陋的文学分类观,它的存在仿佛已经成为中国人的文体意识淡薄的铁证。这是一种极其错误的理解。在散、韵之说流行的魏晋时代,人们对文体有极为细致的认识与把握,萧统《文选》区别文体为三十九种①,刘勰《文心雕龙》对文学体制的研究更为精密,在二十余大类之下有百余种小类。② 那么,为何还需要这种简单、含混的散文、韵文类别观念呢?在那时的人看来,韵、散之分乃"文""笔"之分,"今之常言,有文有笔,以为无韵者笔也,有韵者文也"③。"笔退则非谓成篇,进则不云取义,神其巧惠,笔端而已。至如文者,惟须绮縠纷披,宫徵靡曼,唇吻遒会,情灵摇荡。"④可见,文、笔或韵、散观念的出现,旨在厘定文学性质以及由此而生的文学文章之作法与构成之差异,这是纯粹的体裁研究所不能奏效的。文学批评史家郭绍虞说:"是故以文、笔对举,则虽不忽视文章体制之异点,而

---

① 萧统《文选》区别文体为39种,它们是:赋、诗、骚、七、诏、册、令、教、文(策问)、表、上书、启、弹事、笺、奏记、书、移、檄、对问、设论、辞、序、颂、赞、符命、史论、史述赞、论、连珠、箴、铭、诔、哀文、哀策、碑文、墓志、行状、吊文、祭文。
② 刘勰:《文心雕龙》。可参见郭绍虞先生的概括,见《中国文学批评史》上卷,百花文艺出版社1999年版,第117、118页。
③ 刘勰:《文心雕龙·总术》。
④ 梁元帝(萧绎):《金楼子·立言》。

更重在文学性质之分别;其意义与近人所谓纯文学、杂文学之分为近。"①文学类型观念的影响是极为深远的。

与此类似,西方自亚里斯多德开始以至别林斯基,也采用以手法为主要特征的"抒情类""叙事类""戏剧类"作为类型观念来理解文学。这并非是因为西方自古希腊以至近代这漫长的历史时空中缺少体裁的细致思路。在古希腊,史诗、悲剧、喜剧等就已作为独立的体裁得到过具体阐述。那时没有小说,但小说自中世纪的罗曼斯(romance)演化为17和18世纪的novel,其中细密的体裁流变在别林斯基以前肯定已经发生。人们仍然离不开类型的思路来谈论文学和理解文学,则因它们能够提供体裁的确定性所不能提供的更富创造意味的因素。

如今,人们除了仍在自觉或不自觉地使用中西方既有的类型观念之外,对于文学文本的类型,当然还产生了一些新的理解与掌握方式,譬如写实型、理想型、象征型、再现型与表现型等等。这些观念,只要它们自成体系,互不矛盾,应该说对理解文学文本也都是具有积极意义的。

二 文本特点

这里所说的文本特点,并不是指具体文本之间的相互差异,而是指文本达到较高水平之后流露出来的总体特色。其中最有价值的是风格、雅俗与虚实侧重。

个性与风格

作为"艺术所能趋及的最高境界"(歌德)的风格,它的形成和对它的领悟,是文学活动中最为亮丽珍贵的景观,是作者和读者超越文学现实构成进入审美的精神"灵界"获得自由创造的标识,是高层次文学话语言说在文本之外建构起来的视之无形、听之无声、触之无物但却韵味无穷的存在。

"风格"是一个需要前提限定的概念,"文学风格"同样如此。人们一般所说的文学风格,指的是作家作品的整体风格,它的基本意思是作家在其创作个性制约下,通过一系列作品显示出来的独特而稳定的艺术风貌和精神格调。文学风格的所指还可以放大,即可以用它来指称一个地理区域或者一个时代、甚至一个国家一个民族的整体文学风格。这种文学风格的定义

---

① 郭绍虞:《中国文学批评史》上卷,百花文艺出版社1999年版,第123页。

是一个地域(或者时代、国家、民族)的主要作家,通过其创作个性中隐含的地域(或者时代、国家、民族)特色的成功展示,在其作品系列中显现出来的独特而稳定的艺术风貌和格调。不难看出,文学风格在这种大限定下所强调的是文学的共同特色。诚如丹纳所说:"一个艺术家的许多不同的作品都是亲属,好像一父所生的几个女儿,彼此有显著的相象之处。"①这种相似情形当然可以推广到一个地域、时代、国家、民族的许多不同作品中去,它是文学宏观考察的结果。文学风格的所指也可以缩小,即可以用它来指称某个具体文本的风格,所谓文学风格便成为在文本中作家通过其创作个性显示出来的独特鲜明的艺术风貌和精神格调。显然,这里的文学风格便不再是共通性的体现,而是文本特色的体现。

由此可知,风格的前提限定发生变化,风格的内涵必然发生变化,不过变化中也有不变的因素,即风格作为一种"风貌"与"格调"的涵容性、意会性状态不会变,风格作为优秀文学文本才具有的风貌和格调这个基本规律不会变。在这里,我们要着重讨论的是作为文本特点的风格,即最狭小意义上的文学风格。

明确风格的涵容性、意会性对风格构成和风格领悟是至关重要的。就构成角度看,风格无形有迹,它不是文学文本中的语言、结构、手法、情感、思想、形象、情节、环境等具体因素,但又必须由这些因素来综合产生,产生的条件是它们达到和谐组合、浑然天成,从而自然而然地流露出来。任何强求和别出心裁的设计,往往会违背风格的自然天性,最终难于促成文本有价值的风格特色。从风格领悟角度看,由于风格是一个灵动变化无形有迹的"场",因而纯理性化的分析演绎往往难得其神,甚至还可能消解它。风格需要品味,需要充分感性化的理性思维来"感触"它,需要涵容性、形象性的词语来表述它,这样的词语必然带有艺术色彩。因此,对风格的把握本身历来就体现出强烈的艺术性。譬如,中国人习惯用"雄浑""疏野""绮丽""自然""冲淡""高古""豪放""婉约"等一类精练的语言来表述文本的具体风格状态,但何谓"雄浑""疏野""绮丽""自然""冲淡""高古""豪放""婉约"等风格,这就需要灵动的想象和意会才能得其真味,而想象永远都带着天然的艺术色彩。

由于风格具有涵容性、意会性,风格的具体状态(或者类型)便成为一个十分丰富也十分微妙的领域。不可能有完整的穷尽了风格状态的分类出

---

① 丹纳:《艺术哲学》,人民文学出版社1963年版,第4页。

现,感悟的角度、视点、深浅以及细致程度不同,便会得出不同的风格状态或类型。刘勰在《文心雕龙·体性》中将风格概括为八种①,司空图《二十四诗品》则概括为二十四种②,当然还有另外出于各种标准和理由的不同概括。它们的差距之大说明,纠缠于对文学风格进行纯理性"圈定"并无太大价值。对于文学风格,应该重在感悟,重在领会它与作家人格个性以及各种客体因素之间的复杂的构成关系,即领会它的形成过程和呈现状态,这样才能获得更多的有益启示。

对于风格的形成,人们一般认为是主观方面即作家的创作个性促成的。法国布封的"风格即人"说③,中国刘熙载的"文如其人"说、曹丕的"文气论"以及刘勰的"才、气、学、习"说④,都是从主观方面寻找风格成因的典型代表。诚然,由于文本中风格呈现为一种特色,因而与作家的个性必有天然的亲缘关系。从主观方面寻找文学风格的成因,应该说抓住了问题的主要方面,可以得出一些有价值的结论。

所谓创作个性,指的是作家在其先天的性格和气质基础上经由其生活实践历程逐渐形成的关于创作的立场观点、情感思想、审美趣味、写作技能、语言运用等的独特性,在创作中它表现为一种综合形态。这里所以要把性格和气质视为先天因素,那是因为据某些现代生理和心理理论称,人的性格、气质与人的体液、血液关系紧密,不同体液比例和不同血型的人有不同的性质气质。它们渗透、投射到文本中,使风格仿佛也带上了神秘的天然色彩。于是,李白诗风的飘逸畅达被归因于其性格的活跃与易于冲动,杜甫诗风的沉郁顿挫被归因于其性格的内倾与深沉。刘勰说得更仔细:"是以贾生俊发,故文洁而体清;长卿傲诞,故理侈而辞溢;子云沉寂,故志隐而味深;子政简易,故趣昭而事博;孟坚雅懿,故裁密而思靡;平子淹通,故虑周而藻密;仲宣躁锐,故颖出而才果;公幹气褊,故言壮而情骇……"⑤似乎任何有

---

① 《文心雕龙·体性》所概括的 8 种风格为:典雅、远奥、精约、繁缛、壮丽、新奇、轻靡、显附。
② 《二十四诗品》所概括的 24 种风格为:冲淡、缜密、疏野、劲健、悲慨、旷达、超诣、沉着、雄浑、纤秾、高古、典雅、绮丽、飘逸、委曲、豪放、自然、洗炼、实境、流动、形容、精神、含蓄、清奇。
③ 布封:《论风格》,《译文》1957 年 9 月号。
④ 刘熙载《艺概》:"书,如也。如其学,如其才,如其志,总之曰,如其人而已。"曹丕《典论·论文》:"文以气为主。气之清浊有体,不可力强而致。"刘勰《文心雕龙·体性》:"夫情动而言形,理发而文见,盖沿隐以至显,因内而符外者也。然才有庸俊,气有刚柔,学有浅深,习有雅郑,并情性所铄,陶染所凝,是以笔区云谲,文苑波诡者矣。故辞理庸俊,莫能翻其才;风趣刚柔,宁或改其气;事义浅深,未闻乖其学;体式雅郑,鲜有反其习:各师成心,其异如面。"
⑤ 《文心雕龙·体性》。

风格有特点的作家,都可以在其心灵深处找到性格原因。既如此,要追求风格必先修炼自我人格,形成独特的人格风貌和格调,文本便可对应而生某种独特的风貌和格调,这几乎已成为人们的普遍共识。

其实,任何理论一旦被绝对化便会产生无法自圆的漏洞,将文学风格等同于作家人格也必然如此。在许多情况下,人们会发现"文"并不如"人",风格也不一定就是作家人格和精神个性的写照。性格个性(特别是狭隘、顽劣的性格个性)不一定必然投射到作品里。因为任何文本都是创造的产物,它有加工变形,任何因素都要经由重新处置才会进入文本,作家的"短处"更会被有意掩饰涂改。所以,在作家和作品、人格和风格之间,常常会看到丑与美、狭隘与博大、卑下与崇高等等的反差。仅从个性看风格,容易导致片面与褊狭。

为此,必须把视野放开,去充分注意那些性格因素之外有"人为"可塑性的诸多因素。它们是作家的人生经历、时代社会特点、民族文化传统等,它们可以把作家作品的风格落实到一些具体因素之中,表面看仿佛有违风格本身的"虚空"性,但实际并不如此,任何作家、任何文本的风格实际上从来就没有离开过这些客体因素而能够纯主观化地形成。即如杜甫,倘无对那个动荡社会深重苦难的体验,怎能如此沉郁顿挫;而李白的放达,则是文化反叛精神对其个性的一种充实。我们并不否定个性的巨大作用,但个性在作家身上总要借助具体的东西来体现,因为作家并不能生活于虚空之中,文学风格总会与客体因素发生直接或间接的联系。所以,作家越是关心国家、民族的命运,越是积极反思传统文化的优缺点,越是积极投身于时代、社会洪流之中,他的个性便越可能向着健康和成熟发展,作品风格的形成可能性也就必然增大。否则,无病呻吟,个性再强烈,所能产生的顶多也不过是极端形式主义化的空洞的言之无物的艳丽和浮泛。

同时,时代特点、民族特点以及地理环境、风土人情作为文学的表现对象,它们对文学风格的形成也会产生直接的影响,体现在文学风格上不可能违背表现对象提供的真实性与合理性基础。马克思说过:"难道探讨的方式不应该随着对象而改变吗?当对象欢笑的时候,探讨却应当摆出严肃的样子;当对象令人讨厌的时候,探讨却应当是谦逊的。这样一来,他们就既损害了主体的权利,也损害了客体的权利。"①这种叩问,充分提示了表现对

---

① 马克思:《评普鲁士最近的书报检查令》,《马克思恩格斯全集》第 1 卷,人民出版社 1995 年版,第 112—113、9 页。

象对文学风格巨大影响力的存在,它们对文学风格有着宏观的整体的规约。表现对象中的这些主要因素,对文学风格的影响一般会产生两个结果,一是使文本中的风格内蕴带上表现对象即时代、民族和地域等特点;二是促使时代、民族和地域等的整体文学风格出现。在考察文本具体风格的时候,我们不应忘记风格形成过程中这些具体因素所产生的特点内蕴,离开了时代、社会和民族的大前提,无论对风格建构还是风格领悟都将因为空泛、缥缈而难得其神。

在文学风格形成过程中,文学作品的具体样式所发挥的作用也是不可忽视的。前面已经谈到,文本总是具体的文本,体裁对它的规约是强大的,当文本要体现特色并达到风格高度时,这种规约力量不但没有减小,反而变得更为内在、更为深沉。它对文本风格产生大致的整体规定,它要求创作主体必须适应它,以它特有的语言形态、形象体系和结构特点等方式来反映生活,构成文本,否则可能连正常的文本都难以产生,更何谈风格。

体裁与文学风格之间的关系,古人早已有所涉及。曹丕说:"盖奏议宜雅,书论宜理,铭诔尚实,诗赋欲丽。"①陆机云:"诗缘情而绮靡,赋体物而浏亮,碑披文以相质,诔缠绵而凄怆,铭博约而温润,箴顿挫而清壮,颂优游以彬蔚,论精微而朗畅,奏平彻以闲雅,说炜晔而谲诳。"②这些精巧的形容和比附,在有效区分文体差异的同时,还把不同文体的风格特色鲜明道出。面对这些文体的风格规范,主体只有顺应它们,才可以使文本形成和谐的内外构成,风格方有存在的前提和基础。

总之,风格作为"艺术所能趋及的最高境界",它的来源,只能是创作个性、表现对象以及文学自身规律等因素综合作用的结果。它的体现,也只能由作品内容形式的各种因素在和谐同构前提下共同完成。任何单一的思路都难于洞悉文学风格的成因,进而追寻到风格、领悟到风格。当我们说风格的产生标志着文学创作和文本状态达到较高水平时,同样亦可说对风格的感悟则标志着文学接受达到较高层次。

那么,关于风格的精妙理论意味着什么呢?

提出这个问题的目的是要展开对中国古代文学风格理论的讨论,因为这种理论的精妙与成熟,将有利于对文本的风格特色进行深入理解和把握。我们知道,由于受当时意识形态和文化背景的制约,中国古代文学理论

---

① 曹丕:《典论·论文》。
② 陆机:《文赋》。

在理论体系的深入性完整性、思维方法的多样化科学化等方面有许多不够完善、不尽如人意之处，但对文学风格的阐述却达到相当精妙高超的境界，建立起中国化的风格理论体系，并且还让这种体现文学风格韵味的思维方式渗透到几乎整个文论体系中，使之简约超迈，流露出开合自如的独特气度。这主要体现在中国古代的一些风格专论中已经形成对文学风格独特而深入的研究与表述。它们虽然为数不多，但切合风格实际，具有自己的特色，标志着中国古代文论所达到的一个很高的层次。其中最具代表性的是刘勰《文心雕龙》中的《体性》《定势》和司空图的《二十四诗品》，此外，皎然的《诗式》、钟嵘的《诗品》、陆时雍的《诗镜总论》等，也从不同角度、不同程度论及了风格问题。它们的贡献在于：第一，对风格状态作了细致而且极为形象生动的划分，其思路涵盖了作家品性、作品形态及风格构成基因等方面。在西方，从亚里斯多德、但丁、黑格尔到现代美学家威克纳格等人，虽然也对风格状态作了理性化分类研究，但其感悟细致程度远不及中国古代文论家所为。在西方的理性思维中缺乏中国古代文论家的体验感悟特点，对风格的把握自然难以求精求细。第二，是对风格构成的主体条件作了深入的研究。刘勰的"才、气、学、习"说，是最充分的代表，较之西方学者布封等人只笼统强调人格个性的观点又显得更为精准。第三，也是最重要的一点，是这些著作对风格所做的理论阐述，完全采取了与风格本身相一致的方式，从而使风格这种文学作品的高层次韵味得到最为贴切、充分的论述。这是我们尤其应该重视和借鉴的。

　　风格是一种可意会而难言传、可品味而难分解的艺术风貌和格调，因而纯理性化的分析演绎往往难得其神。它需要充分想象化艺术化的思维和语言来捕捉它表述它，中国古代风格文论恰好如此。刘勰以骈体行文，华丽的辞藻、形象的比附，构成了全文的艺术氛围。而司空图对二十四种风格的阐述，运用的几乎就是二十四首形象而又深含理性的诗歌，诗的境界成了风格的最好体现与印证。这种理论与对象的高度协调统一所产生的深厚意蕴和巨大魅力，只有中国古代风格文论才具备。因此，当我们要对文本的风格特点以及作家的整体文学风格乃至时代、民族的文学风格进行深入理解和把握之时，对中国古代文学风格理论进行深入研究理解、借鉴其思维和方法精髓，必然更有利于找到一条切合风格构成规律的路径，从而在文学风格这种高层次艺术境界中得到更大的启示与收获。

通俗与高雅

通俗与高雅是文学文本可能具备的两个不同特点。一般说来,它们是两个对应的甚至对立的范畴,体现着不同的精神和价值取向。文本对它们的追求往往非此即彼;只有为数不多的优秀文学文本才可以雅俗兼备、巧妙融合,成为雅俗共赏的对象。也有一些文本既不雅也不俗,介乎二者之间,但二者的特点都不具备,这是最为平庸、平淡的文本。这种情况说明,文本在通俗和高雅之间存在多种选择可能,而且最为奇异的是,文本的雅俗、特点并不是一成不变的,在文本不作改动的前提下,雅俗、会在不同的文化环境中发生变易,体现出审美价值转换的复杂性。

一、通俗和高雅的含义

通俗与高雅是两个对应概念,然而它们并不像"小说"与"诗歌"这类对应概念一样具有明晰的所指,因为它具有强烈的依附性。如果依附于文本,文本的具体化存在方式又会使其雅俗特性与文本所置身的时代、社会的不同文化环境发生具有弹性的联系,雅与俗遂成为变化的不确定因素。可见,对雅俗文本的思考,关键并不在于求得两个静止的僵化的定义,而是必须充分理解雅、俗文本在历史时段中的"现时性",即它们在特定文化语境中的呈现状态,从而来理解它们由作为文本特点出现而连带着的文本价值体系。从这个前提出发,可以肯定地说,所谓文学文本的雅、俗特点,其实正是人们对文学文本感觉向度上的深邃纯正与浅近芜杂之差别的形象表述。它们具有十分突出的感性化、含混化的约定俗成特点。这种约定俗成来自于人们对作品整体构成的各个方面的综合感受,并不是某种单一化因素可以促成的。有学者根据美国文艺理论家艾布拉姆斯《镜与灯》中阐述的文艺活动构成"四要素"即作品、艺术家、宇宙、观众,提出雅俗文学之别会体现在:一、作品与宇宙的关系,即作品再现现实世界时其经验方式的差异;二、作品和作者的关系,即作品在传达感情方式时的差异;三、作品和读者的关系,即作品在被接受时效果的差异;四、作品与自身关系,即作品形式技巧方面的差异;五、作品与思想的关系,即作品在表达思想深度上的差异这几个方面之中。[①] 依据这种整体性思路,可以得出一些文本雅、俗特点的基本内涵,即——

所谓高雅文本,也就是它在与世界的关系中,着重于整体呈现,力求反

---

① 见《论雅俗文学的概念区分》,《文艺理论研究》(沪)1996年第4期。

映生活的整体状貌;在与作者的关系上,它侧重表现作者真诚体验的情感,强调作者"以同一种方式对待自己和观众,他使自己的情感对观众显得清晰,而那也正是他对自己所做的事情"[①];在与读者的关系上,它启发读者注意人生中的严肃问题并达到一定深度,力求使人触及真善美,获得真理的启示与良知的颖悟;而在对待自身的关系上,它讲求技巧,注重形式,无论语言、结构与手法,都以传达深厚的内在意蕴为旨归,体现出精细别致的韵味,具有明显的心智色彩。因此,从整体上观之,高雅文本给人以深邃纯正之感,对于其中的优秀文本,可以说,高雅已经成为它们的一种风格特征。

所谓通俗文本,则是这样的文本,在与世界的关系中,它不追求整体呈现,而满足于单一的感受或经验传达,由于割断了与世界的广泛联系,写人则无性格形成的时代社会依据,写事则无事件的合理逻辑,写物则无言此意彼的表义跨度;在与作者的关系上,它并不要求作者对情感的真诚体验,其情感外在于作者,于是这种情感只有煽情的力量没有感人的力量,"他本人并不必然被感动,他和观众对该行动处于截然不同的关系中,一个是开药,一个是服药"[②]。由于缺少由自我体验开始的人生关切内蕴,也就带来情感宣泄的随意性,情感的审美升华往往难以实现;在与读者的关系上,它侧重享乐原则,以过分的游戏方式,回避生活中的严肃课题,使读者在轻松嬉笑中获得暂时的解脱甚至沉醉的刺激;在对待自身的关系上,它也讲求技巧与形式,但技巧与形式并不指向内在的深厚意蕴,而是为着煽情和娱乐,因而遵循轻松、便捷、易于接受的原则,艺术化的深奥复杂的文本构成方式往往被敬而远之,甚至成为禁忌。因此,从整体上观之,通俗文本给人们浅近芜杂之感,但其中的佼佼者,亦可达到将通俗作为文本风格的高度。

那么,显示着高雅与通俗特色的不同文学文本,它们的价值何在呢?在传统文学观念中,高雅文本是文学的理想模式,代表着文学发展的纯正方向,它们超拔的姿态拉开文学与现实、文学与大众的距离,从而获得一种自由创造的独立品格。而这种品格,又往往被视为人类自身价值的确证或象征。所以,人们往往用高雅文学作为文化自豪感的有力支柱,并力图用它来影响和规范文学的基本走向。无论是中外文学史,其中总会绵延着对这种高雅品位的追求和获得:博大、深邃、纯粹,思想的深刻与先进,信念的崇高与坚定,想象的辉煌与美丽,境界的高洁与灵动,技巧的独特与丰富,语言的

---

① 科林伍德:《艺术原理》,中国社会科学出版社1985年版,第114页。
② 同上书,第113页。

优雅与缤纷,等等,这是一个时代文学成就的内在标志,也是知识分子主体人格通过艺术话语的最好呈现。发现并认识到这一点,是对文学精神向度的一种深入把握。一个时代如果没有高雅的文学创作,它的精神萎缩肯定已经成为现实。

通俗文学则是文学的民间姿态,它以浅近的方式,力求满足但同时也塑造着大众普泛化的艺术口味;它不热衷于精神开掘灵魂拷问,但却洋溢着情感的浪花;它也许没有深刻思想的内在质地和艺术形式的独特建构,但却有着吸纳大众心灵的有效途径;它也许不具备规范世风劝诫人心的责任意识,但却向读者群体展示出文学颇为迷人的娱乐价值。因此,它虽然可能比较浅近、芜杂甚至功利化、滥情主义,但作为高雅文学的基础或对应体系,却因代表着文学的世俗化取向而显示出同样不可或缺的价值。谁也无法想象没有通俗文学的时代是个怎样的文学时代。何况在文学的历史进程中,高雅文学文本和通俗文学文本不会一成不变。通俗文学总在不断地转化为高雅文学(虽然并非全部),反过来也一样。可以说高雅文学的进化,或者文学整体的进化,很大程度正是得力于雅俗文本变易产生的强大的选择力量和推动力量。因此,对于雅俗文本的文学价值,应该形成一种辩证的眼光来看待它们,否则可能厚此薄彼,在雅俗之争中浪费不必要的精力。对于文学文本,真正应该担心和提防的是不俗不雅,没有任何特点的低层次写作。

二、雅俗特点的变易

看不到雅俗特点的变易,对文本雅俗特点的认识只能是僵死的、肤浅的,难以触及文学发展的一种自身规律,以及这种规律造成的对文本的巨大影响。

文本雅俗特点的变易,取决于多种因素,体现出复杂状态。择其要者,我们从文本构成、时间流程和接受心态三方面具体加以考察。

从文本构成看,文本内质与形态之间的雅俗错位,是变易的前提。文本一旦为作家所创造并在阅读中流传,它的价值体系便为语言符号所固定,作家便无法再度增加、减少或更改其意义。这些定型化文本所以会发生雅俗变易,最主要的原因便是文本构成过程中其内质与形态存在雅俗错位,即以通俗形态出现的文本,其实却暗含着高雅的内质。《西游记》一类作品便是这样,它们以神魔的世俗文学身份登场,但却在思想和艺术上给人以深邃纯正之感。相反一些以高雅姿态出现的作品,实际却不具备高雅的内质,骨子里充塞的是俗透了的东西,这使它无论如何无法摆脱低俗的内在规定。如果文本构成中没有这种雅俗的内质与形态错位,那么文本的雅俗特点一般就不易发生变化。文本雅俗错位,大多数情况下是作家主动追求的结果,其包含的文化语汇是十分丰富的。

从时间流程上看,时间流程中的积淀作用是雅俗变易的必要条件。由于雅俗错位的实际存在,文本的雅俗特色成为一种十分复杂的状态。只有经历一个较长的时间流程,雅俗错位才会慢慢得到澄清。在这个过程中,积淀使雅俗特点各归其位,其变化可能是极为缓慢的。在近距离的文学接受中,读者对文本的误读是难以避免的现象。正像 H. 布鲁姆所说"每一位优秀的读者都恰当地渴望被淹没"[1]。而置身于大师和流行热潮之中的"同代"读者,这种"被淹没"的愿望和可能就更大,误读的发生不可避免。但当时间延续,距离拉开,人们往往会发现,当时曾经极为看重的高雅文本,不过是平庸浅近的东西而已。另一个方面,由于时间造就的隔膜感,会使过去时代的通俗作品显示出对理解的阻拒。有阻拒必有深入理解和探索的吸引力,其结果,是过去的"下里巴人"文本,这时成为印证自我理解能力、想象能力的"阳春白雪"。中国古代的词和小说就是这样走上高雅文学殿堂的。西方也存在这种情况,中世纪的骑士文学和市井文学中的许多作品,甚至后来拉伯雷的《巨人传》等,也是以这种方式完成由俗向雅的转化的。

从接受心态上看,接受心态的随机变化是雅俗变易的主动原因。上述时间流程中的"积淀"之说,其作用从根本上看只是对文本雅俗错位的校正,也可以说是对雅俗真相的一种被动皈依。实际上还有一种主动行为在雅俗变易中起作用,那就是读者心态的变化。雅俗观念其实是一种接受观念,按"接受美学"观点看,文本的意义是一种结构意义,它等于作者赋予的意义和读者赋予的意义相加。前者是一个恒量,后者则是一个变量,它随时间的延续、文化条件的变化而永无休止地变化着。接受美学认为:"第一批读者的理解力能够在接受的长链中一代一代地传递下去,并且不断丰富起来,因而也决定一部作品的历史意义,显示它的美学地位。"[2]正是有了这种不断变化着的理解,才使作品的文本错位得以在时间流程中被修复。

更为重要的是,这种变化的理解,还会主动改变文本既有的雅俗特点定性,否则"变化"之说何从谈起。也就是说,雅与俗随时代发展,读者群体更替,其感觉向度上的深邃纯正与浅近芜杂本身虽然不会发生变化,但其内涵即什么是深邃纯正、什么是浅近芜杂却不断会有新的解释。结果,自然会使

---

[1] Harold Bloom, *The Anxiety of Influence*, Oxford University Press 1975, p.57.
[2] 姚斯:《走向接受美学》,转引自《文学理论要略》,人民文学出版社 1995 年版,第 257—258 页。

原来的某些或雅或俗的文体发生特性转换,产生新的阅读、接受效应,释放出与原来迥然有异的价值和影响。引起这种变化的原因是复杂的,有文学构成上的原因,也有文学观念随时代社会发展变化而变动的原因。像中国古代小说,在它刚刚出现的时代以至后来漫长的发展过程中,都被以诗文为正宗的中国正统文化毫不含糊地定位为"丛残小语""琐语轶闻",不能登大雅之堂的"旁门左道"。一句话,是再典型不过的俗文学,而诗文为正宗、为高雅的观念后面隐藏着的,其实是以儒家理性为核心的封建正统观念,诗以明志、文以载道,言情的小说自然俗不可耐。当封建正统观念发展到宋明理学"存天理、灭人欲"的反人性极至之后,奋起反抗的思想家操起的主要武器必然是世俗人情、人性的合理价值。文学参与到这个斗争中,小说这种市井通俗文学便具有了一种深邃浓厚的文化反叛色彩,原来的通俗的文本开始有了并不通俗的新质。所以,从李贽极力推崇小说价值开始,到梁启超将小说视为国家、社会、群治之根本的思想形成,众多小说文本终于一改俗文学身份,成为其他文体难以比肩的重要的雅文学作品。可见接受心态的变化使文学文本的雅俗特点发生变化,其中包涵着极为深刻的文学发展规律。

了解文学的雅俗变化关系,可以使人们更好地了解文学文本的特点及其构成与价值,还可以因此而触及文学发展的一种特殊方式。这是从其他研究角度所难以获得的。

再现与表现

再现与表现是文本可能具备的另外两个特点。所以说"可能具备",是因为有许多文本并不刻意追求这两个特点而把对它们的综合处置作为最佳文本状态。再现与表现,会使文本体现鲜明的虚实取向。虚与实是矛盾的,追求这两种特点的文本,往往非此即彼、各执一端。一般说来,侧重再现的作品,以生活为蓝本,具有较强的写实性;侧重表现的作品,以理想为旨归,具有较大虚构性。在具体文本中,虚实不同韵味迥异,其包涵的价值与意义也大相径庭。追求并实现了虚实结合的文本,往往会因综合而消解特色,从而不虚不实,失去虚实所固有的韵味。

再现与表现所以能从两个极端来促成某些文本的特色,这是由文学的本质决定的。文学是作家对生活的能动审美反映,天然具有人和生活或者说主观与客观两极,文学对生活的反映历来都在这两极之间波动。侧重于生活本身,充分强调客观性的反映,也就是所谓"再现";侧重于人(作家)本身,充分强调主体性的反映,也就是所谓"表现"。长久以来,再现与表现代表着两种不同的文学观,它们之间的差异被形象地表述为"镜"与"灯"。①再现犹如镜子一样,它因准确地呈现对象而获得价值;表现则如灯盏,它经由自己的能量燃烧而照亮对象,使对象带上自己的色彩。这两种不同的文学观,都有着各自深厚的自然、社会、人生观作为内在支持,不存在价值的等差却体现出不同的艺术趣味、艺术格调。古往今来众多的文艺观,或者分别趋就再现或表现,或者介乎二者之间作程度不同的波动与微妙变化,产生出丰富多彩的理论形态和文本类型。机械唯物论文学观把再现作为僵死的信条,排斥主体创意,而某些唯心论文学观则把表现视为最高律令,进行随意发挥,过分的极端化往往使它们在获得特色之时失去理论活力;辩证唯物论则把再现与表现视为相对范畴,具有对立统一特性,因此,得以避免极端思路并获得在虚实两极中波动的创作弹性。

由此可知,当绝对的写实主义和绝对的理想主义盛行之时,文学中的辩证精神肯定已经流失。不过,辩证并不意味着没有侧重。从"创作方法"这个传统文学理论范畴看,自古以来,任何国家和民族的文学中都存在两种主要的创作方法——虽说并不是一开始就在理论上得到总结——即现实主义和浪漫主义,它们就是相对侧重的产物,现实主义侧重于再现,浪漫主义则侧重于表现,而其他形形色色的创作方法,无一不是它们在具体历史时段和文化条件下的变种。可以说古典主义是规范化或理性化的现实主义,自然主义是生物化或庸俗化的现实主义,唯美主义是单面化的浪漫主义,形形色色西方现代主义则某种程度上说是更加个人化主观化、甚至颓废化了的现实主义或者浪漫主义。它们所依凭的哲学、美学、文学理论以及与此相关的形象塑造途径、艺术表现手法彼此不同,差异巨大,因而在再现与表现的空间中产生不同的侧重,创造出多种多样的文学文本。放弃再现与表现这两个视点,对文学文本特点的把握也许会失去思考基点,从而不容易厘清它们与现实世界和人类精神领域的联系。

历来,人们认为,中国的文学传统是侧重表现的,西方的文学传统则侧重再现。宏观地看,这不无道理。在中国古老的典籍《尚书·尧典》中就有"诗言志"这一观点,无论"志"为情还是为意,"言志"所强调的都是对主体心灵世界的表现。当然情志也来自于客观世界,但中国古人习惯从主体的角度来对待它,"诗者,志之所之也,在心为志,发言为诗。情动于中而形于

---

① 参见 M. H. 艾布拉姆斯:《镜与灯——浪漫主义文论及批评传统》,北京大学出版社1989年版。

言……"①对于诗——早期最主要的文学样式,重要的始终是情志。这种思想在创作中衍化成为"比兴"原则,在"比兴"中,物是起兴的借口、手段,是抒情言志的载体,在诗作中,一切皆为写意而存在,结果形成中国独特的诗歌意境。意境仿佛大手笔的国画,不重细节对现实的精确呈现,而以流动的视点超然万物之上,以夸张、比喻、拟人、象征等手法追求变形奇象,寥寥数语之中,负载人的精神个性与人格气质已然成形。以少总多,以简练的文字传达开阔的心灵视野,只有写意才可以达到这种程度。这种表现的特点,甚至作为一种创作精神,透渗在中国后来出现的叙事文体即小说和戏剧中,它们本应以再现为本,但表现的特点却十分突出。中国小说的人物描写,以写意为主,以传神为重,所用的词汇也充满了意会性,如"相貌堂堂""威风凛凛""精神抖擞"这类抽象化词语在小说写人中被大量运用就是一个例子;戏剧中人物唱词说白高度诗化更是普遍现象,可以说中国戏剧中诗与音乐的成分超过了戏剧,这已成为人们的共识。足见正是"表现"使中国文学获得了自己的传统,并以此保持着在世界文学中的独立地位。

　　西方则不然,从古希腊开始,人们强调文学是生活的摹仿,无论柏拉图的"影子的影子""摹仿的摹仿"的观点,还是亚里斯多德对"摹仿"更为合理的解释②,都使"摹仿"这种强调对象、强调客体的观念得以形成并开始发挥其久远的影响力。它使西方文学,无论诗歌还是戏剧、小说,都更看重通过确定时空的设置来呈现客观世界。文艺复兴时期,摹仿被形象地表述为"镜子",莎士比亚说戏剧是自然的镜子,达·芬奇强调作家的心灵应像一面镜子。这种观念一直延续到近代,车尔尼雪夫斯基、别林斯基、杜勃罗留波夫等人进一步从生活的角度完善了再现理论。因此,我们在西方文学中可以看到以再现为特色的文学传统,它追求对自然、对社会人生的逼真展示,"描写人和生活,却并不表露他自己对问题的想法,而由他的人物凭各人的意愿去解决。奥塞罗说'是',亚古说'否',莎士比亚不作声,他不愿意对'是'或'否'说出自己的爱憎"③。这虽说是针对莎士比亚及其作品而言,但却极典型地展示了西方传统文学的再现特点——主体退隐到现象深

---

① 《毛诗序》。
② 亚里斯多德认为,艺术摹仿世界同样可以达到真理的境界。"诗人的职责不在于描述已发生的事,而在于描述可能发生的事,即按照可然律或必然律可能发生的事……诗所描述的事带有普遍性"。见《〈诗学〉·〈诗艺〉》,人民文学出版社 1962 年版,第 28、29 页。
③ 车尔尼雪夫斯基语。转引自巴赫金:《陀思妥耶夫斯基诗学问题》,三联书店 1988 年版,第 107 页。

处,现象的"自我"呈现成为文学的主要内容,因此,"小说在细节上不是真实的话,它就毫无足取了"①。这就是再现观念下的西方文学特点。

文学的再现与表现不仅体现在文学发展的宏大方向上,它们还可以成为文本的具体特点,这是两种不同的写作思路写作方法导致的结果。需要注意的是,文本的再现与表现,不能仅以体裁作为标志来区分,体裁只能提供大致的思路。譬如诗歌,从总体上看趋近于表现,但其中也有大量的再现型作品(如白居易的"新乐府"诗作,现代的一些叙事诗);小说从总体上看趋近于再现,但其中也有大量表现型作品(如西方现代派中超现实主义、表现主义以及某些意识流小说)。那么,再现与表现的根本区别在哪里?我们如何在文本中具体辨识它们呢?

再现与表现的文本差异,可以从以下几方面界定:

一、在对待现实的态度上,再现性作品强调在对生活里人、事、物的如实描写中体现文学的价值和意义;表现性作品则不满足于如实描写现实,而力图表现生活的理想。这是一个最为重要的根本性差别,几乎单单依靠它,就足以将再现与表现作品彻底界定。所谓对生活的"如实描写",就是充分肯定生活合理性的描写。这种合理性,并不是一种表面的合理性,在优秀的再现性文本里,生活的合理性体现为内在的深层的合规律与合目的。也就是说,优秀的再现文本要把发现和呈现这种生活逻辑与历史规律放在首位,而不是浮光掠影,满足于表面现象的采集。用亚里斯多德的话说就是:"诗人的职责不在于描述已发生的事,而在于描述可能发生的事,即按照可然律或必然律可能发生的事。历史家与诗人的差别……在于一叙述已发生的事,一描述可能发生的事。因此,写诗这种活动比写历史更富于哲学意味。"②这表明在再现文本里,作家要尽力隐藏自己而让规律浮出水面。"艺术家不该在他的作品里面露面,就像上帝不该在自然里面露面一样。"③以这种方式被呈现的生活,其表面当然会更多地保持着与生活的相似性,很少变形,即使变形也以在深层忠实生活为旨归,体现出易于理解和易于接受的实在性,有较大的认识价值。

表现性文本则不这样,它把创作重心由"如实描写"生活提升到"理想"

---

① 巴尔扎克:《〈人间喜剧〉前言》,见《西方文论选》下卷,上海译文出版社1979年版,第173页。
② 亚里斯多德:《〈诗学〉·〈诗学〉》,人民文学出版社1962年版,第28、29页。
③ 福楼拜语。见《乔治·桑和福楼拜的文学论争书信》,《文艺理论译丛》1958年第3期,第180—181页。

高度,而理想具有天然的反现实性,无论是指向未来的积极理想还是指向过去的消极理想都如此。它不是一种实在,而是主体心愿的体现。所以,表现性文本总是要给表现对象涂抹上主体的色彩,以主体的理解来替代现实,改变现实,甚至否定现实。作家因而在文本中到处露面,他的热情奔放,不可按捺遏止。作家仿佛像急切的上帝,到处显身,君临万物,给人多种多样的指点与启示。因之,表现性文本习惯于言说人们难以置信的美好生活、人类精神和心灵品格,即使毫无变形色彩地描绘生活情景,也会因为忠实于理想而拉开与生活的距离。而在更多情况下,表现性文本中充满了变形与虚构,它们通过种种奇幻的方式编织出超越生活现实的"理想国"和"心灵向往",让人在经受苦难、心灰意冷之时,倏然看到希望的火光和生命的美好前景,即使是蜃景,也会陡然震动麻木的心灵,使其鼓起奋发图强之志,因而表现型作品总是会充满着激励的价值。当然,激励价值会因理想的社会性质、合理性和宏大程度而形成强烈与弱小、积极与消极、绵长与短暂等不同层次不同状态。

二、在形象塑造上,再现性作品以生活中的人、事、物为蓝本和原型,力求按生活的本来样子刻画平易常规的形象;表现性作品则赋予形象理想的光辉、超自然超现实的力量,使形象奇异多彩,带有动态的崇高韵味。再现性文本按生活的样子塑造形象,意味着写人则不把人神化,既不故意把他写成神的状态,可天马行空呼风唤雨,也不过分拔高他的思想与品质,使他超越历史局限成为不可思议的圣人或怪物。他们在语言、行为、衣着、外貌等方面须尽可能与实际生活中的人有相似性,把他们放到生活里,就会消失在普通的人群中。例如,"如果你们描写小店铺老板,那么就要做到:在一个小店铺老板身上写出三十个小店老板,在一个神甫身上写出三十个神甫,使人们在赫尔松读到这部作品时,就会看见赫尔松的神甫,而在阿尔扎马斯读这部作品时,就会看见阿尔扎马斯的神甫"[①]。对人的再现是对生活最重要的再现。如果塑造意境,再现性文本必将忠实事件和情感的逻辑,选取作者亲历、亲见、深刻体验过的事物加以呈现渲染,用事件和物象本身的典型性构成促人想象促人深思的动力,像杜甫的《三吏》《三别》、白居易的《卖炭翁》《新丰折臂翁》等作品那样,详尽的细节和深刻的同情相结合,言近旨远,再现出现实的苦难及其内含的深厚悲哀。

表现性文本的形象似乎多是超常的形象,它们或者在内在意义上超常

---

① 高尔基:《论文学》,人民文学出版社 1978 年版,第 276 页。

(如《桃花源记》),或者在外在形态上超常(如《西游记》),但更多时候则内在外在结合,共同促成奇异的形象系列。《伊则吉尔老婆子》(高尔基)里的丹柯,自我剖腹挖心,又将滴血的心脏高高举过头顶,以换取光明和信任,这是典型的表现型人物形象。他们服从于理想与信仰,思想、行为乃至形体都无比高大雄壮,是生活中超常超凡者,是英雄甚至神圣的伟人。他们仿佛生活于现实时空之外,需要仰视和崇敬才能进入其伟大的心灵。围绕这样的人物、环境和场面的描写亦必须超常化、主观化,否则无法容纳那些高大的形象。至于诗歌中的意境,表现性文本更是得心应手,自如的夸张变形,飞腾的想象虚构,在这里得到最为充分随意的运用。"我是一条天狗呀!我把月来吞了,我把日来吞了,我把一切的星球来吞了,我把全宇宙来吞了!"(郭沫若《天狗》)这就是典型的表现姿态下的超常意象。在中国古代诗歌中,"表现"虽然更为含蓄温和一些,然而仍不乏这种大气魄的奇境奇象。因为"表现"的天性从来就是创造的天性,没有狂放与豪迈,便不会有"表现"的存在。

三、在艺术手法上,再现性文本多采用客观的叙述、细致的描写,其语言质朴亲切,结构顺乎自然,一般不在形式上对读者故意阻碍;表现性文本往往激情充盈,构思奇诡宏阔,无论叙述与描写都带着强烈的主体色彩,节奏明快,幻象迭出,其语言缤纷美丽,不断闪烁着新颖奇异的亮点。

总之,个性与风格、通俗与高雅、再现与表现,它们作为文本的特点,充分显示了文学世界的丰富性;作为文本的境界,充分展示出文学的灵动与美妙;作为创作的整体倾向,则把深邃的文化意蕴赋予文学,使人们可以透过感性的表征,洞察文学与生活及人类灵魂世界的内在联系,其价值意义十分深远。

三　文本解读

为什么要研究文本解读?因为文本的意义和特点,需要读者的接受才能显现。所谓接受,也就是通过对文本的感受,理解文本、读懂文本。解读,必须从文本符号辨识开始,通过文体把握,合理阐释文本,发现其优劣所在,批评其价值等差,达到较高的接受层次。

符号辨识

所有艺术作品一经产生,便成为符号的存在。某种意义上说,"艺术,是人类情感的符号形式的创造"①。文学文本也不例外,并且其符号性更为突出。因为文学以语言为媒介,语言被文字记录,文字寄身于书本或其他载体,人们直观文学,看到的只能是纯粹的文字符号。与其他直观艺术的符号大不相同,文字符号要经过想象的转换才会成为艺术符号,然后再经过艺术化感知,接受者才能抵达文学的内在空间。因此,文学文本符号的辨识面临多重阻碍。

文学符号首先作为语言符号存在,意味着在感受这种符号的同时,必须注意其艺术含义的达成过程。在语言中,一切语词都担负着四种不同功能,即它是一个语音符号,表示一种声音状态;它是一个概念符号,表示一种抽象意义;它是一个表象符号,可以激发联想呈现事物的形象;它还是一个表情符号,在呈现形象之时引发主体相应的情感反映。即使是中性词语,也可以通过它在语境中的位置以及它在语气、声调、音节方面的轻重变化等来实现表情作用。例如,"海"这个符号,懂汉语的人一看而知它读为"hǎi",并且知道它的所指。如果定义它,它的抽象含义是"靠近大陆的比大洋小的水域"。在使用或接受这个词语的时候,由于其表象作用,又会在人们心里激起联想,产生碧波万顷的大海形象,其中定然会连带着开阔、激荡、宏大、有力等情感反映。如果再伴之以说话时"海"这个词语的声音变化,即不同的语气、声调、音质等,那么主体的情感态度则会被十分鲜明地传达出来,实现惊喜、赞美或者恐惧、憎恶等不同的情感表现。语言中的虚词本身也许没有这么完备的功能,它可能只具备四种功能中的某几项,但虚词很少单独使用,在词语和句子群落中运用得当,它的表现功能也会趋于完备。

在语言使用过程中,由于使用者和接受者所采用的特定方式和潜在的文化态度,语词的四种功能并不会同时得到突出,于是语言分成了不同的类别。反过来也可以说,在不同的语言类别中,语言的功能侧重不同,运用的效果、目的也就不同。科学语言是一种只重视语词表义功能的语言,日常语言是一种同时重视语词表音和表义功能的语言,在这两种语言中,语词的表现性都不突出。不突出的原因是习惯产生的惰性,其方式是"熟视无睹"。由于便利原则,人们在日常语言运用中往往满足于听其音明其意,有意无意地放弃或忽视了语言的表象、表情功能,久而久之,语言失去形象和情感活性,成为一种缺少肌质的自动化的语言,它不吸引人注意自身而仅仅注意它所指涉的对象,直截了当,缺乏弹性。

---

① 苏珊·朗格:《情感与形式》,中国社会科学出版社 1986 年版,第 51 页。

文学语言不是这样的语言,它要恢复语词的表象、表情功能,使之与表音表义功能充分结合,形成健全的语言肌质,从而把人们对语言的注意从语言指涉的对象吸引到语言形式本身,再从这种新的语言形式开始去感受更为丰富的内在意蕴。这并不是一件容易完成的工作。要达到这个目的,文学语言需某种程度上偏离日常语言,建构更为精致多样的语音形态,消解语词概念单一确定的表义指向,使多重复义出现(有时甚至会带来歧义,这是应该尽量避免的)。语义丰富性的产生当然最终得力于表象、表情功能的加强,它们之间是互为因果的。通过这个复杂过程,文学语言带来新奇的美感,同时也带来某种解读的困难。

解读文学文本、辨识文学符号,也就是要了解语言的四种基本功能及其最终达成的整体表现性。为此,读者必须具备一定条件,具有相当的文化,首先是识字,其次是有大体的知识,而思想和情感也须达到一定的水平线,否则和文学不能发生关系。[①] 有了这些基本条件,在文本解读中读者才能以正确的方法完成以下具体工作。

一、语音辨识

文学文本当然不会自发地体现出一种声音状态,即使是少数追求声音形态的文本,比如为朗诵或吟唱而写的某些诗词,为表演而写的各类剧本,当它们以文学符号方式存在之时,本身也会"寂然无声"。不体现声音形态,并不意味它们没有声音形态。阅读时,它们潜在的声音形态会在读者的心理上产生听觉的语音形式,虽然读者并未真正"读"它——朗读对声音的复活是直截了当、最为奏效的,除了短小的诗歌之外,朗读在接受过程中往往不易实现——人们通常只是无声地"看"一个文本。这里所说对语音符号的辨识,并不是仅指对语音的朗读式直接复活,或者想象化地复活,而是要通过这种潜在的声音感觉,去进一步领会文本中通过声音规则建立起来的韵律、节奏、旋律等语言的形式美,以及由这种形式美传达出来的内在意蕴。

感受声音形态,在诗歌里通常是从韵律开始的,因为韵律是最外在的语音形态。由声调的平仄交错、押韵的合辙顺畅构成的韵律,会给人行云流水、舒卷自如的感觉。韵律作为比较形式化的语音因素,远距离地对应着内在情感和表现对象。作家表现欢娱之情会用明亮的字音,表现悲愤之感则用低沉的字音,描写活泼之物用轻快字音,描写沉窒之事则用凝重的字音。

[①] 参见鲁迅:《文艺的大众化》,《鲁迅全集》第7卷,人民文学出版社2005年版,第367页。

声音与内在情感、表现对象的对应吻合,是一个不争的事实。因此,音韵之中可以品味的东西是非常多的。阅读对声音状态的复活,无论显性还是隐性,如果破坏了优秀文本中音韵的精密构造,相应的韵味也就会荡然无存。

节奏是文本声音形态最重要的因素,几乎所有文本都有节奏感却不一定有韵律。诗歌的节奏鲜明、外露、清晰,散文和小说的节奏则宽泛潜在。节奏会体现在具体语境细节中,也会体现在文本整体张弛有致的结构中。在阅读中,节奏总是会造就某种心理规范,使读者逐渐适应这个规范,并用这个规范去支配进一步展开的阅读,形成一种关于某个文本的整体节奏意识。如果它一直和谐延伸,则产生快感,如果它被突然打乱,则会产生不适感。在文本中,节奏靠语音连续变化过程中的合理停顿与轻重音节合理交错构成。但顿数长短与语音强弱的内在支持仍然是情感状态和表现对象。节奏的快与慢、轻与重、舒缓与激越,须取决于情感与表现对象的性质,否则和谐的节奏难以产生,因此,感受节奏,除了要充分注意语音的顿挫、轻重之外,更要通过它们去领悟内在意味。倘读者总是能从语音形态的形式美体验中上升到对文本内在情感和表现对象的宏观感受,那么,最终在作品里,他所获得的将是回味无穷的旋律感。旋律是语音在情绪支配下的和谐流动,是以基调为核心形成的音韵、节奏等因素的有机统一体。良好的旋律总是会充分而完美地传达出思想、情感的运动,感受它是语音辨识的最高层次。

二、语义辨识

语义辨识最基本最浅表的要求是对语词的普遍含义有所了解。不知道文本中语词的基本含义,无法达成与文本的沟通交流。文学语言不同于科学语言和日常语言,后两者的语义都具有确定性,在一定语境中往往只有一个意义。文学语言是有弹性的语言,弹性就体现在它有表义的宽泛性,往往包涵着多重意义,除语词约定俗成的普遍含义之外,还会有在特定语境中形成的言外之意、味外之旨。言此意彼,是文学语言的一种要求。这是通过一系列或隐或显的比喻、象征、暗示等手段获得的。如刘禹锡的《竹枝词》:"杨柳青青江水平,闻郎江上唱歌声。东边日出西边雨,道是无晴却有晴。"在这首诗里,"杨柳""江水""歌声""日头""雨""晴"都有人们一看就明白的基本含义,不然人们就根本无法理解它。但仅止理解它们的基本含义,看到它们构成的现实景色是远远不够的。在这个宁静而生动的境界中,隐含着一种激情,一种含蓄而奔放的爱恋表达。它们在人(唱歌者和听歌者)的内心达成了一种美好的关联,于是,自然景致描写成了人的心灵境界的描写,这才是这首诗歌的语言真义所在。它妙就妙在其中虽有真义,但始终不著一字,却可尽得风流。如果人们只是在普通意义上理解这些语词的含义,便不能得到它的神韵。可见,运用语词的普通含义,这是语言符号的共性,而无中生有、创造新义则是文学语言作为艺术符号才具备的特性。把握、理解这种特性,是文学符号辨识最重要也是最有意义的工作。放弃对文学复义的理解把握,就事论事,所谓意义辨识,注定只能得其皮毛,难见真义。

在这个意义上,要解读文本语词含义,语境就成为必须重视的关键因素。因为"意义的语境理论将使我们有充分思想准备在最大的范围里遇到复义现象","最一般地说,'语境'是用来表示一组同时再现的事件的名称,这组事件包括我们可以选择作为原因和结果的任何事件以及那些所需要的条件。"[①]按照瑞恰兹的这种理解,可以知道,语境对于阅读既是一种引导又是一种规范,它可以有效防止那些对意义阐释的不合理限定和扩张,使语词在语境中产生多种意义的可能而又不至于走得太远。语境的这种双重作用对于语义解读是很重要的。

三、形象辨识

这里所说的"形象",主要是指语言的形象性言说方式所产生的语言状态,而不是文学的整体形象。文学的整体形象是语言形象性的综合结果,因而不是符号辨识的主要内容。所谓形象辨识,就是对语言形象性的充分感受,这种感受在具体展开之时,必须克服语言惯性忽视表象功能的自动化倾向。在这种倾向中,人们往往专注于语言的表义性,对表象功能视而不见,仿佛理解"义"比再现"象"更有价值。于是在面对"霜皮溜雨四十围,黛色参天二千尺"(杜甫)这类文学语句之时,并不由象品义,而是直取其义,发出疑问,指责诗人的表义错误。这种用表义探索取代形象辨识的行为是似是而非的,它既不能获取语言的正确含义,又不能感受语言的形象性,从而在生动的体验中领悟语言的形象美。可见,文学文本符号辨识中,对表象功能把握尤为重要,只有充分感受到"象",才能品味出下文所要提到的"情",也才能正确领会上文提到的"义"。无论"情"还是"义",都是涵容于语言的形象性之中的。

感受文学符号的表象功能,需要具有联想和想象能力。只有联想和想象才能使抽象的符号转化为形象,具备鲜活的感性状态。但联想和想象能

---

① 瑞恰兹:《论述的目的和语境的种类》,见赵毅衡编:《"新批评"文集》,中国社会科学出版社1988年版,第301、296页。

力,又必须依赖于读者自己的经历和体验。一个没有见过花的人,不会因为"花"这个符号获得花的表象,盲人摸象终不得象的真相就是这个道理。所以说,只有经历了作品中所写的生活,你才能真正理解它。这里所说的理解,并不是对意义的理解,而是对"象"的体验,是一种感性化的具体的联想和想象,以及由此而生的内在于作品形象的丰富意味。形象辨识所需要的是设身处地化入对象的"理解",即体验能力。这是文学符号艺术特色的基本要求。

四、情感辨识

情感辨识,严格地说是一种情感体验,只不过在文本解读中,这种体验来自于符号的引导,是引导下的体验。文本符号对情感体验的引导,一般来说并不是一种明确的像路标一样的引导。文本符号对情感体验只是一种暗示,一种潜移默化,一种对情感原生状态的回溯,即符号以形象性方式,使人在感受它的时候置身于想象化的具体环境之中,通过触物起情的心理天性,自发地促成情感体验。也就是说,在文本中,语言符号所体现的是托物言志、借景抒情的主体构想,其情感是一种潜在状态,因而才需要辨识。如果作家直抒胸臆、情感外显,辨识便成多余。从读者角度说,辨识符号的情感性,自然需要联想、想象能力,但更为重要的是,必须养成富于情感的心灵状态,热爱生命和生活,有关爱人、事、物的胸怀,否则他不可能具有辨识的"慧眼"。

在文本中,符号的情感表现功能,可以通过语音的巧妙组合来传达,但最主要的方式是通过对常规语义和语象的扭曲变形来实现。当语言的象义偏离了日常经验之时,表情暗示就开始出现,或者说,作家正是通过矛盾的语言方式来传达情感的。自相矛盾的、反常规的现象必须以情感作为内在支持力量才可以成立,就像《静静的顿河》中出现在葛里高里头顶的那一轮"黑色的太阳",或者《百年孤独》中那场经久不停终于毁灭马孔多小镇的暴雨,它们都是语言符号建立起来的情感意象,虽然表面并无情感色彩,但内在的情感已经十分充盈,难以掩饰了。

文本的符号辨识,具体考察,可以分为上述几个独立的方面,但是在实际接受过程中,它们却连结为一个有机整体,必须在阅读中一次性完成。因此,辨识文本符号,其实也就是对文学语言的综合感受,读者也像作家一样,必须养成良好的语感和语言驾驭能力,才会在文本解读中有更大的作为。

文体把握

由符号的具体性向文本的整体性过渡,文体就成为文本解读途径中必须面对的一个强制性规范。也就是说,既然文本只能是某种文体的文本,那么,解读文本便必须按文体规范来展开,从来就没有一种普遍的接受规律存在。用诗歌的方式来读小说,用小说的方式来分析散文,用散文的方式来把握剧本……这一类文体与解读方式的错位,往往使解读不切要领、事倍功半、难有收获。关于文体对解读的重要影响,乔纳森·卡勒说:"知道我们读的是一本侦探小说还是一部浪漫爱情故事,是一首抒情诗还是一部悲剧,我们就会有不同的期待,并且会对能够说明意义的东西做出推断。如果读一部悲剧,我们就不会像读一部侦探小说那样急切地寻找线索。抒情诗里一个动人的修辞手段,……在一部关于鬼怪的故事或科幻小说里也许只不过是一个无足轻重的细节描述。"[①]可见,对于自觉的读者来说,文体意识是其进入文本的一把有效的钥匙。

但是,自如地运用这把钥匙并不容易,因为文体是一个"综合指数",它涉及许多细密而重要的具体因素,不同文体有不同的语言方式、结构方式、形象类型和表现手段等,而且,在文化高度发展的今日,文体种类已经十分繁多,要对各种文体有所了解,把它们的构成规则转化成综合化的具体感受能力,做到用不同的文体方式去解读不同的文本,这是文学素质的综合体现,既需要理性思辨,又需要感性品味。在此,我们只能择其要点,从几种主要文体入手加以大致说明。

对诗歌这种抒情文体的把握,应该以感受意境为主。这里强调的是感受,而不是理性地分析。感受主要运用想象,化入对象加以体验,首先获得对文本的感性化、情绪化认可,产生一种鲜亮的形象感,这对诗歌把握是尤为重要的。对诗的直观映象,当然是对其意境的"境"、意象的"象"的直观映象,诗的境与象通常是夸张的、变形的,具有鲜明的超常性,读者应尽可能去想象这种超常性,千万不能将它与现实物象、景象作常识意义上的对比理解,否则必将落入俗套。诗境之妙当以神会,神会是一种感悟、超越,是心灵摆脱现实羁绊之后陡然而生的创造灵性。概括地说,神会是一种神奇的想象能力,缺少这种想象力的读者将难以进入诗境并与之融为一体,他与诗歌

---

① 参见乔纳森·卡勒:《当代学术入门·文学理论》,辽宁教育出版社、牛津大学出版社1998年版,第76页。

始终都会处于"隔"或者陌生的状态。另一方面,感受诗歌的意境,必须重视感受"境"与"象"之中的情绪氛围。情是诗境的内在支持,它的涂改功能赋予诗歌变形力量,因而在想象诗歌奇幻之境、象的同时,品味奇境奇象的成因,便可靠近乃至触及诗人的心灵,被他的情感所打动。不过,诗中之情往往只是情绪化氛围,并不具备十分确定的非此即彼的明晰性,因而同样不适应用理性分析方法对之进行确切把握,它需要的仍然是感悟与体验。在感悟的含混性中,情与境实现了二次融合,自然会在作品的实象之外,产生具有读者特点的虚象。一般说诗歌的象外之象、境外之境正是读者想象感悟的结果,它把诗歌简短的语言环境中形成的有限时空拓展为十分开阔的境界。

诗歌把握应尽量避实就虚,"虚"并不是指"空""无",而是指思维的灵动与飘逸。有人所以认为诗难读难懂,原因就在于无法摆脱现实生活中形成的"实"的思维而达到想象的灵动之境。于是,他们往往用实境实物来印证诗作的真实性和合理性,用理性分析来拆解诗歌结构、辨析诗歌语词,纠缠于思想发掘、意义把握,一开始就从根本上违背了诗歌的文体规范,当然不能领会诗的精妙。既然"诗无达诂",那么强求其意其形,必然就会以失去神韵作代价。如果确有必要对诗歌进行意义分析和意义阐释,那么,一定要将这种分析与阐释建立在对意境、意象的感受之上。

对小说这种叙事文体的把握应扣紧人物性格进行,否则,无论对文本进行感受还是分析,都将被小说宏大的叙述方式和宽阔的语言环境所淹没。在小说中,人物是灵魂,只有扣紧灵魂才能制服小说庞大有力的文体,产生更为有效的解读。把握住人物,小说复杂的语境、结构和作为对象的丰富的生活内容就开始变得清晰:环境是人物立足的场所和性格的某种成因,故事是人物的行为过程,情节是人物性格成长的历史,人物的外在言行是其心灵的折光,而小说的语言是被人物心灵"安排"的语言,它虽然丰富繁复,但必有依循人物心灵和性格的构成规律。至于小说的宏观结构,则无不顺应人物心灵和性格的凸现过程。因此,从场面、环境、情节、故事、语言、结构等因素中来看小说人物,又从人物的角度来看场面、环境、情节、故事、语言、结构等因素,这是小说读解的基本思路。把握小说文体,宏观上必须产生这种意识,才能洞悉小说真相,触及作者的智慧和匠心。在优秀的小说文本中,任何不起眼的细节都不会毫无根据、毫无目的地出现,解读也就是要为它找到在有机整体中的位置,发掘它跟人物性格之间的关系。对小说语言的分析,应该主要是一种宏观行为,不宜只将小说语言作过分细致化处理,局限于一句一字辨析,否则"不识庐山真面目,只缘身在此山中",小说丰富的语言资源将耗尽解读的精力。只有在宏观审视中,在对大小语境的整体把握中,才能超越小说语言迷障,使具体的考察分析目的明确、指向清楚,摆脱就事论事的尴尬。

在小说阅读中,人们往往会忽视小说文体的上述规范作用,而采用比较轻松的感悟方式。由于缺少理性的内在力量,感悟往往被小说众多的现象阻挡,从而局限于情节甚至故事之中。这种接受方式使读者永远难以摆脱被动地位,因为在事件中,他们总是被时间推移、场景转换所左右,被高潮和结局所吸引,从而对人物视而不见,更不用说去探究他们的性格、灵魂以及由此显现出来的价值意义。探究需要理性,感悟总是难以达到这种深度。所以小说的解读,要求读者对自我享乐天性进行限制。

对散文文体的把握存在着多种可能,因为散文是一种较为"随意"的文体。人们一般认为,真实是散文的价值核心,小说是编出来的,散文是写下来的。确实,比起小说的整体虚构性和诗歌的整体想象性,散文是真情实感的结晶,最为生活化,也最具真实感。但散文之真,不能机械地理解为题材和表现对象对生活的移植,在散文中,虚构的事件、人物都是存在的。散文的真,应是一种体验的真。散文的精髓,在于"真情"二字。既然如此,对散文的把握,首先应讲求以真情对应真情,以平易之心、平易之感顺乎散文自然随意、有感而发、兴尽而收的文体态势,这样才能顺利进入散文的内在空间,在平常的事物、细小的事物之中发现出美或其他意味。读者如果带着过分跳荡的奇想、宏大的构思与欲求进行把握,往往会被散文的平易无为所阻拒。散文对事物内蕴与美的探究,还带有十分明显的思辨色彩,即使抒情散文,也会因为语言环境较为宽泛而可以形成抒情逻辑,层层深入不断开掘,最终触及事物的内在意义。因此,如何发现、依循散文的逻辑思路,这是解读散文颇为重要的工作。

当然,散文又不仅仅依赖于客体,它同时具有强烈的主体色彩。这体现在散文取材随意,有感而发,感不只因为对象而生,主体还须有产生它的前提条件,对象往往只是充当触发机缘。所以,优秀的散文文本,其实是创作主体博大深邃思想的浓缩。可以说,散文是一滴微小但却十分明亮的水珠,一个机智的话题或借口,一道有风景的窗户。如何透过它去窥见更为开阔深厚的景致与内蕴,成为解读的另一个关键。为此,要求读者练就同样开阔的胸怀,具有感物动情、由此及彼、浮想联翩的能力,在这点上,散文又靠近了诗,需要诗的感悟方式。

散文种类繁多,其中一些重要的变种已不适宜用散文的普遍法则来解读。譬如报告文学、传记文学、通讯、杂文等,它们已经具备了各自的文体特色和写作重心,不能用同一种方式把握它们。报告文学是一种在真人真事基础上塑造艺术形象来及时地反映生活的文学样式。它的文学性大大受制于真实性,其主要事件、人物不容许虚构,也就是说,它的价值意义不取决于作家的创造而更多地依赖于人物、事件本身的价值意义。因此,报告文学解读中需要将它与生活真实作对应比较思考,因为只有这种对应,才可以看出真实中的历史观点和时代观点。这与诗歌小说的解读方式是大不一样甚至是矛盾的。同时,报告文学还须具有及时性,这使得以新闻眼光来看待报告文学不但是可行的,而且还是必要的,否则,这种文体便失去了存在的重要支柱。茅盾说过:"'报告'是我们这匆忙而多变的时代产生的特殊的文学样式。读者大众急不可耐地要求知道生活在昨天所起的变化,作家迫切地要将社会上最新发生的现象(还差不多是天天有的)解剖给读者大众看,刊物要有敏锐的时代感——这都是'报告'所由产生而且风靡的原因。"①在这个前提下,文学性往往成为促使真实性、新闻性更完美的一个辅助性手段。这就是报告文学与众不同的接受思路。

传记文学在真实性上与报告文学相似,但它以写生活中的真人为主,一般不大讲求新闻性(报告性)。它对写作对象的选择要求严格,理论上似乎任何人都可以充当传记的主角,但实际上只有体现了某种生活意义的人物,才有资格成为传记书写的对象。在人物传记中,人们与其说了解了一种文学样式,不如说了解了一个人的人生经历和价值意义。

剧本,无论戏剧还是影视文学剧本,严格地说都不是为阅读而是为上演或拍摄而作,不能上演或拍摄的剧作只能是失败之作,将它们作为阅读文本来接受是极少见的。② 而当它们一旦被搬上舞台或银幕,其独立性便告消失,因为它必须融入戏剧艺术和影视艺术的综合特色之中。作为综合艺术,在戏剧或者电影电视中单纯感受剧本是不可想象的,那样做不但不能感受到剧本独立的审美价值,还会破坏戏剧或者影视作品的完整性。这意味着从文学角度对任何剧本进行研究,一般只有创作价值而没有鉴赏或接受价值。

尽管如此,关于戏剧剧本,我们仍然必须立足文体作一点说明。因为戏剧并不像电影那样有更强的综合性,电影艺术对电影文学剧本的独立性取消得更为充分。

---

① 茅盾:《关于报告文学》,见《报告文学集》,新华出版社1985年版,第52页。
② 果戈理说:"戏剧只活在舞台上,没有舞台就像没有灵魂的躯壳。"见季摩菲耶夫:《文学发展进程》,平明出版社1954年版,第164页。这是学界的一种共识。

戏剧在总体上对剧本的依附性依然很强，尽管表演对它来说同样十分重要。对剧本的文体把握，理解或者厘清它的矛盾关系至关重要，因为剧本受制于表演的时空局限，它必须以矛盾的强化集中来获得内在张力。矛盾必然导致冲突，无论外在还是内心的矛盾都如此，因而剧本总是存在一个内在力量均衡的问题。

戏剧的矛盾冲突有三种方式。一是负面之力大于正面之力，结果是产生悲剧。悲剧是人类所经历的历史苦难和现实苦难的写照，它总是与重大事件相关联，是"历史的必然要求和这个要求实际上不可能实现之间"①所导致的冲突和结果，它总是"将人生的有价值的东西毁灭给人看"②，使人产生震撼性痛感。接受悲剧，目的并非沉浸于悲剧，刚好相反，是为着超越悲剧、避免悲剧，因此保持对悲剧的理性分辨力是极为重要的，有了思辨的高度，有了对"历史必然要求"的认识，才能使悲剧成为克服人性弱点、净化自我心灵的力量，从而在悲剧中获得启迪与教益。戏剧矛盾的第二种方式是正面之力大于负面之力，并且负面之力往往被弱化到不足以抗拒正义力量的地步。不足以抗拒但它依然要抗拒，依然要化为各种各样的人类品格、行为或脾性甚至相貌上的缺点出现，于是，在强烈的反差促成的"安全距离"和轻松心态下，幽默、滑稽与笑产生。在喜剧接受中，人们心灵之弦放松，静观喜剧"将那无价值的撕破给人看"③并发出愉悦的笑声。为达此目的，喜剧总是以小见大，一般不直接表现"重大题材"，它把人性的弱点公开化也就同时弱化了它，它给它的主人公设定好不同程度的性格、品质或者习性弱点，让他们在生活的健康氛围里到处碰壁，以夸张的方式警策人生，引人发笑。因此，接受喜剧，需要同样夸张的心态和想象，在悲剧的现实土壤上，喜剧有着本质上的理想主义色彩。有时为了避免过分虚幻以至于落入哗众取宠的俗套，喜剧会与悲剧结缘，以悲剧作为底蕴。诚如卓别林所说：我是在整个人类的悲剧上建构我的喜剧世界。可见，喜剧的理想根基和它的理想模式都是一种十分难得的人类品性——苦中作乐，置身苦难而向往欢乐，为遥远的日神光辉而自我沉醉。因此，可以肯定地说喜剧读解是又一条通向人类心灵和现实深处的曲折但却充满了欢愉的道路。至于正剧，它是戏剧矛盾冲突的第三种方式，正负力量势均力敌，不相上下，而最后正义获胜，但

---

① 恩格斯：《致斐·拉萨尔》，《马克思恩格斯文集》第 10 卷，人民出版社 2009 年版，第 177 页。
② 鲁迅：《再论雷峰塔的倒掉》，《鲁迅全集》第 1 卷，人民文学出版社 2005 年版，第 203 页。
③ 同上。

它必须付出惨痛的甚至悲剧性的代价,这使最后的胜利显得悲壮肃穆,具有更为内在的深层的欢愉色彩。它一般不激发表面化的笑,几乎所有正剧都必须以崇敬的心态作为接受前提,或者作为解读的基点,据此才能进一步破译正剧端正庄严、正面引导的戏剧语汇。

关于剧本的解读,最后还须提到的一点是,无论悲剧、喜剧还是正剧,它们的舞台效果都是夸张的,带着相当突出的虚拟色彩,无法与生活真实对应,接受者必须从心理上认可这一点,这是戏剧本性决定的。戏剧以真实的时空状态(它与观众的感觉同步)来表现生活,其结果只能使生活虚拟化,这刚好与电影相反,电影以虚拟的时空状态(投映于银幕上的二维平面时空)来表现生活,却可以通过众多特技手段来实现高度的视觉真实性,给观众以高度的真实感觉。不能造就真实感的电影形象,一般会被接受心理否定。但在戏剧里,会被否定的正好是缺少适当虚拟性、过分生活化、真实化的形象和细节。这是接受者不同心理准备带来的结果。

阐释与批评

阐释与批评是文本解读的最高层次,也是文学欣赏之外,文学接受的又一种重要方式。它与文学欣赏对应,并借助文学欣赏的成果,在对文学文本的感性把握基础上,实现对它的理性辨析。因而可以说,文学欣赏与阐释、批评互相呼应补充,共同构成对文学文本的全方位接受。

阐释的基本意思是解释、诠释。在西方,它曾经形成一种以文本为基点,研究文本的意义,寻求对文本新的更好的解释的学说,称为解释学。它是与诗歌学相对应的一门学科。19世纪末20世纪初,在现象学的影响下,"阐释学"(Hermeneutics)出现,这是一种追求作家创作意向,进而求得作品本意的颇有建树的批评理论。这里使用"阐释"一词,并不是要把"阐释"视为与批评等值的一个并列的理论范畴,也不是要突出它作为一门学科的独立意义,而是取其本义,表明文学批评活动的一些方法特征,或者说,是用它来表示文本解读由感性领悟向批评的高层次过渡中思维方式的整体转换特征。因为文学批评从根本上看,是一种以文学欣赏为基础、以文学理论为指导,对以文学文本为中心的多种文学现象进行分析、研究和评价的科学思维活动。文学批评舍弃了欣赏中强烈的情感偏向而较多站在客观规律和普遍原则之上,通过理性化阐释来发现作品的价值意义。

阐释与批评具有同一性,但它们之间的差异亦十分明显。一般说来,阐释或者解释具有更多的个人色彩,因此也是"现实的读者"对作品的一种接受行为。现实的读者是一个庞大的群体,他们文化素质、品性、兴趣、爱好各不相同,都以自己所具有的主体条件去解读文本,不管自我看法是否合于作者和作品的本意,是否合于文学的基本法则。因此,他们最多只能解释文本而不可能形成对文本的"批评"。解释是一种自发行为,每一个人在接受文本过程中都会向朋友或者向自己不断地解释,这种解释虽可能在宏观上作为构成批评的潜在力量,但它本身不是批评,因为它过多停留于个人感受之上,虽有理性分析因素,可这种因素还不足以强大到有理有据、形成逻辑过程、产生批评文本的程度。在这个意义上,可以肯定,人数众多的现实读者只是文学文本的形形色色的自我解释者而不是批评者,批评者只能由"理想的读者"来担任。所谓"理想的读者","他们须符合以下要求:①能够熟练地讲写成作品文本的那种语言;②充分地掌握'一个成熟的……听者在其理解过程中所必须的语义知识',包括词组搭配的可能性、成语、专业以及其他方言行话之类的知识(亦即作为适用语言的人和作为语言的理解者所具有的经验);③文学能力"。① 显而易见,这种"理想的读者"已经成为文学解读的专门化人才,他们对文本的解读不会是一般意义的接受,而是对作品意义的系统发现与论述,由于他们的存在,阐释才可能上升为批评,从而带上更多的人文科学色彩。专门从事文学批评的批评家,正是产生在这样一个比较成熟的阅读群体中,并在文化活动中发挥广泛而重要的多种作用。②

由此观之,批评是一个特殊的文学群体所从事的特殊文学活动,并不是一种普遍的大众行为。它与文学创作、文学欣赏以及文学理论之间既保持着紧密联系又有迥然不同的差异。文学批评与文学欣赏的最大不同就在于它是一种科学性活动,具有突出的理性色彩,运用逻辑思维方式对文学文本和文学现象进行有目的的论证,以确定文本的价值取向、优点缺点和意义大小。为此,它必须具有一般科学活动所具有的客观性、公正性、逻辑系统性等属性。无论对作家作品还是文学现象的评论都必须讲求有理有据、无私

---

① 斯坦利·费什:《读者反映批评:理论与实践》,中国社会科学出版社1998年版,第165页。
② 浜田正秀对此作过有价值的概括:"随着新闻业的发达和读者层的迅速扩大,文学作品的数量也日趋繁多。但不少文学门外汉对作品迷惑不解,这样,便出现了专门从事文学和文学作品研究的解释者和向导,他们成了文学的媒介,从事着文学启蒙和鉴别作品价值的工作,这些批评家,对于读者来说是文学的领路人,对于作家来说是作品的赞美者和缺点的揭发者,对于出版社来说则是忠告者和宣传员。"浜田正秀:《文艺学概论》,中国戏剧出版社1985年版,第3页。

于轻重、不偏于爱憎。对作家作品无原则地随意吹捧或"棒杀",因人废言、因言废人,以偏概全、无限上纲,是作为科学活动的正常健康的文学批评所应竭力避免的。

同时,文学批评也不能像文学创作和文学欣赏那样为充沛的情感色彩所笼罩,情感是创作与欣赏的重要支撑力量,但不是批评的主要支撑力量。批评世界也需要情感,但必须对情感作新的处置,使之不至于修改或遮蔽批评的公正与客观。它的处置的基本方式是把情感转化为对作家作品的尊重以及对文学所表现的人的尊重。在批评活动中,有人倡导"零度的批评"[①]。如果把"零度"理解为批评者摒弃先入为主的偏见和情感好恶的左右,以一种澄明坦荡的胸怀和无私眼光对待文本,这无疑是有正面价值的,它并不会影响批评者拥有潜在甚至显在的批评观念和理论话语模式。也就是说,"零度"并不意味着批评家什么主体条件都不具备,或者全部自我取消,那是不可能的。即使勉强实现这种绝对空白化的"零度",那批评者也就丧失了对文本进行有效把握的可能,因为它违背了认识有赖于主体既有的心理图式进行积极应答的这个前提。

批评与欣赏的不同,还体现在欣赏时作为欣赏个体对文本的感受体验是"无形"的,不需要形成文本来表达。而批评则需要这种表达,它必须造就出众多批评文本和批评理论体系。回望文学批评历程,从古至今各式各样文学批评样式与文本的存在,就是一个证明。中国的考据、注疏、评点,西方的社会学批评、阐释学批评、心理学批评、神话原型批评、形式主义批评、女权主义批评等等,这些不同的批评模式造就了众多批评文本。它们以专著、论文、随笔、点评、序跋、诗话词话、评传体、书信体、对话体以及以诗论诗体等方式出现,成为文学活动乃至文化活动的重要组成部分。

为了产生更大的影响力和说服力,批评文本往往还被加工得精致动人,像文学作品一样,带有十分突出的个性色彩,从而"创造"出一个专门以批评文本为主要接受对象的群体,这在现代批评活动中已经成为非常明显的现象,以至有人说:20世纪里,文学批评第一次试图与自己的分析对象——文学作品平分秋色。表达一种思想、体现一种乐趣的批评,也是一种文学体裁,它读者不多;然而读诗者又有几人?[②] 批评是否能获得文学作品那样的地位和作用是值得怀疑的,但"批评是第二种文学"的观念确实已经产生,

---

[①] 参见《零度的批评》,《学习与探索》(哈尔滨)1999年6期,第118页。
[②] 让-伊夫·塔迪埃:《20世纪的文学批评》,百花文艺出版社1998年版,第1、9页。

它至少起到这样的作用,即提醒人们注意,批评虽然永远离不开它的对象文学文本,但它本身已经产生了活力,其能量和价值是不可忽视的。它在文化传播、交流中充当着一个文学创作、文学欣赏乃至文学理论都无法充当的角色,没有文学批评的文学时代,同样是不可设想的。

说到文学理论,它与批评的关系也值得关注。一般说来,文学理论为文学批评提供了工具和武器,没有理论根基的批评无法做到深入、系统、全面。然而,批评并不被动适应理论,批评将理论运用于实践,体现并验证着理论的科学性、合理性、有效性,使它释放出内在活力。而应用过程中的累积作用——它汲取文学文本中不断出现的创造因素,结晶为新的理论成分,因而又可以丰富理论世界,为它开拓出新的疆域。有时,一些系统的成熟的大气的批评理论,甚至能够在一些特定的时代里成为文学理论的特殊代表,或者说替身,占据着文化活动的主导地位,使这个时代的文学创作不能不受它的影响,形成特定的创作倾向或创作思潮。

文学批评的上述独立身份和重大作用,从根本上看,并不能改变它对文学创作乃至文学欣赏的依附地位。作为一种科学性活动,它本身是被对象所创造的。任何科学都要依赖对象给它提供前提,文学批评也不例外。有学者指出:"批评照亮了以前的作品,然而不能创造它们,它主导着它们,却无法产生出堪与它们媲美的新作品。"[①]可见,从时序上看,批评永远跟随创作,受创作制约,需要创作为它提供对象;它也受大众欣赏水平的制约,因为批评者绝不会莫名其妙凭空出现,他们一般只能是实际读者中的理想读者,即普通读者中的佼佼者。这里需要强调的倒是,批评从产生之日起,始终都在寻求对文学创作活动和大众欣赏水平的超越。批评虽然不可以直接创造文学文本,但它可以发现文学文本,照亮它们,从而使这些有价值的文本不至于被创作的自然状态淹没。

任何时代创作的"现场"总是鱼龙混杂、泥沙俱下的"大混沌",在这种情况下,不管一个作家多么有天才,都总是需要批评家,假如他能遇到一个名副其实的比自己更有才华的批评家,他肯定是无比幸运的——就像屠格涅夫、莱蒙托夫和果戈理遇到别林斯基那样,正是别林斯基使这些伟大作家的光辉真正闪现出来。同时,优秀的批评还不断提升着大众的审美理想,塑造着他们的审美水平。普列汉诺夫说:"别林斯基可以使得普希金的诗

[①] 让-伊夫·塔迪埃:《20世纪的文学批评》,百花文艺出版社1998年版,第9页。

所给你的快感大大的增加,而且可以使得你对于那些诗的了解更加来得深刻。"① 所以,优秀的批评总是把发现作品、发现作家,甚而把发现文学文本的优点和缺点作为自己的首要任务,以对大众审美水平产生先导性影响为旨归,并以自己那种直截了当的天性,展开文学争鸣,促成艺术的民主氛围。批评通过这些活动来实现对创作、欣赏甚至文化规定性的超越。在这些方面,优秀的文学批评确实已经建立许多实绩。一个时代要是没有优秀的文学批评活动,或者说,要是优秀的文学批评活动无法自由地独立展开,那么,这个时代的文学将会在盲目的满足或者茫然无措的状态中走向衰落。

文学批评要当此重任,批评主体即批评家要有良好的素质。对于他们来说,丰富的知识、开阔的视野、先进的人文理念、扎实的文学素养、细腻的艺术感受能力以及高超的理性思辨和表达能力都是十分必要的。然而更为重要的是,批评家必须具有无私的襟怀、勇敢的精神和郑重的态度。无私使他不会为任何科学和文学以外的因素所动,使他的批评始终保持公正和逻辑的严密;勇敢使他能够发出真诚的、独立的、有真知灼见的声音。但真诚而独立的言说往往都会遭受各种各样的压力,没有勇敢的精神,批评肯定会变得圆滑世故,没有刚性与硬度;郑重的态度使他能够尊重作家的辛勤劳动,把文学视为人类的精神财富,认真对待,仔细研读,从而避免浮光掠影、花言巧语、逢场作戏。总之,有了这一切,文学批评才会具有自己的生命力、自己的灵魂,才不至于忽而众语喧哗作无聊的鼓噪,忽而又噤若寒蝉,在重要的历史关头和重要的文学现象面前失去发言的能力。

那么,文学批评如何具体展开呢?

批评标准的确定是批评活动的关键。文学批评标准,也就是用以衡量、评价文学文本价值的准绳与尺度。批评标准是批评话语的基础,也是它的前提。没有一种批评是没有标准的,没有标准便无法评论作品,批评实际上也就不存在。

批评标准的产生受制于主客观多种因素的影响。就主观方面看,批评者的哲学观、美学观、文学观以及人生观、政治观都会影响批评标准的性质、状态;从客观方面看,不同的社会历史条件、不同的文学文化环境乃至不同的具体文学文本都会把它们的色彩投映到批评标准中。更为重要的是,批评标准的生成,往往不会是一个自然自发过程,有许多文学的外在因素如政治、经济及各种复杂的人际关系,常常会强制性地影响它。在社会矛盾激烈

---

① 普列汉诺夫语。转引自《瞿秋白文集》第2卷,人民文学出版社1953年版,第1090页。

时期、阶级、集团、政党的观念和主张，常常要通过文学批评标准体现出来，成为其影响文学、利用文学的一种重要方式。文学批评标准并非天然固有，永不变易，它有着鲜明的时代、社会和文化特色，甚至还会具有个人特色，呈现出千差万别的多样性。但在差异之中又存在共同规律、共同走向，那是因为无论在决定标准的主观因素还是客观因素中，都存在着人的文化活动共性，它使标准万变不离其宗，总是在几个大范围中兜圈子。

具体说，文学批评标准的确定总是或者以文学本体作为切入点，或以文学本体之外的社会文化作为切入点。从文学本体出发的标准强调的是审美、情感、形式、技巧等，从社会文化出发的标准则强调政治讽喻、道德教化、思想开掘、责任意识等。古今中外，文学批评标准总是在这两者之间波动，包括西方现当代大型的文学批评体系，也是在这两个极端中徘徊流转，不停运动的。在一些极端化时代，人们择其一端不顾其余，产生出极为偏颇的文学批评标准和文学观念；在一些平静折中的时代，人们企图"鱼和熊掌"同时兼得，体现出一种渴望尽善尽美的文学理想和文学追求。总之，文化与艺术两个角度囊括了历来形形色色的文学批评标准，细密的标准反过来又显示出文学作为文化存在方式和作为艺术存在方式的丰富性和可塑性。

马克思主义文学批评方法的本质特征是辩证批判原则，其最高标准是美学观点与史学观点并重①。所谓美学观点就是要求批评文学作品要注意文学的审美特性，遵循文学反映和表现现实的特殊规律，对文学文本作具体的艺术分析，注意到各种艺术手段在作品中的运用，把文学的审美价值作为衡量文本价值的一个尺度或标准。所谓史学观点，就是要求在文学批评中，把作家及其作品放到特定的时代和历史条件下加以考察，作历史的具体分析，把文本是否反映了历史的真实，是否具有进步意义作为衡量作品价值的一个标准或尺度。应该说这种批评标准及其所带有的方法论色彩，是对文学批评的文化和艺术两个基本方面的历史总结，具有合理的、全面的科学特性和辩证精神。

在面对具体文本展开批评活动之时，批评者所要做的是依据自我的批评标准，而标准的合理与否及价值大小会从根本上决定着具体批评活动的

---

① 恩格斯在《诗歌和散文中的德国社会主义》与1859年5月18日致斐·拉萨尔的信中多次谈到美学观点和历史观点，把这两个观点作为衡量作品的最高标准。他说："我是从美学观点和史学观点，以非常高的亦即最高的标准来衡量您的作品的。"见《致斐·拉萨尔》，《马克思恩格斯文集》第10卷，人民出版社2009年版，第177页。

成功与否及价值大小,因此,必须深入思考、精心确定。对文本展开批评性审视,在此过程中批评者的文化素养和艺术敏感会发挥积极作用的。审视可以从多方面切入文本,刘勰提出"六观",即一观位体,二观置辞,三观通变,四观奇正,五观事义,六观宫商。① 这是较为开阔的视野。但不同的批评流派、不同的批评标准都有自认为正确、自认为有价值的观察侧重。一般来说,从批评标准的文化与艺术两个宏观基点出发,从文学本体和它赖以存在的生活基础入手,再考虑到文学文本的构成特点,人们对文本的考察可以从两个大的方面深入展开,一是文本的思想价值,一是文本的艺术价值。思想价值主要涉及文本反映生活的真实程度、思想倾向的积极意义以及社会效应、社会价值等;艺术价值则主要涉及文本中形象的鲜明性,情志表达的自然、深切程度,文与质的协调统一以及艺术手法和艺术技巧的熟练运用、独创程度等。对任何一个文本因素的考察分析,都必须有历史的辩证的眼光,切忌以点代面、望文生义,切忌在肤浅的浮光掠影的文本感知之上进行随意的自我引申,使批评成为纯粹的自我展示、自我宣泄。

至于批评文本的具体写作方法,也可以说是批评的具体手法,这是一个极富个性的领域,没有统一的规则和模式,但它在整体上受到批评标准、流派和不同批评理论的制约。批评者可以从近现代几种主要的批评流派如社会学批评、阐释学批评、心理学批评、原型批评、形式主义批评等中间获得借鉴,也可以从传统的考据、注疏、评点等方式中间获得借鉴。不过,借鉴的目的不是摹仿而是创新,创建新型的中国文学批评理论和丰富多彩的批评格局,则是我们对文学批评这个文学接受中的高层次活动进行思考的根本目的所在。

---

① 刘勰:《文心雕龙·知音》。

第五章　文学的价值与功能

价值是人们对事物有用性及重要性的判断结果。文学作为人类有意识审美创造的产物,肯定包含着丰富的内在价值,这种价值的释放,形成对人及其生活的影响。对文学价值和功能进行辨析,是从宏观与微观角度了解了文学本体与形态之后,文学原理的一个基本走向。知晓一种事物,必然包含着知晓这种事物的功能与作用。何况文学,历来就是"有用而作",或表达自我,或感染他人;或认识自然与生活,或丰富心灵与精神;或抒愤于强权与压迫,或示爱于亲情与和平……无论为理想而文学,还是为文学而文学,都有巨大的价值包容其中。因而,对"文学有什么用"——文学价值的了解,必能深化文学观念,进一步触及文学规律,形成对文学的完整认识。

认识文学的价值,必须从价值的生成过程开始,因为正是这种价值生成支配着文学自身的形成过程及其特点。同时,文学价值不会自然而然地实现,价值的实现过程,乃是文学在生活中发挥影响形成"印象"的过程。从价值的外化方式,可以鲜明地感触到文学价值的两个相互关联又取向各异的部分,那就是文学的人间情怀与精神向度。它们完整地勾勒出文学的价值全貌,充分体现出文学对于人类生活的必要性和重要性。

一　价值生成

由于文学不是自在之物,其价值也就不会天然地存在。文学价值须经由人来创造,再由人来感受和实现。在这个过程中,创作主体、接受主体以及他们所置身的复杂的客体世界都以各种方式为文学价值注入自我特色,使其体现出复杂的结构与功能。但值得注意的是,在许多具体历史环境中,文学复杂的价值结构与功能被梳理成两个基本阵营,按"自律"与"他律"方式发展并不断地发生矛盾斗争和综合融会,从而创造出又一种新的价值,深刻地影响着文化和社会的发展与进步。

生成与实现

文学价值潜在于文本之中,由文本来负载。文本的生成过程,也就是价值生成的初始过程。在这个过程中,价值决定文本,文本又创造出新的价值,使文学价值呈现为一个运动着的活的系统。

所谓价值决定文本,指的是文学作为人类有意识的审美创造,其文本的产生动因、结构特点、接受定位,无不是按价值预期来设计、完成的。人们对文学的价值预期,当然不会莫名其妙地凭空而生,它根植于生活中既已形成的价值观念,是这种价值观念的集中体现和升华。这样一来,文学的价值首先便会体现在它对文学之外众多价值的适应与表现上。这些价值在许多重要方面决定着、规范着文学。而当文本一旦产生,它必然无可选择地要以这些先在于自身的价值作为自我价值的起点。体现生活的价值,永远都是文学价值最重要和最基本的方面。考察文学价值生成,必定要追溯到这个价值本源之上。

生活价值产生在人经由实践活动所达成的主客体相互关系中。具体说,"'价值'这个普遍的概念是从人们对待满足他们需要的外界物的关系中产生的"[①],"是人们所利用的并表现了对人的需要的关系的物的属性","表示物的对人有用或使人愉快等等的属性"[②]。只有当人的主体地位确立,人的活动成为自我意识之下的活动,价值观念才可能产生。因而,价值观念的有无、大小、进步与否,往往是文明进程的一个主要标志。但价值观念又不是纯粹的主体行为,可以由主体单独确定、凭空创造,它是人对生活客体(包括整个自然界和一切社会现象)的以人为旨归的判断。客体现象的存在是一个基本前提。因此,在主客体关系中,价值判断首先是个别的,在价值总体的抽象性普遍原则之中,总是暗含着鲜活的具体内容。而个别化的价值准则又必须符合人类总体要求,否则价值观念便会混乱。从根本上看,这个要求也就是求真向善,合规律合目的地追求更自由更舒适生存状态的人类本质。这个哲学意义的总体价值原则的确立,是人类自我进化的结果。作为"总体"价值准则,它指导、规范并鉴定着个体价值观念的价值。毫无疑问,这个总体价值观念是哲学化的,带着十分明显的精神取向,体现出终极叩问、彼岸追寻的色彩,因而也是高度抽象、思辨的。一旦它离开纯粹的抽象思辨而追求感性形态并由这种形态来体现的话,那么,审美方式就

---

① 《马克思恩格斯全集》第10卷,人民出版社1962年版,第406页。
② 《马克思恩格斯全集》第26卷,人民出版社1973年版,第139、326页。

出现了。审美"是由人的世界出发并且目标就是人的世界","是以个体和个体的命运的形式来表现人类"。①

可见,审美作为一种纯粹的价值判断,既根植于人的现实生活又根植于人的精神世界,既有抽象思辨色彩又有鲜活的感性外观,标志着人类价值判断能力的高水平状态。文学作为生活的能动反映,一个最基本的含义就是必须体现生活本身这种层次细密的价值状态,其中最重要的当然是人们的现实审美态度。文学须把这个世界的纷纭繁杂以及人对它的爱恨情仇真实地呈现出来,这样它才会具备价值基础。所以,文学价值的生成必须在生活价值中才能找到它的根源和动力。

生活中事物、现象的价值是多重的,可以大致分为两类:一类是功利价值,另一类是超功利价值。功利价值指纯粹的实用价值、经济价值、政治价值、科学价值、道德价值以及宗教价值等(宗教价值的功利性比较复杂,在一些特殊情况下,它会以十分强烈的超功利色彩体现出来);超功利价值主要指事物的审美价值。文学在反映表现生活之时,对事物和现象中的复杂的价值内蕴必须恰当处置,才能生成自我价值。所谓恰当处置,则指文学必须立足于反映事物的审美特性,但又不排斥、不违背其他众多的功利因素。没有对生活中审美价值的选择,文学将无法触及作为文学对象与生活主体的人的精神本质,从而难以构成自身的审美体系和审美价值,失去在精神意义上确证人自身这个根本作用,文学的存在也就没有太大的意义。但若无对众多功利价值某种顺承和依凭,文学又将失去现实的依托,处于无法打动人的"虚空"之中。生活中功利与超功利因素对文学价值生成的这种辩证作用,是由人类实践活动中价值观念的形成规律决定的。从实践角度看,人类最初产生的价值观念是功利价值观念,超功利价值观念是功利价值观念的进化与升华,没有前者决不可能有后者。所以,审美,在它刚刚出现的时候,虽然是人类精神能力的一种新的标志,但依然与"致用"连在一起,美的观念都不可能离开实践功利准则。只有当审美经验在漫长的历史过程中积淀起来,足以展示人的精神领域的独立、超拔和重要之后,审美才逐渐淡化功利色彩,成为某种超功利的纯粹的精神活动。即使在这种状态中,它也并非彻底抛弃功利的基本原则——这是它无法做到的,因为人的存在首先是一种生物的存在,人永远也不可能割断与世界的实用功利联系,审美最多只能将功利目的隐藏到难以直观的深层,而且最为重要的是,它必须以这种潜在的功利目的作为底蕴,

---

① 卢卡契:《审美特性》第1卷,中国社会科学出版社1986年版,第13页。

才能使美的价值获得现实支持,因而"隐藏"而非"取消"正是它的目的所在。这样,作为人类主要精神活动之一的审美,于是呈现为无目的的合目的性,即表面超功利无目的,但却在内在本质上合于人追求自由、美好生活的总目的。文学价值的生成,必须把这种功利与超功利的复杂性清晰地体现出来。在文学价值领域,纯粹功利化和纯粹超功利化都是不可想象的。

但是,更复杂的问题还在于,文学并不仅止于对生活价值的呈现。文学自身就是一种审美方式,一种更高层次的精神活动,它的价值除了来自表现对象中的功利与非功利因素之外,其自身就是人类活动的一种价值体现,它证明着、显示着人的审美能力和精神创造能力,或者说正是这种能力的外化与体现。由于人类的审美能力与精神创造能力总是以某种独特的方式支配着作家个体心灵,才使个体心灵中有了超越自我的神奇成分,才使作家在创造具有重大价值的作品时,仿佛在"代神立言"。这个"神"当然并不是宗教之神,而正是那种人类整体审美能力、创造能力的隐秘化身,它使作家感觉到:"价值发乎我们情不自禁的直接性或莫名其妙性的反应,也发乎我们本性中的难以理喻的成分。"①结果,正是这种"不可理喻的成分",才使文学获得了超越日常生活价值的更高层次的价值,使审美对象成为真正的审美对象。杜夫海纳说:"它把世界包含在自身之中时,使我理解了世界。同时,正是通过它的媒介,我在认识世界之前就认出了世界,在我存在于世界之前,我又回到了世界。"②这种思想,用王尔德的话来表述更为直接,那就是

---

① 桑塔耶纳:《美感》,中国社会科学出版社1982年版,第13页。这里,我们应该把桑塔耶纳的话理解为价值并不是个体主观能力所能完成的,停留于个体层次,便永远不能理解价值的真正来源和含义。
② 杜夫海纳所说的"审美对象"并不是客观存在物,而是艺术活动中的审美对象,即被艺术形态"艺术化"了的存在物,直截地说也就是艺术作品所创造的那个世界。所以他说:"梵·高画的椅子并不向我叙述椅子的故事,而是把梵·高的世界交付予我:在这个世界中,激情即是色彩,色彩即是激情,因为一切事物对一种不可能得到的公正都感到有难以忍受的需要。审美对象意味着——只有在有意味的条件下它才是美的——世界对主体性的某种关系、世界的一个维度;它不是向我提出有关世界的一种真理,而是对我打开作为真理泉源的世界。因为这个世界对我来说首先不完全是一个知识的对象,而是一个令人赞叹和感激的对象。审美对象是有意义的,它就是一种意义,是第六种或第n种意义,因为这种意义,假如我专心于那个对象,我便立刻能获得它,它的特点完完全全是精神性的,因为这是感觉的能力,感觉到的不是可见物、可触物或可听物,而是情感物。审美对象以一种不可表达的情感性质概括和表达了世界的综合整体:它把世界包含在自身之中时,使我理解了世界。同时,正是透过它的媒介,我在认识世界之前就认出了世界,在我存在于世界之前,我又回到了世界。"见《美学与哲学》,台湾五洲出版社1985年版,第31页。

"人生模仿艺术"。可见,文学,在文化意义上已经成为生活的一种引领,这是文学作为一种审美方式的最大价值所在。说文本创造新的价值,最基本的意思也正在于此。

当然,这种宏大的价值必须经由细致的文体设计和表达步骤来实现。在创作过程中,它首先体现为文学以审美方式使生活中的审美价值得到艺术化的重新处置。这主要指作家站在更高的审美基点上重新梳理现实审美关系,使美丑混杂、美丑颠倒现象得到合于人类发展规律的澄清,从而改变现实的审美短视行为。在许多不合时尚不合"潮流"因而备受排斥、打击的现象中,发现出它本来具有的巨大价值,并张扬它、歌赞它,使它成为文化的希望之光,穿透现实的遮蔽抵达人们的心灵。同时,对现实流行的"以丑为美"现象,则戳穿它的虚假面具,以厌恶、批判的笔触使人们对它产生清醒认识并远离它、抛弃它。这样,"丑"也便成为审美的新资源,丰富了现实生活中人们难以丰富的"人类审美领域"。所以,杰出的文学作品能够做到"向我们显示我们内部生活的各种形式……从一种新的广度和深度上揭示了生活:它传达了对人类的事业和人类的命运、人类的伟大和人类的痛苦的一种认识,与之相比我们日常的存在显得极为无聊和琐碎。我们所有的人都模糊而朦胧地感到生活具有的无限的潜在的可能,它们默默地等待着被从蛰伏状态中唤起而进入意识的明亮而强烈的光照之中。不是感染力的程度而是强化和照亮的程度才是艺术之优劣的尺度"[1]。

其次,文学以审美方式使生活现象的功利价值转化为审美价值,使生活中直截了当的急切与平庸经由情感笼罩而闪现为迷人的色彩。外部生活的这种心灵内化方式所提升的是人的品质与精神,文学运用文本把它固定下来,使人们终于可以说,因为有了文学,我们才不致平庸于生活。文学在功利的"伟力"中所扮演的就是这样一种韧性的、没有其他东西能够替代的角色。没有它,生活中的功利洪流便没有疏导、宣泄与升华的渠道,结果,人类很可能会被它所创造的生活所毁灭。所谓好与坏、优秀与低劣的文学,也正是在这个功利提升的分水岭上体现出它们各自的本色。在这个分水岭面前做出选择的,谁都知道,那就是作家主体。换言之,作家主体的审美创造能力,正是文学价值生成的另一个重要源头。

明确了上述两个根本方面,才能谈到文本形式的价值。这倒不是因为"内容决定形式"是一个绝对的规则,而是因为纯然的形式确实无法承载文

---

[1] 恩斯特·卡西尔:《人论》,上海译文出版社1985年版,第188页。

学的价值担当。优秀的形式永远都是"有意味的形式",它之所以能够以形式法则悦人耳目、动人心扉,审美规律同样是不可游离的前提,只不过由于它更多地远离了功利色彩而使它的价值显得更为独特和更难表述。任何好的形式都是纯然的创造,这是不容怀疑的。创造的目的如果是呈现价值——生活的价值与作家的价值观念,那么,创造过程就已实现了这一切,而创造的结果,文本出现,文学获得了它的形态。这是一个"无中生有"的存在,它除了显示创造的有形(即创造本身的价值)之外,还把众多的文学内在价值固定,为它在生活中的释放制造了一个前提。也就是说,文本的所有形式因素都以它本身的价值魅力吸引读者,从而把人们导向一个新的、辽阔的价值领域。

据此,关于文学价值生成的考察,还需进一步在它的实现过程中更为清晰更为完整地获取答案。凡是人为的价值创造,都有一个如何转化为现实的问题,否则,即使生成了价值,又有何用?

文学价值的实现是通过阅读接受来完成的。在阅读过程中,读者通过文本符号的解读进入到作品的内在空间,充分感受作品所展示的现实价值关系,同时也更为鲜明地感受作家作为创造者在整个文本构成中所起的主导作用——他把自己对生活对自身以及对人类审美理想的深入理解与创造性表达巧妙地传达给读者,使他们在认识"生活真相"的同时无法回避来自作家的倾向性价值观念塑造。对读者来说,这是一种难以抗拒的力量,因为作家使用的"武器"是审美方式,它以情感为先导和基本范式,引人入胜潜移默化,使人在不知不觉中受到感染。因此,进入任何一个成功的文学文本,便意味着一次心灵洗礼的开始,其结果是,读者或认识生活或受到教育或获得愉悦,或在整体上感觉了审美的美妙灵动和深刻启示。总之,文学的有用性这时在读者身上显现出来,文本的潜在价值开始成为一种显性的存在。

但是,读者不会仅仅被动地接受文学价值。由于文学符号的间接性,由于作家故意设定的语义空白与"召唤结构"的吸引,读者对文本的接受其实是一个主动参与过程。读者总是以自己的生活经验、审美水平作为前提来感受作品、理解形象,形成文学的"二次创造"。这种创造除了是在文本引导下完成之外,与作家的创造在内在心态上并没有太大的差别。鉴于生活共感和主体个性的存在,接受活动在实现文学文本固有价值的同时又创造出新的价值。"我们对于文本的理解要比文本作者对它的理解更好。因为我们不可能对作者的思想有直接的理解,因此我们必须尽可能去理解作者在无意识状态下所流露出来的东西。"①这一切所体现的意义是,现实的读者在阅读中成了审美主体,他们被文学作品当然也被自身因文学而引发的审美方式提升,于是,在作品中他们获得了与作家同样的言说满足、良知启迪与情感激动。他们成为真正意义的"读者",意味着在艺术氛围里超越了现实的功利羁绊,成为"幻想生活"的新主角。在这里,失败者转化为成功者,失恋者得到自由的爱恋补偿,穷人可以享受富人的舒适与豪华,卑微的弱小者也可以实现孔武有力的战胜与征服……甚至连民间故事,也能起到这种作用。②

更为重要的是在经历了这一切之后,读者的心灵受到了冲击与荡涤、纯化与提升。尽管这可能会像一场梦一样短暂,却可以造成一种可贵的生活新预期,积淀多了,性情与灵魂便多了一份内涵,人格与行为便多了一份滋养,个人与社会便多了一份引导,"从而打开未来经验之路",这条经验之路将人们从对既有生活的适应、偏见和困境中解脱出来,获得对生活的新感觉,这是"读者之所以得到的非读者所没有的特权"③。文学价值正是在这种"特权"中实现并产生出新质的——"文学和读者间的关系能将自身在感觉的领域内具体化为一种对审美感觉的刺激,也能在伦理学领域内具体化为一种对于道德反映的召唤。"④经由这样一系列实现和新的生成过程,文学价值便真正转化为社会所不可缺少的审美、文化价值。

可见,在文学文本中,价值是一种客观的静态存在,但又从来不局限于一种客观的静态存在。客观与静态是就文本的物化形态而言的,文学的价

---

① 施莱尔马赫:《普通解释学》,转引自《当代西方艺术哲学》,人民出版社1992年版,第236页。
② 恩格斯在《德国的民间故事书》一文里说:"民间故事书的使命是使一个农民作完艰苦的日间劳动,在晚上拖着疲乏的身子回来的时候,得到快乐、振奋和慰藉,使它忘却自己的劳累,把他的硗瘠的田地变成馥郁的花园。民间故事书的使命是使一个手工业者的作坊和一个疲惫不堪的学徒的寒伧的楼顶小屋变成一个诗的世界和黄金的宫殿,而把他的矫健的情人形容成美丽的公主。"见《马克思恩格斯论艺术》(四),人民文学出版社1966年版,第401页。
③ 姚斯说:"读者之所以得到(假设的)非读者所没有的特权,是因为停留于波普尔想象中的读者并不必然首先去冲击一种新的障碍以获得新的现实体验。阅读经验能够将人们从一种生活实践的适应、偏见和困境中解脱出来。在这种实践中,它赋予人们一种对事物的新的感觉,这一文学的期待视野将自身区别于以前历史上的生活实践中的期待视野。历史上生活实践中的期待视野不仅维护实际经验,而且也预期非现实的可能性,扩展对于新的要求、愿望和目标来说的社会行为的有限空间,从而打开未来经验之路。"见《接受美学与接受理论》,辽宁人民出版社1987年版,第50、51页。
④ 同上书,第51页。

值在创作阶段,在文本形成之前,作为作家的行为其意义就已出现,并使作家在创作过程中得到了满足;在接受阶段,在读者的阅读行为中,又激发了读者的自我审美体验而使读者在接受过程中产生创造的满足。所以,文学的价值又是一种主观的动态存在,它需要主体的体验与品味,心领神会,才能在创造价值的同时走向文学价值的精华之所在。

结构与功能

从文学价值的动态生成过程可以看出,文学价值构成十分复杂。就层次而言,有生活本身赋予的价值,有作家主体、读者主体创造的价值;就内质而言,它包含功利的硬度与质地,更富有超功利的柔性与意味;就形态而言,它是静态的存在,又保持着动态的变化色彩。各种"价值"在文本的创造、构成以及接受过程中相互交织,难以分辨。一个文本的好或坏、优秀或平庸,表面看这是多么直截了当的价值判断,但若仔细追究,实际上却不是三言两语可以说清的。对于文学来说,价值是一种创造和赋予,但并不是任何创造与赋予都真正有价值。梳理这些价值,必须把它们放到具体历史时空中,才能发现其真相,因为"在客观上,在艺术作品中,它是由所塑造的人与人类的关系以及由形态与对象构成中所展示的本质因素形成的"[①]。

可以肯定,文学的价值结构,其宏观形态是真、善、美三者的有机统一。换言之,文学,只有具备了真善美的有机统一,才会具备真正的价值。

文学的求真,就是要用形象的方式将人类追求真理的艰难、执著、勇敢及愉快的所得呈现出来,而不是像一般科学那样直接针对现象的本质作客观抽象的概括。文学之真,是从人的角度切入生活本质的真,因而它虽然对现象进行了夸张与变形,仍然会具有强烈的认识价值。可以说,来自于求真取向的价值,是文学一切价值的基础,没有这个基础,文学将被接受心态拒斥,其他任何价值都将难以产生。人类要不断地战胜自己,走向自身,获得人性的健全与完善;同时人类还要不断地与现实的黑暗和不公平作斗争,改良社会,使生命与情感在这个宏大目标下显现出伟大与渺小、壮丽与平庸之别,哪怕是和风细雨的生存,也有道德的尺度为之作出一目了然的价值判断。文学的向善,根本上看就是要反映这种人类追求和行为自律,取得一个让人敬佩的思想基点与情感立场。否则,文学难以感动人,潜移默化的教育

[①] 卢卡契:《审美特性》第1卷,中国社会科学出版社1986年版,第454页。

价值便无从谈起，文学又怎能在平凡的生活里充当一种召唤、启示与慰藉的角色呢？有了真与善的内涵，再加上"天然"的情感与形象言说方式，文学便可以创造更高形态的美、艺术化的美。这种再造之美，不但不会违背现实美感中本来固有的情感愉悦、娱乐甚至生理快感，反而还会充分加强它、利用它，使自身成为人类精神活动的主要方式之一，产生巨大的审美和文化价值。

除对价值内涵作基本了解之外，考察文学价值构成，还须注意价值的时空因素。时空是物质存在的形式，也是文学价值存在的形式。从时间上看，任何文学文本的价值都具有时效性。所谓时效性，是指具体文本的价值特别是价值实现总是具有时间侧重，在某个时段中体现得充分，在其他时段中则减弱甚至没有体现。只有少数优秀作品才能超越时间局限产生较为永恒的价值魅力。时效性最明显的体现是在文本产生之时，它总是会设法以各种引人注目的方式进入人们的视野，作一次眩目的价值释放，仿佛夜空中的焰火，突然而美丽。释放的成功与否取决于文本自身的价值内蕴、作家本人以及传播媒介的具体处置，当然，也取决于接受群体的水平与接受预期，甚至要取决于整个社会的文化状况。在现代社会中，这种情形的极端化方式被称之为"炒作"。即使没有"炒作"，如古代文学作品出现的一般情形那样，时效性也依然存在。某些文本的价值在其面世之时产生巨大影响，有的作品则在面世之后较长的时间中才逐渐显示出自身的重要；有的作品如昙花一现，在短暂的"绚烂"期过后便销声匿迹；有的作品则如长久盛开的鲜花、穿越时空，体现出永恒的价值色彩。决定文学价值时间状态的因素十分复杂，文学要超越短暂的时效性获得永恒的价值，其中最重要的是文本本身必须具有真正的价值。真正的价值只能来自真善美的高度融合。据此，它才能在漫长的时间中吸引不断更替变化的读者群体，在读者的共鸣中获得再创造，使自己的生命力、影响力不断延续下去。

从空间角度看，文学价值首先是个体性的存在。无论是作家本人通过写作实现表达愿望从而印证了文学价值，还是凝聚、承载价值的文本，以及读者对文本的接受与再创造，价值都是以个别性方式存在、出现的。因此，个体性正是价值的"生命方式"及其活力所在。在个体行为中，价值的微妙与灵动被展现得十分充分，一首诗可以为某个恋人而作，而另外一个不相干的读者，可以把它用作自己示爱于别人的信物；有人可能把一部抒情或叙事的作品读成一部宗教经典，另外的人则把它视为民俗学大观……总之，即使像道学家看见淫，才子佳人看见缠绵，流言家看见宫闱秘事，这也决不只是在读《红楼梦》时才会发生的事。① 这种个体行为虽有偏颇,但却从另一个侧面显示了文学价值领域的宽广,毕竟文学的价值只能通过个体的方式显示和体现。不过,个体价值方式又会在时代、社会、国家、民族的较大空间中组合而为整体价值,使某个时代、国家、民族甚至人类整体产生大致相同的文学价值观念和价值走向。无论把这种整体价值定义为有利于"人民"②还是其他什么,总之,有了这种整体的力量,文学在人类生活和文化构成中才会显示出重要的、不可缺少的地位和作用。

文学价值的复杂内涵在文学接受过程和文化活动中具体体现出来,便形成了文学的社会功能。"功能"是确定的、可以察觉的东西,由它来显明文学的价值,无疑会将文学价值内涵减少,使其中那些依赖于体验过程的、不可直观的部分遗漏。但"功能"随着文学的产生早已成为一种客观的文化现象,我们只能了解它、把握它,通过这种显在的途径,加深对文学价值的印象和理解。

文学的社会功能也就是文学的社会作用和影响。对应着文学的价值内涵,在整体上说文学的作用是审美作用,一般认为它可能以三种方式体现出来,即认识作用、教育作用与娱乐作用。在中国古代,从孔子开始便十分重视文学的社会功能,孔子认为"诗"有四种基本作用,即"兴、观、群、怨",此外,还可"多识于鸟兽草木之名"③;近代,梁启超认为小说亦有四种功能即"熏、浸、刺、提"④。可以说,重视文学的功能与作用是中国文论的一个重要传统。对文学功能进行严格要求和限定,有时甚至作不切实际的引申是中国文学活动中十分常见的行为。如今人们对文学功能所作的这种细致划分与阐述,不能说没有受到前人的影响。

文学的认识功能,即文学帮助人们获得多方面社会和人生知识,丰富人们的生活经验,加深人们对某些社会规律和人类行为的理解的功能。通俗

---

① 鲁迅针对《红楼梦》的阅读说:"单是命意,就因读者的眼光而有种种:经学家看见《易》,道学家看见淫,才子看见缠绵,革命家看见排满,流言家看见宫闱秘事……"见《〈绛洞花主〉小引》,《鲁迅全集》第 8 卷,人民文学出版社 2005 年版,第 179 页。其实,这种阅读现象是相当普遍的。
② 杜勃罗留波夫曾说:"假如文学所唤起的利益最后能够渗透到人民大众中的心里去,文学就能成为伟大的东西了。""文学所达到的最高境界,就是吐露或者表现在人民中间有一种美好的东西。"《杜勃罗留波夫选集》第 2 卷,上海译文出版社 1983 年版,第 125、187—188 页。
③ 孔子:《论语·阳货》:"小子何莫学夫诗?诗可以兴,可以观,可以群,可以怨。迩之事父,远之事君,多识于鸟兽草木之名。"
④ 梁启超:《论小说与群治之关系》,《新小说》创刊号,1902 年。

地说,看了文学作品,人们便知道了"别人"的某些生活方式、相关的自然环境社会环境,以及在此环境中别无选择的人生及命运,从而引发思考,有所收益。文学给人提供的知识绝大部分是人文社科方面的知识。文学之所以具有认识功能,认识功能之所以会侧重于人文社科知识,根源在于文学是生活的真实反映,并且它反映的是以人为中心的社会生活。广泛地描写人生和社会,必然涉及经济、政治、文化等因素以及辽阔的大自然,因此文学使人认知的,大多是人文社科知识。由于文学以形象方式反映生活,具有生动、具体、感性化特点,无论它反映什么,都会显得十分细致,使人如见其人、如闻其声、如临其境。在这种状态中,人们面对的仿佛是原在的生活或历史,由此产生的认知是综合性的,包容大量显在和潜在的信息,因此,杰出的小说家才会"在自己的卓越的、描写生动的书籍中向世界揭示的政治和社会真理,比一切职业政客、政论家和道德家加在一起所揭示的还要多"①。巴尔扎克的《人间喜剧》也才能"汇编了一部完整的法国社会的历史",使人甚至在经济细节方面所学到的东西,也要比从当时所有职业的史学家、经济学家和统计学家那里学到的全部东西还要多。② 但是,在文学这种强大的认识功能面前,必须同时注意到它作为"认识"的一些弱点,比如含蓄,文学所有的知识因素都含蓄于形象与情感深处,必须思考、品味才能感触到,而经由思考品味得到的人生经验、社会规律,往往多样化甚至包含着歧义,这与知识所需要的明晰性、确定性是相距遥远的;再比如虚构性,文学大多是虚构,文学并不等同于生活,它的知识状态必然带着概括和变形色彩,往往以表面的假来求得内在的真,因而将文学等同于生活来获取认知生活的价值,容易在细节甚至整体上出错。文学对知识的呈现是有限度的,因为这毕竟不是它的主要目的所在。

文学的教育功能也就是文学作品影响人们的思想情感、净化人们的心理与灵魂、增强人们改造生活勇气和信心的功能。这是许多时期最为重视的文学功能,它把文学的有用性发挥到极致,文以载道明理,劝善惩恶,经夫妇、成孝敬、移风俗、厚人伦、美教化、动天地、感鬼神,③改良社会,

---

① 马克思:《英国资产阶级》,见《马克思恩格斯全集》第10卷,人民出版社1962年版,第686页。
② 参见恩格斯:《致玛·哈克奈斯》,《马克思恩格斯文集》第10卷,人民出版社2009年版,第571页。
③ 《毛诗序》云:"正得失,动天地,感鬼神,莫近于诗。先王是以经夫妇,成孝敬,厚人伦,美教化,移风俗。"又:"《关雎》,后妃之德也,风之始也,所以风天下而正夫妇也,故用之乡人焉,用之邦国焉。"

影响群治,①文学对人的行为和心灵,发生着无所不能的强大的教化作用。这种观念,使文学家总是背负着厚重的社会责任和担当意识。

文学教育功能的根源,在于文学对生活的反映中渗透着作家主体强烈的思想、情感倾向。它们体现为对事物的喜爱或厌恶两个心理总趋势,这是一种潜在的牵引动力。契诃夫说:"凡是使我们陶醉而且被我们叫做永久不朽的、或者简单地称为优秀的作家,都有一个非常重要的共同标志:他们在往一个什么地方走去,而且召唤您也往那边走。"②如果读者实际上那么做了,其思想行为便会改变原来的状态,教育功能就成为一种现实。

那么,读者会不会具有被感染的心态呢？在面对外界事物之时,人的心理总是存在"对位"的潜反射心理效应,或称"内模仿"。它的存在,使人们阅读作品之时总会自然而然地将自己与作品中的人物作平衡比较,然后"对位"认可,一致则共鸣,不一致则拒斥,产生情感与思想的偏向。可见,读者心理的这种"对位效应",正是文学教育功能得以实现的另一个重要根源。文学教育功能的大小,一般取决于形象本身所体现的社会意义和思想情感倾向的大小和正确与否,同时也要取决于接受主体的条件。文学的教育功能往往因人而异,不可强求,它是潜移默化逐渐发生的。这是它的两个重要特点。

文学的娱乐功能,则是文学作品给人们情绪的激动与感觉的快适、给人以精神上的满足和愉悦的功能。表面看,娱乐功能仿佛是认识、教育功能的对立面,它以轻松活泼的形式,消解认识与教育的深刻庄重,似乎强化了娱乐,势必会削弱作品的认识、教育价值。因此,在强调认识价值、教育价值重要性的文学传统里,娱乐价值总是处于被排斥地位。这是一种不正确的观念。其实,娱乐价值最根本的成因在于文学要引起美感,必须塑造形象,形象的事物有一个最重要的天性就是诉诸人的感性,在直截了当的轻松中使人直观事物,产生情绪反映。如果这种有意而为的形象有一整套合于人们接受的内容与形式,便能切合人们天然保持着的好奇心理和游戏心态,甚至切合人的某些生理需要,如节奏感、对称平衡感等,产生心理生理的快适与愉悦,即获得娱乐。也就是说,文学的娱乐价值是审美价值的构成基础,也

---

① 梁启超曰:"欲新一国之民,不可不先新一国之小说。故欲新道德,必新小说;欲新宗教,必新小说;欲新政治,必新小说;欲新风俗,必新小说;欲新学艺,必新小说;乃至欲新人心,欲新人格,必新小说。"见《论小说与群治之关系》,《新小说》创刊号,1902年。
② 契诃夫:《写给阿·谢·苏沃林》,《契诃夫论文学》,人民文学出版社1959年版,第217页。

是文学与人产生直接亲和力的重要基础。

由此看来,文学的娱乐性不但不会消解文学的认识、教育价值,处理得当,反而能够为它们找到更为有效的实现途径,从而加强它们的影响力。优秀的文学作品,常常以娱乐为契机和外形,产生吸引力引导阅读——文学毕竟不能靠强制手段来实现它的价值——然后在客观上使人获得认识,受到教育。"寓教于乐"①是合于艺术规律的,在许多特殊的历史时期,人们常常会忽视它。

文学整体的审美功能,正是认识功能、教育功能和娱乐功能巧妙结合的产物,说到底,也就是真与善获得最佳表现形态的结果。在文学实践中,并非所有文本都同时具有认识、教育和娱乐功能并做到三者最佳结合,对它们的不同侧重和体现程度,决定着文本的价值取向和价值分量,只有最优秀的文本才能实现三者的统一,才能产生正确的认识价值和积极的教育价值,也才能够使人在轻松愉快的心态中完成对它们的接纳,最后在精神层次上,获得审美的启迪与激励。

自律与他律

"自律"与"他律"本不是关于文学价值的专门术语。"律",在这里其基本意思是指文学的形成、发展规律,也有规约、规范的意思。所谓自律,即文学按自身方式形成、发展,其创作动因、活动方式、文本状态、功能影响等等,都受文学本体规范,文学主体竭力否定、排斥外在的社会因素、功利条件对文学的影响。他律即文学的形成与发展必定受制于文学外部因素的影响,其创作动因、活动方式、文本状态、功能影响等等,都顺从和满足于文学外部力量的要求,成为时代社会功利活动中的一个重要角色。自律与他律是自文学产生之日起就支配着、左右着文学活动的力量,它们使文学的价值呈现出两种不同的取向(其内在当然也有关联性),并且这两种价值促成的文学价值观,相互之间还会不断斗争、转化、融合,形成文学的时代转换和发展方式,使文学在自律与他律的矛盾斗争中前行。这意味着,不同文学价值的流露、实现方式本身又创造了新的价值,产生出新的文化景观。

自律带来的是文学自身价值的确立。文学作为人类一种重要的精神现象,作为文化活动的一种方式,虽然与社会生活中许多事物、现象联系紧密,

---

① 贺拉斯说:"寓教于乐,既劝谕读者,又使他喜爱,才能符合众望。"见贺拉斯:《诗艺》,载《〈诗学〉·〈诗艺〉》,人民文学出版社1962年版,第155页。

但肯定有着自己独立的体制与形态,这一点,前面第一章已作过充分论证。这种独立的体制与形态,意味着文学可以按照自己的方式来处理与之相关的一切事物与现象,而不需从这些事物与现象如哲学、道德、宗教、政治、经济中来获得自身存在的价值和理由。文学是发乎并实现人本性的审美需求(包含宣泄、娱乐、游戏以及高层次的情感、精神满足)的产物,为此,它总是想使外物就范于它,按它的方式形成可以满足人的上述需求的产品。它无需承担、显示外在于自身的道德、哲学、政治、宗教等的责任,因此,与社会生活保持适当的审美距离,超然于狭隘的功利纠缠之外,往往成为它最大的理想和追求。无论从创作还是接受来说,发乎人性止于审美都是自律论的核心。应该说,自律观念显示的是文学作为人类精神现象所应有的一种独立品格,它为人的存在、也为文化的存在找到了一种有意味的方式,显示并增强着人类心灵的丰富性;在许多特殊的历史时期,追求文学的自律,甚至成为文学主体追求自由独立人格的象征。

值得注意的是,自律观念并不是在文学产生初期就具备的,更不是一经产生就确定不移的,自律意识的出现,标志着文学自觉时代的到来。一般认为,在中国这是魏晋时代前后才发生的文化现象,在西方可以说直到德国古典哲学家康德,文艺作为不夹杂任何功利因素的天才之创造产物的观念才得到明确的阐述。文学可以自律而生、而发展,实现其"份内"价值,无论中西方,这种观念一旦出现便受到他律论的制约和纠缠。由于凭借众多社会因素,他律论力量颇强,往往使凭借文学自身力量的自律论难以抗拒。

他律是社会生活介入和干预文学的体现或结果。它意味着文学价值必须依赖于文学之外众多社会因素来确定,因而可能导致为道德而文学,为政治而文学,为宗教而文学,为市场而文学等等,绝不是为文学而文学。各种社会因素通过各种方式给文学以强劲影响,在有些时期,这种影响甚至全面覆盖了文学,相对取消了文学的独立性,使文学的审美功能某种程度上让位于服务功能,文学的价值在显示道德、政治、宗教、经济等的价值中得到显示。且不论这种现象的是与非、好与坏,也不论文学是否能够担此重负,关键在于他律早已是文学的历史状况并依然在文学活动的现实中不断发挥作用。有时,强大的外力会使文学产生新的活力与刚性,使之在社会文化中产生积极作用;有时又会彻底扭曲文学,使之沦为粗鄙的工具。文学作为"工具"的价值不能普泛而论,只有在具体历史环境中才能梳理清楚。同时应该看到,他律有时是文学主体的自主行为,有时则是被动行为。当文学主体被社会因素"强制"的时候,矛盾斗争便开始。此时,自律会像一个令人无法割舍、无法忘怀的文学之梦,萦绕在部分人心头,使文学价值选择甚至文化价值选择呈现出深度的痛苦。

在这里,需要特别注意的是,对自律与他律促成的文学价值差异,应从文学实践和理论两个角度分别看待之。在文学实践中,由于价值取向不同,自律与他律常是互相矛盾互相排斥的,在某些特殊的社会生活环境中,人们似乎只能对之作非此即彼的选择。但在理论形态中,却必须产生两者并存共容的观念,把任何一种绝对化,从而排斥另一种,都是片面的,不合乎文学发展历史和现实情况的。作为不同的文学价值观念,正是它们的存在才丰富了文学的整体价值体系。这样说并不意味着无须对自律与他律的价值进行再判断。再判断不仅是必要的,而且考察、判断眼光应该更加具有历史和辩证色彩。无论自律所包含的人性与审美价值,还是他律所包含的社会与功利价值,其历史的进步性和以人为本的合规律合目的性,都是它们最终的衡量尺度。仅出于个人的主观评判,是无法见出自律与他律之价值的,相反还可能加深人们在历史迷障面前的短视,使本来复杂的现象与本质变得更为复杂,结果观念的混乱将带来许多无聊的论争,这是应该尽量避免的。

应该说,在这个问题上,前辈文学理论家杨晦先生的见解最为深刻和精彩,这就是他在《文艺与社会》一书中提出的"公转"与"自转"比喻说。他指出:"文艺好比是地球,社会好比是太阳。我们现在都知道地球有随太阳的公转,也有地球的自转。其实,就是文艺也有文艺的公转律和自转律的。""文艺发展受社会发展限定,文艺不能不受社会的支配,这中间是有一种文艺跟社会间的公转律存在;同时,文艺本身也有文艺自己的一种发展法则,这就是文艺自转律。"无疑,这里强调了文学的被制约性和相对独立性两个方面,两者相辅相成,不能分割,缺一不可,对立统一,是相当辩证的。文学的自律和他律问题,只有在辩证法的基础上才能得到科学的解决。

二　人间情怀

文学价值有两个基本取向,其一是世俗取向,其二是精神取向。人间情怀是文学世俗价值的形象表述。文学表现人的生活,人总是有着感性化的七情六欲以及数不清的愿望需求,需要得到宣泄与表现;同时,生活中浓厚的社会与政治、文化色彩,必然会对人产生影响并投映于文学中。个体的人必须调节与他人与社会群体之间的关系,从而产生更具渗透性的道德观念,这同样要进入文学、影响文学。因此,文学表现人、关切人的生活,必然要在这些重要的生活构成因素中显明自己的立场,给人以必要的满足、感染和教益。人间情怀,是文学接近生活,进入人们心灵世界最基本的方式。它体现出来的价值,构成文学价值体系中最为直观也最易为人所感受、接纳的部分,可以说它是文学整体价值的基础。

游戏与宣泄

游戏曾经被视为人和动物所共有的一种娱乐活动,一种发泄剩余精力的方式①,因而"游戏说"成为探讨文艺起源的一种重要理论。② 但是,对于人,游戏有更为重要的意义。游戏是人受到外在物质世界和内在精神刺激,利用闲暇与剩余精力创造一个自由天地的带想象性的具体活动。只有人才能使游戏上升为一种想象的境界并且带有明确的精神目的,成为超越现实束缚获取身心自由的途径。所以,真正意义的游戏只能属于人,也就是说,只有当人成为完全意义的人之时,他才游戏;只有当他游戏之时,才是完全意义的人。游戏正是人性确立的一个标志,正如席勒所说:"什么现象标志着野蛮人达到了人性呢?不论我们对历史追溯到多么遥远,在摆脱了动物状态奴役的一切民族中,这种现象都是一样的:即对外观的喜悦,对装饰和游戏的爱好。"③

游戏为什么能担此重任呢?主要原因是,在游戏中,人不但是一个实践者,同时成了一个对自身的观照者,而这种自我主体性的确立是人性的基本前提。这意味着"游戏"不仅可以给文学的起源提供一种解释,还作为普遍人性的证明保持下来,延续于人类生活中,使人在受到现实束缚之时,获得一条超越的途径。这种潜在于人内心的"人的心理",在渴望成长的孩子那里会自觉或不自觉地强烈地流露出来,因而孩子的生活总是充满了直接的游戏活动。即使一群牧牛的贫穷孩子,也可以在一场自我设计的战斗游戏中成为"将军"或"士兵",攻杀之后,"胜利"与"荣誉"使他们超越了放牛娃的现实困境而获得情绪的宣泄与精神满足。如果没有游戏,孩子将失去多么重要的娱乐天地,失去精神成长的最为有效的空间。

---

① 席勒曾说:"动物如果以缺乏(需要)为它的活动的主要推动力,它就是在工作(劳动);如果以精力的充沛为它的活动的主要推动力,如果是绰有余裕的生命力在刺激它活动,它就是在游戏。"转引自朱光潜《西方美学史》下卷,人民文学出版社1979年版,第454—455页。
② 文学起源于游戏,是德国哲学家康德最先提出来的,后来德国的席勒和英国的斯宾塞进一步阐发了这一观点。故人称"游戏说"为"席勒—斯宾塞理论"。
③ 席勒:《美育书简》,中国文联出版公司1984年版,第133页。

那么,游戏所涵泳着的这种人性色彩怎样在成年人的生活中体现出来呢？在成人的生活中,现实的束缚是一种被直接而强烈地感觉到的束缚,无论卑微者或显赫者,失败者或成功者,都会感觉到来自现实的压力,因为人的"需要"是由从低到高的不同层次构成的①,低级层次需求得到了满足,高一级的需求便马上被提出来,因此,人生永远处于难以满足的欲求之中。人感到生活对自己的巨大限制,除了用现实奋斗行为来改变这种限制之外,幻想,或者说游戏心态是人们超越现实困境与精神束缚获得暂时满足的重要方式。否则,人将会因为被压抑而逐步转化为自我压抑,倘始终找不到自我宣泄方式,便会产生精神危机,严重之时可能会导致精神崩溃。但是,幻想或游戏心态在成人那里又不可能转化为孩子式的游戏行为,它须由一种成人的方式来体现。在此,文学的作用开始显现：文学就是游戏的成人方式。②作家在编排他的虚幻世界的时候获得了自我宣泄与超越满足;同样,读者在接受它的时候,由于文本的"召唤",会与作家产生同样的想象化的人生体验,获得替代性角度转换。失恋者可以在作品里体验成功爱情的奥妙,弱小者可以体验战胜对手的畅快,穷人可以感受富人一样的生活,圆一场豪华与奢侈的梦想……虚构的文学世界以奇诡的丰富的想象,从人性的天然入口切入生活最薄弱的环节,使人得到生活中无法得到但又十分渴望的东西:情感、战胜、征服、理想、关切……甚至隐私与窥视的替代式满足,无论美好与丑陋,反正都是人天然的游戏心态的要求,没有游戏对它们的满足,人类的生活会变得单调、沉重和不可抗拒、不可承受。所以,可以肯定地说,由于游戏心态的普遍存在,人们才会产生文学创作与文学接受的第一动因;由于文学的存在,人们的游戏心态才能得到最为恰当的疏导与满足,才能在娱乐与享受之中,抵达精神的高处,体现出审美的灵动与圣洁。在现实与审美之间,游戏充当着不可或缺的过渡性角色。③

我们必须把游戏与宣泄视为文学人间情怀的基础。这不仅不会降低文学的文化地位和美学档次,相反,它正好更为充分地突出了文学的文化价值

---

① 参见 A. H. 马斯洛:《动机与人格》第4章,华夏出版社1987年版。
② 对此可以借鉴王国维的论述:"文学者,游戏的事业也。人之势力用于生存竞争而有余,于是发而为游戏。""文学美术亦不过成人之精神的游戏。"《王国维学术经典集》上卷,江西人民出版社1997年版,第143页、第122页。
③ 格罗塞曾说:"雅典青年们在马拉松地方对波斯人进攻,是一种实际的活动,当他们举行胜利庆祝时,他们的武装跳舞,却是审美活动。介乎实际活动和审美活动之间的,是游戏的过渡形式。"格罗塞:《艺术的起源》,三联书店1983年版,第38页。

以及这种价值的真实性与可行性。否定文学具有游戏与宣泄价值,把文学定位于纯粹的审美或者纯粹的道德教化之上,这只是一种过分理想化的文学观,难以具有现实的可行性。因为它有一个显著的毛病,那就是忽视了人的鲜活具体的感性流露方式,忽视了人作为个体存在物所必不可少的本能需求。这些需求可能过于现实化甚至低级化庸俗化,但没有它们人的感性生命是不可想象的,人性的可贵正在于可以通过对于这种平常性的克服而向更高层次迈进。游戏正好体现了这一点,因而忽视了它便会抽空人向审美与道德的澄明之境攀升的阶梯,所谓文学就会成为真正的"虚幻"的空中楼阁,高高在上不可进入,其审美价值与道德净化价值就难以实现。况且,在游戏与宣泄之中,还包含着许多美好动人的因素,它们是游戏的主体,为文学提供着现实价值,又反过来使文学获得实现这种价值的基础。

这也就是说,文学必须以自身的游戏方式来映衬、切合生活的游戏方式。这种方式最重要的标志就是注重娱乐性。娱乐的含义是多方面的。首先,它具有生理满足意义——当然这只是一种想象化的满足。一般来说,富有细节的生活体验的真切表达都能达到这种效果。立足于"生理满足"的生活体验并不注重品位,街谈巷议、市井轶闻往往都会有此功效。但在文学中,老话题须在过程与细节上不断翻新,因为"满足"所针对的是好奇心,它有即时性,"及时行乐"是它的天性。此外,巧妙地运用形式因素,通过和谐的音韵、节奏、幽默俏皮的语言、引人入胜的结构等,也能产生娱乐效果,因为它们与人的生理心理都有着顺承性。总之,在注重娱乐的游戏层面上,文学须收藏起庄重肃穆的面容,而流露出随机、诙谐甚至滑稽的表情。这不意味着游戏是庸俗的代名词,游戏运用通俗的形式与内容,目的在于将人们导向超越现实束缚的状态,忘却现实困境而获得轻松的感觉。

其次,娱乐必须有益智特色。注重娱乐的成功文本,往往建基于某种独特的生活"技能"层面之上,展示一种接近甚至超过专业水平的技能,如武术、侦探、谋略、车术、棋艺、画技等各种生存的或文化的"绝活"是娱乐益智的关键,因为"奇"中有理路,便有耐人推敲耐人品味的余地。而心智的调动,是高层次娱乐的标志。

再次,娱乐必须最终指向高雅的格调,有整体的升华趋势。不然,始终徘徊于生理与浮泛心理的满足层次,便会堕入哗众取宠、令人生厌的境地。过分追求娱乐性结果失去娱乐性,这种价值悖反现象在文学活动中并不少见。高雅的娱乐指向,说到底也就是复活游戏的精神解放内涵,使游戏能够成为通向审美的重要桥梁。也就是说,优秀的娱乐文本,体现了游戏法则的文本,并不仅止于满足益智性娱乐,更不会停留于生理心理的宣泄与直接获取,它必须根植于积极的人性,追求高尚的情调和思想,最终让人的娱乐本性在审美中获得升华。这样,它便具备了高雅文学的素质。这种素质,由于是在游戏法则中生成的,因而能够促成人的轻松心态,使人产生亲切、平易的感觉。

游戏与宣泄以最基本的文学功能追索、展示了文学人间情怀最直接的状态,其生动有趣、愉悦身心的属性,是生活所不能缺少的文化补偿。

政治色彩

政治色彩是文学人间情怀的又一种体现,也是文学世俗价值中一种重要的争议颇多的价值。文学的政治色彩,来自于文学与政治这个在文学发展史上纠缠很多的复杂问题,它涉及文学与统治阶级或者社会各阶级、集团的利益关系,对它的态度会导致相应的文艺政策、措施的产生,直接地强有力地形成对文学的影响。历来,政治家出于阶级利益的需要,统治者为了巩固自己的政权,常常要求文学为政治服务,成为阶级斗争的武器。这种现象在中外文学史上已经延续了几千年。

文学能够彻底摆脱政治的影响吗?回答应当是否定的。那么,又该如何来评价政治色彩促成的文学世俗价值呢?要回答这个问题,必须以客观、科学的态度,从文学与政治的基本关系谈起。

文学与政治都是一定经济基础之上的上层建筑构成因素,它们为社会现实经济基础所决定又为它服务,因而它们之间的关系是相互影响的关系而不是从属关系。文学为政治服务这种认识历来就是有片面性的。首先,它有一个把政治视为目的的潜在话语蕴涵,因此,要求文学乃至其他意识形态因素为它服务,这就违背了社会结构的规律。其次,文学作为一种社会意识形式,并且是更高的"悬浮于空中的领域",它的相对独立性是明显的,文学"工具论"将这种独立性取消,会严重损害人类精神在社会文化整体中的重要作用。再次,在文学实践意义上,强调文学为政治服务,必定会限制文学对广阔生活的表现,产生人为禁区,结果文学丰富的内在世界将会变得单调、贫乏。更为严重的是,在个别极端时期,文学甚至会成为政治和政策的"传声筒",产生图解政治的公式化概念化文本,其危害是突出的。

但是,作为"经济的集中表现"的政治,在社会结构中的地位十分显著、十分重要。它不但会对社会经济结构、现实基础产生直接而强烈的影响,而且对其他社会因素如法律、宗教、哲学以及一切文学艺术都将产生影响。这种影响的发生及其作用并不取决于它的对象,因此是不可以选择和拒绝的。政治对文学的影响,首先体现在它会使文学的反映对象即社会生活充满政治内容和政治色彩。在一些特别的历史时期,政治生活成为社会的主流生活,以阶级斗争、民族矛盾为主要方式的政治斗争往往会把一个民族一个时代推向历史的重要关头,产生生死攸关的宏大题材与重要主题,使作为社会、人生反映的文学无法回避。反之,如果主动凭借这些题材与主题,文学则会产生历史的深刻性与时代气息,获得巨大的艺术价值和现实价值。第二,政治可以促成作家的政治观点和阶级观点,这是作家作为文化人在社会实践中的地位决定的。置身于政治色彩浓厚的生活里,没有这样那样的政治观点(反政治也是一种政治观点)是不可想象的。由于政治观点和阶级观点的存在,作家总会自觉或不自觉地用它去观察、分析生活,并最终渗透到艺术形象中,导致歌颂与暴露的作品出现。因此,封建社会的主流文学总是或多或少或隐或显地涵容着皇权思想、官本位思想;资本主义社会的主流文学则渗透着金钱至上的意念;社会主义时期的主流文学则充溢着集体主义和为人民服务的精神素质。而无论什么社会形态的劳动者的文学,即使不占据主要地位,也总会体现出民主性思想的精华。可见,政治观点作为文学的主体因素,其客观存在是无法否定的。作家所能做的只是尽可能削弱它急功近利的外表,使其体现出更多的思想色彩或哲学底蕴。也就是说,在生活对象和思想观点的政治色彩面前,逃避虽说是不可能的,但文学还拥有一定加工深化的主导权力。第三,执政阶级的政治法律制度,特别是对文学艺术的具体政策措施,会对文学产生直接影响,决定着文学的盛衰荣枯。一般而言,政治开明,执政者实行有利于文学发展的政策,文学就可能繁荣;反之,政治专制,文禁森严,执政者采取错误的文艺方策,文学就会衰败。

由于政治对文学的强大影响力的存在,实际上文学根本就难以做到彻底远离政治。偶有这样的作品,除非它出现在政治十分淡化的时代,否则,肯定会显露出游离于"主流"的清高与隔膜,以失却时代精神和现实参与勇气换取"纯粹"与宁静。这样的文学到底又有什么价值呢?文学毕竟不是一种孤立的文化现象,它的功能目标与其他意识形态形式一样,最终必然指向社会经济结构即现实基础。即是说,它必须感染人,通过对人的影响与改变来实现那个终极人文目标。那么,文学怎样影响人,或者说影响人的什么方面才能产生那种效果呢?具体讲,文学只能影响人的哲学、政治、道德、法律、宗教等观念,影响人的这些观念,文学自身当然必须具有哲学、政治、道德、法律、宗教意蕴。在这些关乎人行为的因素中,政治的作用同样是巨大的。因此,文学,特别是那些具有进步的人文意识的作品,总是会去主动巧妙地追求政治态度与政治内蕴,使自身故意"沾染"上政治色彩,并以之作为"工具与武器",从而对政治,当然也对生活发生虽然间接但却不可小看、更不可轻视的影响。

　　这就是文学与政治的基本关系。这种关系,决定了文学价值体系中不可抹去的政治色彩。反过来说,文学的政治色彩,会使文学在社会生活与文化构成中,产生以下难以为其他东西所替代的价值或功能——

　　一、形象展示政治的"现实面目",获得一种源自于勇气和敏感的真实品质。在现实生活中,政治既是宏大的又是隐秘的,既是种种具体行为又是抽象的不可抚触的存在。给这个"巨无霸"画像是很难的,有时甚至是危险的。但它既然如此强大地影响着人们的生活,人们便有权更多地知晓它。满足人的这种愿望正是文学为政治画像的价值前提。要是没有文学,政治的积极与消极、进步与反动、光明与晦暗都将随时间沉入到更难理喻的深渊之中,生活便会更多一层迷茫与惶惑。展示政治面目,需要敏感,需要勇气与机智,因为政治是一种利益、一种权势,莽撞的触及将产生意料之外的效果。因而,文学在政治面前总是不断寻找角度、立场和方式方法,其结果,文学反而呈现出多姿多彩的话语方式,这无论对文学自身还是对生活都是一种丰富。实际上,越严酷的政治环境,越能激发文学的介入冲动,因为这样的环境可能有悖于人性与历史发展规律,其中蕴藏着的正是丰富的文学矿藏。在这种背景下,任何一种人民性的呼唤,都会具有反抗意识从而带上"历史深度"与"思想进步"色彩。文学史上那些重要的作品,具有历史穿透性的作品,一般都是出现在这种政治背景之下。列夫·托尔斯泰是个典型的例子,他的作品所以"在世界文学中占了一个第一流的位子","成为全人类艺术发展中向前跨进的一步",根本的原因就在于作家的"天才描述",完整地展示了"一个被农奴主压迫的国家的革命准备时期"[①]。可见,要是远离了政治,文学何以充分地显示出它关切社会关切生命的人间情怀呢?

　　二、在某些时期,它作为"工具"和"手段"会产生具体的社会作用。无论这多么有碍于文学的审美本性,但几千年来,文学实际上不断地被这样运用着,今后仍将继续被这样运用,这是"公转""自转"律决定的,而且,政治因素也可以成为审美的内容。处于这种地位的文学,确实发挥了巨大而神奇的社会作用,这在20世纪中国文学所经历并担负的启蒙和救亡使命中体

---

① 《列宁论文学与艺术》,人民文学出版社1983年版,第210页。

现得十分明显。没有文学的参与,近现代中国的历史进程恐怕会是其他样子。但这并不是证明文学可以或者必须盲从于政治,放弃自己的独特价值。当文学必须以"工具"和"手段"方式来体现它的价值时,那对这种行为或者说对政治的历史合理性判断就显得极为重要。也就是说,如果出于历史必然的选择,即使作为"工具"和"手段"而出现,文学的独立性也依然存在。这样的文学,当反历史的政治出现之时,便会向之开火,以同样鲜明的政治批判意识,显示自己独立的品格和价值。只有那些屈服于反动政治,屈服于反动政治利益的引诱而成为"花瓶"或者"枪手"的文学,才是真正丧失独立品格的奴性文学,才会产生明显的负面价值。

三、以特殊方式,将政治色彩转化为韧性的文化力量,在社会变革与历史发展中充当先导的角色。这是最为重要的文学的政治价值。所谓特殊方式,指的是文学的审美方式。也就是说,文学无论表现作为对象的政治现象,还是抒发作为观点的政治见解,都不能违背审美规律,过分直观外露,体现出为政治而文学的急切与冲动。政治观点必须化为形象,政治倾向必须在场面和情节中自然而然地流露出来,而无须特别把它指点出来;①政治的现实现象也必须像其他材料一样按审美规律梳理与提炼,去伪存真,由表及里,以发掘历史本质为旨归。这样,把政治纳入到生活整体中,它便会成为一种韵味,少了急功近利色彩,多了绵密或震撼的感染力量。在文学中,含蓄的力量是巧妙而巨大的,品味过的东西,往往经久难忘,影响深远。再者,被审美转化的政治,不单获得了形象,还会被思想的光辉笼罩。因为审美是一种超越现象的精神,审美态度是历史的态度,带着时光中积淀的人性光彩,以审美方式看政治,只要主体的审美观念积极健全,总会发现它的优劣等差及其进步或反动,从而避免盲从。同时,也可以在政治没有波及的领域或现象中发现它们另外的意义。生活是广阔的,政治虽然重要,但它从来就没有也不可能成为生活的全部,不在政治色彩平淡的领域或现象的表现中强求政治价值,这也是一种科学的文学观。

经过上述特殊方式处理的文学,把它的政治功利观转化为对人的感染,表面看其作用似乎变得间接弱小了,但从接受角度看,这种作用却更为现实,因为它有了潜移默化浸入灵魂的禀赋。任何时候心灵的感动都是恒久的。所以,文学的作用一旦发生,看似无形,却有着内在的韧性,绵长而久

---

① 参见恩格斯《致明娜·考茨基》,《马克思恩格斯文集》第 10 卷,人民出版社 2009 年版,第 545 页。

远。这种文学其中包蕴的政治理想与追求,以及其他丰富的文化内涵成为一种重要的力量。在社会变革和历史发展的过程中,特别是在文化转型的重要时刻,它往往充当着先导性角色,预告、召唤并促成政治、文化变革的到来。欧洲的文艺复兴运动,中国的"五四"时代不就是最好的例证吗?有谁能够否认鲁迅、郭沫若、茅盾等进步作家,通过文学对中国的民主革命和解放事业所产生的巨大而深远的影响呢?在这种状态中,文学的政治色彩真正转化为文学的内在价值,使它像政治本身一样,宏大而隐秘,具体而无形,在人们的直观中,是一种丰富多彩、意趣盎然的人间情怀流露。

道德内质

以一定的道德标准塑造人物形象,在人物网络和思想内涵中体现高尚的道德情操,并以这种道德情操来感染读者,这就是文学道德价值的基本轮廓。它充分显示出文学与生活直接而内在的联系,在任何时代,道德价值总是文学与生活之间最为有力的联系纽带,是决定文学向审美的精神高层迈进的一个颇为重要的现实基础。人们可以忽视文学的娱乐价值,远离文学的政治色彩,但决不会放弃文学的道德内质。一般说来,道德判断失误的作品必将失去与人共鸣的前提,它的整个潜在的价值体系,都将毁于道德内质的缺失或混乱。

什么是道德?道德是一定的社会为了调整人们之间以及个人和社会之间关系所提倡的行为规范的总和。它通过各种形式的教育和社会舆论的力量,使人们具有善和恶、荣誉和耻辱、正义和非正义等观念,并逐渐形成一定的习惯与传统,以指导和控制自己的行为。道德与法不同,它没有强制性,但两者相互配合,互为补充,共同促成社会的有序性。

在文学中,道德所以会构成价值,最根本原因在于道德是作为人的行为规范而存在,生活中总是充满着一定的道德关系。道德关系是比人们的政治关系、宗教关系、经济关系、法律关系等更为普遍、更为明显、更为民间化因而也更为人重视的人际关系。作家本身也具有道德观念。生活中的"缺德"之人或"缺德"行为,往往会引起普遍的厌恶。文学反映人及其生活,当然不能让道德缺席。高尚、纯洁的道德情感和道德判断,已成为文学作品吸引读者,走向生活,深入人们心灵的必要条件。车尔尼雪夫斯基说过:天真未凿的,仿佛完全保持着少年时代白璧无瑕的道德情感会给予文学以美妙迷人的特殊魅力。托尔斯泰伯爵的小说的美妙可人,在许多方面是有赖于这种特质的。道德价值是文学价值的重要组成部分,文学的人间情怀,在道德关系上可以得到最为直接平易的展示。

　　此外,文学的道德价值并不仅是客观对象的天然赋予,它还是文学作为人类最重要的精神活动所必须采用的审美方式的构成前提,是追求审美而注重对世界掌握方式的主动行为结果。道德的中心范畴是"善"。善与恶对立,善总是自然地被人视为理所当然的行为目标和行为准则。向善,前文已经谈到过,那是美的一个基本前提,不向善而求美,无论从哲学意义还是从实践意义看,都是不可能的。所以,向善,表现良好的道德,是人类精神活动的一个必然选择,是人性最重要的文化含义之一。文学作为人类审美活动的主要方式,当然应该向善,应该主动追求良好的道德,从道德领域中获取宝贵的价值因素。

　　道德是一个历史范畴,具有时代性,善的感性化方式往往会跟它的理性本质相违背。这是问题的关键。忠、孝、节、义,在封建社会的历史环境中是道德的体现,是"善"的标志,但用今天的眼光看它们,便露出了有缺陷的面目;爱国主义、婚恋中的牺牲与奉献精神,一般说来都是道德的重要体现。但如果抽空其具体的时代、环境细节,将它们绝对化极端化,它们很可能就会成为愚蠢狭隘、损人利己的幌子和代名词。所以,道德判断、道德追寻并不是一件简单的事情,在文学中更是这样。当作家用一种过时的道德去美化人物时,无论作家多么卖力,形象多么栩栩如生,它要打动具有人文觉悟的读者恐是不可能的。作家如果没有对道德的历史性和时代局限性的审视能力,其创作行为往往会南辕北辙。

　　因此,对现实的道德行为必须进行历史的判断,弄清什么是真正的道德。那么,有没有一种衡量道德是否符合道德的标准呢?道德始终是阶级的道德,这是用阶级标准来鉴别道德,在某些具体条件下它是有效的。但道德既然可以作为人类永恒的精神追求底蕴,它便会具备一种更为本质化的理性内涵。这种内涵只能是发展的、人本的原则,它合乎人性的进化与完善规律,合乎人不断战胜兽性走向自身的文明本质,说到底,合乎人类追求自我解放、获取自由生存,从必然王国向自由王国迈进的这个总目标。所以,道德不在于自我命名和自我标榜,现实的一切"道德"是否道德,就看它是否合于道德的上述理性内涵。要将道德作这种衡量,文学主体必须有进步的人文知识和人文观念,必须具有真正的社会良知。良知是优秀作家和优秀读者的起点,据此,他们才会有批判意识,才能重塑道德观念,传播真正的道德品格。就像《红楼梦》,在父母之命媒妁之言以及礼教观念大行其道之时,作者却把同情和理想寄寓在发乎性情、真挚相爱的宝、黛身上,其反叛性与"违德"性使作品赫然超脱于历史局限之上。时至今日,在中国文化里,曹雪芹的道德观念都还在闪烁着可贵的价值光彩。在文学道德问题上,真诚、坦率与勇敢是可贵的,装佯或瞒骗只能带来虚伪和衰朽气氛。

尽管道德可以给文学提供可贵的价值,但道德却并不等于文学本身。与政治等社会现象一样,道德也具有直接的功利性,作为人的行为规范,同样显在而空泛、具体而抽象,像"请勿随地吐痰""不要在公众场合吸烟"那样,本身并没有任何美感色彩。因此,文学必须重新处置道德,除了对道德进行审美凝视之外,将道德理智成功地情感化,使之转化为形象,从而将道德的功利性溶解到形象的审美过程中作为内蕴存在,这是最为关键也最为复杂的创作环节。转化之后,道德的说服力由直接变为间接,由急切的规约变为潜在的感化,强大的外观和力量这时化为柔性的韧劲,融合于文学的其他功能中,便增强了文学的认识、教育乃至娱乐作用。

文学形象对道德的这种柔化和弱化作用,一定程度会遮蔽道德的价值色彩,使那些缺少道德价值底蕴的"痞子文学"以及许多热衷自我感觉与自我放纵甚至"躯体写作"的作品仿佛也可以成为"有价值"的文学存在。但即使是在道德混乱的生活中,自然地呈现这种混乱也不足以成为文学价值的支撑力量,除非这种混乱本身在预示传统道德观念的非合理性和一种新的道德价值的必然确立。当然,混乱时代的作家往往没有这种文化思辨的耐心,他们只感受生活的新奇和杂乱,在作品中我行我素,这样就把作品道德判断的责任转移给了读者和时间。在一个混乱的文学时代,创造的精品与"水货"并存。不过,喧闹之中价值依然存在,特别是道德,这个人类永远不能离开的精神家园和人际网络准绳,它只会不断具有新质,而不会彻底殒没,因为"善"是人心中永远也抹不去的理想。所以,时过境迁,当文学价值的真相浮出水面之时,人们依然会发现,道德精神在那些留存下来的文本中熠熠生辉,而与此无关的文本,肯定已被时间之水淹没殆尽。

三 精神向度

精神向度,是指文学不但是人类精神状态的一种把握、表现,而且本身就是人类精神的最充分最复杂的体现方式之一。它在精神王国里追索人类存在的终极意义,使人得到精神皈依的启示,找到心灵的家园。在这个家园里,由于信仰的充实而获得精神的欢愉,审美因而达到它的顶峰——在想象的"彼岸"世界里确证人的自由。文学的精神向度是文学价值的根本体现,它超越世俗规约,充分突出了审美的精神色彩,使文学真正成为人类不可缺少的一个精神栖居之地。

终极关怀

终极关怀是文学精神价值的最大体现。"终极"指的是人的精神所能抵达的超越物质领域的"彼岸世界",即必然王国之外的自由王国。它最基本的含义是"自由",人类生存的所有现实行为和追求,都可以由这个目标来获得价值鉴定,因而它的文化意义十分重要。所谓"终极关怀",就是人们通过各种方式对人类整体目标即精神彼岸的自由王国所展开的向往、叩问与追寻。这种关怀的理想目标在于使人能够对自身的现实状况和现实行为进行价值性质及意义指向的判断,从而获得明晰的文化眼光,以便牢牢把握住实践的宏观目的,使文明不至于误入违背人类本性的歧途。当然,在现实中,在人的个体行为里,终极关怀会被个人欲望以及许许多多实际功利目的所掩盖、消解,人世的混乱图景由此而生。

在终极关怀意义上,人是什么?人从哪里来?将向哪里去?生存的意义是什么?文明的本质在哪里?这些具有本体色彩的问题常常被反复提出,反复拷问。没有终极关怀,文明乃至人类行为的盲目性将显露出来,人将降格为纯然的生物的存在状态。人类终极关怀最显著的方式是哲学,但文学往往以审美方式不可缺少的思想特质,借助哲学资源,将终极关怀化为形象直观的审美方式充分体现出来,在终极关怀中发挥更为重要的作用。同时,文学也因成就终极关怀而获得了印证人类自身价值的价值。

终极关怀所以产生,从根本上说是人的哲学本质使然。人之所以为人,从哲学意义上看,并不在于人"活着",是一种高级生物,而是因为他具有其他生物所不具备的"类特性",从而使自己的活动成为"自由的自觉的活动",这是人与动物的区别,也是人的自我价值的实证。具体说,"动物和它的生命活动是直接同一的。动物不把自己同自己的生命活动区别开来。它就是这种生命活动。人则使自己的生命活动本身变成自己的意志和意识的对象。他的生命活动是有意识的。这不是人与之直接融为一体的那种规定性。有意识的生命活动把人同动物的生命活动直接区别开来。正是由于这一点,人才是类存在物。或者说,正因为人是类存在物,他才是有意识的存在物,也就是说,他自己的生活对他是对象。仅仅由于这一点,他的活动才是自由的活动。"①在马克思的论述中,我们看到,"自由"作为人存在的根本性标志,是人将自己的生命活动变成自己意志和意识对象的结果,即人对自己进行精神观照的结果。"自由"相对于实践而言,体现着人对客观世界的一种超越和支配,而不是盲目顺从就范。人,总是渴望成为自然、社会和自身的主宰,在最大意义上实现自己的人性本质,占有自身。在现实活动中,"自由"的意义就在于它能使行动体现这种人类期望和人类目的,而不在于实现这种预期和目的。服从这个目的,实践本身才有价值。但这个目的所达成的"自由",永远只是一个相对的"现实的自由",只是一个"彼岸",它只能出现在由众外在的具体目的所规定要做的劳动实践终止的地方,因而,无论这种实践多么发达,多么丰富,"这个领域始终是一个必然王国。在这个必然王国的彼岸,作为目的本身的人类能力的发挥,真正的自由王国,就开始了"②。不难理解,这个位于彼岸的自由王国,也就是,而且只能是实践基础上人的精神王国。

人类在实践中产生精神,又在精神映照下实践,人的主体地位于是十分明显地突现出来,终极关怀便成为确定人的本质并同时体现这种本质的人类行为。因而"实践—精神"所构成的活动,具有浓厚的文化色彩和哲学意味。"文化"的重要性正是在这个层面上才真正体现出来——"文化上的每一个进步,都是迈向自由的一步"③。

审美活动作为人类对世界的一种重要的掌握方式,必然要带上终极关怀色彩,或者说,正是终极关怀,才使审美具有了重要价值,才使它得以在感性的生动外观中,具备深邃的理性内蕴。文学是人类审美活动的主要方式之一,当然不会例外于这个基本规律。

那么,文学的终极关怀如何具体体现出来呢?

最显在最具体的体现,是文学对哲学的借助与依凭。古今中外,凡有价值的优秀文学,无论看其个体还是看其整体,从来就没有离开过哲学的滋养。人们之所以会在优秀文学文本中体验到无穷意味,百读不厌,感慨万千,原因就在于其中暗含着深邃的哲理,而哲理的价值永远都是由人的哲学本质来支撑的。哲学对于文学的影响,一般来说并不像政治对文学的影响

---

① 马克思:《1844年经济学—哲学手稿》,载《马克思恩格斯全集》第42卷,人民出版社1979年版,第96页。
② 《马克思恩格斯文集》第7卷,人民出版社2009年版,第929页。
③ 《马克思恩格斯选集》第3卷,人民出版社1972年版,第154页。

那样造成不良的逆反心理。哲学给予文学的往往是深刻、厚实的内蕴,深层的智慧和理性,说到底,是给予文学因有终极关怀而产生的趋向人类本质的价值内涵。不管这种价值被作何种具体化处置和定位,但叩问与思考本身就已显示了价值,因为它使作家并没有盲从于现实现象,没有受现实现象的支配。不要忘记,超越,在自身之外观照自身,永远都是"自由"在实践意义上的体现,因而也可以说是终极关怀在实践意义上的体现。

除了哲学方式外,文学的终极关怀还体现在文学的艺术化行为本身产生的一些看似"无形"的方面,其重要性亦不能忽视。它们是——

一、文学以审美方式对人类行为的感性状态进行直观审视,用终极目的来对现实现象进行价值判断,发现和张扬它的合规律合目的性,使美好与丑恶、光明与黑暗、高尚与卑劣等首先得到澄清,然后再得到肯定与否定的情感判断处置,从而建立起对生活对读者的提升机制,使进入其艺术境界的生活现象得到审美纯化,使读者得到心灵感染。这样一来,文学便具有了以审美方式指向终极关怀的能力,以人的自我意识唤起了更多人的自我意识。卢卡契说:"审美的这种存在方式应该被确定为人类自我意识外化的最适当的形式。""这种自我意识只有在人对世界有比较透彻了解的基础上才可能。它必须基于这样一个事实,外在和内在世界已经受人和人类的前进发展所支配。在人类的自我意识中包含着深刻的美学人道主义。"①审美所体现的终极关怀,需要更高的文化视点才能看到它的"无形"状貌。

二、文学以想象的方式超越现实,描绘心灵图景,将虚幻的彼岸世界"现实"化、形象化,从而实现创作主体与接受主体的自由创造本质,在内在意义上切近了人类的终极目标。越是优秀的作品,越能超越现实的功利羁绊并充分地利用它们,从而极其自然地达到精神升华的高度。在优秀文学中,这种升华的可贵在于它并不是纯然的空中楼阁、海市蜃景;它建基于文学的人间情怀,体现出极为辩证的色彩,既有功利的实在性,又有超功利的飘逸旷达;既真实可感,又有梦幻般的神奇魔力。浅近与深邃、丰富与纯粹……在优秀文学的自由创造中化为生动感人的灵境圣境,这正是人类彼岸世界的美丽呈现。它需要读者心领神会,在想象中不断体验与品咂才能有所获得。

三、因此,从整体意义上看,文学不断拓展人类的精神空间和现实审美能力,从而使人不断占有自己的本质,获得人性的丰满与完善,最终加大使

---

① 卢卡契:《审美特性》第 1 卷,中国社会科学出版社 1986 年版,第 324 页。

自己的生命活动本身变成自己的意志和意识对象的可能,其结果,当然是在现实性上,向那个人类的终极目标大大迈进了一步。

以上所述,就是文学终极关怀的基本含义,基本体现。它是古今中外一切优秀文学孜孜以求的最高境界。尽管对于具体作家来说,这种追求也许并不是一种自觉意识的结果,但审美是人类整体能力的综合体现,它能把个体不知不觉地纳入其中,获得提升。作家和读者同样不会例外。

心灵家园

终极关怀抽象的哲学内蕴,在现实文学活动中给人造就的具体感觉是对文学的深层认同。否则,人们不会乐此不疲地反复推敲、品味、印证、把玩文学文本的内在意蕴。对文学的态度永远都是对自己的态度。可以肯定,"认同"之中,伴随着发现的欣喜,体现着心灵的折服,标志着文学境界此时成了人们心向往之的境界。"我们的情感大部分都包含在莎士比亚的诗句里",这种形象的表述,适合于针对任何一位既有丰富的人间情怀,又有深邃的终极关怀意识的作家而言。他们笔下的优秀作品,往往是一个个值得人们信赖与依傍的精神所在。用形象的语言来表述这个所在,可以说文学是人们的心灵家园。

心灵家园是文学精神价值的又一种体现。用"家园"这个现实的词语形容它,那是因为即使在生活现实中,家园的含义也十分丰富、厚实甚至是精神化的,它足以以一种亲切而形象的方式传达出文学缥缈而内在的功能作用。

"家园"综合了家和故乡的含义。前者是人所不能缺少的,后者是人永远不能忘怀的。没有家,人将失去归依之所,终生飘零、孤独、寂寞乃至精神崩溃都可能发生,所以,人历尽艰难,总想"有个家";故乡是人童年的摇篮、亲情的发源地,充满了父母亲友的抚育关爱之恩。这使它必然要升华为心灵意象,否则将不符合人的情感天性。成年之后获得了自我意识的人,即使已经远离故乡,走到天涯海角,故乡的意象总会与之形影不离,终生相伴,哪怕作为一个实际的所在,其故乡可能是贫穷、落后的地方,心灵化之后产生的距离感也会使人获得审美选择的可能,从而涤去痛苦体验,保留美好甜蜜的记忆。当然,也有可能一个人从来就不曾离开过他的故乡,但他没有离开的只会是空间意义的故乡,在时间意义上,生命历程不可抗拒地要使他告别过去,在他的心灵中,故乡正是退隐到时间深处的童年时光或者往昔岁月。

总之,对于人来说,家园是永恒的诱惑,充满着自我观照的梦;家园还是现实与幻想编就的情结,强烈地渴望着相应的满足与释放。已经心灵化,已经上升为精神存在的家园之思,又绝不可能在现实的家园里获得彻底满足,反之,在生活里,人们还会对家的价值视而不见,甚至心生厌恶;故乡也同样,浪迹天涯的游子一旦回到故乡,它的贫弱落后、人事纠缠、功利所求往往会使他倍感失望;即使故乡发生了富裕的巨变,他又会顿觉面目全非、恍若隔世,亲情不再,幽梦难酬,必然也要使他感到失望。那么,在什么地方人才能找到自己梦牵魂绕的心灵家园呢？回答当然只能是在文学与其他艺术里,因为除此之外,并没有什么东西能使人既置身于一个个十分具体的境界又可以对它们拉开审美的距离,获得心灵的满足。所以,文学与艺术,是人别无选择的心灵家园。

亦可以这样来理解,文学作为人的创造物,它从一开始就是按心灵家园的图景来设计和创造的,没有这种内在的情感、心理动力和蓝图,作家不会自言自语似地编织出虚幻而动人的文学世界,人们也不可能在这个世界中因那些与自己毫无直接干系的人、事、物而动情,经历流泪与欢笑、憎恨与挚爱等等大起大落的情感"颠簸",并从中获得安慰与满足。黑格尔说过:"群众有权利要求按照自己的信仰、情感和思想在艺术作品里重新发现它自己。"①实际上艺术做到了这一点,因为作家与读者都是人,肯定有着生活给予的共同感受,家园之思必然是其中最为重要的成分之一。

那么,作为人类共同的心灵家园,文学如何来体现它的价值呢？

一、文学可以给人以情感的亲切抚慰与心灵皈依的启迪。文学所写的人、事、物,都是人们似曾相识的人、事、物,所传达的情感与思想,也是人们的共同体验的结果。在文学中一切陌生化手法所产生的独特性,不过是作家为加强人们的通感而设计的艺术途径;作家的深刻性与先见之明,其实也并不意味着作家可以无中生有创造出世间从无踪影的思想与情感,而只能是他对人世间被掩饰被遗忘甚至被故意诋毁的思想情感的重新发现。他比一般人深刻,但他看到的仍然是人自身的情感态度、优劣品质,我们最多只能说他由个体达到了人类整体的高度,绝不会超然到与这个整体分离。诚如雪莱所说:一首诗,是生命的真正形象。因此,作家展现出来的文学世界,总是使读者似曾相识的文学世界,它以共鸣的方式,吸纳读者,唤起人们同样刻骨铭心的体验,但又可以使他们拉开审美距离,超然于功利纠缠之上去品味人世人生,获得精神的愉悦。这个使人感到亲切与美好的过程,正好像

---

① 黑格尔:《美学》第 1 卷,商务印书馆 1979 年版,第 314 页。

人对自己家园的神游,因此,在文学的境界里,人们感到"就像在家里一样",充满着皈依的温馨与实在。即使是悲剧作品,悲情的释放通过想象的方式达成,不但不会产生实际的危害,还会启迪心智,造就善恶观念,从而更加增强人际之间的亲和力。优秀文学作品给人们提供的,就是这样一个值得信赖可以依傍的心灵家园。在这里,人的浮躁之情、浪迹之心会得到深深的抚慰。

二、文学可以丰满人性、净化人的灵魂。人性是人类文明的一个重要标志,是人走向自身的重要所得①。人性的含义前文已有论述,这里所要强调的是,人性的获得过程是一个艰难的过程,在这个过程中,人类已有的人性会不断被异化被扭曲,因此,追求人性之路,同时也是一条人性复归之路。② 人性的追寻或复归,只能通过实践丰富人的知、意、情三种潜能来实现。"知"相对于自然而言,它派生出科学,使人触及真的境界;"意"相对于社会而言,它派生出哲学伦理,使人获得善的目标;"情"则相对于人自我内心世界,它派生出艺术,创造出美的世界。正因为艺术与认识有着这样重要的作用,所以尼采认为在悲剧的社会人生中,人可以逃往艺术与认识之乡来获得生存的力量。由此可见,文学在人类的人性追寻过程中充当着重要的角色,它可以恢复并拓展人对生活的感觉③,使被扭曲麻木的心灵在情感和良知的洗涤之下回复活性,重新燃起对生活的热爱之情。在文学中,这一切是通过赞美人、肯定人的创造性来实现的。高尔基说:"人在很多方面还是野兽,而同时人——在文化上——还是一个少年,因此美化人、赞美人是非常有益的:它可以提高人的自尊心,有助于发展人对于自己的创造力的信心。此外,赞美人是因为一切美好的有社会价值的东西,都是由人的力量、

---

① 可参考卢梭对人性的论述来加强理解:"人性的首要法则,是要维护自身的生存,人性的首要关怀,是对于其自身所应有的关怀;而且,一个人一旦达到有理智的年龄,可以进行判断维护自己生存的适当方法时,他就从这时候起成为自己的主人。"卢梭:《社会契约论》,商务印书馆1980年版,第9页。
② 对此,马克思说:"共产主义是对私有财产即人的自我异化的积极的扬弃,因而是通过人并且为了人而对人的本质的真正占有;因此,它是人向自身、也就是向社会的即合乎人性的人的复归,这种复归是完全的复归,是自觉实现并在以往发展的全部财富的范围内实现的复归。"《1844年经济学—哲学手稿》,见《马克思恩格斯文集》第1卷,人民出版社2009年版,第185页。
③ 可参看什克洛夫斯基的有关论述。他认为"艺术的目的是提供作为视觉而不是作为识别的事物的感觉,艺术手法就是事物奇特化的手法,是使形式变得模糊、增强感觉的困难和时间的手法,因为艺术中的感觉行为本身就是目的"。见《艺术作为手法》,《俄国形式主义文论集》,中国社会科学出版社1989年版,第65页。

人的意志创造出来的。"①

从文学世界的本来状态中,不难感到,文学追求美,追求热情与理解、真诚与善良,以及对生活无限的爱——文学即使表现与这一切相反的东西,它必有一个回复正义的立场或者良知包容其中——这一切与人们心灵家园的图景是多么的相似。当人们在文学境界中得到人性填充与灵魂净化,那肯定意味着,文学作为人类心灵的家园,无论在精神上还是实践意义上,永远也无法与人类的进步和文化的发展相分离。文学永远都是人类无法远离的精神家园。

信仰与宗教

信仰是文学中最为深层、最难触及和把握的精神因素。在文学活动中,无论作家或读者,只要过分注重作品的细节与生动性,放弃宏观整体视点,便无法感受到文学信仰的存在。无法感受并不意味着信仰真的不存在,因为在人们的生活中,信仰作为意志最重要的支撑力量,以理想的方式支配人的行为,为文化的发展发挥着重大作用。尽管在不同的历史条件下,在不同人群的心灵世界里,它会体现出不同的形式,有时甚至还会出现短暂的信仰缺席,但在黑暗中向往美好,在苦难中守望欢乐,以实际行为展示人向着人类那个终极目标前进的整个文明历程,却是人类从未放弃过的追求与努力。它体现了只有人才具备的"类特性",从精神角度观之,这种"现实状况"之中闪耀着的正是信仰的执著与热情。坚定不移,舍生取义,历尽苦难而百折不挠,即使付出血的代价也要一步一步朝向那个理想目标迈进,这就是信仰的基本特征。文学的深刻性正是根植于这种人类行为之中。言志,表达思想与情感,在任何文学作品里,这种努力只有接近信仰或者成为信仰的化身,才会折射出深刻的理性之光。并不是任何文本都可以达到这个精神层次的,特别是那些高度世俗化、浅浮化的作品。

信仰使文学与宗教发生了关联。这两种表面看去差异巨大的意识形态形式,在文学发展历史中总是不断地相互影响融会,以顺应或对抗的多种方式,开拓出文学的又一片言说空间,并把文学信仰这个内在的问题变得更为直观——尽管文学信仰与宗教信仰在根本上存在巨大的差异。

文学与宗教的表面关联是一个直观的现象。历史上许多宗教作品、宗

---

① 高尔基:《论文学》,人民文学出版社 1978 年版,第 165 页。

教经典本身就是优美的文学作品。比如《圣经》,其实就是一部古代巴勒斯坦地区的犹太人(希伯来人)和其他民族的文献、作品汇编,其中有许多民间传说、故事、寓言、箴言、谚语、爱情诗等等。造型艺术方面这种现象更为突出,许多宗教雕塑、绘画都是十分精美的艺术作品。同时,宗教经典、思想、故事还会对文学产生直接影响。譬如佛教在中国的流行,使中国文学的内容与形式都发生了很大变化。在内容方面给中国文学注入了想象精神,这从六朝时代的志怪小说、唐代的变文以及后来的《西游记》中都可以看出来。形式方面它使中国文学较为单一的表现手法丰富化①,散韵夹杂结合的小说和民间文学的出现就是一个证明。对此,鲁迅曾说:"中国本信巫,秦汉以来,神仙之说盛行,汉末又大畅巫风,而鬼道愈炽;会小乘佛教亦入中土,渐见流传。凡此,皆张皇鬼神,称道灵异,故自晋迄隋,特多鬼神志怪之书。"②

宗教与文学的这种沟通,直接原因在于宗教与文学建构自我世界的方式有共通之处,即它们都要运用想象来塑造形象。宗教的渴望追求寄托着人们"善"的理想之神,但神并不存在,因而除用想象虚构之外别无他法,并且为了使神"可信",能够吸引人崇拜,就不能让它仅有理性色彩,而须赋予它个性与细节,因此,在宗教经典和故事中,神都是"栩栩如生""魅力无限"的。当人以虔诚之心敬畏之情对之顶礼膜拜时,神成了人的主宰与统率,产生唯心化的虚幻信仰。当人除却上述心态,直观这些作品时,神又不过是一个个"形象",或多或少总要带有一定的审美属性。这样文学与宗教的交融便有了第一个基础。

更为重要的是,宗教在生活里往往被强化为人的一种世界观。当人们剥去了这种世界观的虚幻的唯心化的不合理成分之后,就会发现,它保留着的信仰并不是一种彻底没有价值的信仰。正是这种信仰使它在精神层次上与文学再次靠近,并且还不断给文学以信仰的启示,从而使文学在某种状态下显得更为丰富复杂、神圣深邃。要理解这一点,应该从宗教的基本特点说起。

宗教是支配人的自然力量和社会力量在人们头脑中虚幻和歪曲的反

---

① 在内容上,佛经对中国文学的影响主要体现在加强了中国文学的幻想精神,这是讲求效用讲求道德教化的中国文学所缺少的。形式上,佛经体裁常常是散文和韵文夹杂的,即用散文叙述一个故事,再用韵文吟唱它,以此来加强印象增大感染力。这对中国小说以及民间的弹词、评话、某些戏曲都产生了影响。

② 鲁迅:《中国小说史略》,《鲁迅全集》第9卷,人民文学出版社2005年版,第45页。

映。它的基本特点是信仰并崇拜那些似乎是支配着自然和社会的力量——神。宗教产生并发展的原因,归根到底是自然的压力和阶级的压迫。在原始时代,人们无法实际征服自然力,就用想象创造了某些超自然的力量,对它们实行信仰和崇拜,逐渐固定下来,形成某种宗教的雏形。在阶级社会里,随着人的力量的逐渐强大,认识能力的提高,以这种方式产生的宗教本应失去发展前提,然而阶级压迫造就的苦难使被压迫者只能继续借助这种虚幻的宗教求得慰藉解脱。同时,压迫阶级又有意识地运用它来麻醉人民、控制人民,使人民安于被压迫被奴役的地位。这就更加剧了宗教的发展,并使宗教严重地异化。所以,马克思曾经说过:"宗教是还没有获得自身或已经再度丧失自身的人的自我意识和自我感觉。""宗教是被压迫生灵的叹息,是无情世界的感情"①。在宗教虚幻的唯心色彩下面,曲折地隐含着人类共同遭遇之下的心灵祈愿,隐含着对善的渴望与理想,并且人们用它来约束自己的行为,使之成为具有文化含义的"道德律令"。也就是说,无论它多么虚幻与变形,宗教其实是以阴森森的苦难来展示灵魂的叹息,来表达对善的艰难索求,因而它才能作为一种信念、理想而存在,甚至被强化而为人的世界观,激发起人的一种精神力量。如果剔除它对神的无限屈从,那么,它便能够给人一种新的启示。优秀文学就是这样,通过把宗教的精神方式在人类的终极关怀前提下加以放大,使人们对神的信仰变换成对人自身的信仰,便可从宗教中借助到信仰的力量、灵感和哲理,使自身世界变得更为深邃开阔,在精神层次上与宗教产生一种文化呼应与联系。因而,如果彻底抛弃宗教意识,对很多优秀文学作品的精神内涵往往难以洞悉,难以深入把握。

文学的信仰色彩绝不是仅仅出于宗教的影响才产生的。文学作为人类重要的精神活动之一,它有自身的信仰方式,即通过求真向善来建构飘逸但并不虚幻的美的世界,通过对人类终极目标的理想化追寻来获得信仰之光。这种信仰以强化人自身的主体意识为旨归,与宗教那种通过对神的信仰来取消人的主体地位刚好相反。因此,如果说宗教是神的赞歌,那么文学则永远是人的赞歌。它的精神由于始终确证着人的价值,因而才释放着对人,对历史、对未来以及对整个文化和文明恒久的影响力。这种影响力同样会毫不含糊地波及到宗教,于是我们看到,在宗教高度异化、高度黑暗的时代,文

---

① 马克思:《〈黑格尔法哲学批判〉导言》,《马克思恩格斯文集》第1卷,人民出版社2009年版,第3—4页。

学就成了宗教最有力的批判力量。文学揭露宗教的伪善与残暴,把被蒙蔽的良知从宗教迷途中拯救出来,像古希腊时代和文艺复兴时代的文学那样,由于复活了人的理性和良知,因而拯救了文化,也拯救了宗教,使它不至于在盲目的信仰中更多地走向人性的反面。

  以上所阐述的文学人间情怀和精神向度,构成了文学价值结构的完整体系,这是针对文学整体而言的。对于具体作品,其价值也是具体的,有侧重的,甚至是单一的。不能因具体文本只具有单一价值而否定文学的整体价值;也不能用文学的整体价值来强求每一个文本体现出整体才算具有的完整价值状态。这是我们在理解文学价值的时候所应具有的辩证态度。

第六章　文学的理论与方法

前面我们已经讲了五章,从本体到客体,从客体到主体,从主体到文本,从文本到价值,应该说,将文学基本理论亦即文学原理的内容大致上讲完了。当然,若要再细致展开,还会有些层面与范畴可以论及,如文学的起源与发展问题,文学的个性和流派问题,文学史及批评方法问题等。但是,一则,这些内容在上述五章中都或多或少有所涉猎。再则,作为原理性论著,这些内容是否非得专章专节论列,是可以变通的。问题的关键是要紧紧把握住文学的"元问题"[①],同时又要使整个论述形成一个体系,或者说形成一个完备严密的系统。只要这个体系(或系统)对文学的诸种现象和问题有强的生发与解释能力,也就是说,"元问题"的阐述可以带动"子问题"的解决,那么,作为文学原理的任务就算完成了。

这一章的任务,主要是在前五章论述的基础上,进一步提高对文学理论认识的自觉性。文学理论固然是对文学本质、特征、品性及发展变化规律的研究,但是,深入把握文学理论的生成与机制,弄清文学与文学理论之间的区别,还是需要有所归纳和总结的。尤其是在对文学原理的理解比较混乱的时候,弄清什么是文学理论的必要性,就显得更为突出。

一　文学与文学理论

两者的区别

先说什么是理论。有人讲:真正的理论在世界上只有一种,就是从客观实际抽出来又在客观实际中得到了证明的理论,没有任何别的东西可以称得起我们所讲的理论。[②] 这样说看上去有些绝对,但从实践论和发生学上看,还是能够成立的。因为臆造的理论,脱离实际的理论,虽说也带有理论

[①] 元者,开始也,第一也。元问题,即最基础的问题,最根本的问题,最开始性的问题。
[②] 毛泽东:《整顿党的作风》,见《毛泽东选集》第 3 卷,人民出版社 1991 年版,第 817 页。

的"面目",甚至可能很花哨,很诱人,但毕竟是空洞的,没有真实用处的。算得上科学形态的理论,都是根据实际创造出来的,都是从对对象的研究中周密地总结出来的,都是归纳和发现了某种法则和规律的。人们在实践中引起感觉和印象,反复了多次,于是便发生认识过程的突变和飞跃,产生概念,循此继进,加之使用判断和推理的方法,就可能生出合乎规律的结论来,这就是理论的出现。文学理论的产生也不例外。

由此可知,理论——包括文学理论——的任务就在于经由感性认识而达到理性认识,使认识主体逐步达到了解事物的全体的、本质的、内部联系的阶段,逐步达到了解其内在矛盾及运动规律的阶段。而理论的正确性则在于它能说明问题,说明的问题越多,适用域越广泛,就证明它的科学性越强,学说越彻底。不过,任何理论都有相对性,都不能把它说得"过火",加以任意夸大,如果"把它运用到实际适用的范围之外",便可以弄到荒谬绝伦的地步。[①]

那么,具体说来,如何理解文学理论或者说"什么是文学理论"呢?我们认为可以这样说:文学理论是系统解释文学性质、特征和文学分析方法的学说。那些非文学的讨论,与文学无关的综合性问题的争辩,当不在文学理论的范围之内。文学理论应是一套已经论证过的文学定理,是一种对文学的解释和阐发,一种对文学的判断分析。它既不是一望而知的,也不是轻易可以证实或推翻的。前五章的论述证明了这一点。

文学理论的主要效果是批驳对于意义、作品、文学经验的某些人云亦云"常识"。它常常是常识性观点的好斗的批评家;它既批评"常识"又探讨可供选择的"概念";它习惯对文学研究中最基本的前提或假设以及对任何没有结论却可能一直被认为是理所当然的事情提出质疑。比如,该书中探讨的"客体与对象"等章节即是如此。

我们在这里想强调的是把文学理论同文学知识区别开来。诚然,文学知识中也有文学理论的成分,因为知识的归纳往往需要理论的工具,但知识毕竟不是理论。知识具有"认知"价值,却没有"解释"功能。再周密、包罗万象、细大不捐的文学知识系统,也不能算作文学理论体系,因为它缺乏说明——论证、质疑、批驳、假设、选择、创造——对象的机制。文学理论应成为关于文学思维的思维,应提供一种非同寻常的、可供人们思考问题时使用

[①] 列宁:《共产主义运动中的"左派"幼稚病》,见《列宁全集》第 39 卷,人民出版社 1986 年版,第 42 页。

的"思路"。

当然,文学理论研究不仅限于文学作品和文学学的著作,那些涉及语言、思想、历史、哲学、宗教或艺术、文化各方面所做的分析,也常常进入它的关注视野。不过,严格地讲,这些内容都是为文学文本和文学问题提供更新、更深、更广、更有说服力的解释,而决不会是相反。例如女权主义理论,由于它对男人与女人这个对立面进行解构,并且对文化史上与此相关的对立面也进行解构,一方面它捍卫女性属性,为女性争取权利并宣传女作家的作品,另一方面它又进行异性策源即以男女之间对立的方式组织属性和进行文化的理论批评。女权主义理论,或者对性别功能的正确性进行出色的心理分析,或者断然拒绝这种心理分析,但是,不论哪一个支系,它在众多的项目中通过拓宽文学的标准和引进一系列新的议题,都给文学理论和文学教育带来一定的变化。至少,它铺设了一种"解释"许多现有文学现象——而且是以往人们常常忽略或忽视的文学现象——的有启迪的"思路"。在这个意义上,人们有权把"女权主义理论"看作是一种文学理论形态或一种文学理论的拓展。

又如,在西方哲学框架中,言语似乎是思维的直接呈现,或者叫有形的表现形式,连马克思都说:语言是思想的直接现实。① 而书面文字呢,由于是说话人不在场的情况下运作的,所以被认为是语言的一种模拟的、派生的再现形式,是可能对一种符号起误导作用的符号的符号。也就是说,如果讲言语是表现内在思维的符号,那么书面语是一种改造过的、表达思维的符号,离实际的思维更远些。无疑,语言是为说而存在的,而写作却只能作为言语的补充。这里的"补充",便隐藏着文学之所以为文学的"秘密",因为把存在的事物就看作"生活的真实",在哲学上和文学理论上都是难以站住脚的。经验总是要经过符号的中介,而文学中的"客观事物"也总是由"符号"和"补充物"的作用而产生,也就是说,经过"补充",作品中"存在的事物"才成为符合"生活真实"的"艺术真实"。"补充"即方法、手段、技巧、心理逻辑和对象替代链,它使书面文字创造意义和价值,使写作的文学性得以

---

① 马克思恩格斯:《德意志意识形态》,见《马克思恩格斯全集》第3卷,人民出版社1960年版,第525页。马克思恩格斯说:"对哲学家们说来,从思想世界降到现实世界是最困难的任务之一。语言是思想的直接现实。正像哲学家们把思维变成一种独立的力量那样,他们也一定要把语言变成某种独立的特殊的王国。这就是哲学语言的秘密,在哲学语言里,思想通过词的形式具有自己本身的内容。从思想世界降到现实世界的问题,变成了从语言降到生活中的问题。"

产生。这样,文学理论的任务就来了。应该说,在文学的范畴内已经没有了绝对的纯自然的东西,任何一种被指定为自然的事物,其实都是加入了主体"补充"的历史和文化的产物。所以,在研究中尽量把文学理论同文学知识(常识)加以区别是完全必要的。

　　由此,有些人觉得文学理论比较难懂,一则认为它比较抽象艰涩,一则认为它总在发展变化。有的人甚至把文学理论看作严酷的"刑法",是一种规范文学活动的"枷锁"。这就形成了抵制或排拒文学理论的一种原因。但如果调换个角度,那么,这种"敌对"情绪恰恰证明着:文学理论是追求深刻而拒绝肤浅的;它的令人不安的性格正是不断推陈出新的源泉;它不是精神镣铐,而是文学思路、方法、境界解放的动力。真正的文学理论,有一种使你要探险、要思索、要掌握它的欲望,有一种永远有新的东西需要你去了解、去认识、去组织新概念的念头。当你不断对别人或自己的前提与假设提出挑战和质疑的时候,你就会尝到文学理论的乐趣。这正是文学理论的本质及其魅力之所在。

　　如果以上关于"什么是文学理论"的认识大体不错的话,那么,关于"文学是什么"的问题,也应该有一个正确的认识。诚然,相对静止地指出文学的特征是必要的,因为"文学是什么"和"文学不是什么"终有区别。但是,必须知道"文学"是一个动态的概念,以往的"文学"和现在的"文学",无论从存在形态还是从观念形态上看,都是不一样或很不一样的。文学是从非文学中演变出来的;文学同非文学之间一直有着千丝万缕的联系;文学与非文学是一个有机的过渡,没有截然的界线;在标准的非文学现象中,也能找到所谓"文学性"的因素。在非文学的话语和实践里,属于文学的特性并不少见。在宗教、哲学里并不缺少文学性的描述和故事,历史的清晰可知的模式也同文学叙述的模式相似,理论家们照样看到了修辞手法这一文学文本中的重要因素在非文学文本中的重要性。总之,应该承认,使文学和非文学区分开已变得越来越困难亦越来越复杂了。

　　这样讲,其目的是要我们对"文学是什么"的看法最好有个历史主义的态度,辩证思维的眼光,这并不妨碍我们探讨其应有的规定性。

　　其实,"文学是什么"已经包涵了文学基本理论研究的一切问题:研究的对象?文学是何种类型的活动?它写什么?它怎么写?它写成什么样?它有什么用?……说这些便是文学理论的中心问题,是可以成立的。当然,狭义地讲,这是关于文学的界定,是关于被认为是文学的那些作品有什么突出特点的说明。不管是内行还是外行,都想了解文学活动和人类其他活动、文学作品和非文学作品的根本区别之处。比如,作家想透过对"文学是什么"的认识更好地指导自己的创作,批评家想通过了解"文学是什么"来更有效地从事批评活动,文学史家则通过把握"文学是什么"的道理才好对历史上的文学现象作出判断,一般的读者,也可从"文学是什么"的理论分析中提高自己的认识和欣赏水平。总之,"文学是什么"构成文学理论的核心,是极为弥散性和渗透力的。

关于"文学是什么",本书第一章和其他各章都有不同程度和层面的说明,这里就不再赘述了。

文学与语言

人们对文学的关心,相当程度上是一种对语言的关心,对语言文字相互之间关系及其有何含义的关心,对语言所说与如何说之间关系的关心。

文学是富于想象的作品。想象是在特殊语境中形成的。一种语言脱离其他语境、超然于其他目的、其本身就构成语境时,就能促使或引发接受者的独特思考,就具有了想象的成分,就可能被解释为文学了。

文学的叙述与其他叙述的不同,便在于它编造的"事件"和"故事"能给人以愉悦、娱乐和精神满足,它的话语与听众的关系在于其"可讲性""趣味性""值得一听"性,而不在于其所要传达的信息,为此,就是一些晦涩难懂和颇不切题的东西,读者(听众)也会从交流的目的去努力理解其"意思",相信自己研读的一番苦功和期待不会白费。从这个意义上讲,文学是一种可以引起某种关注的言语行为,或者称为文本活动。

那么,这种容易引起关注的言语行为或文本活动,有没有一种专门的语言结构呢?严格地说,是没有的。文学之成为文学,有时是阅读对象具有某种属性和特点,有时则是文学语境的效果使然。单纯的语言结构组织不可能使一段言语成为文学作品。每句话都按照诗的风格写在纸上,也未必能使它成为文学。我们似乎不应该把文学看成是与其他类型语言完全不同的一种特殊的语言,文学起到一种特殊作用,常常是它得到接受中特殊关注的结果。

这样说来,是不是文学同其他目的的语言又没有区别了呢?不是的。思考这种区别,正是从语言特征视角认识文学本质的入口。至少有这样一些见解是值得重视的:

一、"文学是语言的艺术"。这个古老的命题永远具有理论生命力。文学总是尽力将其"文学性"因素存储和体现在语言之中,总是尽力使其语言具有表现力、吸引力、感染力。如果说文学也是一种艺术的话,那它主要就体现在语言层面上。本书的前几章对此已有较充分的论述。

二、文学是语言的"突出"和"综合"①。这种见解把语言放在了十分显著的位置。文学确乎是一种专门的语言,也是一种对语言的专门关注。它使人在了解、感知和体验某种事物的同时,强烈感受到语言的独特组合风格。诗极其明显,散文、小说次之。它们当中好的成功的作品,有的像是故意把读者的兴趣吸引到关注语言本身的结构组织和风格特点上似的。为了"突出"语言,会采取视觉的办法或听觉的办法。这样,"形式"的东西——当然主要指外在形式的东西就被强化,节奏、韵律、声调性的因素也出现了。这些东西,实际上变成了一种程式化文学性的标志。由于这种语言现象的"突出",使文学文本在读者接受时有了一种特殊的效果。

三、"文学是一种有代表性的虚构"②。

这种见解我们在前面实际上也谈到过,它是调换了一个角度,把文学看作创造了一种并非现实的"现实"。文学的表述言词与世界之间有一种特殊的关系。它的真实性是在生活真实基础上的一种变种。它通过语言活动的过程,设计出自己多样化的主体和客体,因而也带来了接受者的关注和期待。从这个意义上讲,文学是一种虚构活动,其作品是一种虚构性的存在,而且,这种虚构性是全方位的,包括人物、事件、情节、环境及各种代词等。虚构成了文学与其他类型语言的关键区别之一。文学的虚构性使它与真实世界的关系成为一个需要阐释的问题。比如小说《水浒》与宋江领导的农民起义的关系,《水浒》人物的虚构程度及其现实根据,便是文学史及文学理论研究的一个课题,文艺理论家杨晦不同意把《水浒》说成是"现实主义的",而认为"是浪漫主义的",其根据就是小说对现实的描写"充满了主观愿望、幻想"③。这种见解有助于理解文学是一种代表性虚构的观点。

总之,文学是一种有意思的话,是一种特殊的语言活动。这种语言活动的意义是在与其他话语的关系中产生的。由于这种特殊语言活动具有连续性,即它是在历史上出现并发展的,因此,先前的文学为以后文学的产生提

---

① 这一观点参见美国学者乔纳森·卡勒著《当代学术入门:文学理论》,李平译,辽宁教育出版社、牛津大学出版社1998年版,第29—32页。
② 此观点亦引自乔纳森·卡勒的上述著作,见第32—34页。
③ 杨晦(1899—1983)系原北京大学中文系主任兼文艺理论教研室主任。此见解出自他的《关于现实主义与反现实主义问题论纲》(1959),见《杨晦文学论集》,北京大学出版社1985年版,第417页。

供了内在可能性。例如,《诗经》和楚辞为日后的新体诗和律诗的发展提供了可能;志怪志人小说和唐传奇为后来的明清小说提供了传统上的条件;而西方近代小说的发展,也为五四前后中国现代小说的诞生提供了样板。西方现代理论界所谓的"文本交织性"(intertextuality)和文学的"自我折射性"(selfreflexivity)观点,讲的也就是这个意思。所以,从"自律性"上说,文学活动是作者力图提高和更新文学的一种实践。

从语言的角度判断文学特征还可以提出一些,不过,无论哪种特征都不能包容另种特征而成为唯一的和综合全面的观点。这是文学本质的多层次性,或者说是文学本质仅仅从客观属性或主观属性加以说明都不能尽如人意的灵活表达方式。"单打一"的阐释方式是有缺欠的,现在看来,多一些角度界定,对文学的理解会更完整些。这里须再次强调的是,切不可把这些特点看成是只是文学"特有的东西",其他类型的语言运用中不会有任何类似的表现。如果看不到这些特点包括作者和接受者特殊观照的结果,那么,这些所谓特征是不明显或不复存在的。

此外要说明的是,指出文学的特殊语言本质与指出文学的意识形态属性是不矛盾的,原因是文学的多重意识形态属性是在特殊的语言形式中实现的,而特殊的语言形式正是制造特殊的文学意识形态成分的媒体。"文学性"的实现,倘没有精神性的浸透,那是一堆死的东西;精神性的内容,倘不靠"文学性"的语言形式,那只是一些赤裸裸的理念而已。如果说文学的意识形态性与文学的语言"文学性"有矛盾的话,那么,这种矛盾才是文学活动的真正动力。

还有一点需要在这里辨析的,即我们认可文学是一种带审美性的意识形式,但不赞成把文学仅仅界定为一种审美意识形态。原因并不复杂:审美只是意识形态的功能之一。从社会结构学说出发,把文学看作是一种特殊意识形式,无疑是可以成立的。不过,由于文学是现实的整体性的表现和反映,所以,它的特殊性恰恰在于它的充分社会性本身,也就是说,它在审美的表象下面隐藏着思想、观念、情感和心灵活动的完整面貌。你可以说它是意识形态的手段,也可以说它是颠覆意识形态的工具;你可以说它是建设性的意识形态,也可以说它是破坏性的意识形态;你可以说它是审美的意识形态,也可以说它是检验的、质疑的、审丑的意识形态;你甚至还可以说它是无意识形态性的。文学实际上是意识形态与非意识形态的组合,文学的特殊本质便在这里体现出来。把"审美意识形态"作为专有名词来界定文学本质是不妥当的。

文学按其本性来说是最活跃、最变动不居的。它一方面遵循常规,一方面又要求突破常规;它一方面要延续自己,一方面又要超越自己。它是一种不断克服和批评自己局限性而不断创新存在的机制。它实际上是以不停的试验、不同的写作方法和不同的形式证明着自己的生命力。因此,文学理论——对文学的解释和说明——实质上也是一个不间断的过程,它没有终点,无须用一种说明去推翻另一种说明,也无须把某种规定限制在一个固定的点上。真正的需要,则是随着文学实践的发展把文学理论推向前进。

二　理论的构成与机制

对象与构成

一般说来,文学理论研究的是作品、作家、读者、世界及其相互关系。自从 M. H. 艾布拉姆斯在其《镜与灯》(1953)中提出文学批评四坐标[①]之后,许多文学原理的建设都是循着这四个要素(坐标)所构成的阐释框架来整理文学理论基本问题的,应该说,这一阐释框架有很强的概括性。但是,这一概括也有缺欠,那就是这四要素中缺少历史的维度。

细心的读者一定会发现,我们这本文学原理,虽想从整体上突破这一框架,注入历史的因素,但依然保留着四要素的不少痕迹。海内外有些学者曾运用艾布拉姆斯的四要素论阐述中国文学理论及其批评,提出不少新见解,但严格说来,始终未能取得实质性的进展。这表明把四要素定为文学研究的基本对象是可行的,同时也表明对于这四要素具体内涵和构成方式的不同处理,使得其阐释弹性极大。而清理这些不同的处理角度,关注它们之间的不同关系,就可以使我们相当清晰地、多方位地把握文学理论的研究对象和知识结构。也就是说,对象和结构是随着作品、作家、世界、读者这四者关系的调整、换位、交叉、互动而有所突出,有所变动的。例如,在本书中我们设立了"文学的价值与功能"一章,适当突出了价值论成分,那是因为想突出作品与读者、世界及其作家关系之间的分析,突出文学作用的历史变迁的

---

① M. H. 艾布拉姆斯:《镜与灯——浪漫主义文论及批评传统》,北京大学出版社 1989 年版。艾氏为美国康奈尔大学英语系教授,他对西方文艺理论批评做了一个较全面的回顾和总结,提出文学批评四大要素理论,即(1)作品、(2)宇宙、(3)作家、(4)读者,并分析了这四个要素在"模仿说""实用说""表现说""客观说"几种理论学说中各自所占的比重。

分析。如果我们再变换侧重一个角度,那就会凸显新的理论成分。这就是一种结构式理解方式,说明对文学基本要素采取不同的结构方式,进而将理论研究的重心置于不同的要素点上,就可能构成不同理论流派的理论形态。历史上所谓"模仿说""表现说""客观说"等文学理论,就是这样形成的。从文学理论学说史上看,理论家往往只是根据其中的一个要素,就生发出他用来界定、划分和剖析文学作品的主要范畴,并生发出借以评判作品价值的主要标准。① 这是相对符合人的认识过程和规律的。举例讲,研究者倘以作家为中心,那么就容易形成常说的传记式研究法和以创作论为主轴的作家精神分析法。韦勒克和沃伦的《文学理论》②是将文学研究分为"内部研究"和"外部研究",前者以作品为中心,后者则以作家、读者、世界为中心。

结构式理解方式有助于我们认识文学各构成要素之间的关系,但人们常常将这几种要素割裂开来,从一个模式出发,对一种理论作片面的理解。不过,即使是标举以"内部研究"为出发点和宗旨的权威理论著作,也会在一定程度上强调社会、文化和作家的影响。所以,只有将各个要素看作一个变动的综合的整体,深入处理其相互关系,才可能对文学活动从宏观和微观结合上作出科学的认识。

从结构的方式来理解文学,实际上是将文学看成一个静态的共时系统。倘若将文学看作一个运动的过程,从作家到作品到读者再到社会,然后再回到作家,或者变换一个顺序,那么,就可以大致看到文学活动的动态的历时状况。这种研究,实际上是运动式理解方式。也就是说,有一种文学理论把研究对象及其知识变成了一个循环往复的流程,变成了一个从无到有、从差到好的运动过程。例如,英国学者柏拉威尔在《马克思和世界文学》中认为,马克思是"把主要用于经济学的术语也用在文学和其他艺术的历史上,如生产(Produzieren, Produktion)等。他把诗人也叫做'生产者',把艺术品叫做'产品',虽然是一种独特的、有别于其他种类的'产品'。马克思通过使用这样的术语叫我们不要忘记把艺术放在其他社会关系的框子里来观察,特别是应该放在物质生产关系和生产手段的框子里。只有明确了这一点之后,他才能独立地、抽象地研究艺术,才有余暇观察一下艺术领域自

---

① 参见 M. H. 艾布拉姆斯:《镜与灯》,北京大学出版社 1989 年版,第 6 页。
② 1942 年在美国首次问世,1956 年再版,1963 年刊行第三版。1984 年,北京三联书店出版了中译本,译者为刘象愚、邢培明、陈圣生、李哲明。

身"①。马克思很愿意说明,某一文学体裁在特定时期是什么样的,它与某一特定历史时期究竟有何关系。这种从生产流通和生成形态角度来理解文学活动,可以说是将文学纳入整个社会运作和人类生产生活方式中来认识,它增加了人们对文学及其活动历时性和实践性的理解。

还有一种是范畴式理解方式。这种文学理论研究方法,主要是一些理论流派的处理方式,作者根据自我理论建构的需要,确立本学派的基本概念范畴,进而建立相应的学说体系。这种理解方式的研究对象,往往是相对比较狭窄的。比如"新批评"派理论,关注的对象主要是作品内部的语言(包括语音、节奏、格律)、意象、隐喻、象征、文体、神话等等。又如乔纳森·卡勒的《当代学术入门:文学理论》(1997)②一书,主要就是以一些范畴为讨论对象,该书围绕"理论是什么""文学是什么""文化研究""语言、意义和解释""修辞""诗歌""叙述""述行语言""属性、认同和主体"以及"学派与流派"等范畴,展开论述。再如台湾学者王梦鸥的《文学概论》,分23章,里面讲的主要是语言、记号、韵律、意象、比喻、叙事、动作、情节、批评、目标和尺度、纯粹性、意境等范畴和概念。③ 这种范畴式研究方式可以使研究对象清晰化、简约化、问题化,但这种处理方法确也很难直接见出理论的体系性,缺乏对文学的整体说明功能。

根据目前状况,一般文学原理研究对象将其知识构成分为以下几部分:作家论、作品论、接受论、本质论、发展论,或者表述为认识论、本体论、价值论、语言论、方法论五个维度,就文学及其活动的本质、基本范畴、运动规律、人文社会价值等问题,进行全面探讨。具体分析文学的作品(语言、结构、意象、叙事、意蕴等)、作家(生平、经历、心理、修养、角色等)、读者(层次、阶层、趣味、心理、身份等)以及这几者之间的相互关系,还有这几者与整个社会之间的复杂联系,等等。这是我们比较常见的。

这里,我们想强调的是在以往的文学原理研究中,总是习惯于区分文学理论、文学批评和文学史,认为这三门学科共同构成了文学学。诚然,这三者的研究对象及知识结构方式是有差别的,其侧重点也有明显的不同。但是,从学术发展的前景来看,这三者的有机联系可能比人为区别更显重要。

---

① 希·萨·柏拉威尔:《马克思和世界文学》,三联书店1980年版,第383页。
② 乔纳森·卡勒:《当代学术入门:文学理论》,李平译,辽宁教育出版社、牛津大学出版社1998年版。
③ 王梦鸥:《文学概论》,台湾艺文印书馆1981年8月第4版。此后又出了新版。

区别是为了联系,只有在联系中才能更清楚地加以区别。因此,我们在此为这三个学科之间相互渗透的必要性进行辩护:它们彼此间的联系非常紧密,以致不可想象没有文学批评和文学史的文学理论,或者没有文学理论和文学史的文学批评,或者没有文学理论和文学批评的文学史。①

性质与形态

尽管文学理论的对象有其特殊性,但它毕竟是一个求真、求规律的学说。如何看待文学理论的科学性,学界存有分歧。不过,认定文学理论作为阐释文学活动的知识与话语,却是没有疑义的。由于文学理论往往以流派、思潮等形式处于历史的不断发展变化之中,同时,它往往又以话语权威的形式为一定的阐释者所操纵,因此,从这个角度有人质疑文学理论的科学性,也是不难想象的。

文学理论的存在形态是多种多样的。

一、作为科学的文学理论

文学理论作为科学,本身就具有某种形而上的性质,也就是说,它不但要说明现象,而且要说明本质,要有某些抽象的东西。康德在《任何一种能够作为科学出现的未来形而上学导论》中,一开始曾想出"像形而上学这种东西究竟是不是可能"的问题。在他看来,如果说形而上学是科学,那为什么不能像其他科学一样得到普遍、持久的承认?如果它不是科学,为什么它竟能继续不断地以科学自封,并且使人类理智寄以无限的希望而始终没有哪个得到满足呢?不管这是证明我们自己的有知还是无知,我们必须一劳永逸地弄清这一所谓科学的性质,因为再不能更久地停留在目前这种状况上,其他一切科学都在不停发展,而偏偏自命为智慧的化身、人人都来求教的这门学问却老是原地踏步,这似乎有些不近情理。②

文学理论事实上也存在这样一个问题。作为一门学科,文学理论越来越走向规范化、系统化了。它有着自己相对严整的知识系统、概念范畴、研究方法和形态范式。从知识构成和理论逻辑的角度来衡量,它完全具备了科学的特征。人们之所以怀疑文学理论的科学性,主要是因为其研究对象

---

① 这一意见可参见雷·韦勒克的《文学理论,文学批评与文学史》一文,载戴维·洛奇编《二十世纪文学评论》(下),上海译文出版社1993年版,第278—279页。
② 参见康德《任何一种能够作为科学出现的未来形而上学导论》,庞景仁译,商务印书馆1978年版,第3—4页。

的精神性、人文性和某种不可捉摸性,很难像自然科学那样能够进行严密的检测和实验。这一方面说明以自然科学的特征来衡量文学理论欠妥当;另一方面也说明,文学理论带有社会科学与人文科学相结合的性质,我们从科学性与人文性相结合的角度来研究它,那是一条正路。同时,也应看到:科学的含义包括人类寻求知识的全部努力,不仅有关于人的存在的知识,而且有关于人类生存条件的知识,所以,科学历史的大部分主要涉及我们所谓的人文科学的内容①。在这个意义上说文学理论是门科学,应是没有问题的。它有着自己的特征和科学形态,同样传达着对于真理和知识的不懈追求。文学理论对于人们认识文学,认识人生,认识自然和社会,认识自我、精神与情感等,都有其他学科不可替代的功用。文学理论研究说到底是一个求真的过程。否定文学理论的科学性、求真性,必然陷入相对主义和不可知论的困境。当然,也要看到文学理论作为一门科学确有其相对性的一面。这种相对性与其研究对象、研究者的主观性和局限性有关,与研究方法和研究目的有关,也与处理材料的变动性有关。这正是下面所要说明的问题。

二、作为思想史的文学理论

实践表明,任何一种文学理论都具有某种绝对性与相对性统一体的性质,企图寻找一套永恒的放之四海而皆准的文学阐释话语,几乎是不可能的。任何一种文学理论,严格说来都是以历史的形态出现的,中外文学理论的演变清楚地说明了这一点。毫无疑问,历史上出现的文学理论(包括思潮、流派)都可以说是针对不同时期和不同文学现象而产生的,都有其一定的历史合理性,又都有其一定的局限性。因此,文学理论可以归入大范围的历史科学,可以看作一系列不能用普遍一律的标准衡量的研究角度和研究方法,而每一种角度与方法,都有其思想史和文化史的意义。

远的不说,仅20世纪就是一个文学理论花样翻新的世纪。不同的理论流派层出不穷,从俄国形式主义到英美新批评,从结构主义到后结构主义,从精神分析文论到诸种"西方马克思主义"文论,等等。仅教育部委托编写的《当代西方文艺理论》,就涉及文艺学理论流派有16种之多。② 文学理论的翻新,一方面与文学的不断变革、叛逆传统有关,一方面也与研究者的思想"深化"

---

① 参见哈里·列文《文学批评何以不是一门精密科学》一文,译文载戴维·洛奇编《二十世纪文学评论》(下),上海译文出版社1993年版,第485页。该文将"科学历史的大部分"定为"人文学科的内容",是比较符合实际的。
② 《当代西方文艺理论》,华东师范大学出版社1997年版,朱立元主编。该书介绍了国外16种有影响的文艺理论流派。如果详细列数,20世纪的文艺理论流派不只16种,还会更多。

和"变动"有关。与此同时,也应看到文学理论本身愈来愈走向"自律"的倾向。理论逐渐成为一种独立的思想武器,在罗兰·巴特、福柯等人的理论写作中,理论已经成为一种文本创造与思想的延伸,这是颇值得注意的。

正是由于文学理论总是产生于具体的历史情境,有其具体的阐释对象和社会思想背景,所以,对于任何一种文学理论都不可抽象地加以理解,都应看作思想史的某些材料。"永远历史化"①,这是坚持正确学术立场不可逾越的视界。所谓"历史化",就是把概念思维与作为"缺场的原因"的历史合理地关联起来,并将其置于具体的社会现实中进行思考。因此,在运用一种文学理论的时候,我们首先应当清楚地把握其出现的历史情境,厘清其主要阐释对象及其有效性程度,这样才可能加以适当地运用,否则,很容易犯"错置具体感的谬误"②。把握历史情境,是我们对每种文学理论作出准确评价的条件,因为每种文学理论涉及的都是"历史性的即经常变化的材料"③。因此,最必需、最可靠的方法是"不要忘记基本的历史联系"④,在评价和分析一个问题时,要学会"把问题提到一定的历史范围之内"⑤,这是用科学眼光观察文学问题的绝对要求。由此出发,重视文学理论史和文学学说史的研究和建设,是十分必要的。

三、作为意识形态话语的文学理论

任何文学理论都是一种社会的意识形态形式。这里指出有一种"作为意识形态话语"的文学理论,是想强调它的观念性、思想体系性、阶级与阶层性,也就是说,它是有精神倾斜的,有价值取向的,有功利成分的。

文学理论存在于具体的历史之中,这本身就意味着任何一种文学理论都不能作为普遍的、终极的绝对价值来理解和运用。有学者认为,英文里

---

① 这是弗雷德里克·杰姆逊在他的《政治无意识》一书中的一句话。该书由中国社会科学出版社1999年出了中译本,译者王逢振、陈永国,见该书第3页。恩格斯也说过:"我们根本没有想到要怀疑或轻视'历史的启示':历史就是我们的一切,我们比任何一个哲学学派,甚至比黑格尔都更重视历史。"见《马克思恩格斯全集》第1卷,人民出版社1956年版,第650页。
② 怀特海语,英文为 fallacy of misplaced concreteness。
③ 恩格斯:《反杜林论》,见《马克思恩格斯选集》第3卷,人民出版社1995年版,第489页。恩格斯认为,"政治经济学本质上是一门历史的科学"。那么,文艺科学也是不能例外的。
④ 列宁:《论国家》,见《列宁全集》第37卷,人民出版社1986年版,第61页。列宁认为:"考察每个问题都要看某种现象在历史上怎样产生,在发展中经过了哪些主要阶段,并根据它的这种发展去考察这一事物现在是怎样的。"
⑤ 列宁:《论民族自决权》,《列宁全集》第25卷,人民出版社1988年版,第229页。列宁认为这是"马克思主义理论的绝对要求"。

Literary Theory(文学理论)比 Science of Literature(文学科学)更可取,原因就在于 science 在英文里主要局限于自然科学。① 文学理论不可能像自然科学那样,具有不变的普泛价值。应当承认,文学理论同其他艺术理论一样,本质上是一种关于带审美性的意识形态的话语,都或多或少不可避免地和生产关系、阶级政治发生某种联系。特里·伊格尔顿甚至认为:从百分之百的历史意义上说,美学的确是个资产阶级的概念。因为美学在谈论艺术时也谈到其他问题——中产阶级争夺政治领导权的斗争中的中心问题。美学著作现代观念的建构与现代阶级社会的占统治地位的意识形态的各种形式的建构、与适合于那种社会秩序的人类主体性的新形式都是密不可分的。② 因此,我们看到,伊格尔顿在写作其《文学理论》时,将 20 世纪西方主要文学理论流派都纳入政治的批评领域之中③,从而使人们清晰地看到了文学理论的意识形态性质和成分。

中国古代文论中许多"文与道""文与理"的论述,也说明文学理论与意识形态之间是不能完全脱离的。

申述文学理论的意识形态属性,意味着应该从经济基础与上层建筑关系的角度、从阶级与文化变动的角度来分析问题,也意味着可以运用福柯式的"话语"与"权力"的分析方法,将文学理论产生的社会运作机制与结构作为分析的对象,从而更为清楚地看到文学理论是作为某一话语阶层为寻找自身行为合法化的依据而出现的,亦可以说,文学理论是某一话语阶层为总结本阶层文学实践活动的经验和规律而出现的。这样,就不会再是将文学理论与文学作品相隔离,而仅仅看到文学作品具备一定的意识形态性。诚然,带有科学性的文学理论,它在建构时务必要考虑其公允性、普遍性、稳定性,但事实上,怎样阐释文学,持何种评判标准,谁有阐释的合法性,某种理论话语凸现了什么而又压抑了什么,理论的适用域如何……这些都是进入文学理论活动时所不能不加以思考的。

目前,在跨国性的文化运作中,文学理论不仅被看作思想,而且已经成为一种"商品形式"。新名词、新话语在全球贩运、流通,处于不同民族国家和地区的知识分子,为争夺文化资本而展开全面论战,从而进一步加速术语

---

① 雷·韦勒克在《文学理论》中的观点。
② 特里·伊格尔顿:《美学意识形态》,广西师范大学出版社 1997 年版,王杰等译,第 8、3 页。
③ 特里·伊格尔顿:《文学理论》(Literary Theory)一书,国内有的译本将译名定为《二十世纪西方文学理论》,陕西师范大学出版社 1986 年出的译本,即是如此。1988 年,中国社会科学出版社出版王逢振译本,定名为《当代西方文学理论》。

翻新与话语膨胀。从发达国家与地域到落后国家与地域，从第一世界到第三世界，文学理论伴随着经济、政治和科技压迫而构成了某种所谓的"文化殖民"景观。由此可见，在"后殖民"语境中文学理论的意识形态性不是削弱了，而是加强了。这种状况给了我们一种特殊的启示。

（四）作为一种方法的文学理论

理论总是一种指向未来的认识论可能。理论意味着规划、预见乃至质疑，因此，它常常是作为方法论和批判论武器而出现的。文学理论亦不例外。

文学理论作为一种方法可以从三个层面来理解：

一是任何文学理论都既具观念性，又具工具性。它的一些范畴，往往既带有学理的意义，又带有方法的意义。尤其是科学性强的文学理论，它本身不是教义，而是提供给人进一步研究的出发点和供这种研究使用的方法。① 把文学理论搞成"八股""教条"，是没有益处的，也是没有出息的表现。

二是文学理论具有某种附着于其他理论这样一种话语形式的特点。文学理论是从历史上渐渐独立出来了，但它仍在不断地从其他理论中获取其思想资源和方法启迪。尤其是现代文学理论，愈来愈打破单一学科的限制，走向跨学科化几乎变成一个不可控制、永无止境的承诺。有的文学理论，实际上已经变成一个被无数学科方法武装起来的"拼贴"。应该说，理论的阐释有效性日益增强，同时理论的负重日益加大。它向文学理论研究者提出了越来越多的挑战，也越来越提醒文学理论研究者，在"综合"和"交叉"的基础上走向"明朗"和"简约"。这是符合作为方法的规律的，也是我们所追求的。

三是文学理论作为文学批评的武器，为解读和评判文学文本，把握文学活动的生产消费过程与机制提供了认识论与方法论依据。从历史上看，几乎所有文学理论其最初都可能是作为批评方法和批评实践而出现的。近百年来风起云涌的文学理论潮流，事实上大多只是方法及方法论上的更改和翻新，而在本体论研究上并没有带来多大的突破和推进。特别是经过所谓"语言学转向"，理论家们将大量精力投放到"文本"的细微精巧之处，在语言的游戏中感受到了方法的狡黠，同时也感受到了思想的苍白。正因如此，整个文学理论研究有在新基础上复归侧重本体论、发展论和文化论的趋势，

---

① 参见恩格斯：《致威纳尔·桑巴特》（1895 年 3 月 11 日），《马克思恩格斯文集》第 10 卷，第 691 页。

就是不难理解的了。

无疑,倘文学理论仅仅只是一种方法时,那就意味着它可能面临两种结局,一是不断地泛化,成为无所不能的无能;一是不断地工具化,在事物的表层摩擦,而无法抵达本体之根。这两种结局都是有悖于文学理论的目标和宗旨的。

文学理论现状

现状包括两个方面:国内现状和国外现状。

在西方的文学理论界,一方面传统文学研究范式在许多院校依然有一定的市场,另一方面这些传统的研究范式正在遭到严重挑战。美国学者拉尔夫·科恩在其主编的《文学理论的未来》一书序言里说:"人们正处于文学理论实践的急剧变化的过程中,人们需要了解为什么形式主义、文学史、文学语言、读者、作者以及文学标准公认的观点开始受到了质疑、得到了修正或被取而代之。"[1]一般说来,除了实践的推动外,文学理论的变革产生于先前理论中的空白,产生于对当前理论提出的新的观点,产生于对理论新的质疑。[2] 这其中的关键是文学理论要寻找与实践所发生的变化相适应的模式。据此,拉尔夫·科恩在初露端倪的趋势中,选择了文学理论变革的四个方面来说明其走向:"Ⅰ. 政治运动与文学理论的修正;Ⅱ. 解构实践的相互融合、解构目标的废弃;Ⅲ. 非文学学科与文学理论的扩展;Ⅳ. 新型理论的寻求、原有理论的重新界定、理论写作的愉悦。"[3]近年世界范围文学理论运动的趋向表明,这一断言并没有失效,相反在某些方面还有得到进一步加深的印象。

当今西方的"文化诗学"便集中体现了上述概括的四个走向,如流行的文化研究、后殖民理论、少数话语批评等。这些理论已打破传统文学研究的范式,不再将文学研究局限在文本的分析之中,其研究目的似乎也不再像以往那样探寻文学的艺术规律,而是从纯形式的语言、结构、符号等分析转向重新思索文学的社会参与,思考文学在未来社会和时代中新的位置与处境。具体地讲,这些变化有:从经典文化转向大众文化,或从中心转向边缘,文学

---

[1] 拉尔夫·科恩主编:《文学理论的未来》,中国社会科学出版社1993年版,第1页。
[2] 参见汉斯·罗伯特·姚斯:《我的祸福史或:文学研究中的一场范例变化》,《文学理论的未来》中译本。
[3] 拉尔夫·科恩主编:《文学理论的未来》,中译本,第2页。

研究不再将目光停留在狭窄的经典作品上,通俗文学和小作家作品引起广泛兴趣;从文字文本扩展到图像、影视、网络文化研究上,广告、声像、绘画、建筑、影视、大众传媒、网络文学、手机文学、消费文化等成为热门话题;从纯文学研究转向种族、性别、阶级、肤色、差异、社区、女性、后殖民等泛文化研究上;再有就是"政治诗学"得以凸显,文学—文化研究的目的在于社会批判,探寻文学—文化背后的权力运作关系、话语霸权、性别歧视、阶级压迫等问题。这些理论从马克思主义、新马克思主义、结构主义和后结构主义那里获取批判武器,针对资本主义世界的种种问题,如全球化带来的一体化抹平趋势、大众文化的兴起、消费意识的膨胀、电脑革命和信息爆炸、传统的断裂与个人主体性的丧失等等,企图从话语分析的角度提供某种批评性建设的可能。

但同时也要看到,当今西方文学理论也面临种种困境,在后现代精神泛滥的今日,同样遭遇着价值虚无主义的困扰。理论家们在张扬文化相对主义、多元主义的同时,陷入了"怎么都行"的玩世主义、相对论、价值虚无论的泥淖,文学理论成为语言游戏,成为自我愉悦、自我消费的空洞能指。在不断强调文学研究的跨文化、跨学科运作的时候,文学的含义却日益模糊不清,文学理论也在丧失其可界定性。当文学研究成为权力话语的无穷无尽的追逐时,文学作为语言艺术的身份便遭到怀疑,文学即文本,与法律条文、调查报告、田野作业、广告图像、人体姿态、躯体运动、自然景观、历史事件……毫无区别,这样的文学理论也就不再成其为一门可以规划的学科了。物极必反,西方文学理论走过这个大曲折之后,势必会回到相对规范的道路上来。

中国的文学理论经过近百年的现代化努力,已经有了自己的特点,自己的历史。如今,它正面临着一个新的跃进、新的转机。

中国文学理论尤其是基本理论研究要不要具有地域性和民族性,是个有争议的问题。从科学性角度看,文学原理应带有普遍性,无须强调地域或民族的特色,不过,这样做势必会将理论的不同对象和文化历史语境的特殊性忽略或抹去。例如,汉文化以及由汉字组成的文学作品,毕竟与西方文化以及由西文组成的文学作品,在其艺术规律诸方面有明显的区别。为此,保持文学理论的中国特点,是文学理论研究的题中应有之义。

中国今日的文学理论是传统文学理论的一个合理发展与变革性延续。中国古代文学理论在世界上确是独树一帜、极具特色的。它是自远古就萌生的中华精神文化的一部分,与中华民族的生存方式和文化意识有着天然的联系。譬如,在文学理念上善于从"原道"观念去探讨文学现象,将文学与天道自然、人生和谐视为统一之物,从而使中国古代文学理论具有浓郁的形而上精神色彩,便与西方文论自古希腊时期起就善于细部观察的认知价值观念颇不相同。在中国古代文学理论史上,一流的文论家往往首先是具有"原道"精神的思想家而不仅仅是鉴赏家,则与这一传统有密切关系。这些文论家总是在我国文学和文化传统面临转折与惶惑时,从深沉的人文忧患意识出发,对文学理论进行卓有成就的建设。倘认为中国古代文学理论的发展是在文学与文化处于低迷时对于时俗所作出的一种回应与抗争并以此成为自身发展的动力,恐是不无道理的。正因如此,中国古代文学理论的价值,不仅表现在具体思想观念和学说范畴的提出与演绎上,而且更主要的是展现出一种人格精神,进而将它作为理论的出发点和归宿。这是古代文论极富理论个性的一面。

注重人生与艺术的统一,追求个体与社会的和谐,成为中国古代文学理论向前发展的传统。这一传统在《文心雕龙》中得到典型的表现。刘勰为克服汉魏以来文学日趋浮靡和文论"各照隅隙,鲜观衢路"的片面性,充分吸纳先秦儒家与魏晋以来玄学及佛学的观点,从"原道"的角度来看待文学产生与发展,从深沉的人文忧患中去观察文学创作现象与流变问题。嗣后,唐宋以来的文论家,如陈子昂、韩愈、柳宗元、欧阳修、严羽、王夫之及近代的王国维等人,其文学思想与文论写作一直贯穿着这种追求精神意义的优良传统。

文学原理不可能涉及太多的古代文学理论内容,但是,对中国古代文论那种人文蕴涵独特、价值观念与理论范畴相互包容与彼此渗透的特点,对其由内在精神价值即"原道"观念为核心所生发出来的意境理论、创作理论、文体理论等知识,还是应当有基本的把握。因为这是了解文学理论的中国特色、了解中国文学理论的现状与前景所必需的。

实践表明,中国当下的文学理论,只有走"综合创新"①之路,才是一条通向未来的坦途。

认识当前的中国文学理论状况,有必要考虑以下几个问题:

一是全球化语境。伴随着世界在经济等领域"一体化"趋势的深入和扩展,文化冲突实际上在日益加剧,尤其是中国现代化进程的全面展开,西方文化的冲击越来越大,从近代以来就存在的中西之争也将深化。在这个时候,怎样处理好中国文论与西方文论的关系,依然是一个难题。我们主张

---

① 1935年,张岱年提出"创造的综合"的主张。1936年,他又就此提出具体的哲学文化蓝图。近些年,张先生依然坚持他的观念。这里的"综合创新",是从张岱年的观点化用而来的。

"拿来主义",凡是外国有益、有用的东西都要吸收,只是不能将理论的"主体性"变成"他体性"。

二是中国思想文化传统对文学理论的渗透。中国文论有着自己的阐释对象、思维方式和表述特点,尤其是它必须面对自己的文学形式,面对自己的理论问题和接受者,因此,其自身的特点和阐释优势是不可轻易否定的。但在现代化潮流的影响下,传统文论也面临着挑战,面对当下中国文学的现状,它像西方文论一样,也会陷入只能提供方法论的"阐释的焦虑"。尽管近些年来我国在古代文论的研究上取得了很大成绩,但是,也要看到我国古代文论的地位并未得到应有的突出,古代文论对建设文学理论当代形态的功用还没有得到应有的重视。此外,对中国古代文论的研究上,还主要停留在用现代话语——主要是西方话语——去解释、翻译、再解读甚或改造古人思想的阶段。这种工作可以无限地进行下去,因为新方法可以不断地出现,这也就意味着对古代的东西可以无限地再解读。这样,古代文论成了研究的目的,而研究古代文论的目的却被不断地悬搁。这一现象是值得注意的。

毫无疑问,研究古代文论具有重大意义,而且至今尚未得到足够的重视,但古代文论对于当前的文学现象到底有多大的阐释效力,不可心中无数。不妨认为,作为理论,古代文论本身不一定非得"现代化",非得直接对当下问题发言才有其价值。因为那样做,容易犯"刻舟求剑"的毛病,容易将古代文论作简单的工具化理解。应该重视的是古代文论存在的历史语境以及这种语境的变迁,从而清理其阐释的有效性和局限性,把握古代文论的精神旨趣与中国人的审美趣味的关系,将古代文论与现代文论、西方文论进行对话、融合而不是对抗,从古代文论同现代精神的差异与联系中寻找"创造性转化"的契机,并且,要客观地看到,"五四"以来,中国的文学理论,不论是激进的还是保守的,其实正走在这种"转化"的途中。应该承认,中国文学理论随着中国的现代化进程,正在不断地发生着"现代性转化",将古代文论作为一个稳定而凝固的"他者",是缺乏唯物史观精神的。

三是如何理解文学理论的"现代性"问题。其实,不论是中西问题还是古今问题,都可以归结到对"现代性"问题的理解上。"现代性"问题是由"现代化"带来的。"现代化"是一个进程,"现代性"也是一个进程。把"现代性"理解为抽象的几个政治、社会和人文观念,显然是肤浅的;把"现代性"理解为与革命行为对立的东西,显然也是片面的。有学者认为,"文学理论的现代化"似乎是一个典型的后殖民提问方式,因为,这在西方文化中不是问题,只有处于文化弱势的第三世界文化才可能面临这一"困境"。难道我们的文学理论发展到今天,还不具备某种"现代性"?难道经济科技发达的国家,其精神文化也注定发达?文学理论的"现代性",又以什么为标准呢?总之,提出"文学理论的现代化"口号,在相当大的程度上是基于民族文化的立场,企图找寻一条具有中国自身特点的现代化理路和言述方式。

"现代化"不等于"西化","现代性"也不等于"西性",中国知识阶层开始将目光移回到反思中国自身的历史和文化上,开始质疑颇流行的一些观念,这是必然的。因为近代人类文化史已经表明,西方资本主义并非是惟一的现代性模式,陷入完全"西化"的不归路是危险的。同时,中国的知识界也已注意警惕文化自恋倾向,不赞成通过强调文化的特殊价值和民族色彩而制造文化对抗。面对西方强势文化,深感传统断裂、文化衰微的人们,开始在民族文化和进步传统的历史钩沉中寻求自信。不过,"恢复本来十分灿烂而后来又被践踏得千疮百孔的历史的原貌,恢复原来已打算放弃的文化的原貌,恢复僵化了的传统,恢复锈蚀了的语言",接受下来那种"有许多谁见了都会却步的优点"的"文化传统"①,也是要不得的。因此,对传统文化研究中,应该多一些反思与反省,在确立自信的基础上,保持清醒的意识,在"往后看"的同时又要"往前看",在确立观念的时候,注意联系实际,这样,才可能找到一条适合自身传统与问题的现代性言述方式和学科理路。这样产生的文学理论"现代性",才是扎扎实实、有根有据、有生命力的。

中国的文学理论要想创新,应逐渐摆脱传统/现代、东方/西方的二元思维模式,更多地关注现实文学实践中的变革因素,关注民间文学的创造能力,关注已有或将有的文学理论经验,并将它置于世界文学理论运动的大视野中,从而认真寻找具有自己特色的当代形态文学理论建构的历史条件和表达方式。这中间,关键是处理好中国古代文化传统、"五四"以来的革命文化传统、西方及俄苏文论传统三者的关系。而这其中,如何认识、把握和利用"五四"以来的文论历程和文论资源,更是问题的核心。应该说,"五四"以来的文论历程就是一个现代化的历程,一个全面检讨传统、融会西方(包括俄苏)并根据实际努力创造的过程。不可否认,在这个过程中存在着对传统的破坏与对外国的盲从,存在着将有些复杂的精神现象简单化的毛病,对此,今天的人们已经逐步认识到应如何正确对待这些问题的态度和方法,片面性在逐渐得到克服。

---

① 爱伯特·梅米(Albert Memmi):《殖民与受殖民者》,见《解殖与民族主义》,牛津大学出版社1998年版,第19—20页。

这里值得强调的是,在对"五四"以来文学理论思想的清理中,我们还必须充分认识马克思主义文艺观在中国现当代文论建设中的地位和作用。马克思主义文艺学说对现代中国文学理论的影响是深远的,推进也是巨大的,它已构成中国文学理论"现代性"基本精神和价值取向的重要组成部分。没有这一学说滋养的中国文学理论"现代性"是不可想象的。认为当今中国文学理论的"现代性"要求,主要表现在文学理论自身的科学化,使之走向自身,走向自律,获得自主性;表现在文学理论走向开放、多元与对话;表现在促进文学的人文精神化,使文学理论适度走向文化理论批评,[①]这或许是一种愿望。但这种逃离自律与他律的辩证法,逃离唯物史观的约束,逃离精神内核与价值判断的"现代性要求"的论断,其可行性和科学性问题是值得进一步推敲的。沿着科学的理论道路前进,我们将愈来愈接近客观真理,但决不会穷尽它;而沿着非科学的理论道路前进,除了混乱和谬误之外,我们什么也得不到。[②] 我们要防止理论"醉汉船"综合症现象。正如聪明的海员所说的:"对于没有航向者来说,不管来自什么方向的风都不是好风。"对于一位折断了舵柄的舵手来说也是如此。文学理论的现代化是要有航向的,文学理论工作者是要握紧舵柄的,在危急关头,尤其要让目标和想象力比知识更有价值。这就是结论,这就是正在形成中的未来。

---

① 近年探讨"文学理论现代性"问题的论文不少,已形成一个热点。此处引述的意见,见《文学评论》1999 年第 2 期。
② 参见列宁《唯物主义和经验批判主义》,载《列宁专题文集》(论辩证唯物主义和历史唯物主义),人民出版社 2009 年版,第 50 页。

修订附记

这次修订,主要是对字句和标点进一步斟酌加工,去掉了可有可无的字、句、段,对全书结构和基本观点没做大的修改,只是力求表述得更加明了与准确。此外,部分经典著作采用了最新的译文和版本,以便于读者查阅、参考。

该书初版到现在已经十三年了。相信此次修订能使它得到完善和提高。

董学文

2013 年 12 月 19 日

于北大蓝旗营寓所